ALLE FARBEN VON LICHT

ANNIKA SCHEFFEL

ALLE FARBEN VON LICHT

CARLSEN

Für dich.

Etwas ganz Wichtiges vorweg:

Manchmal ist das Leben unfassbar schön, und manchmal ganz schön schwierig.

Und so erleben es auch die Figuren in diesem Roman, in dem es neben Freundschaft, Liebe und Nähe auch um Trauer, Angst und Einsamkeit geht.

Es werden Dinge angesprochen, die triggernd sein könnten:

unter anderem Mobbing, eine Essstörung, suizidale Gedanken, Enuresis, selbstverletzendes Verhalten und Panikattacken.

Den Figuren in diesem Buch wird geholfen, Dinge werden besser.

Falls du oder eine Person aus deinem Umfeld **Hilfe** braucht, findest du am Ende dieses Buches Anlaufstellen, die dich unterstützen.

Du musst da nicht alleine durch.

Ich hab 'ne gute Nachricht und 'ne schlechte auch
Zuerst die schlechte: Wir zerfall'n zu Staub
Wir werden zu Asche, kehren in das Nichts
Zurück, aus dem wir alle einst gekommen sind
Und jetzt die gute: Heute nicht
Es bleibt noch Zeit für dich und mich
Und wenn du willst, dann schlaf doch heut bei mir.

(Danger Dan, *Eine gute Nachricht*)

FALLEN

P*ass auf*, schreit er, *bitte bleib stehen!*

Aber Mavis geht weiter, sie hört ihn nicht. Es kracht. Sie stürzt. Er kann sehen, wie sie fällt, aber er kann sie nicht halten. Nie kriegt er sie zu fassen.

Seine Zwillingsschwester ist aus Glas und zerspringt in unzählige winzige Stücke. Er ist ihr zu nah: ein Splitter trifft ihn im Auge, einer in der Brust. Er kann nichts mehr sehen, er kriegt keine Luft. Er stolpert, er schreit und er fällt –

Schwer atmend hockt Rio im Bett, er ist wach, endlich ist er wach, alles gut, alles gut, das Laken ist trocken. Mit beiden Händen umklammert er sein Handy. Flip hat geschrieben, schon vor ein paar Minuten:

Flipse

riolo wir sind gleich bei dir 🥳

Was soll das mit dem Party-Emoji? Rio beeilt sich, zurückzutippen:

RiYo

super. aber: 😬

Flipse

😕

Scheiße! Sie hatten doch alles besprochen!

RiYo
🚫🥳🚫*!!!!*

Wie viele Ausrufungszeichen sind nötig, um seinem besten Freund klarzumachen, dass er es wirklich ernst meint an diesem Tag?

🙁🤷♂🕳🤐👍

Flipse
Okay.

RiYo
🙏

Rio lässt das Handy auf die Bettdecke fallen. In seinem Augenwinkel bewegt sich etwas. Er sieht zum Schreibtisch hinüber und traut seinen Augen nicht:

Da sitzt eine Katze.

Fuck! Wie kann das sein? Hier oben im fünften Stock, fast unter dem Dach, einfach so? Rio schaut zur Tür: die ist zu, wie immer in den letzten Monaten. Okay, das Fenster steht offen, aber trotzdem – können Katzen Regenrinnen hochklettern? Über Katzen weiß Rio nichts. Und jetzt folgt gleich der nächste Schreck: Die Katze hat nur ein Auge! Da, wo rechts neben ihrer Nase das zweite Auge sein müsste, prangt eine martialische Narbe, die aussieht, als hätte das Tier die selbst vernäht. Oder eine rachsüchtige Maus um Hilfe gebeten.

»Tut das weh?«, flüstert Rio und zwingt sich, die Narbe auszublenden und die Katze direkt anzugucken. Die Katze sitzt reglos. Was erwartet er? Etwa, dass sie ihm antwortet? Dass sie spricht?

»Blöde Frage. Klar tut das weh, wenn man sein Auge verliert.«

Ganz behutsam streckt er die Hand aus. Die Katze sieht aus, als müsste sie mal wieder gekrault werden. Mag die das? Ist das okay? Er will sie auf keinen Fall erschrecken ...

»Darf ich?«

Die Tür wird quietschend geöffnet. Die Katze huscht an seiner Hand vorbei, durch den Türspalt, hinaus in den Flur, seine Mutter schreit erschrocken auf, einen Moment später steht sie im Zimmer: »Was macht denn die Katze hier?«

»Ich kümmere mich drum!«

An Rosa vorbei hastet er in den Flur.

»Warte, ich helfe dir!«

»Ich mach das schon!«

Die Katze huscht durch die nächstgelegene Tür. Na klar, ausgerechnet.

Mavis' Zimmer. Er folgt dem Tier, schließt die Tür, schließt ab.

Das Fenster ist einen Spalt weit geöffnet, die dünnen Vorhänge sind geschlossen, man kann die Straße hören. Hier ist das Licht schummrig gelb. Von der Katze keine Spur. Aber es gibt sie wirklich, sie war wirklich da, seine Mutter hat sie ja auch bemerkt. Rio sieht sich im Raum um, ohne richtig hinzuschauen. Er weiß, dass sein Vater hier nachts häufig weinend auf dem Bett liegt. Er weiß, dass seine Mutter täglich durch das Zimmer streift und alles berührt: die hölzerne Schreibtischplatte, das geöffnete Etui, den Kleiderstapel auf der Lehne des Stuhls, die Blätter der Pilea auf dem Fensterbrett, die Rücken der Bücher im Regal, Rudi, das selbst getöpferte Krokodil, die Bettdecke, das Kissen. Die Dinge sind lebendig, seit Mavis tot ist. Und Rio weiß, dass Mavis' Zimmer für die anderen so was wie der verbotene Westflügel in einem Horrorfilm ist. Nur Jarek kommt ab und zu hier rein, sieht aus wie ertappt und seltsam benommen, wenn Rio ihn erwischt. Lales gar nicht ganz so unwahrscheinliche Theorie: Jarek ist scharf auf die Kiste, in der Mavis allen Süßkram gesammelt hat, der ihr jemals in die Hände geraten ist. Für schlechte Zeiten.

»Bist du da drin, Schatz?«

Seine Mutter muss dicht vor der Tür stehen.

»Ich komm gleich, ja?«

»Aber ich kann dir doch helfen! Soll ich einen Besen holen?«

Was will sie denn mit einem Besen? Die Katze ist doch sowieso schon völlig verängstigt!

»Nee, echt, ich kümmere mich!«

»Okay.« Rosa klingt erschöpft.

Er hört, wie sich ihre Schritte entfernen.

Rio legt sich vor Mavis' Bett auf den Bauch: »Keine Angst«, flüstert er in die Dunkelheit. »Das war nur meine Mutter. Sie ist nicht gefährlich, sie weiß nur nicht, was sie tun soll.«

Es dauert einen Moment, bis sich seine Augen an die Dunkelheit unter dem Bett gewöhnt haben. Die Katze sieht er nicht. Aber ganz hinten, neben einer Socke und einer leeren Plastikflasche, liegt etwas, was er nicht erkennen kann. Etwas Großes. Seltsam, dass seine Eltern das noch nicht entdeckt haben, so oft, wie die sich hier im Zimmer rumdrücken. Vorsichtig rutscht Rio auf dem Bauch vor, streckt die Hand aus, zieht den Gegenstand hervor. Eine eckige Lederhülle. Die Kamera! Papá hat sie Mavis geschenkt, in dem Jahr, in dem Rio das Fernglas bekommen hat. Rio kann sich nicht daran erinnern, dass Mavis sie jemals benutzt hat. Kein Wunder, das Ding ist unvorstellbar aufwendig. Man muss extra Filme kaufen und die dann irgendwo entwickeln lassen und darauf muss man mehrere Tage warten und weiß nicht mal, ob die Fotos was geworden sind, weil es nämlich kein Display gibt, weil man sich nirgendwo durchklicken, nichts bearbeiten und nicht mal was löschen kann. Rio nimmt die Kamera aus der Hülle. Der Zähler steht auf drei. Rio macht ein Bild vom Bett. Eins vom Fußboden. Mit dem letzten Bild fotografiert Rio sein Knie, das genauso gut das seiner Schwester, das genauso gut

Mavis' sein könnte. Er pult den Film aus der Kamera, steckt die kleine Plastikrolle in die Hosentasche. Alles, was jetzt noch von Mavis auftaucht, ist wertvoll. Vielleicht wird er den Film irgendwann entwickeln. Vielleicht hat sie etwas fotografiert, mit dem er seine Eltern trösten kann.

An der Wohnungstür klingelt es Sturm. Blitzschnell rast die Katze an Rio vorbei, hüpft auf den Stuhl, den Schreibtisch und springt dann zum Fenster hinaus.

Nein. Neinneinnein. Entsetzt starrt Rio rüber zum Fenster. Es sind nur drei, vier Schritte bis dorthin, aber er packt das nicht. Er kann nicht aufstehen. Er kann den Vorhang nicht zur Seite schieben. Er kann nicht aus dem Fenster sehen, hinunter auf den Gehweg, er kann nicht gucken, er zittert am ganzen Körper. Niemand, denkt Rio, niemand überlebt so einen Sturz. Man stirbt, wenn man fällt.

Er versucht, die Zeit in den Griff zu bekommen. Eine Sekunde, zwei, drei, vier – Eine Minute, zwei, drei, vier – Eine Stunde, zwei, drei, vier – Einen Tag, zwei, drei, vier. Eine Woche, zwei, drei, einen Monat, zwei drei, vier, fünf, sechs, sieben, acht, neun, zehn –

Ein Jahr.

Und jetzt hat er eine Katze umgebracht, nur, weil er mal wieder abgedriftet ist, weil er ständig wabert, weil er sich nicht konzentrieren kann. Er hat zwei Sechser im Zeugnis, drei Fünfer, aber irgendwie werden die nicht gezählt. Herr Horvath war verständnisvoll, aber: *Im nächsten Schuljahr können wir keine Ausnahme mehr machen, verstanden?*

Verstanden.

»Schatz?« Schon wieder ist Rosa an der Tür. »Die anderen sind da!«

Um fröhlich zu klingen, muss man nur die Mundwinkel hochziehen.

»Bin unterwegs!«, ruft Rio.

Er zieht das Kissen vom Bett, drückt sein Gesicht hinein. Es riecht muffig, auf eine gute Art. Er kann sich nicht mehr genau erinnern, ob das Mavis' Geruch ist, aber er riecht das Aftershave seines Vaters.

»Schatz? Was ist denn nun mit der Katze? Hast du sie?«

Rio schlägt die Zähne in den weichen Stoff, beißt fest zu. Er möchte in Slow Motion leben. Er würde gerne die Zeit anhalten. Er will sie vorspulen, bis es vorbei ist. Aber es wird nie vorbei sein und niemals bekommt er die Zeit in den Griff.

»Bitte! Sag doch was! Ich mache mir –«

Er presst die Hände gegen seine Ohren. Sorgen. Sorgen macht sie sich. Er schreit, er brüllt in das Kissen hinein. Alle sind immerzu besorgt. Aber was soll er denn noch tun? Wie kriegt er ihre Sorgen weg? Lächeln. Lächelnlächelnlächeln.

»Bitte, alle warten auf dich!«

Rosa klingt so, als würde sie gleich weinen. Klar, dieser Tag muss auch für sie die Hölle sein. Mavis' und Rios Geburtstag, der jetzt nur noch seiner ist und den er nicht feiern will.

Rio löst die Zähne aus dem Kissen. Sein Kiefer fühlt sich verrenkt an, sein Gesicht glüht, durch das offene Fenster drängt sich die Luft, schon seit Tagen steht die Hitze in der Stadt. Keine Wolke, kein Windhauch, der Fluss ist auf dem niedrigsten Stand seit immer überhaupt. Alle stöhnen, alle erzählen ständig, dass sie eingehen, aber Rio ist eiskalt. Immer ist ihm kalt. Und wenn dann nicht alle völlig ausflippen würden, er würde 'nen Wollpulli tragen und drüber seine Winterjacke, den Schal, die Mütze und die Kapuze. Er würde sich in einen bibbernden Kleiderhaufen verwandeln. Er würde sich definitiv vom Sommer distanzieren.

Seine Mutter sagt nichts mehr, aber er weiß, dass sie immer noch da draußen steht. Und irgendwie schafft er es jetzt doch aufzustehen.

»Kommst du?«

»Ich komme!«

Die Dielen sind kühl. Er zuckt zusammen, als er Mavis begegnet. Aus dem Spiegel neben der Tür sieht sie ihn an. Er schaut sich und Mavis ins Gesicht, sieht sie und sich in seinem Körper. Für Zweieiige sehen sie einander sehr ähnlich: die Form ihrer Münder (einziger Unterschied: die feine Narbe, die sich schräg über Rios Oberlippe zieht – eine Begegnung mit der Tischkante beim Laufenlernen), ihre Nasen (Unterschied: Rio hat Sommersprossen – im Winter nur ein paar, im Sommer mittelviele), ihre Hände, ihre Beine, ihre Finger, Füße (Unterschied: Rio braucht eine Schuhgröße mehr), Zehen (ein Unterschied auch hier: Mavis hatte am Ende neongrüne Nägel, bei Rio war es nur der Nagel am rechten kleinen Zeh. Weil Mavis unbedingt die Farbe an ihm ausprobieren wollte. Bis zum Mai dieses Jahres hat Rio immer wieder nachlackiert, aber jetzt, wo es warm ist und mit Schwimmbad und so, lieber nicht mehr).

Die braunen Augen.

Die meisten Leute haben sie am Haar auseinandergehalten. Da kommt Mavis nach Jaime: glattdunkelbraun, und Rio nach Rosa: lockig, im Winter mittel-, im Sommer hellbraun. Am Ende war Mavis' Haar schlumpfblau. Sie hat nie erklärt, warum, aber es sah so richtig aus, dass nicht mal ihre Eltern gemotzt haben.

Noch ist es einfach, Mavis zurückzuholen. Wenn Rio sich Mühe gibt, kann er ihr seinen Körper leihen. Er ist nicht merklich gewachsen im letzten Jahr und schmaler gebaut als zum Beispiel Flip, oder Jarek. Wenn Rosa und Jaime nicht genau hinschauen, wenn Rio nicht spricht, kann er ihnen Mavis zurückgeben. Seine nervigen Locken kriegt er nicht weg, er hat es versucht, mit viel zu viel Gel und mit Haarspray. Aber wenn er irgendwann endlich den Mut aufbringt, kann er die versiegelte Plastiktüte aus dem Spalt zwischen Wand und Bett holen, kann sie öffnen, kann Mavis' signalrote Mütze herausnehmen. Wenn er sich traut, kann er sie sich über das Haar ziehen – *Kommt Ihnen diese Mütze bekannt vor?* –, kann still im Hintergrund vorbeihuschen, und vielleicht entspannen sich seine Eltern dann, vielleicht werden sie dadurch für einen winzigen Moment fast die Alten.

»Kommst du?« Rosas Stimme vor der Tür ist inzwischen ganz klein.

»Ich komme!«

DIE ANDEREN

Die Anderen warten in der Wohnküche auf ihn. Als sie ihn in der Tür entdeckt, springt Nuri sofort vom Stuhl auf: »Da bist du!«

Ihr wippender Pferdeschwanz, die riesigen Kopfhörer um den Hals, das schwarze Shirt ohne Arme, die Trainingshose, bei der, Rio weiß nicht warum, immer ein Bein bis zum Knie hochgekrempelt ist; die Tennissocken in variierenden leuchtenden Farben. Und die Tatsache, dass Nuri eigentlich grundsätzlich so aussieht, als würde sie direkt vom Tanztraining kommen oder auf dem Weg dorthin sein, was auch meistens der Fall ist. Bei Nuri ist alles wie immer. Leichtfüßig läuft sie ihm entgegen. Erst denkt Rio, sie will ihn umarmen, aber dann bleibt sie direkt vor ihm stehen, berührt ihn nur leicht an der Schulter. Und trotzdem zuckt er heftig zusammen. Nuri merkt das, klar, tut aber so, als ob nicht: »Schön, dass du da bist!«, sagt sie leise und zieht sich wieder zurück auf ihren Stuhl neben Flip, verknotet sich im Schneidersitz.

Lale hebt träge den Kopf von der Tischplatte, schiebt ihr sonnengelbes Cap hin und her, nickt Rio kaugummikauend zu: »Hey, du!«

Zwischen ihr und Nuri hängt Flip wie zerflossen, seine langen Beine ausgestreckt, die Arme baumelnd, die Hände fast auf dem Boden, den Kopf weit in den Nacken gelegt: »Riolo!«, ruft er, als hätte er Rio eben erst entdeckt. Er wuchtet sich hoch, in eine marginal aufrechtere Position, und reibt sich die Augen, fährt mit beiden Händen über sein Gesicht, den Nacken.

In ihren Wassergläsern treiben Reste von Eiswürfeln, daneben liegt ein Haufen abgenagter Melonenschalen. Ihre Lässigkeit sieht verdammt anstrengend aus. Aber – wie versprochen: keine Glückwünsche, keine Girlanden, kein Geschenk in Sicht.

»Wirklich nett, dass du dich herbequemst, Schnucki«, ächzt Jarek aus der Fensternische, wo er sich aufs Sofa gehauen hat und sich einen träge surrenden Handventilator vors Gesicht hält. Er trägt heute Hawaiihemd, getigerte Shorts und eine ausladende Sonnenbrille, die mit all ihrem Gold und Pink und Glitzer vermutlich irgendwie ironisch gemeint ist.

»Ich würde mal sagen, wir sind jetzt ganz gut durchgebraten«, schnauft er.

»Ach, Jarek«, seufzt Nuri.

Flip erhebt sich von seinem Stuhl, baut sich zu seinen vollen eins neunzig auf, stellt sich vor Rio, Jarek fest im Blick, so, als müsste er Rio beschützen: »Und was soll das jetzt bitte heißen?«

»Ehem, Leute?«, Lale lüftet ihr Cap, zieht es dann tief in die Stirn. »Es sind Ferien! Also, bitte keinen Stress, ja?!«

Rio erinnert sich, dass es mit Flip und Jarek mal um einiges besser war. Flip hatte Jarek sogar mitgebracht, vor ein paar Jahren. Die beiden kannten sich schon länger vom Fußballplatz, trainieren ab und zu zusammen die ganz Kleinen. Zwar hatten sie immer schon so einen merkwürdigen Battle laufen, mit Regeln und Sprüchen und Seitenhieben, die Rio nie ganz kapiert hat, aber das wirkte immer so, als hätten Flip und Jarek daran und miteinander insgeheim ziemlich großen Spaß. Rio hat keine Ahnung, wann sich das geändert hat. Vermutlich im letzten Sommer, als grundsätzlich alles anders wurde.

Jarek angelt nach seinem Glas, trinkt es aus, ohne abzusetzen, erst dann sieht er Flip an: »Das heißt, was es heißt: dass es hier oben in Rio-Bärchens Bude eben extrem heiß ist.«

»Gehts noch?«, zischt Flip leise, wahrscheinlich in der Hoffnung, dass Rio ihn nicht hört. Aber natürlich hört Rio Flip ganz genau. So groß ist ihr Wohn-Ess-Küchen-Alles-Zimmer nicht, eigentlich und besonders jetzt kommt es ihm winzig vor.

Jarek setzt sich auf, wirft den Ventilator neben sich aufs Sofa: »Hä? Was ist denn jetzt schon wieder los? Was soll ich nicht sagen? Dass es heiß ist? Sorry, Flipse, ist es aber nun mal, und daran kannst nicht mal du was ändern!« Jarek schiebt seine Sonnenbrille zurück, steht auf. Er ist ein bisschen kleiner als Flip, aber kräftiger gebaut.

»Nicht euer Ernst, oder?«, stöhnt Lale. »Was soll das werden? Fangt ihr jetzt an euch zu schubsen?«

Jarek beachtet sie gar nicht: »Na? Na, Flip! Sag schon! Hm? Was?!«

Rio schließt die Augen.

Ri, Rio-Bär, Bärchen. Ist es das? Ist Flip deshalb so wütend? Weil Jarek schon wieder das mit den Bären macht? Mavis hat manchmal diese schrecklich peinlichen Spitznamen für Rio verwendet. Ab und zu, angeblich aus Versehen, auch vor den anderen, die sich damals überhaupt nicht mehr eingekriegt haben vor Lachen.

Flip sieht zu Rio, zu Jarek und dann wieder zu Rio, zuckt hilflos die Schultern: »Sorry, ich ... ich will nur, dass ...«

»Dass ... dass ...«, äfft Jarek ihn nach. »Ja, was denn, Flip? Was willst du? Dass wir so tun, als hätte es Mavis nie gegeben? Ist es das?«

Flip starrt Jarek an: »Ich warne dich: Hör auf!«

»Boah, Leute!«, stöhnt Nuri genervt. »Kriegt euch mal ein! Los gehts, ab ins *Wunder*!« Lale kommt ihr zu Hilfe, zieht Jarek die Sonnenbrille von der Stirn, stülpt sie sich über ihre Brille: »Danke! Steht mir eh viel besser als dir!«

Jarek sieht richtig erleichtert aus. Er lässt Flip stehen, schnappt sich den Ventilator vom Sofa und jagt mit dem surrenden Ding in der Hand hinter Lale her, um sich seine Sonnenbrille zurückzuholen. Schreiend poltern sie durchs Zimmer, an

Flip vorbei, der da immer noch einfach so steht, wie irgendwie ausgeschaltet. Hinter ihm entdeckt Rio seine Eltern, die kurz die Köpfe reinstecken und angesichts des Chaos zufrieden lächeln. Früher hätte sie dieser Lärm gestört, hätten sie wahrscheinlich gemotzt, wegen der Nachbarn. Aber die trauen sich seit letztem Sommer nicht mehr sich zu beschweren, und normalerweise ist es hier oben jetzt ohnehin vollkommen still. Rosa und Jaime verschwinden wieder.

Rio holt tief Luft: »Leute, seid mir nicht böse, aber ich muss noch ...«

Lale bleibt stehen, drückt Jarek seine Sonnenbrille in die Hand, sieht Rio dann durch ihre eigenen, extragroßen Brillengläser an und schüttelt energisch den Kopf: »Nee, Süßer, nichts da! Du musst gar nichts, außer mitkommen. Schnapp dir deine Badesachen, keine Ausreden heute!«

Rio zuckt die Schultern. Er wusste eh nicht, wo dieser Satz hinführen sollte. Er muss nichts, er will nichts, ist alles egal, er hat nur ein Ziel: diesen Tag irgendwie überstehen und dann den nächsten und dann den danach ...

Lale sieht ihn noch mal streng an: »Verstanden? Wir gehen. Zusammen!«

Es hat keinen Sinn, ihr zu widersprechen. Sie stecken ja sowieso alle unter einer Decke, inklusive seiner Eltern. Offensichtlich ist das der Deal: kein Wort zum Geburtstag, dafür muss Rio sich beaufsichtigen lassen und möglichst normales Sommerferienzeug machen.

Die anderen sind schon draußen und Rio will gerade die Wohnungstür zuziehen, als Jaime ihn noch einmal zurückruft. Sein Vater hält den Altpapiereimer umschlungen, als wäre der etwas extrem Wertvolles.

Ein Geburtstagsgeschenk zum Beispiel.

»Kannst du das mitnehmen?«

Feierlich reicht Jaime ihm den Mülleimer. Auf dem Weg in Rios Arme fällt etwas heraus. Die Hälfte eines zerrissenen Briefumschlages. Es kommen Rechnungen. Es kommt eine Mieterhöhung. Es kommen Mahnungen. Es kommen Schwierigkeiten. Rio ist sich nicht sicher, ob es die schon immer gab, oder erst seit dem Weltuntergang. Seit Mavis weg ist, bekommt er jedenfalls mehr davon mit. Es ist ein bisschen so, als seien alle Infos und Zwischentöne vorher zwischen Mavis und ihm aufgeteilt gewesen und als würde er sie jetzt alleine empfangen, nicht nur die halbe, sondern immer die ganze Wahrheit sehen. Rio stopft den Umschlag zurück in den Eimer, hofft, dass seine Eltern sich drum kümmern. Er selbst hat nämlich keinen Plan, wie er das lösen soll, das Problem mit dem Geld. Dass seine Eltern zwar ständig machen und tun und immer irgendwie am Arbeiten sind, es aber grundsätzlich nie reicht, dass es immer zu wenig ist, das Geld, aber auch Rosa und Jaime selbst. Eigentlich wollte Rio drüben im Café aushelfen, jetzt, in den Ferien, um ein bisschen was beizusteuern, heimlich wenigstens ein paar kleinere Rechnungen zu bezahlen. Aber schon am Probetag ging alles schief, war einfach alles zu viel, zu laut, zu konfus, zu lebendig; er vergaß Bestellungen, ihm fiel ständig was um und runter, er verwechselte Macchiato mit Caffè Latte und Cappuccino mit Milchkaffee, er stolperte und schloss sich schließlich vor Scham und Angst im Gästeklo ein. Sie hatten Geduld, sie hatten Verständnis für etwas, was er selbst nicht verstand, aber am Ende doch keinen Job für ihn. Und logisch: Er kommt ja nicht mal mit seinem eigenen Scheiß klar, er kann ja noch nicht mal eine Katze retten, geschweige denn seine Eltern.

»Rio.«

»Mh?«

Jaime ist nicht rasiert, die Schatten liegen tief in seinem fahlen Gesicht. Sein Vater wirkt durchscheinend und steinschwer zugleich. *Langsam müsste es besser werden.* Wann wird es besser?

Und obwohl sein Vater der Showbiz-Profi ist und nicht er, beherrscht Rio das besser, das mit dem künstlichen Lächeln. Jaime vergisst nämlich, die Augen mitlachen zu lassen. Wenn man die ein bisschen zusammenkneift, dann sieht es ziemlich authentisch aus. Die Leute glauben einem. Vielleicht auch, weil sie einem glauben wollen, aber am Ende ist das ja egal.

»Riolo, kommst du?« Flip ruft aus dem Treppenhaus. Unschlüssig sieht Rio seinen Vater an. Der lächelt: »¡Pásalo bien! ¿Eh?«

Viel Spaß.

Jaime streckt die Hand aus, ist kurz davor, Rio durchs Haar zu fahren. Rio zwingt sich, nicht zurückzuweichen. Sein gesamter Körper ist wie ein riesiger Zündknopf. *Bitte nicht anfassen!* Weiß sein Vater das etwa nicht? Jaime hält inne. Seine Hand schwebt zwischen ihnen in der Luft. Er sollte seine Fingernägel schneiden. So wird das nichts, mit dem Comeback. Früher hatten Rosa und Jaime eine richtige Managerin. Früher, mit *Solo el sol*, früher, als es noch lief, als sie noch in Fernsehshows und zu Festivals eingeladen wurden. Jetzt fragt niemand mehr an, jetzt müssten sie sich selbst kümmern, darum, dass es irgendwie weitergeht. Aber Rio hat das Gefühl, dass sie das nicht besonders gut hinbekommen, egal, ob es um Rechnungen, Brotjobs, Songwriting oder die allergrundlegendsten Dinge des täglichen Lebens geht.

»¿Estás bien, querido?«

»Klar, alles super!«, versichert Rio.

»Ab jetzt wird es besser, todo ...«, sagt Jaime und schüttelt gleichzeitig den Kopf.

Ernsthaft jetzt? Wer bitte soll das glauben?

Nachher gehen Jaime und Rosa in den Wald, Mavis besuchen. Sie haben erst gar nicht gefragt, ob Rio mitwill, sie rechnen nicht mehr mit ihm.

Du ignorierst ja nicht nur deinen Geburtstag.

»¡Claro!«

Das war schon wieder zu laut. Nichts, was Rio tut, kommt ihm jemals angemessen vor. Doch sein Vater sieht beruhigt aus: »Hast du dich eingecremt?«

Rio nickt. Streng genommen ist Nicken kein Lügen.

Jaime strubbelt ihm durchs Haar. Auf der Kopfhaut ist das wie Nadelstiche. Rio schließt die Augen, stellt sich vor, er wäre wirklich erst drei, er wäre noch klein, und alles vollkommen okay, todo und alles.

STREUBLUMEN

Jarek steht schon unten im Hausflur, nimmt die Sonnenbrille ab, späht durch das Fenster in der Tür in den Hinterhof: »Krass, guckt mal, unser Vampirchen kommt tatsächlich bei Tageslicht raus!«

Rio reckt sich, wirft einen Blick durch das Fenster: In der Nähe der Mülltonnen steht der Typ aus dem Hinterhaus, der eigentlich Fritz heißt oder Franz oder so. Rio weiß nicht, wer damit angefangen hat, jedenfalls nennt ihn mittlerweile die ganze Schule *Dracula*. Der Spitzname passt ziemlich perfekt: Dracula ist schmal und blass, er hat ultraextradunkle Augen, die Lider sehen aus wie mit Kajal bemalt, sein winternachtdunkles Haar ist überkinnlang. Dazu kommt, dass er grundsätzlich Schwarz trägt, riesige T-Shirts oder Hoodies, die bis über seine bemalten Fingerspitzen reichen, dazu dunkle Skinny Jeans, schwere Stiefel. Lale sagt, dass das krass Grunge ist und ein bisschen Manga, gemischt mit Emo, dass sie Dracula eigentlich ehrlich gesagt schon ziemlich sexy findet, auf eine sehr, sehr niedliche Art, aber nicht glaubt, dass er irgendein Interesse an der Welt der Sterblichen hat. Obwohl sie alle etwa gleich alt sind, ist Dracula eine Klasse unter ihnen. Er ist vor ein paar Jahren von einer anderen Schule rübergewechselt, ist dann sitzen geblieben und zeichnet sich vor allem dadurch aus, dass er ziemlich selten anwesend ist, so gut wie nie spricht, noch weniger lacht, und ganz offensichtlich keinen Bock auf nichts und niemanden hat. Um seine wahre Identität ranken sich die wildesten Mythen, von Sektenaussteiger über Massenmörder bis Zeugenschutzprogramm. Aber die Vampirtheorie hat sich durchgesetzt.

»Strange«, sagt Jarek. »Was wird das denn?«

Rio kennt das schon, die Tütenaktion. Das macht Dracula schon seit ein paar Wochen: plötzlich im Hof auftauchen, mit immer exakt den gleichen Plastiktüten. In einer Hand Aldi, in der anderen Penny, ein bisschen hin und her mäandern zwischen Hof- und Hinterhaustür, irgendwann wie versteinert stehen bleiben und dann umdrehen und zurück im Hinterhaus verschwinden, hinter seinem Fenster mit den immer geschlossenen Vorhängen. Und auch heute, bei etwa zweiundreunzig Grad, trägt er eine lange Jeans und seine alten, abgewetzten Stiefel. Mit dem Sommer scheint Dracula ähnlich wenig am Hut zu haben wie Rio.

»Was der wohl in den Tüten hat? Blutkonserven?«

Lale lacht halbherzig, Flip stöhnt genervt, Nuri seufzt: »Haha, Jarek, sehr witzig!«

Was kümmert Jarek das eigentlich? Ist doch egal, was Dracula da mit seinen Tüten macht! Und überhaupt: Rio will jetzt weiter, will los, will diesen Tag hinter sich bringen.

Er schnappt sich den Eimer, schiebt mit der Schulter die schwere Tür auf, nickt Dracula im Vorbeigehen zu und trottet dann weiter in Richtung Altpapier. Die anderen folgen ihm.

»Heyho, Dracula!«

»Jarek!«, zischt Nuri und nickt Dracula extra freundlich zu: »Hallo!«

Aber Dracula reagiert gar nicht, steht einfach nur da, sieht unter seiner Kapuze hervor an ihnen vorbei zur Hoftür, als lauere dahinter eine überlebensgroße Mission, oder aber ein mehrköpfiges Monster, und als seien sie lediglich die vergleichsweise alberne Vorhut.

»Warst du shoppen?«, fragt Jarek und macht einen Schritt auf Dracula zu. Der reagiert immer noch nicht.

Rio umklammert seinen Eimer, Flip öffnet die Altpapiertonne. »Komm, Riolo, ich helf dir.«

Cornflakespackung, Versandkarton, Rechnungen, Mahnungen, Amtsmist ...

»Jetzt zeig doch mal!«, bittet Jarek und tritt noch näher an Dracula heran.

Ratlos sieht Rio auf die Briefumschläge. Ob das okay ist, dass fast die ganze Post ungeöffnet ist?

»Wollen wir dann jetzt endlich mal los?«, motzt Lale.

»Moment«, sagt Jarek, »ich will wirklich voll gerne wissen, was in diesen tollen Tüten ist!«

Über der Hinterhaustür flackert schon seit Ewigkeiten eine defekte Lampe.

»Leute?«, bittet Nuri, »kommt ihr?«

Jarek ist jetzt richtig, richtig nah vor Dracula. Der steht stocksteif, sieht an Jarek vorbei. Jarek greift nach der Alditüte. Dracula lässt nicht los. Die Tüte reißt. Ein Haufen sehr bunter Kleidung fällt auf den Boden: Röcke, Kleider, Strickjacken, Blusen.

Einen Moment lang ist es ganz still.

Lale hebt ein leuchtend rotes Kleid mit winzigen gelb-rosa Streublumen vom Boden auf: »Oh!«, ruft sie in die Stille hinein. »Das ist ja süß!«

»Gib mal her!«

Jarek nimmt ihr das Kleid weg, hält es Dracula an: »Jo, kannste echt tragen! Ganz, ganz doll cute, Draci!«

»Was fährt der denn heute für einen Film?« Genervt nimmt Flip Rio den Eimer aus den Händen, stopft noch einen Stapel Briefumschläge in die Tonne.

»Jarek, hör doch mal auf mit dem Scheiß!«, zischt Nuri.

Aber Jarek starrt Dracula weiter herausfordernd an, und der starrt zurück. Früher haben sie manchmal ein Spiel gespielt: wer zuerst blinzelt, wer zuerst lacht, hat verloren. Keiner lacht, aber jetzt schließt Dracula die Augen.

Jarek grinst, als hätte er irgendwas gewonnen: »Hey, heeeey, mein Süßer, du musst doch nicht gleich heulen! Echt jetzt, ich schwör dir: mit dem Look und ab und zu mal 'nem Lächeln wirds schon, und damit wirst du dann vielleicht endlich mal zu 'ner Party eingeladen!«

Flip knallt die Tonne zu: »Alter, echt! Schluss jetzt! Sofort!« Er drückt Rio den Eimer in die Arme, greift Jarek am Ellenbogen, zieht ihn hinter sich her, weg von Dracula: »Merkst du's eigentlich noch?! Du benimmst dich wie so eine megaverfickte Arschgeige!«

»Und du komm mal wieder runter, Flipse!«, lacht Jarek und wirft das Kleid in Draculas Richtung: »Da! Fang, Freak!«

Das Kleid landet vor Draculas Füßen bei den anderen Sachen auf dem Boden. Dracula steht immer noch einfach nur da, die Augen fest zugekniffen.

»Boah, sorry, echt!«, ruft Nuri, hebt das Kleid auf und drückt es Dracula in die Hände. »Keine Ahnung, aber Jarek ist heute echt schräg drauf!«

»Ich glaube, das sollte lustig sein«, murmelt Lale und bearbeitet ihr Cap mit den Händen.

»Ja, unfassbar witzig!« Nuri schiebt ihre Freundin in Richtung Hoftür.

Rio bleibt zurück, steht da, mit dem leeren Mülleimer in den Armen, und weiß nicht so richtig, was jetzt. Dracula ist aus seiner Erstarrung erwacht, hockt sich auf den Boden und versucht vergeblich, den Staub aus dem Kleid zu klopfen.

»Kann ich dir irgendwie helfen?«, fragt Rio.

Dracula sieht ihn nicht an, schüttelt stumm den Kopf.

Rio beißt sich auf die Lippen, blöde Frage!

»Kommst du, Riolo? Sonst stehen wir gleich ewig an!« Flip wartet in der Tür auf ihn, und Rio schlurft mit seinem Mülleimer los, deutet auf Draculas Höhe eine Winkbewegung an, aber der merkt das wahrscheinlich gar nicht, weil er so mit seinen Sachen beschäftigt ist und mit seinem vergeblichen Versuch, die wieder sauber und irgendwie in Ordnung zu bekommen.

BLAUES WUNDER

Ungefähr die ganze Stadt ist im *Blauen Wunder*. Dieser erste Ferientag glüht bei vierzig Grad. Die Ständer vor dem Freibad sind überbelegt und so stellen sie ihre Fahrräder zu einem großen Pulk aneinander. Nuri und Flip pfriemeln ächzend und fluchend das riesige Schloss einmal quer durch alle Räder.

»Wir hätten zum See fahren sollen«, stöhnt Jarek.

»Und in der S-Bahn eingehen? Nee, danke! Weißt du nicht mehr, das letzte Mal?« Lale fächert sich mit ihrem Buch Luft zu.

Abrupt hält sie inne: »Ich meinte, also, an die S-Bahn-Fahrt, nicht ... Wisst ihr nicht mehr ... wir sind fast gestorben ... also, nee, ich meine, es war so fies heiß ... ihr erinnert euch doch, oder? Die Klimaanlage war kaputt ...«

»Boah, ja. Und wir hatten das Wasser vergessen ...«, springt Nuri schnell ein. Lale sieht sie dankbar an.

Flip guckt nostalgisch in die Ferne: »Rio, Jarek und ich wollten zum Fenster rausklettern ...«

Lale verdreht die Augen: »Eine ganz großartige Idee!«

Rio erinnert sich nicht so richtig an die Sache mit der S-Bahn, aber er weiß, dass es ein paar Tage *davor* war, vor ihrem Geburtstag, bevor ... Woran er sich aber noch genau erinnert: Am Morgen vor der S-Bahn-Sache hatten er und Mavis das letzte Mal miteinander gesprochen. Also, so richtig, mehr als ein, zwei Sätze. Sie hatten nebeneinander am offenen Fenster gesessen, ihre Füße übereinander auf der Fensterbank abgelegt, frisches Neongrün auf den Nägeln, die Sonne im Gesicht und eine große Schale mit übel sauren Schrebergartenkirschen von Nuris Opa hin und her gereicht: *Diese Ferien werden anders, Ri*, hatte Mavis verkündet, sich auf ihrem Stuhl vorgebeugt und einen Kirschkern über die Fensterbank in den Hof gespuckt. *Nicht so belanglos.* Sie hatte ihm weder verraten, was *anders*, noch, was *belanglos* bedeuten sollte. Belanglos fühlte sich für ihn damals nichts an. Alles war groß, war leuchtend, war bunt, war viel und dabei so leicht, fast schwebend. Damals war alles ganz und gar und grundsätzlich einfach gut. Nur Mavis schien das plötzlich alles schrecklich langweilig und banal zu finden: *Ich will mehr, Ri! Du nicht auch?*

Er hatte nicht verstanden, was sie damit meinte, und irgendwie klang es auch ein bisschen arrogant: Ich finds gut, hatte Rio gesagt. So, wie es ist. Wir haben Ferien, die Sonne scheint und nachher treffen wir die Anderen im *Wunder*!

Mavis hatte die Augen gerollt und ihm eine Zwillingskirsche übers Ohr gehängt: *Du bist eben nicht nur so ein gnadenlos süßer Rio-Bär, du bist halt ein ganz oberspezielles Grinsebärchen!*

Er hatte nicht anders gekonnt, als zu lachen: Was, bitte, soll das denn sein?

Mavis hatte die Schultern gezuckt und ihm auch über das andere Ohr ein Kirschenpärchen gehängt: *Na, du bist halt so ein rundherum positiver Typ. Jemand, dem es immer gut geht, egal, was in der Welt so passiert ...*

Mit hochgezogenen Augenbrauen hatte er sie angesehen: Das klingt krass oberflächlich!

Ich weiß nicht, Mavis hatte ihm ihr Ohr hingehalten und er hatte es mit Kirschen geschmückt: *Ist halt eine Art, damit umzugehen, damit, wie die Welt so ist. Und wenn du das kannst, ist doch super! Ich kann das halt nicht.*

Und was machst du jetzt?

Mavis hatte eine Weile nachdenklich aus dem Fenster geguckt und dann die Schultern gezuckt: *Mal sehen, ich ... Heute bin ich jedenfalls nicht dabei.*

Oh nee, komm doch mit!!, hatte Rio gebettelt. Wir wollen danach doch auch noch feiern!

Mal sehen, hatte Mavis erneut gesagt und den nächsten Kirschkern gespuckt.

Hey da oben, hört auf mit dem Scheiß!

Tschuldigung!, hatte Rio runtergerufen.

Als er sich zurück auf seinen Stuhl setzen wollte, hatte Mavis ihn mit beiden Armen um den Bauch gepackt, zu sich gezogen, auf ihren Schoß, und natürlich ging das so was von gar nicht, er hatte lautstark protestiert, hatte versucht, sich zu befreien, wieder aufzustehen: Alter, Mavis, lass mich sofort los! Sie waren ungefähr gleich stark, aber Mavis beherrschte alle möglichen Kampfsporttricks, und so hatte er keine Chance, auch wenn Mavis sich und ihn vor Lachen kaum noch halten konnte: *Grinsebärchen, sag ich doch, mein süßes, süßes, grinse, grinse, Grinsebruderbärchen!*

Sag das noch mal!

Soll ich? Grinse-

Mavis! Stopp jetzt! Das ist nicht lustig!, hatte er Tränen lachend zu rufen versucht.

Irgendwann war dann der Stuhl umgekippt, waren sie beide ziemlich unsanft auf dem Boden gelandet und hatten sich unter Rosas und Jaimes ratlosen Blicken minutenlang nicht mehr eingekriegt.

Grinsebärchen, Grinsebärchen, Grinse-

»Aufwachen, Baby! Hilf mir mal mit dem Eis!« Jarek zerrt die riesige Luftmatratze in Softeisform von seinem Gepäckträger. Bevor Rio mit anpacken kann, nimmt Flip ihn zur Seite, zeigt wenig dezent rüber zu der etwa drei Kilometer langen Schlange vor dem kleinen Kassenhäuschen: »Guck mal, da! Da sind Anoush und Coco!«

Seit der Englandfahrt findet Flip Anoush ziemlich toll. Was wiederum Nuri nicht so super findet, weil die Flip ziemlich mag. Flip weiß nichts davon, aber Lale. Und die findet das nervig, weil sie Nuris Liebesleiden langsam nicht mehr aushält. Deswegen will Lale, dass Flip sich jetzt endlich auch in Nuri verliebt oder Nuri sich ganz schnell entliebt. Lale hat Rio verraten, dass sie Lösung zwei favorisiert.

Rio hat keinen Plan, was er von all dem Liebeswirrwarr halten soll und was er darin eigentlich will und zu suchen hat. In diesem Sommer weiß er das noch weniger als im letzten. Wenn er den anderen zuhört, wie sie einander ihr Leid klagen, wenn er sie dabei beobachtet, wie sie ihre Versuche starten und ihr Herz probeweise vor irgendwem auf den Boden schmeißen, nur um es dann still und heimlich und hektisch und traurig und irgendwie verschämt wieder einzusammeln, dann ist das ein bisschen so, wie eine sehr gut gemachte Serie zu glotzen. Eine, die irgendwie was mit einem macht, einen aber am Ende doch nicht wirklich betrifft.

Der Einzige, der wirklich völlig immun zu sein scheint, ist Jarek. Der bekommt von dem ganzen Verliebtheitszeugs nichts mit, weil er voll und ganz mit seinem Kram (Partyplanung, Playlists, Pommesversorgung) beschäftigt ist und außerdem als Einziger schon ein bisschen Ahnung in Liebesdingen hat. Behauptet er zumindest. Keiner von ihnen hat die mysteriöse Person gesehen, mit der Jarek von Anfang Februar bis irgendwann im Sommer letzten Jahres angeblich alles Mögliche getrieben hat und eine ganz, ganz supertolle Zeit hatte. Jarek, der ansonsten alles andere als diskret ist, hat aus dem *was* und dem *mit wem* ein riesiges Geheimnis gemacht.

»Irgendwie habe ich das Gefühl, dass es diesen Sommer was wird mit Anoush und mir«, sagt Flip zuversichtlich. »Hast du gesehen, wie sie mich nach der Zeugnisvergabe angesehen hat?«

Rio nickt, obwohl er natürlich nichts gesehen, nichts bemerkt hat von irgendwelchen Blicken am Zeugnistag.

Er hatte auf das Blatt vor sich gestarrt, auf dem wie vereinbart drei Mal »nicht bewertbar« stand. Neben ihm hockte Herr Horvath auf der Suche nach Blickkontakt: *Und nach den Ferien startest du neu! Du kannst das ja eigentlich alles. Das wird, Rio, du wirst wieder, da bin ich mir ganz, ganz sicher!*

Eins von den wenigen Dingen, die Rio im letzten Jahr gelernt hat: Wenn Menschen sich unsicher sind, dann wiederholen sie Worte. Als ob es dann wahrer würde: *Ganz, ganz. Sehr, sehr. Gut, gut.*

Und noch was hatte Herr Horvath gesagt: *Der Sommer wird helfen!* Als ob der Sommer irgendwelche speziellen Kräfte hätte.

Flip stupst Rio an: »Weißt du, eigentlich könnte ich einfach nachher hingehen und es ihr sagen. Ich meine, wann, wenn nicht jetzt? Echt jetzt, Riolo, das ist *der* Sommer, ich spüre es!« Flip sieht zum Himmel hinauf, als erwarte er, dass ihm die Sonne höchstpersönlich eine begeisterte Bestätigung für seine Theorie funkt. Was erwarten sie eigentlich alle? Sommer ist auch nur eine Jahreszeit. Mehr nicht.

»Voll«, sagt Rio matt. Das ist *der* Sommer. Der erste *danach.* Der Neustart. Ab jetzt gibt es keine Entschuldigungen mehr. Ab jetzt muss es wieder laufen, muss er wieder funktionieren.

Als ob es mich nie gegeben hätte!

Rio ist schwindelig. Es könnte die Sonne sein, die ihnen durch die kranken Tannen ungebremst auf den Kopf knallt. Oder es liegt daran, dass er noch so gut wie nichts gegessen hat, nichts, bis auf die zweieinhalb winzigen Bissen Melone, die er heute Mittag heruntergewürgt hat, um seine Eltern zu beruhigen. Und dass er, seit die schlimmen Träume vor ein paar Tagen begonnen haben, viel zu wenig schläft. Und vielleicht ist es auch einfach die Mischung aus allem und andererseits vollkommen egal. Ab jetzt zählt das nicht mehr.

Flip wedelt mit der Hand vor seinem Gesicht: »Hey, Rio-Mio, ich rede mit dir!«

»Sorry!«

Flip mustert ihn prüfend: »Du bist krass blass!«

»Ich hab vorhin 'ne Kamera gefunden.«

Flip sieht Rio verständnislos an. Der zieht die Filmrolle aus der Jeanstasche.

»Das ist keine Kamera«, stellt Flip fest.

»Nee, das ist der Film. Den hab ich aus der Kamera genommen.«

Flip wirft einen mitleidigen Blick auf die kleine Rolle in Rios Hand: »Krasser Shit, oder? Wie die früher gelebt haben!«

»Die Kamera lag unter Mavis' Bett und jetzt frage ich mich, ob –«

Rio verstummt, als Flips Gesichtsausdruck finster wird: »Nein. Einfach nein!«

»Ich hab mich nur gefragt, ob auf den Bildern vielleicht irgendwas ist, was ... was mir weiterhilft?«

Flip greift Rio an den Oberarmen, sieht ihn eindringlich an: »Gib mir den Film!«

Rio macht einen Schritt zurück, befreit sich aus Flips Griff. Der streckt die Hand aus: »Her damit, ich meins ernst!«

Rio schließt seine Hand fest um die Filmrolle: »Vergiss es, Flip! Vergiss es einfach!«

»Was soll er vergessen?« Nuri hat das große Talent, kurz vor High Noon aufzutauchen und Konflikte in harmlose Tumbleweeds zu verwandeln.

»Den ganzen Traurigkeitsscheiß!«, sagt Flip entschieden. »Und zwar sofort!«

»Find ich gut!«, sagt Nuri. »Lasst uns das abmachen, okay? Jetzt sind Sommerferien und die genießen wir!«

Sie sieht Jarek an: »Und von dir keine Arschloch-Aktionen mehr!«

Jarek grinst: »Okay, okay, aber beim Genießen bin ich voll und ganz dabei!«, ruft er und hält seine Luftmatratze als Sonnensegel in den Himmel. Sie sind gebadet in rosafarbenes Licht. Lale legt ihren Arm um Rio: »Komm schon, gib dir 'nen Ruck! Man lebt nur einmal!« Sie merkt selbst, was sie da gerade gesagt hat: »Oh Mist. Sorry!«

»Alles gut«, beeilt Rio sich zu sagen. Das passiert ständig: Leute kommen auf ihn zu und stürzen dann kurz vor ihm in welt-entiefe Fallgruben. Er gräbt die. Er ist schuld, dass sich alle das Genick brechen. Flip hat recht, Nuri hat recht, alle haben recht: es reicht!

Rio steckt den Film zurück in die Hosentasche, kramt sein Portemonnaie aus der Bauchtasche: »Na dann los, würd ich sagen – Sommer, wir kommen!«

»Sommer, wir kommen!«, grinst Lale.

»Sommer, wir kommen!«, ruft Flip.

»Sommer, wir kommen!«, wiederholt Nuri und strahlt Flip an.

»Sommer, blabla!«, ruft Jarek. »Ich brauch jetzt dringend Pommes!«

SALTI

Das mit dem Fünfer ist Rios Idee. Alles ist besser, als hier in Pommesduft, Chlorgestank und Halbschatten zu liegen und Angst davor zu haben, dass die Mattigkeit ihn einschläfert. Unter *Sommer genießen* stellen die anderen sich sicherlich nicht vor, Rio dabei zuzusehen, wie er im Traum um Hilfe fleht oder sogar zu schreien oder zu heulen anfängt. Und: Turmspringen kann er, und im Wasser fühlt er sich wohl, da kennt er sich aus, da ist alles noch so, wie es immer war, und nach dem Sprung kann er einfach drinbleiben und ein paar Bahnen machen, kann normal sein, wenigstens von außen betrachtet.

»Also, wer hat Lust?«

Flip ist sofort auf den Beinen. Auch Nuri rappelt sich hoch, verstaut ihre Kopfhörer sorgfältig in ihrer riesigen Tasche: »Los gehts! Lale?«

Aber die schüttelt nur träge den Kopf: »Sorry, ohne mich, Leute, die Nacht war lang. Fragt Jarek!«

»Lieber nicht«, murmelt Flip mit Blick zu Jarek, der schon seit Ewigkeiten rücklings auf seiner Matte liegt, der schläft oder so tut als ob, das ist nicht zu erkennen, wegen der Sonnenbrille.

»Na dann: Viel Spaß euch!« Lale zwinkert Nuri wenig unauffällig und gleich dreifach zu. Anscheinend hat nicht nur Flip einen Plan, was die Verbesserung seiner Liebeslebenslage in diesem Sommer betrifft.

Die Schlange am Sprungturm ist extrem lang, sie sind kurz davor, die Aktion abzubrechen, aber da tauchen Anoush und Coco auf und stellen sich direkt hinter ihnen an.

»Neuer Bikini?« Coco mustert Nuri genau.

»Geht so«, Nuri zupft an dem Bikinihosengebimsel, als würde sie das Teil jetzt erst bemerken. Der knallrote Bikini ist so was von neu. Der Bikini ist ein großes Ding, der Bikini war eine schwierige Entscheidung, war ein etwa dreistündiger Prozess, in den Rio und Lale per Handy beratend eingebunden waren.

»Supersüß!«, flötet Coco.

»Dankeee. Und, hey, ich glaub, du musst mal in den Schatten«, gibt Nuri zurück. »Du bist hier vorne schon krass rot!«

Manchmal versteht Rio ansatzweise, warum Mavis oft keinen Bock auf andere Leute und schon gar nicht auf größere Gruppen hat. *Hatte.*

»Hey Rio! Du hast doch heute Geburtstag, oder?«

Bevor Coco Rio umarmen kann, steht Flip zwischen ihnen.

»Nein«, sagt er. »Hat er nicht.«

Coco sieht Flip irritiert an: »Aber –«

»Nein«, wiederholt Flip ruhig.

Coco runzelt die Stirn.

»Wie auch immer!«, mischt Anoush sich ein. »Auf jeden Fall, voll super, dass du auch hier bist, Rio!« Sie sieht ihn so anerkennend an, als wäre das sonst was für eine Leistung, und nichts, was heute ja offensichtlich die ganze Stadt hinbekommen hat.

Rio weiß wirklich nicht, was er dazu sagen soll, ruft aber aus irgendwelchen Gründen: »Das war Flips Idee!«

Anoush und Coco nicken wenig beeindruckt.

Trotzdem nutzt Flip die Chance: »Blöd, dass der Zehner gesperrt ist!«

Sie machen einen Schritt in Richtung Treppe.

Die nächste halbe Stunde verbringen sie damit, abwechselnd zum Becken zu laufen, um sich die Füße abzukühlen. Beim etwa hundertsten Mal wird Flip mutig und bietet Anoush an, sie zu tragen. Rio weiß nicht, wer entsetzter guckt: Anoush oder Nuri.

»Köpper oder Füße?«, fragt Rio schnell.

»Definitiv Füße«, sagt Nuri. »Ich brauche mein Hirn noch!« Auch Anoush und Coco halten nichts von Köppern.

»Ich mach halt immer einfach 'nen Salto!«, verkündet Flip.

»Na, den will ich sehen!«, ruft Anoush und funkelt ihn herausfordernd an. Okay, vielleicht stehen Flips Chancen doch nicht so schlecht.

»Kannste haben!«

Stufe um Stufe, Stockwerk für Stockwerk klettern sie den Turm hinauf. Netterweise haben sich mittlerweile ein paar Wolken vor die Sonne gehängt.

»Wie Ameisen«, stellt Nuri fest und beugt sich weit über die Brüstung. »Stimmt. Und da unten kommt einem alles immer so groß und wichtig vor!«, sagt Anoush.

»Quatscht nicht, springt endlich!«, ruft Coco.

Nuri geht gar nicht drauf ein, läuft einfach los, springt dann mit Anlauf und ohne zu zögern profimäßig gestreckt hinab. Seit sie fünf ist, macht sie Ballett und Hochseilakrobatik, es sieht ziemlich toll aus.

Flip ist als Nächstes dran.

»Und denk an den Salto«, ruft Anoush ihm hinterher.

Ein richtiger Salto wird es zwar nicht, aber ganz unelegant springt auch Flip nicht.

»Dann mach ich jetzt, okay?«

Rio tritt auf das Sprungbrett, einen Schritt, zwei, er sackt auf die Knie.

ATMEN

Sein Herz dröhnt, er kriegt keine Luft, das Schwimmbecken stürzt auf ihn zu, schwarze Punkte rasen vor seinen Augen, er würgt. *Manstirbtwennmanfälltmanstirbtwennmanfälltmanstirbtwennmanfälltmanstirbtwennmanfälltman-*

»Rio! Rio!«

Manstirbtwennmanfälltmanstirbtwenn-

»So ein Shit!«

Manstirbtwennmanfälltmanstirbt-

»Was hat er denn?«

Manstirbtwenn-

Er krallt die Finger fest in etwas Hartes.

Sie fällt.

»Atme. Ganz ruhig. Ganz ruhig atmen.«

Wie geht das? Wie atmet man?

»Holt doch mal jemanden!«

Wie geht das? Bitte! Wie geht das?

»Jetzt holt doch mal jemanden!«

»Alter, wie übel, gleich kotzt er!«

»Nee, der heult voll!«

»Warum weint der denn?«

»Musst ja nicht springen –«

Nuri. Flip. Bitte.

»Nur atmen.«

Wie atmet man?

»Durch die Nase ein –«

Anoush!

»1, 2, 3, 4 –«

»Alter, was, wenn er stirbt?«

Sterbe ich?

»Komm, Rio. Atmen. Einfach nur durch die Nase ein, 1, 2, 3, 4 – halten, 1, 2, 3, 4, 5, 6, 7 –«

Du stirbst, Ri. Jetzt stirbst du.

Ich sterbe.

»Ausatmen 1, 2, 3, 4, 5, 6, 7, 8, durch die Nase ein, 1, 2, 3, 4 – halten, 1, 2, 3, 4, 5, 6, 7 –«

»Super! Super! Gut machst du das, sehr, sehr gut!«

Es kann immer, es kann jederzeit passieren.

ABSTIEG

»So, Leute, alle mal zurücktreten, hier gibts nichts zu sehen.«

Neben Rios Kopf tauchen riesige Badelatschen auf. Haarige Beine, signalrote Schwimmshorts, ein orangefarbenes T-Shirt, eine Trillerpfeife baumelt vor seinem Gesicht.

Rio wischt sich mit dem Arm über die Augen, zieht die Nase hoch. Vielleicht hat es keiner gesehen? Vielleicht hat niemand was mitbekommen? Er versucht, sich aufzurichten, aber das Zittern, das eigentlich eher ein Ganzkörperbeben ist, hört nicht auf, und bevor er auf die Beine kommen kann, hockt der Bademeister neben ihm, legt Rio seine Hand auf die Schulter. Die Bademeisterhand wiegt dreitausend Tonnen. Scheiße. Warum kann er nicht mit dem Scheißzittern aufhören?

»Langsam, langsam, immer gemach, Kleener.«

»Er heißt Rio, er war eben noch ganz okay, aber plötzlich ist er –«

»Okay, okay, Rio«, unterbricht der Bademeister Anoush. »Alles halb so schlimm. Du lässt dich jetzt nicht aus der Ruhe bringen, okay?«

Halb so schlimm, das klingt gut. In seinen Ohren rauscht das Blut. *1, 2, 3, 4, 5, 6, 7, 8 –*

»Und, kleiner Tipp: Man muss nicht immer den Helden spielen.« Der Bademeister zwinkert Rio verschwörerisch zu: »Das kann ganz schön nach hinten losgehen, haste gerade gemerkt, wa?«

Für einen Moment verschwimmt wieder alles.

»Na dann, Kumpel, dann wollen wir mal –« Der Bademeister winkt Anoush zu sich, die neben Coco steht. Sie sehen beide ziemlich mitgenommen aus. Kein Wunder. Scheiße. Scheiße, wie peinlich!

»Und du nimmst ihn auf der anderen Seite.«

Der Bademeister greift Rio fest unter der linken Schulter, Anoushs Finger sind eiskalt. Gemeinsam ziehen sie Rio auf die Beine. Die sind wie Gummi. Unter seinen Füßen ist kein Boden mehr. Eigentlich müsste er fallen.

»Los gehts, Rio!«

Rio würde ihnen gerne sagen, dass sie ihn loslassen sollen, dass er das alleine schafft. Aber sein Hals ist zu eng, die Zunge liegt viel zu schwer in seinem Mund. Er hat Angst, dass er lallt, dass er es noch schlimmer macht. Im Schneckentempo schlurfen sie los. Alle gucken, alle starren ihm entgegen. Jemand lacht.

»Los, los! Einmal Platz machen!« Der Bademeister fuchtelt energisch mit seiner freien Hand herum, nur kaugummizäh teilt sich die Menge. Der Weg nach unten über die enge Treppe dauert zwei Millionen Stunden, die ganze Stadt ist da, alle, alle, alle sehen zu, alle sehen ihn, alle, alle wissen Bescheid: dass er es nicht hinbekommt, dass er es einfach nicht schafft, wieder normal zu sein. Rio möchte unsichtbar sein und nirgendwo und einfach nur weg.

IN DEN SCHATTEN

Die anderen kommen ihnen schon am Fuß der Treppe entgegen, ganz vorne Flip: »Junge!«

»Oh, Mensch, Rio!«, Nuri sieht ihn besorgt an: »Was war denn da los?« Aber Rio weiß ja auch nicht, er kann nicht erklären, was das da eben genau war und warum er immer noch zittert, als stünde er in Badeshorts im Schneesturm.

»Alter, Bärchi! Was machst du nur für einen Scheiß?« Jarek knufft Rio fest gegen die Schulter.

1, 2, 3, 4 –

»Das war so krass! Rio ist voll zusammengeklappt!«, berichtet Coco aufgeregt. »Ey, ich dachte, der stürzt gleich vom Turm. Ich hab mich so krass erschreckt!«

»Coco!«, ruft Nuri, ein bisschen zu laut.

»Was? Was ist denn? Stimmt doch! Das war voll krank! Und ausgerechnet an seinem Geburtstag! Mann, so ein Scheiß!«

»Coco!«, rufen Nuri und Lale und Anoush und Flip gleichzeitig, aber nur Flip und Anoush grinsen sich danach kurz an.

»Na ja, nu mal halblang, ist ja alles gut jetzt.« Der Bademeister lässt Rio los. Sofort schiebt Flip sich an seinen Platz, zieht Rios Arm über seine Schulter, legt den anderen Arm über seinen Rücken: »Ich mach das!«

Rio sieht ihn irritiert an: Was ist das jetzt für eine Nummer? Doch Flip erwidert seinen Blick nicht.

Der Bademeister nickt zufrieden: »Ab jetzt nur noch Schatten, viel trinken und Ruhe, mindestens ein Stündchen Pause. Und wenn du dir einen Gefallen tun willst, Kleener, dann bleibst du heute ganz raus aus dem Wasser!« Er sieht streng in die Runde: »Also, ich warne euch: Wenn ich die olle Flitzpiepe hier heute noch mal in der Nähe des Sprungturms sehe, dann fliegt ihr alle raus, verstanden?«

»Verstanden«, murmeln Flip und Anoush neben Rio brav, und der Bademeister stratzt über die Liegewiese davon.

Nuri seufzt: »Puh, so ein Schreck! Kommt, wir gehen lieber rüber in den Schatten!«

Flip und Anoush setzen sich in Gang, aber Rio bleibt stehen, stemmt seine Füße ins Gras: »Ihr könnt mich jetzt loslassen, echt!«

»Das passt schon!«, sagt Flip.

»Aber ich –«

»Wir bringen dich noch bis zur Decke, ja?«, schlägt Anoush sanft vor. Den Ton kennt Rio noch aus dem letzten Jahr, vor allem aus der Zeit rund um die Beerdigung. Ihn hat er nicht getröstet, im Gegenteil: er hat gemacht, dass Rio sich winzig und schutzlos gefühlt hat. *Die Leute wollen nur helfen*, hatte Jaime ihm damals erklärt. *Es ist lieb gemeint.* Und wie schon damals sagt Rio nichts, will niemanden vor den Kopf stoßen oder gar verletzen, und lässt sich von Anoush und Flip über die stachelig-trockene Wiese führen, als hätte er keine eigene Kraft mehr und keinen eigenen Willen.

LEGENDÄR

Bleib doch noch!«, bittet Nuri. Und leiser, sodass nur Rio es hören kann: »Ich will nicht, dass du allein bist! Erst recht nicht heute.«

»Wir holen noch mal Pommes, okay?«, schlägt Jarek vor.

Rio schüttelt den Kopf, befreit sich aus dem riesigen Frotteetuch, in das ihn Lale gleich nach Ankunft bei ihrer Decke ungefragt eingewickelt hat, und schlüpft in seine Jeans. Nichts kann er sich weniger vorstellen, als etwas zu essen.

Seit dem letzten Sommer ist Rios Mund kleiner geworden. Er kriegt ihn nicht mehr richtig weit auf. Seit dem letzten Sommer hat Rio das Gefühl, dass nur noch seine Vorderzähne funktionieren. Er kann kleine Bissen abbeißen, aber mit dem Kauen ist es schwierig. Schlucken ist zu Würgen geworden. Und wenn jemand zuguckt, geht das gar nicht, das mit dem Essen.

»Ich hab versprochen, dass ich zum Abendessen zurück bin«, lügt er.

»Aber dann morgen wieder hier, ja?«, fragt Nuri. Rio zwingt sich zu einem extrabreiten Lächeln. Sie soll nicht so traurig gucken: »Klar!«

Nuri lächelt erleichtert zurück. Sie und Lale umarmen ihn kurz, Jarek boxt ihn zum Abschied aus dem Liegen gegen das Schienbein, Flip legt sein zerlesenes Taschenbuch weg und rappelt sich auf: »Ich bring dich noch bis zum Ausgang!«

»Aber ich laufe selbst«, sagt Rio und gibt sich Mühe, es wie einen Witz klingen zu lassen und nicht wie eine Drohung. Er hofft, dass Flip das versteht.

Eigentlich ist es, war es nämlich so: Flip weiß alles, Flip weiß Bescheid. Flip ist Rios allerbester Freund. Seit fast schon immer, seit dem Tag, als der gerade dreijährige Rio den fast vierjährigen Flip vor der Kita vor einem sehr lauten, sehr kleinen Hund gerettet hat. Flips Papa liebt es, davon zu erzählen, die Geschichte vom überängstlichen Flip und Klein-Rio, dem hyperaktiven Helden: Der beißt nur, wenn du Angst hast! Du musst keine Angst haben. Warte, ich lenk den ab! Ich kann supergut Hunde streicheln! Guck mal, jetzt ist er ganz lieb! Oh, guck mal, wie niedlich der ist! Ich liebe Hunde! So sehr! Komm mal, Flip, ich schwör dir, der tut nichts! Siehst du? Der ist doch süß oder? Sooo süß! Tschüss, Hund! TschüssTschüssTschüss! So. Jetzt brauchst du keine Angst mehr haben, nie wieder! Ich bin Rio, das heißt Fluss, aber ich kann noch nicht schwimmen, und dass du Flip heißt, weiß ich schon lange, weil ja immer alle nach dir rufen und weil Flip so ein toller Name ist. Komm, Flip, wir klettern da rauf! Ganz hoch! Oh! Guck mal! Maaavis! Hallooo! Hier sind wir! Hier oben! Guck mal, Flip! Komm, Mavis, komm hoch! Guck mal, Mavis, hier ist Flip. Er kann superschnell klettern und ist schon bei den Dinos und wir sind Freunde!

Bäm!

Damit war alles klar und abgemacht und beschlossen: Freunde für immer! Egal, was kam und was ist und was kommt: fiese Brüder, falsches Faschingskostüm, geheimes Heimweh, Blinddarmentzündung, feste Zahnspange, all diese heftigen Körpermorphsachen, streitende Eltern, wahrscheinlich Legasthenie, Klamottenratlosigkeit, definitiv Legasthenie, Saufwette, Gehirnerschütterung, Bänderriss, der weltkrasseste Liebeskummer, die Scheißscheidung, der Umzug, der Knutschversuch, eine geheimnisvolle, eine fremder werdende Zwillingsschwester,

der Tod.

BÄM.

Sosehr sie sich auch bemühen und anstrengen und unbedingt, unbedingt wollen: gegen den Scheißtod kommen sie nicht so richtig gut an. Seit der Sache mit dem Tod, seit der Sache im letzten Sommer ist Flip irgendwie ein bisschen mehr so was wie Rios selbst ernannter Bodyguard und ein bisschen weniger sein allerengster Freund. Und warum ist Flip eigentlich gerade so ungewohnt schweigsam und dazu so untypisch nervös? Als sie auf dem Weg zum Ausgang auf Höhe der klapprigen Schaukeln ankommen, hält Rio es nicht mehr aus: »Werden wir verfolgt?«

»Hä?«

»Na, weil du dich ständig umdrehst.«

Flip lacht: »Nee, ich wollte nur sichergehen, dass wir außer Hörweite sind. Also, wegen vorhin –«

Rio stöhnt: »Alter, nein! Nicht wieder das! Ich hab doch schon tausend Mal gesagt, dass ich okay bin. Das war nur so ein Schwindelscheiß ... keine Ahnung, die Hitze oder so ...«

Rio zögert. Ach verdammt, es ist Flip!

»Ich weiß nicht ... also ... manchmal ... in letzter Zeit ... ich schlaf nicht so und ich träume so krasses –«

Flip bleibt abrupt stehen, hält Rio am Ellenbogen fest: »Sie hat meinen Arm berührt!«

Rio kapiert nicht, wovon Flip spricht.

»Als wir dich gestützt haben, vorhin, wegen deiner seltsamen Aktion, da hat sie meinen Arm berührt! Ich dachte erst, das ist Zufall, aber nee, das war extra! Erst, als wir fast bei den Decken waren, hat sie ihre Hand weggenommen!« Flip strahlt: »Alter, ich spürs, echt jetzt, das wird was!«

Rio weiß nicht, was er sagen soll. Flip ist Hals über Kopf verliebt, so viel immerhin ist offensichtlich.

»Das war heftig!«

»Kann ich mir vorstellen.« Rio kriegt irgendwie kein Lächeln zustande. Seine Lippen fühlen sich an wie mumifiziert. »Voll krass! Voll gut!«, fügt er eilig hinzu. Er will sich freuen für Flip, wirklich!

Flip nickt: »Wir sorgen dafür, dass dieser Sommer legendär wird, ja?«

»Okay«, sagt Rio mit seinem Mumienmund.

»Legendär!«, wiederholt Flip und weil direkt hinter ihm genau in diesem Moment die Sonne in den Pool fällt, orangeleuchtend-gelb, und weil Flip so richtig wichtig guckt, fühlt sich das plötzlich an wie irgend so ein verrutschter Hollywoodschinken. Das ist besser, entscheidet Rio. Dieser Film. Besser als die scharfkantigen Reste der Realität, über die er Tag für Tag stolpert.

»Legendär«, wiederholt Rio im Filmbro-Style.

Dann klopfen sie einander kurz irgendwo auf dem Oberkörper rum, und dann geht Flip zurück zu den anderen, verschwindet hoffnungsvoll im Sonnenuntergang. Rio trottet durch das Drehkreuz, schlurft an seinem Pferd vorbei, das eigentlich ein leicht eierndes Singlespeed ist und leider zusammen mit den Rädern der anderen abgeschlossen, umgekippt und verknotet zu einer unlösbaren Aufgabe.

BLUT

Rio steht vor der Haustür, hat die Schlüssel in der Hand. Aber schon die Vorstellung, sie ins Schloss zu stecken, zu drehen, die Tür zu öffnen, macht ihn bleischwer. Erschöpft lehnt er sich neben der Tür an die Wand. Die Dämmerung lässt sich Zeit, frisst erst die Farben, dann die Umrisse, verschluckt die Geräusche. Sie verschlingt den Tag, bis nur Dunkelblau bleibt und Stille und das gelbwarme Licht der Straßenlaternen. *La hora azul,* die blaue Stunde. Seine Eltern haben mal versucht, einen Song draus zu machen, vor Ewigkeiten. Früher, als es noch lief mit den Buchungen und Auftritten und *Solo el sol* noch auf allen Radiosendern gespielt wurde, als es aussah, als wäre das jetzt der Durchbruch, als hätten sie es ein für alle Mal geschafft, als dürfte die Musik jetzt ihr Leben sein. War nicht so, so einfach war es nicht, ein Sommerhit bedeutet nichts, genauso wenig wie ein Sommer. Rosa und Jaime suchen seit Langem, brauchen für den Neustart aber dringend etwas, das sich verkaufen lässt. Alles, was ihnen zur blauen Stunde einfiel, war zu melancholisch, zu sperrig, zu traurig, untanzbar und nicht massentauglich, und am Ende haben sie es dann wieder verworfen.

Wie sich alles auflöst im Zwielicht, das gefällt Rio. Der gleißende Sonnenscheinwerfer geht aus, man kann sich verstecken in so einem sehr späten Sommerabend, man kann sich verlieren, man kann sich vorstellen, dass Unmögliches möglich, dass das alles aushaltbar ist, oder sogar, dass das Allerschlimmste nie passiert.

Ein lautes Brüllen zerreißt die Stille, darauf ein unmenschliches Kreischen. Rio stellen sich die Nackenhaare auf. Die schrecklichen Geräusche kommen aus ihrem Haus! Er will die Tür aufschließen, aber vor Nervosität rutscht ihm das Schlüsselbund aus den Händen. Fahrig hebt er es auf, öffnet die Haustür. Was, wenn etwas mit seinen Eltern ist? Er rechnet immer mit allem.

Setzen Sie sich.

Jederzeit können Meteoriten einschlagen, können Welten explodieren.

Wir haben sie gefunden.

Die allererste Trauer war so still, war dumpf.

Rio steht im dunklen Hausflur, horcht. Das Kreischen, das Brüllen ist verstummt, aber da ist so was wie ein Kratzen. Es kommt aus dem Hinterhof. Mit beiden Händen zerrt Rio die schwere Tür auf. Blitzschnell huscht etwas an ihm vorbei. Er fährt herum, sieht gerade noch, wie die einäugige Katze durch die sich langsam schließende Haustür hinaus auf die Straße rast. Es ist gut gegangen! Es ist gut gegangen! Sie lebt! Sie hat den Sturz überlebt! Sie –

Rio stockt.

Da ist Dracula.

Bleich und düster, beflackert vom defekten Licht, steht der schon wieder mitten im Hof. Rio denkt an das ängstliche Kreischen der Katze. An das Brüllen. War ... war das Dracula? Ist der etwa auf die Katze losgegangen?

Unwillkürlich stolpert Rio rückwärts über die niedrige Schwelle zurück, hält sich im Türrahmen fest. Vielleicht ist das heute alles irgendwie ein bisschen zu viel?

Dracula macht einen vorsichtigen Schritt auf ihn zu: »Bist du okay?«

Rio nickt. Sein Blick fällt auf das lederne Band in Draculas rechter Hand. Daran baumelt die Kamera.

Mavis' Kamera.

In Rios Kopf knallt etwas durch. Mit einem Satz stürzt er sich auf Dracula, trommelt mit beiden Fäusten auf ihn ein, er brüllt und brüllt und brüllt. Dann ist die Kraft weg und die Wut, stattdessen bleibt da nur so etwas wie Verzweiflung.

»Gib sie mir!«, stößt Rio hervor. »Sofort!«

Ohne Rio anzusehen, reicht Dracula ihm den schweren Apparat:

»Lag neben der Mülltonne«, murmelt er. »Und ich ... ich dachte ...«

Rio presst die Kamera an sich.

Dracula starrt auf den Boden, pfriemelt an einem schmalen roten Gummiband an seinem Handgelenk herum: »Also, falls ... falls du einen Film dazu hast«, murmelt er, als ob nichts gewesen, als ob Rio nicht gerade auf ihn losgegangen wäre, »falls du 'nen Film hast, bring ihn zum Ortmann, weißt du, diese Drogerie? Die entwickeln dir das, einigermaßen günstig ... in ... in sieben bis zehn Tagen machen die das.«

Rio starrt Dracula perplex an. Gehts noch?

»Fick dich!«, stößt er hervor.

Dracula vergräbt seine Hände in den Hosentaschen, nickt, als gäbe es da irgendwas zu bestätigen. Seine Unterlippe ist aufgeplatzt, es blutet, shit, irgendwie muss Rio ihn da im Gesicht erwischt haben. Nie sah Dracula mehr aus wie ein Vampir. Und wie mittlerweile die meisten Leute in seinem Alter ist auch Dracula größer als Rio, nicht so viel wie Flip oder Jarek oder auch Lale und Anoush, aber immerhin. Er hätte Rio vielleicht nicht plattmachen, sich aber zumindest wehren können. Definitiv. Warum hat er sich nicht gewehrt, als –

Die Haustür wird aufgerissen: »Franz!«

Draculas Vater kommt in den Hof gejoggt, bleibt neben ihnen stehen, zerrt sich die In-Ears raus, balanciert im nächsten Moment auf einem Bein, um das andere zu stretchen. Er ist um Einiges größer als Dracula und erinnert Rio an eine Gottesanbeterin.

Wie immer ist Draculas Vater in Laufkluft: hautenge Leggings und Shirt, neonfarbenes Cap. Er trainiert für den Marathon im Herbst. Niemand weiß, was er hauptberuflich macht, aber auf seinem Instaprofil und Youtubekanal ist er TheRealFlash und spricht von seinen Erfolgen als *Wins*. Niederlagen gibt es nicht, stattdessen aber extrem viele *Challenges* und *Learnings*.

»Gehst du raus?« Der Flash klingt ehrlich erstaunt, fast ungläubig und ein bisschen – hoffnungsvoll? Dracula schüttelt den Kopf. Rio bemerkt, wie er die Unterlippe einzieht, wahrscheinlich soll sein Vater das nicht sehen, das mit dem Blut. Das schlechte Gewissen durchfährt Rio wie ein Schreck. Er versucht es zu ignorieren. Der Flash geht in den Ausfallschritt, grinst, er hat unfassbar weiße Zähne: »Mensch, Rio! Dich hab ich ja ewig nicht gesehen! Wie gehts dir denn?«

»Sehr, sehr gut«, sagt Rio, und das klingt nicht mal ironisch.

»Das freut mich!«, sagt der Flash, und er sieht wirklich so aus, als würde ihn das freuen. »Und deinen Eltern?«

Rio will gerade antworten, dass es seinen Eltern auch sehr, sehr gut geht, als Dracula ihm zuvorkommt: »Hör auf!«, zischt er, ohne aufzusehen. Und für den Bruchteil einer Sekunde huscht dem Flash ein Zweifeln übers Gesicht, oder etwas Dunkleres, so etwas wie Sorge vielleicht? Aber im nächsten Moment ist das hoch motivierte Grinsen zurück und im Übrigen: Was interessiert Rio der Flash?

»Okayokay«, ruft der jetzt, »ich will auch gar nicht stören! Franz, find ich übrigens richtig super, dass du rausgehst! Irgendeine Party?«

»Mhm.«

»Ihr zwei seid doch sogar auf einer Schule, oder nicht?« Der Flash kreist die Arme. »Wie wärs, hängt doch mal ein bisschen zusammen ab! Mh? Was meint ihr? Du könntest doch mitkommen, zu Franz' Party, Rio, was meinst du? Das tut euch beiden bestimmt gut!«

Dem Flash scheint diese völlig absurde Idee einer vollkommen fiktiven Party sehr zu gefallen. Er sieht jedenfalls extrem hoffnungsvoll aus. Dann hält er inne, sieht von seinem stur auf den Boden starrenden Sohn zum schweigenden Rio und wieder zurück. Draculas Vater runzelt die Stirn. Vielleicht dämmert ihm was, vielleicht hat er gerade eins seiner *Learnings*.

»Na ja, jedenfalls, ihr macht das schon!« Er fährt dem weiterhin stoisch auf den Boden starrenden Dracula unbeholfen über den Kopf, hebt die Hand in Rios Richtung, verschwindet im Laufschritt im Hinterhaus.

Dracula versucht, seine Haare zu sortieren, aber da herrscht nach wie vor Chaos. Er wischt sich mit dem Handrücken über den Mund. Aber auch da macht er nichts besser. Jetzt sieht das Blut aus wie verschmierter Lippenstift. Oder, als hätte er tatsächlich jemanden ausgesaugt. Und schon wieder rupft er an dem komischen roten Gummiband rum, lässt es gegen seinen Arm flippen: »Die Kamera ... Sie lag in einer Kiste neben dem Müll, und ich wollte nur ...«

Dracula verstummt und Rio ist es sowieso vollkommen egal, was der wollte, er dreht sich einfach um, geht und lässt ihn im Hof stehen.

SO VIEL OHNE ALLES

Die Kamera schiebt er fürs Erste unter den Schuhschrank. Später, wenn seine Eltern schlafen, wird er sie in seinem Zimmer verstecken.

Wie ist Dracula an die rangekommen? Und wie ist die überhaupt im Hof gelandet?

»Schatz? Bist du das?«

Wer bitte, wer sollte es denn sonst sein? Mh?

Im Spiegel überprüft er sein Gesicht, streicht sich die Haare aus den Augen, reibt sich die Wangen lebendig, streift sich ein Lächeln über den Mund. Besser wirds heute nicht mehr.

»Hey!«

»Ach Schatz, wie-wars-denn-du-hattest-dein-Handy-vergessen-hast-du-nicht-gemerkt-was? Komm, setz dich!« Rosa zieht einen Stuhl zurück. Am Tisch stehen immer sechs Stühle. Zwei davon waren für Gäste, jetzt sind es drei. Auf einem hockt die Stille, auf einem die Trauer, den dritten teilen sich ein paar fiese Gestalten, die ihr Gesicht noch nicht zeigen.

Da stehen Salat und Brot. Da sind Oliven. Da liegt neben drei Cocktailtomaten ein kleines Stück veganer Manchegokäse auf einem riesigen Brett. So ist das sonst nicht. Das mit dem gemeinsamen Abendessen, das haben sie längst aufgegeben.

Rosa und Jaime haben auf ihn gewartet, sie haben das extra aufgebaut, während sie sich Sorgen gemacht haben, weil Rio so lange für den Rückweg gebraucht hat. Dieses klägliche Stillleben ist der Versuch, einen, nein zwei Geburtstage zu feiern, trotz allem, aber ohne dass es jemand merkt. Rosas Blick streift ihn, seine Mutter räuspert sich: »Du, Flip hat angerufen.«

Klar.

Rosa streicht dicht neben Rios Hand über die Tischplatte. Sein Vater reicht ihm das Brot, schiebt die Oliven näher, den Käse. Eine Tomate rollt vom Brett, quer über den Tisch, fällt auf den Boden. Niemand hält sie auf, keiner bückt sich, um sie aufzuheben.

»¡Santo cielo! Was es alles gibt, mittlerweile!«, Jaime sieht zweifelnd auf den blassen Käse. »So viel ohne alles.«

Rio nickt.

»Hast du die Katze eben noch gehört? Unten im Hof?«, fragt Rosa. »Das war vielleicht die gleiche, die uns hier vorhin durch die Wohnung geturnt ist. Ich frag mich, wo die plötzlich herkommt.«

Rio nickt. Andererseits: In dieser Stadt ist das nicht ungewöhnlich, tauchen ständig Dinge, Läden, Menschen auf, nur um dann ebenso sang- und klanglos wieder zu verschwinden.

»Ein Radau war das! Hier, nimm dir von den Oliven, die sind aus dem Glas, aber erstaunlich gut!«

Rio lässt eine Olive auf seinen Teller plumpsen. Sie sieht sehr klein aus und gleichzeitig wie etwas, das im Hals stecken bleibt und einen von innen erwürgt.

»Rio, cariño, willst du darüber sprechen?«, fragt Jaime. Um beiläufiger zu klingen, spricht er mit vollem Mund.

Rio schiebt die Olive auf seinem Teller hin und her. Sie hinterlässt eine Fettspur. Er kann die unmöglich essen.

»¿De qué? Über die Katze?«, fragt er und hofft, dass es das ist. Dass sie sich mit der Katzengeschichte zufriedengeben. »Ich glaube schon, dass es dieselbe war. Sie hatte nur ein Auge, ich denk mal, so oft kommt das nicht vor?«

Aber seine Mutter ignoriert seine Frage.

»Die Sache im Schwimmbad?«, fragt Rosa vorsichtig.

»Ach das!«, Rio hustet ein Lachen hervor. »Das war doch kein Ding, ich glaube, ich hab ein bisschen viel Sonne abbekommen auf der Treppe, ich meine, kein Wunder, es war so verdammt heiß heute und ich –«

Sein Vater sieht Rio eindringlich an: »Komm schon, pequeño, erzähl uns doch nichts!«

Rosa legt ihre Hand auf Jaimes Arm. Der zieht ihn weg. In Rosas Gesicht verrutscht etwas. Seit Rio auf seine Eltern aufpassen muss, entgeht ihm nichts mehr. Ihre kleine Welt schmilzt unter dem Brennglas, nichts ist bedeutungslos. Nicht ihre Blicke, nicht die ungeöffneten Rechnungen, nicht Rosas Geheimnis hinter dem Waschbeckenschrank im Bad. Und nicht mal der verdammte vegane Manchego. Rio ist fast Vegetarier, es war Mavis, die versucht hat, ganz vegan zu leben. Ständig gab es Streit deswegen. Jaime und Rosa hatten nie viel Verständnis für Hafermilch und Lupinengeschnetzeltes. Teures, extravagantes Zeug. *Das können wir uns momentan nicht leisten, meine Dame.* Aber heute ist der vegane Käse ein *Wir denken an dich,* ein *Verzeih uns bitte,* ist ein verzweifelter, ein vergeblicher Wiedergutmachungsversuch.

Veganer Manchego, denkt Rio, ist eine der traurigsten Angelegenheiten der Welt. Und nicht, weil das Zeug nach so wenig schmeckt, dass es im Minusbereich liegen müsste, sondern weil der Käse, so speziell und zurückhaltend er auch ist, keine Chance hat, etwas nachzuholen, etwas auszugleichen, etwas wiedergutzu machen oder gar etwas zu feiern, an einem Tag, an dem keinem von ihnen nach Feiern ist.

Jaime beugt sich weit über den Tisch, sieht Rio aus seinen müden Augen eindringlich an: »¡Corta el rollo, Rio! Du weißt doch, was wir meinen!«

Für einen Moment schafft Rio es, den Blick seines Vaters zu erwidern:

»¡No, de verdad, alles okay! Vielleicht zu viel Sonne, vale, quizá, aber echt: sonst ist alles gut! Mir war wirklich nur ein bisschen schwindelig!«

Jaime zieht die Augenbrauen hoch. Er weiß mehr, er weiß

vielleicht alles. Rio sieht seinem Vater an, wie der mit sich ringt, wie gerne der ihm wieder näher wäre, und wie das vollkommen unmöglich ist. Sie haben ihn nicht mehr umarmt, nicht mehr gedrückt, seitdem. Sie klopfen nur noch, manchmal streicheln sie flüchtig, fuchteln hilflos in seiner Nähe herum. Es gibt niemanden mehr, der Rio richtig anfasst, ihn so richtig festhält, so, dass es sich nach Sicherheit anfühlt. Und das ist bestimmt gut so. Das muss genau so sein, versucht Rio sich einzureden. Weil er nämlich immerimmerundimmer stürzt und weil Festhalten Mitstürzen bedeutet und wer-weiß-wohin.

Wir kamen zu spät. Sie war sofort tot.

»So geht das nicht weiter mit dir«, sagt Rosa bestimmt. »Du brauchst Hilfe. Das geht schon zu lange so!«

Rio beißt sich auf die Zunge. Wie lang ist zu lange? Und was bedeutet »so«?

»Leute, echt! Ich komm doch klar! Ich mach doch alles!«

Rio spürt, wie ihm die Tränen in die Augen steigen. ShitShitShit. Er zwinkert sie weg. Rosa schüttelt traurig den Kopf und Jaime nickt und das bedeutet leider ganz genau dasselbe: Nein, so geht das nicht.

»Wir müssen weitermachen. Nicht nur du, wir alle!«, sagt Rosa sanft.

Das weiß er doch! Das weiß Rio ja!

Sein Vater nickt, lächelt Rio unsicher an, sieht dann Hilfe suchend zu Rosa hinüber, die übernimmt: »Und deswegen kommt morgen Vormittag Miranda vorbei und dann gucken wir mal, was wir so zusammen auf die Beine stellen können.« Rosa wirft Rio einen verstohlenen Blick zu.

»Das ist doch super!«, versichert er schnell. Miranda. Miranda wohnt auf der anderen Straßenseite, schräg gegenüber in einer maroden, mit Platten, Videos, CDs, Büchern, Telefonen und stapelweise Adressbüchern zum Bersten vollgestopften Altbauwohnung und war vor Jahrhunderten mal Managerin irgendeiner abgehalfterten Rocklegende. Sie liebt Rosas und Jaimes alten Sommersong *Solo el sol*, und seit Ewigkeiten liegt sie ihnen in den Ohren, dass sie es noch mal versuchen sollten, mit dem Musikbusiness und mit dem Anschlusshit. Miranda spürt nämlich, dass *das was werden kann*. Was ganz Großes.

Mit Miranda arbeiten, da waren Jaime und Rosa sich bis vor Kurzem noch einig, das ist etwas, was ganz grundsätzlich und niemals infrage kommt. *Lieber stellen wir uns wieder auf den Alex!*, hatte Rosa verkündet. Und jetzt das. Wie sich Dinge ändern können. Ständig ändert sich alles. Und da ist noch etwas, da ist mehr als Miranda. Jaime verschränkt die Arme vor der Brust, nickt Rosa aufmunternd zu. Die richtet sich kerzengerade auf, wappnet sich. Irgendwie klar, dass das mit Miranda noch nicht alles war.

»Was?«, fragt Rio nervös.

»Wir haben vorhin endlich angefangen, das Zimmer auszuräumen«, sagt Rosa leise.

Rio schüttelt den Kopf.

Nein. Das geht nicht. Das ist mein Raum. Darin leben meine Dinge.

»Okay«, presst Rio hervor und schickt mit seinem Mumienmund ein Grinsen hinterher.

»Wir sortieren ein wenig aus.«

Die Kamera. Meine Kamera.

Rosa und Jaime waren das: Sie haben die Kamera aussortiert, sie unten neben die Mülltonne gelegt, als wäre es irgendein Abfall, eine ihrer unbezahlten Rechnungen oder ... oder eine Müslipackung oder so. Etwas, das man einfach so loswerden kann.

»Und dann haben wir telefoniert. Und ... Knut kommt vorbei, Rio. Den mochtest du doch! Und er kann dir ganz, ganz sicher besser helfen als wir.«

»Ich brauche keine Hilfe, ich hab Ferien!«

»Schluss jetzt, cariño, ¡por favor!«

»Okay, ja. Meinetwegen treffe ich mich mal mit dem, como querais.«

Sie lächeln ihn erleichtert an. So schwer ist es nicht, es ihnen einfacher zu machen. Warum stellt er sich nur mit allem so an?

Rio steht auf: »Ich bin ein bisschen müde …«

»Sí, claro. Duerme de maravilla, cariño.«

»Schlaf schön, mein Liebling!«

Träum sanft, schlaf schön.

Ob sie wissen, dass das ein Ding der Unmöglichkeit ist?

MASSNAHMEN

Alle Fenster stehen offen. Im Hof improvisiert die Nacht einen Sommer-Remix: Gesprächsfetzen, Filmschüsse, Geschirrklappern, jemand stöhnt, jemand singt, jemand schreit, jemand lacht, dazu Musik: *Livin' la vida loca, Forever Young, Watermelon Sugar* auf Repeat, *Kunstfreiheit* und, natürlich: *Solo el sol.* Diese Nacht könnte jede Nacht sein.

Er hat sich bis auf die Badeshorts ausgezogen, hockt auf dem immer noch sonnenwarmen Holzboden vor seinem Bett und friert. Das Deckenlicht brennt, dazu die Schreibtisch- und die kleine Nachttischlampe – alles Maßnahmen gegen den Schlaf, gegen die Träume. Und als wolle es Rio beim Wachbleiben helfen, gibt sein Handy ununterbrochen Signaltöne von sich.

WER BITTE IST FRANZ

Flipse

alter wo bist du? meldest du dich bitte mal???!

RiYo

Zu Hause. Keine Panik. Alles gut. 😁🥳😜

Flipse

du bist so ein emojiloser. ich versteh kein wort.

RiYo

👍

Flipse

echt ich kapiers nicht

RiYo

🥸

Lale

Jungs?

Flipse

?

RiYo

¿?

Flipse

🤣✋

Lale

Ruhe jetzt. Hier wollen Leute schlafen.

Flipse

dann schalt halt aus lale

Lale

Das kann ich nicht. Das geht zu weit.

RiYo

ok. buenas noches

Lale:

Ja, schlaft gut, Leute!

Flipse

morgen gehts weiter

RiYo

womit?

Flipse

mit dem legendären sommer 🥳🥳🥳

Lale

Klappe jetzt, Flip!

RiYo

friede sei mit euch 🕊

Nu

ich hasse gruppenchats

Flipse

penn einfach weiter nuri

Lale

Jarek? Wo bist du? Schläfst du etwa?

Nu

Sein Akku ist schrott!

Lale

Wie macht er das immer?

RiYo

er hat so seine methoden

Lale

Erzähl mir mehr!

Nu

Und, übrigens: das heute mit Franz ging echt gar nicht

Flipse

wer bitte ist franz???

SÜSSIGKEITEN SORTIEREN

Rio schaltet die Nachrichten auf stumm, wählt den schrillsten Ton seines Timers, stellt ihn auf zehn Minuten. Und jetzt Candy Crush. Durchhalten, niemandem mehr Sorgen bereiten, nicht einschlafen, das sind Rios Missionen für diese Nacht. Und für die nächste und für die darauf, so lange, bis der Sommer endlich vorbei ist und keiner mehr so genau hinschaut.

Geleebonbons, Lutschbonbons, Zitronen-Drops, Kaubonbons, Lollipops und die Trauben, die irgendwie nicht so richtig zum Konzept passen: rot, orange, gelb, grün, blau und lila. Dieses Spiel hat kein Ende. Und obwohl der Rest daran extrem nervt: Das ist eine ziemlich gute Sache.

Rio starrt auf seinen Daumen. Da klebt etwas Rotes, das Blut sein könnte. Er hat Dracula wehgetan, ihn verletzt. Wie macht man so was wieder gut? Ist das überhaupt möglich? Das bleibt doch jetzt, dass er das getan hat! Und: Dreht er jetzt durch? Rio öffnet das Suchfenster des Browsers. Kann man vom Wachbleiben durchdrehen? Wie lange hält man das aus? Wie lange kommt ein gerade sechzehnjähriger Mensch ohne Schlaf aus? Drei Tage? Vier Wochen? Ein Jahr vielleicht, wenn man ganz, ganz langsam lebt und nicht so viel denkt? Soll er das nachgucken? Rio zögert: Was hilft ihm das Wissen? Es gibt ja keine Alternative. Außerdem: Das mit Dracula, das war nicht der fehlende Schlaf, das war die Wut. Darüber erleichtert zu sein, ist wahrscheinlich absurd, aber was solls, so ist er jetzt anscheinend.

Rio reibt sich die Augen, schiebt sich wieder ein Stück hoch, drückt seinen Rücken in das harte Bettgestell. Nicht einschlafen. Bloß nicht einschlafen. Dracula geht ihm nicht aus dem Kopf, wie der da eben stand, mit seiner blutigen Lippe, und vorher, mit den anderen, die Augen geschlossen, wie er auf dem Boden gehockt hat.

Auf den Dielen unter Rios Fingern klebt Glitter. Der stammt noch vom letzten Jahr. Wobei, nein, Quatsch. Das muss vom vorletzten Geburtstag sein. Am letzten Geburtstag hat niemand Glitter geworfen.

ALLES GUTE, RI!

Sie hätte da sein und er etwas ahnen müssen. Seit er sich erinnern kann, hatten Mavis und er die Nacht vor ihrem Geburtstag immer in einem Bett geschlafen. Weil es praktischer war und gerechter, denn so konnten Jaime und Rosa den Zwillingen gleichzeitig gratulieren. Die Vorgeburtstags-Nacht war etwas Besonderes, die gehörte nur ihnen beiden. Und obwohl oder gerade weil sie Jahr für Jahr fast unmerklich ein bisschen weniger Zeit miteinander verbrachten, ihre Alltage sich immer seltener kreuzten, war diese eine Nacht so unfassbar wichtig. Am Vorgeburtstags-Abend gab es Bestellpizza und Spezi im Bett und dazu irgendeinen Pixar-Film. Und dann kam die Vorgeburtstags-Nacht. In der zogen Rio und Mavis sich die Decke über den Kopf, trafen sich in ihrer schummrig-warmen Höhle und brachten einander auf den neusten Stand: Rio verriet Mavis, dass er Lale ein bisschen toll fand und im nächsten Jahr dann die Neue aus der Klasse über ihnen, die sich leider so ganz und gar nicht für ihn interessierte, und im Jahr darauf plötzlich wieder Lale, oder vielleicht auch eigentlich und irgendwie, aber ja: ein ganz kleines bisschen, also, Flip, also irgendwie war der auch ein bisschen, also, mh, *schön*? Aber Lale ja eben auch, auf eine so unfassbar, hm, fundamentale Art … In der Geburtstagsnacht gestand er Mavis, dass er vollkommen planlos war, was das sollte mit ihm und dem ganzen undurchsichtigen Verliebtheitsgedöns und dem vielen Hin und Her in seinem verdammten Herzen, falls das überhaupt das Herz war, das da ab und zu Aussetzer hatte und ständig so dermaßen aus dem Rhythmus kam. Und Mavis nickte nur in den vertrauten Deckenschummermuff, hörte einfach zu und knutschte ihn, als er fertig war, lautstark auf den Kopf: Dein Herz ist schon okay, Ri. Und wenn das so ist, mit Lale oder eben Flip, dann muss das auch genauso sein!

Und dann war sie dran, gestand Rio, dass sie sich im Mai heimlich einen Hamster gekauft und ihn Agnes genannt hatte, so wie Oma. Agnes hatte in einem Karton hinten im Schrank gelebt, den Mavis überall mit hingenommen hatte, aber nach ein paar Wochen war Agnes leider gestorben, und das, obwohl Mavis sie doch täglich mindestens zehn Minuten ans Licht gelassen hatte. Und Mavis erzählte Rio, dass sie ab und zu Entschuldigungen fälschte, weil das mit der Schule gerade echt nicht so ihr Ding war. Und dass sie *Solo el sol* nicht mehr hören konnte, dass es sie unfassbar nervte, ständig auf ihre ehemals berühmten Eltern angesprochen zu werden, die sich Mavis' Meinung nach von Musikgartenshow zu Musikantenstädle zu Fernsehlaube immer mehr zu Witzfiguren machten und völlig vergaßen, warum sie das mit der Musik überhaupt einmal angefangen hatten. Warum sie früher Tag für eiskalten, brütend heißen Tag mit Gitarre und blecherner Box auf den großen Plätzen der Stadt verbracht hatten. Und Rio nickte, hörte zu und war sich vollkommen sicher, dass Mavis immer recht hatte und genau richtig so war, wie sie eben war.

Es gab diesen Pakt: Alles, was in der Vorgeburtstags-Nacht besprochen wird, war ihr Geheimnis! Und: Ihre gemeinsame Vorgeburtstags-Nacht war Gesetz.

Doch das hatte Mavis im letzten Jahr gebrochen. Sie war nicht aufgetaucht. Nicht zu Hause, nicht in seinem Zimmer. Nicht zum Pizzaessen, nicht zum Filmgucken und nicht zum Geheimnisaustausch. Auf Rios Nachrichten hatte sie nicht reagiert, und als er sie anrief, ging immer nur die Mailbox dran.

Macht ja nichts, hatte er seinen Eltern versichert und kurz überlegt, ob er die Anderen anrufen sollte, fragen, ob noch was geht, ob sie ihm spontan Gesellschaft leisten. Sicher hätten sie sofort Ja gesagt, aber er hatte sich schnell dagegen entschieden. Es konnte schließlich sein, es war sogar sehr wahrscheinlich, dass Mavis noch auftauchte. Bestimmt hatte sie einen guten Grund für ihre Verspätung. Der Vorgeburtstags-Abend und die Vorgeburtstags-Nacht waren ihr schließlich genauso wichtig wie ihm, da war er sich absolut sicher.

Er hatte sich die Pizza allein reingestopft, hatte mit *Oben* angefangen und dann auf *Toy Story* umgeschaltet, weil ihm *Oben* zu traurig war. Er hatte sich alle Teile reingezogen und danach noch mit *Monster AG* begonnen. Weil er nicht ohne sie einschlafen wollte und weil er ehrlich gesagt immer noch hoffte. Aber kurz bevor Sully und Mike Buh das erste Mal trafen, hatte er den Film ausgeschaltet und noch mal sein Handy hervorgezogen, eilig getippt:

RiYo
Mavi? wo bist du???

Aber auch auf diese Nachricht war keine Antwort gekommen, das Häkchen hinter den Nachrichten blieb grau und einsam, und er hatte sich immer noch keine Sorgen gemacht, sondern sich ein bisschen geärgert, und dann hatte er lieber an den Freitagabend gedacht, vor siebeneinhalb Wochen. Wie sie bei Flip Sonic gezockt hatten und der beiläufig gefragt hatte, ob sie das mit dem Knutschen eigentlich mal ausprobieren sollten, so ganz unverbindlich, quasi übungsmäßig, und wo seine Brüder ja ausnahmsweise alle mal außer Haus waren und sie also ungestört. Wie Rio möglichst lässig die Schultern gezuckt hatte: *Was solls? Kein Plan. Warum nicht?* Wie sie dann aber nicht gewusst hatten, wie sie das angehen sollten, unverbindlich hin oder her, und wie Rio es dann einfach versucht hatte, und wie sie dabei etwas kollidiert waren, mit der Stirn, weil Flip es im gleichen Moment nämlich auch versuchen wollte. *Oh Mann, shit, sorry, sorry, sorry!* Wie sie das ein bisschen rausgehauen hatte, aus der ganzen Knutschgeschichte. Wie sehr sie, wie lange sie darüber gelacht hatten, ein bisschen zu lange und ein bisschen zu laut und ohne einander anzusehen, und wie Rio all seinen Mut zusammengenommen und schließlich *noch mal?* gefragt und Flip augenblicklich mit dem Lachen aufgehört und *Klaro, das eben zählte ja nicht* gesagt hatte. Wie sie es noch mal probiert hatten, aber viel vorsichtiger, fast sanft, aber wirklich nur fast, eigentlich war es ja eh alles rein technisch und nur probemäßig und so. Jedenfalls: Wie erstaunlich weich Flips Lippen waren und wie krass hart seine Zahnspange im Vergleich, und wie er geschmeckt hatte: nach Club-Mate und nach Peperonichips, und Rio selbst wahrscheinlich auch. Wie Flips Hand über Rios Arm, dann über seine Schulter wanderte, und wie sie plötzlich auf seinem Rücken lag, krass warm. Wie sie ein bisschen rumgefummelt hatten, bis ganz, ganz knapp, also nur so ungefähr bis fast unter den Hosenbund, und wie das aufregender war als so ziemlich alles, was Rio jemals erlebt hatte, aber irgendwie auch komisch, weil halt: Flip. Wie der ihn plötzlich losgelassen hatte, wie er *Puh, Alter* gerufen hatte und *Du bist schon ganz schön heiß, Riolo,* und dann *Aber ich glaube, ich bin echt in Anoush verknallt.* Wie er Rio von der Seite beobachtet hatte. Wie Rio genickt und wie er *Klar* gesagt hatte, und wie er sich räuspern musste, weil seine Stimme ein bisschen, ganz komisch, irgendwie rau war, und weil es ja vollkommen logisch war, das mit Anoush, und klar sowieso und ja auch vollkommen okay. Weil Flip ja zwar auch ganz schön heiß war und sich extrem gut anfühlte, so nah, und ziemlich hübsch war Flip sowieso, so wie nur Flip hübsch ist, und das fand, das findet nicht nur Rio, das ist einfach so, und, tja, ein bisschen *süß* war er ja tatsächlich irgendwie auch, aber eben zuerst und vor allem Rios allerbester Freund seit fast immer und übrigens ja in Anoush verliebt und Rio sicherlich auch bald wieder in irgendwen, wen auch immer, was auch immer da los war, chaotischerweise, mit ihm. Sie hatten sich die Pullis zurechtgezogen und Rio war kurz ins Bad und hatte dort ein bisschen vor dem Spiegel gestanden und geguckt, ob jetzt irgendwas irgendwie anders war (war es nicht), so ein ganz kleines bisschen geküsst, wenn auch nur übungsmäßig und im Großen und Ganzen rein technisch, und Flip hatte währenddessen neue Mate geholt und Partynüsse, und dann hatten sie weitergezockt, bis spät in die Nacht, so wie immer, so, wie sie es bis vor einem Jahr an den allermeisten Freitagen gemacht hatten.

Alles okay mit uns?, hatte Flip zum Abschied gefragt, und Rio hatte nur ganz kurz überlegen müssen, und dann hatte er genickt und war so dermaßen erleichtert, dass sie das geklärt hatten.

Nur Mavis erzähle ich es, okay?

Klar. Mavis ist was anderes.

Die Geschichte mit Flip war eindeutig was für die Vorgeburtstags-Nacht, aber als Rio früh am Geburtstagsmorgen aufwachte, lag Mavis immer noch nicht neben ihm. Stattdessen standen seine Eltern vor dem Bett, Jaime hatte den Kuchen in den Händen, mit Zitronenzuckerguss und Smarties, also alles wie immer, und selbstverständlich mit zwei symbolischen Kerzen obendrauf.

Wo ist denn deine Schwester? Ist Mavis etwa immer noch nicht wieder da?

Ich weiß nicht …

Das kann doch nicht sein! Wann hast du sie denn das letzte Mal gesehen?

Gestern Morgen, glaub ich.

Aber er hatte es nicht nur geglaubt, er hatte es ganz genau gewusst, er hatte sich bloß nicht getraut, das zu sagen.

Ich rufe jetzt die Polizei! Wirklich, Jaime, ich habe ein ganz schlechtes Gefühl! So lange war sie noch nie weg, ohne Bescheid zu sagen.

Aber wollen wir nicht erst mal alle anrufen? Mavis ist vierzehn, nicht drei –

Fünfzehn –

Irritiert hatte sein Vater erst Rio, dann den Geburtstagskuchen in seinen Händen angesehen, und dann hatte Jaime die Kerzen darauf ausgepustet, obwohl ja sie das hätten machen müssen, Mavis und er, wie immer, und sich etwas wünschen, etwas, das streng geheim bleiben muss, weil es sonst nicht wahr werden kann.

Ich rufe jetzt die Polizei an, und ich sorge dafür, dass die sie suchen. Die können sicherlich ihr Handy orten.

Ich glaube, das ist aus. Der Akku –

Ach was!, hatte seine Mutter ihn unterbrochen: *Die haben da ganz sicher irgendwelche Möglichkeiten!*

Und dann waren sie und Jaime wieder gegangen, mit dem Geburtstagskuchen. Und die Geschenke lagen auf Rios Decke, und wo die später eigentlich hingekommen sind, weiß er bis heute nicht. Er hatte die anderen gefragt, per Gruppenchat, ob die oder irgendjemand sonst was wüssten, doch niemand hatte Mavis gesehen, niemand hatte was gehört, und wenig später hielt er es nicht mehr aus, so alleine:

RiYo

Bitte kommt.

Und Flip und Nuri waren eh schon längst auf dem Weg, und Lale und Jarek kamen sofort, waren und blieben bei Rio, und wenig später saß schon die Polizei am Esstisch:

Das passiert in dem Alter häufig und die allermeisten kommen zurück.

Es ist nur, es ist ihr Geburtstag.

Wirklich? Na ja, vielleicht ist sie einfach feiern?

Aber doch nicht ohne Rio, niemals ohne ihren Bruder!

»Alles Gute, Mavis«, flüstert Rio in den Sommerremix hinein.

UNSER GESICHT

Guck mal, Ri, unser Gesicht!

Nein.

Guck!

Ich will nicht. Ich will das nicht sehen.

Wenn du nicht hinguckst, bin ich weg.

Das ist Erpressung.

Ist es nicht. Mein Gesicht ist dein Gesicht und dein Gesicht ist mein Gesicht und ich bin du und du bist ich, weißt du noch? Weißt du das etwa nicht mehr?

Doch, aber –

Guck hin! So schlimm sieht das doch gar nicht aus. Guck mal!

Lass mich! Geh weg!

Okay.

Nein, warte!

WAS GUTES

U*nser Gesicht.* Er tastet vorsichtig. Sein Gesicht ist nur sein Gesicht, und sein Gesicht ist okay. Es ist der Tag *danach,* es ist ein Jahr später. Und: Es ist Morgen. Es ist Sommer. Ein Feriensamstag. Ende Juni. Er ist hier. In seinem Zimmer. Neben dem Bett. Er liegt auf den Dielen, alles gut, alles gut, der Boden ist trocken. Sein Kopf dröhnt, seine Zunge liegt pelzig im Mund. Aber es scheint zu helfen, dass er, egal wie durstig er ist, nach sechzehn Uhr nichts mehr trinkt. Damit *es* nicht noch mal geschieht. *Es* war vor ein paar Tagen. Die nasse Hose. Der große Fleck auf dem Bettlaken. Es hat gedauert, bis er verstanden hat, was ihm da passiert war, im Schlaf, während er den ganzen Horrorkram geträumt hat. Er hat sich noch nie so geschämt.

Bravo!, hat Jaime gerufen, als er Rio, nur in ein Badetuch gewickelt, an der Waschmaschine erwischt hat, wie der dort hektisch seine Schlafsachen und sämtliches Bettzeug reinstopfte, *find ich gut, dass du deine Wäsche jetzt selbst machst.* Jaime hat nicht gegrinst, nicht verschwörerisch gezwinkert, er hat Rio nur kurz gezeigt, welches Waschmittel das richtige ist und welches Programm. Dann hat er Rio in Ruhe gelassen. Er ahnt, was sein Vater gedacht hat: es gibt andere, es gibt bessere und altersgemäßere Gründe, früh am Morgen leicht verstohlen das Bett neu zu beziehen. Rio hat sich nicht getraut im Netz nachzugucken. Ob so was normal ist. Ob so was Unsagbares passieren kann, wenn man ein kleines bisschen aus der Bahn geraten ist. Denn: Was, wenn nicht?

Atmen. Ganz tief. An etwas Schönes denken. Und wenn schon

nicht schön, dann immerhin: etwas Gutes? Er hat was: das Schöne am Sommer ist, dass die Tage so lang sind, bis in die Nacht hineinreichen und der Morgen der Dunkelheit schon früh ihre Tiefe und den Schrecken nimmt. Im Sommer hat die Nacht nicht so viel Zeit, ihn fertig zumachen, haben die Träume nicht so viel Raum. Das ist gut. Und noch etwas: die Fotos! Heute bringt er den Film weg. Die Fotos, da ist Rio sich sicher, sind etwas sehr Gutes. Etwas, was ihm helfen, etwas, womit er seine Eltern zumindest für ein paar Momente wieder ein bisschen leichter machen kann.

Und Flip hat geschrieben. Wie jeden Morgen, seitdem:

Flipse

riolo! hab dein rad in den hof gestellt. Kommste?

RiYo

weiß nicht, flipse? wohin?

Flipse

wir hängen bei lale ab

RiYo

wann?

Flipse

in etwa drei sekunden
alter, bist du noch da? anoush kommt auch

RiYo

dann brauchst du mich ja nicht 😉

Flipse

ey komm einfach!!!

RiYo

mal sehen. muss noch was erledigen

Flipse

sehr geheimnisvoll heute was denn

RiYo

nur was für meine eltern. sorry, nicht spannend. 👽

Flipse

mach keinen 💩

RiYo

gleichfalls 😁

Flipse

du mich auch rio-brio

RiYo

arschloch

Flipse

😘

RiYo

🪣

Flipse

whatever. also rück raus was machst du

RiYo

Ich geh gleich kurz zur drogerie

Flipse
deo kaufen?

RiYo
🖕

Flipse
wegen der scheiss fotos oder
rio?

RiYo
🤫

Flipse
lass den mist. ok?

RiYo
okok

Flipse
👍
weißt du was?
es ist ganz schön heftig auf dich aufzupassen

RiYo
DU MUSST NICHT AUF MICH AUFPASSEN!!!!

Flipse
ach so na dann 🤡🤡🤡

RiYo
ECHT NICHT!!!!

Flipse
au schrei nicht so

RiYo
sorry

Flipse
👍 *wir sehn uns*

RiYo
👍👍

Flipse
und kein scheiss. no shit. no scheisso

RiYo
nope

Flipse
versprochen?

RiYo
FLIP!!!

Flipse
versprochen?

RiYo
versprochen

GEMEINSCHAFTSPROJEKTE

Als Rio vom Ortmann nach Hause kommt, hört er schon im Flur ihre Stimmen. Er lugt durch die Tür, tief versunken im alten Sofa sitzt Miranda. Daneben liegt Caliban und schnarcht grunzend. Und neben dem Dackel hockt Knut, der Trauerbegleiter. Miranda hat eine Kaffee-, Knut eine Teetasse in der Hand. Die Teetasse hat Mavis, die Kaffeetasse hat Rio getöpfert. Das war in der vierten Klasse und ein Muttertagsgeschenk. Beide Tassen sind eigentlich unbrauchbar, weil die Henkel fehlen und man sich heftig die Finger verbrennen kann. Vielleicht gucken Miranda und Knut deswegen so verkniffen?

»Schätzchen!« Rosa kommt aus dem Bad gestürmt, eilt auf ihn zu, zieht ihn aus dem Schutz der Garderobe mitten ins Zimmer. Vor Miranda und Knut zu stehen, das ist wie auf einer Bühne zu sein. Es gibt wenige Orte, an denen Rio sich unwohler fühlt als im Scheinwerferlicht.

Ich weiß wo: Beim Bestatter. Auf dem Friedhof. Beim Leichenschmaus, den irgendwer in Lebensfeier *umgetauft hat. Was es nicht weniger traurig gemacht hat.*

Miranda erhebt sich mühsam aus dem Sofa, kommt auf Rio zu und bleibt dann abrupt stehen. Sie ist vorsichtig geworden. Nach der Beerdigung, im Café, hatte sie versucht ihn zu umarmen, und er war zurückgestolpert, bis er mit dem Rücken gegen die Wand krachte, so, als sei die alte Dame irgendwie gefährlich. Sie hatte hilflos ausgesehen, wie sie da stand, beide Arme ausgestreckt, wie versteinert. Und er hatte sich so geschämt. So sehr, dass er sie danach besucht hatte, inklusive Blumen und Marzipanschokolade, und Miranda hatte *Aber das war doch nicht nötig* gesagt und Rio etwa tausend Mal *Ich weiß, aber trotzdem.* In den folgenden Wochen war er immer wieder bei ihr aufgekreuzt. Er hatte versucht, ihr und sich selbst weiszumachen, dass er das nur und allein für sie tat, obwohl ihm und höchstwahrscheinlich auch ihr klar war, dass er einfach nicht wusste wohin sonst: zu Hause war nicht mehr zu Hause, zu Hause konnte er nicht sein, jedenfalls nicht ständig. Und bei den anderen gab es zu viele Blicke, zu viele Fragen, zu viel nicht-mehr-sein-wie-vorher. Rio hatte versucht, sich nützlich zu machen, seinen Besuchen in Mirandas vollgestopfter Wohnung einen Sinn zu geben: er hatte geputzt, er hat Miranda Queen vorgespielt und Marianne Faithfull und die Beatles und Nena, auf ihrem vollkommen verstaubten Klavier. Und einmal hat er sogar für sie gekocht, Hühnchenfrikassee mit Reis, fix und fertig, wie bestellt. Aber irgendwas daran war anscheinend nicht okay gewesen, jedenfalls hat Miranda ihn nie wieder an ihre antike und garantiert hochgradig explosionsgefährdete Mikrowelle gelassen. Und aufräumen sollte er bitte auch nicht mehr: *Du hast doch dein Leben, mein Kind! Genieß es! Geh raus!*

Dass Rio tausendmal lieber tief versunken in Mirandas kratzigen 70er-Jahre-Sesseln in ihrem zigarettenrauchstickigen Raufaserzimmer rumsaß, möglichst dezent die angebotenen Schnapspralinen und weißlich angelaufenen Merci in seinem Rucksack verschwinden ließ, mit ihr den unzähligen, ununterscheidbaren Rocklegenden lauschte, denen sie angeblich zu wahrer Größe verholfen hatte, die allerdings definitiv alle nicht Queen oder Nena, oder, soweit er das wusste, überhaupt irgendwie bekannt waren, dass er mit dem konstant pupsenden, strähnigen Caliban auf seinem Schoß besser klarkam als mit allem, was draußen auf ihn wartete, das konnte er ihr durch sein leises *Mhm* anscheinend nicht vermitteln.

»Rio, mein Lieber!«

»Hallo.«

Miranda schiebt sich an Rio vorbei zu Rosa, hakt sie unter: »Der Kleine wird mal ein richtiger Herzensbrecher!«, flüstert sie Rosa extra laut zu.

Rio spürt, dass er knallrot wird.

»Wenn wir den Süßen wieder ans Piano und dann zurück auf die Bühne bringen, dann aber oho!«

Boah, nee, wie peinlich!

»Riolein, du spielst doch so schön! Wie wärs, wenn du deine Eltern unterstützt? Bei ihrem Comeback? Hm? Ihr, als Familie? Mavis hätte das sicherlich sehr gefreut!«

»Miranda, bitte!«, fleht Rosa. Anscheinend haben seine Eltern auch das mit Rio und der Musik zum Tabuthema erklärt. Er hat immer gespielt, passabel Gitarre und ziemlich gut Klavier. Im letzten Jahr hat er damit aufgehört, ohne es selbst wirklich zu merken. Der Drang zu spielen war einfach weg. Seine Gitarre verstaubt da hinten in der Ecke und auch auf dem Klavier, das er sich mit Mavis geteilt hat und an dem sie, wenn es um Auftritte ging, so unendlich viel besser war als er, liegt eine feine Staubschicht. Wie in so einem altmodischen Gruselfilm.

»Aber er ist doch so talentiert!«, beginnt Miranda erneut. Ihr Enthusiasmus und ihre Euphorie und der Mangel an anderen Optionen waren es, die Jaime und Rosa dazu gebracht haben, es noch einmal mit ihr zu versuchen. Aber schon nach den paar Minuten mit Miranda sieht Rosa völlig erledigt aus. Vom Sofa aus kommt ihnen Caliban mit einem ohrenbetäubenden Furz zu Hilfe.

»Ich mach mal kurz das Fenster auf«, murmelt Knut.

Miranda zieht Rosa mit sich: »Und wir zwei Hübschen, wir machen uns an die Arbeit, ja?« Doch die zögert: »Braucht ihr noch was?«, fragt sie Rio in ihrem besorgtesten Ton.

Ein neues Leben.

»Nö, alles super!«, behauptet Rio und streckt sogar den Daumen in die Luft.

Rosa deutet zum Esstisch: »In der Kanne ist noch Tee!«

Das bezweifelt Rio. Auch die Kanne ist selbst getöpfert. Ein Gemeinschaftsprojekt der Zwillinge. Soweit Rio sich erinnert, gab es die Kanne zum Vatertag, als Ergänzung zu den Muttertagstassen. Die Kanne ist schmutzig braun, weil sie sich nicht auf eine Farbe hatten einigen können und in einem wilden Schaffensrauschstreit nach und nach alle Farben auf dem Ton übereinandergeschmiert hatten. Wie es sich gehört, waren Rosa und Jaime bei der feierlichen Übergabe trotzdem begeistert und gerührt gewesen. Und alle paar Jahre vergaßen sie, dass die Kanne mehr als nur leckte, dass sie schlicht und einfach auslief. Vom Tisch fließt Tee auf den Holzboden.

»Wir haben was Großes vor! Einen Neuanfang! Das wird was, Rosa, das wird was ganz Dolles!«, ruft Miranda und schiebt Rosa aus dem Zimmer in den hinteren Flur. »Ich bringe euch zurück ins Fernsehen und ganz groß raus! Versprochen!«

Rio sieht ihnen nach. Es muss klappen. Es muss. Weil es anders nicht mehr geht: Rosa arbeitet unten im Bistro als Hilfsköchin, seit über zehn Jahren, mittlerweile ist sie mit Abstand die Älteste. Seit der Sache im letzten Sommer war sie sehr oft krank und wenn sie da war, zerstreut oder sogar unfreundlich. Ihre Chefin hat Verständnis, klar. Aber irgendwann muss es ja auch mal weitergehen. Also, ungefähr, offensichtlich, ziemlich genau jetzt, nachdem ein Jahr vergangen ist. Jaime unterrichtet Spanisch in Kindergärten, Seniorenheimen und privat. Vor der Sache letztes Jahr sind sie auch auf Hochzeiten aufgetreten, auf Firmenfeiern und runden Geburtstagen im oberen Zehnerbereich. Alles nur Nebenjobs, reine Übergangslösungen: Seit Jahren sind die beiden sich absolut sicher, dass das alles nur vorübergehend ist. Nur so lange, bis sie einen neuen großen Hit schreiben. Bis sie wieder das machen können, was sie lieben, wofür sie eigentlich bestimmt sind. Der Song wird dann wieder im Radio laufen und sie werden wieder in die Shows eingeladen, vielleicht sogar wöchentlich und mit Gage. Dass fast niemand mehr Radio hört, dass es sich per Streaming schlecht verdienen, geschweige denn reich werden lässt, und dass große Teile ihres Zielpublikums nicht mehr besonders gut hören, darüber sprechen sie nicht. Warum auch: Es gibt keinen Plan B. Stattdessen gibt es die Mieterhöhung und Abschlagszahlungen und Mahngebühren und vergessene Abos und Versicherungen und keine Kraft mehr. Und manchmal fragt Rio sich, heimlich, nie laut, ob man eigentlich ein richtiger Musiker ist, wenn man nur eine einzige Melodie zur Verfügung hat. Wenn Rosa und Jaime nie wieder etwas anderes einfällt? Wenn *vorübergehend* eigentlich *für immer* ist?

DER EISBÄR

Sobald Rosa und Miranda verschwunden sind, holt Rio ein Geschirrtuch, um den Tee aufzuwischen. Er spürt, dass Knut ihn vom Sofa aus beobachtet, und strengt sich an, gut gelaunt zu wirken, gelassen, proaktiv, dabei aber nicht zu fahrig.

»Der Hund hat definitiv ein Verdauungsproblem«, stellt Knut nach einer Weile fest. Rio bearbeitet weiter den schrabbeligen Holzboden, der längst wieder trocken ist: »Er verträgt irgendwie kein Merci mehr.«

»Ich dachte, Hunde vertragen gar keine Schokolade?« Knut klingt echt so richtig besorgt.

»Caliban ist kein Hund«, zitiert Rio Miranda, »Caliban ist eine Gesellschaftsdame!«

»Ist Caliban nicht eigentlich männlich?«

»Was interessiert den Dackel unser heteronormativer Mist?«, Rio sieht Knut zum ersten Mal direkt an, gespannt, wie der reagiert.

Knut grinst: »Touché!«

Rio hat Übung, er kennt Knut schon: Typ einfühlsamer großer Bruder, Netflixstyle. Im letzten September tauchte er das erste Mal auf. Saß bis Ende Dezember wöchentlich in seinen abgenutzten Sneakern, dem Skater-Hoodie, mit dem winzigen Sterntattoo neben dem linken Auge, seinem Wikingerbart, den schulterlangen Haaren, mit der Zigarette hinter dem mehrfach gepiercten rechten Ohr auf dem Sofa, am Esstisch, auf Rios wackligem Schreibtischstuhl, hörte zu und sagte ab und zu was. Das meiste davon war sehr schlau und erschreckend einleuchtend. Es hatte gutgetan, mit ihm zu sprechen. Knut machte seinen Job super.

Flip ging allerdings davon aus, dass Knut nicht sein echter Name war: *Hundert Prozent. Er will, dass du dich sicher fühlst. Du sollst an dieses flauschige Eisbärbaby denken. Weißt du? Knut?*

Klar wusste Rio: der Eisbär Knut. Der vor vielen Jahren die ganze Stadt und vielleicht sogar die halbe Welt fasziniert hatte.

Der Eisbär ist tot, sagte Nuri, *der ist vor Trauer gestorben, nachdem sein Pfleger tot war.* Sie schlug sich erschrocken die Hand vor den Mund: *Oh nee, sorry!*

Der steht im Naturkundemuseum, stellte Jarek fest. *Also, der Eisbär, nicht der Pfleger.*

Daraufhin hatte Flip ihn gefährlich leise gefragt, was das denn bitte bedeuten sollte, und Jarek hatte gesagt, dass es nichts bedeutete, nichts anderes jedenfalls, als dass der tote Eisbär im Museum stand, und dann hatte Flip mit drohender Stimme gesagt, dass Jarek gefälligst aufpassen sollte, was er von sich gab, was für einen unreflektierten Scheiß. Und ehrlich gesagt hatte nicht mal Rio verstanden, was an der Eisbärensache denn nun das Problem war, wovor Flip ihn da nun eigentlich schon wieder beschützen wollte.

So ist es seit dem letzten Sommer oft: ein verworrener Balanceakt auf einem oft unsichtbaren Drahtseil.

Aber die Sache jetzt, die ist krasser als die erste Phase, die erste Trauer, als Knut ihm noch helfen konnte. Mit Reden, aber vor allem durch Zuhören. Die normal war und praktisch vorgesehen und so gut wie eingeplant. Das wurde ihm so erklärt: Die erste Trauer war zwar schmerzhaft, aber auch nötig. Die erste Trauer konnte ein Knut begleiten, die konnten sie zusammen in den Griff bekommen. Doch jetzt ist das Jahr vorbei und alle außer Rio sind anscheinend hochbegabt darin, sich an die Trauerrichtlinien zu halten und schlagartig weiterzumachen, oder sogar neu anzufangen. Wie auch immer: Die Sache jetzt, die ist tausendmal abgrundtiefer.

Davon, was in Rio jetzt abgeht, darf niemand etwas wissen. Mit diesem neuen Ding muss er aufpassen, mit dem muss er alleine fertigwerden. Es hat mit der Schuld zu tun, noch am Leben zu sein, es aber nicht hinzubekommen mit dem Weitermachen und Mitmachen und dem Normalsein. Und sei es für die anderen, damit die mal aufhören können, sich Sorgen um ihn zu machen. Es hat damit zu tun, dass Rio der Einzige ist, in dem Mavis weiterleben kann.

Er kennt Knut, er kennt all seine Tricks. Er weiß, dass der ihn hier gerade in ein Gespräch zu locken versucht. Eins, in dem Rio stolpert, in dem er mehr verrät, als er will, und damit dann alles noch viel schlimmer macht. Das schwarze Loch ist gefräßig, und wenn es einen erwischt, dann bricht man sich nicht nur den Arm, sondern auch das Genick und im nächsten Moment verwandelt man sich in weniger als nichts, in ein Gespenst, oder etwas, für das es nicht mal ein Wort gibt.

Und deswegen schweigt Rio.

»Jedenfalls, da bin ich also wieder«, sagt Knut, als hätte er sich selbst gerade eben erst wiedergefunden, nach langer Zeit.

Von weit weg hört Rio Jaimes Gitarre. Er zupft *Solo el sol*, vermutlich auf Miranda Wunsch hin.

»Deine Eltern haben mich angerufen, sie wirkten ein bisschen besorgt?«

In Rios Hosentasche vibriert das Handy. Er angelt es heraus. Das ist Flip, der Retter in der Not.

»Sorry!«

Knut zuckt die Schultern: »Mach ruhig.«

Flipse
ey geh mal ran.

RiYo

kann gerade nicht

Flipse

hä? wo steckst du?

RiYo

zu hause der eisbär ist zurück

Flipse

was? dieser knut? ach shit. wegen gestern?

RiYo

wahrscheinlich. obwohl das ja eigentlich nichts war, nur die sonne halt.

Flipse

na ja

RiYo

boah, Flip, jetzt fang du nicht auch noch so an

Flipse

mach ich ja gar nicht

RiYo

Alles okay, echt!

Flipse

okay dann mal 🤞🐻❄️💪

RiYo

bis dann

»Hast du noch was vor?«

Okay, das ist jetzt 'ne echte Chance: »Ehrlich gesagt ja, wir treffen uns alle bei Lale. Die anderen sind schon da, und ...«

Knut sieht ehrlich erfreut aus: »Verstehe. Du bist also unter Leuten. Sehr gut. Aber sag mal ganz kurz: Wie ist es denn jetzt so, draußen in der Welt?«

»Ganz grundsätzlich? Na ja, du weißt schon, da läuft so einiges schief, Krieg, Klimawandel, Ungerechtigkeit und Scheißnazis überall!«

»Ich meinte jetzt eigentlich eher in deiner, also deiner privaten, ganz kleinen.«

Knut steht auf, durchquert bedächtig das Zimmer. Er hat Rio immer im Blick, als wäre der irgendein scheues Tier, das jeden Moment davonhuschen könnte.

Oder mal eben aus dem Fenster hüpft, im fünften Stock.

Vorsichtig lässt Knut sich am Esstisch nieder.

Rio bleibt mit seinem dreckigen Teeaufwischlappen auf dem Boden hocken, zieht die Beine dicht an den Körper, schlingt die Arme fest darum. Sobald ihm auffällt, wie er sich da gerade in Schutzhaltung bringt, entknotet er sich wieder, steht auf, setzt sich im Schneidersitz lässig auf den Tisch. Rosa und Jaime mögen das gar nicht, aber die sind ja mit ihrem Comeback beschäftigt und würden eh nichts sagen, solange Knut da ist. Kann schließlich sein, dass das irgendwas Therapeutisches ist, das Auf-dem-Tisch-Sitzen.

Rio stützt das Kinn auf dem Knie ab, wartet, was Knut jetzt tut, versucht sich zu wappnen.

Denn Knut darf nicht wissen, dass es, nachdem es erst in geregelten Bahnen lief, nachdem es immer besser wurde, jetzt so schlimm ist wie nie. Dass Rio kaum noch schläft, dass er zu wenig isst, dass er in Gedanken mit Mavis spricht, dass auch sie ihm etwas zu sagen hat, dass sie sich ständig einmischt, dass er sie oft kaum noch wiedererkennt, weil sie so wütend ist und so hart, weil sie ihm Angst macht, durch etwas, was ihn doch immer beruhigt hat, das sein Zuhause war: ihre Anwesenheit, ihr Körper, ihr Geruch, ihr Gesicht, ihre Stimme: *Ri, Rio-Bärchen.*

Knut darf nicht wissen, dass er ins Bett gepisst hat, wie ein verängstigtes Kind. Und dass er gestern zum ersten Mal in seinem Leben so richtig ausgerastet ist. Dass er jemanden verletzt, jemandem wehgetan hat. Für einen hoch motivierten ehrenamtlichen Trauerhelfer, der dazu noch leidenschaftlich Psychologie studiert, ist das sicherlich ein gefundenes Fressen. Dass Rio ziemlich wacklig am Rand seines schwarzen Lochs balanciert, bleibt also besser geheim.

»Was ist gestern passiert?«, fragt Knut. »Möchtest du darüber reden?«

»Ach so, das meinst du! Das mit dem albernen Sprungturm, oder?«

Allein vom Gedanken daran wird Rio wieder schwindelig. Er drückt den Lappen in seiner Hand zu einem Ball. Nicht zittern. Nur nicht wieder das peinliche Zittern!

Man stirbt, wenn man fällt.

Knut nickt, beobachtet ihn aufmerksam. Was sieht er, wenn er Rio anschaut? Die meisten suchen Mavis in seinem Gesicht. Aber Knut hat sie nie kennengelernt.

»Das hab ich meinen Eltern doch schon erklärt! Ich hab einfach zu viel Sonne abbekommen! Das hatte nichts mit ... du weißt schon! Das hatte damit gar nichts zu tun!« Rio seufzt frustriert. Was muss er denn noch anstellen, damit sie ihm die Geschichte glauben? Könnte ja auch echt sein, oder? Dass einen die Hitze umwirft!

»Okay«, sagt Knut, »okay, gut.« Und dann sagt er noch was: »Weißt du, so Jahrestage, die können starke Gefühle auslösen ... Weihnachten ... Geburtstage ... Und bei euch fällt das mit dem Geburtstag und dem Todestag ja auch noch zusammen.«

Rio schüttelt heftig den Kopf, und Knut verstummt. Wie Flip das gestern gesagt hat, zu Coco, als die ihm gratulieren wollte, so, als könne man den wegzaubern mit ein paar Worten, den Scheißgeburtstag. Nur, weil Rio beschlossen hat, dass er mit seinem einsamen Geburtstag nichts mehr zu tun haben will. Als ob es nur das bräuchte, um Grundsätzliches zu ändern, ein überzeugtes: *Nein, hat er nicht.*

»Sind wir jetzt fertig?« Oh, das kam ganz schön hart rüber. »Tut mir leid«, schiebt Rio eilig hinterher.

»Ist doch okay, ich verstehs ja: du willst raus!« Knut sieht zum Fenster, gegen das sich aggressiv die Sonne presst. Er räuspert sich:

»Ich weiß, dass du keinen Bock drauf hast, aber ich komme nächste Woche wieder.«

»Aber –«

»Kein Aber, Rio. Wie immer gilt: Du musst nicht sprechen. Kein Wort. Ich lass dich vollkommen in Ruhe, aber ich werde da sein. Fünfundvierzig Minuten, jede Woche.«

»Wie lange?«

Knut zuckt die Schultern. Er lächelt traurig, der kleine Stern neben seinem Auge verschwindet in einer feinen Falte: »Bis du sicher bist.«

Rio öffnet den Mund, will widersprechen, schließt ihn wieder. Was soll er schon sagen? Er weiß ja genau, was Knut meint.

Der Eisbär ist vor Trauer gestorben, nachdem sein Pfleger tot war. Wenn selbst ein Eisbär so viel fühlen kann, warum fühlt Rio dann so verdammt wenig und gleichzeitig so viel und irgendwie immer das Falsche? Was stimmt nicht mit ihm? Warum –

»Rio?«, fragt Knut sanft. »Woran denkst du gerade?«

»Die Party, die anderen«, lügt Rio. »Bei Lale steigt wahrscheinlich gerade voll die Party.«

Knut nickt: »Und woran noch?«

Rio zuckt die Schultern. Woran schon? Gerade denkt er an den

Film, den er vorhin abgegeben hat. Daran, dass er auf den Fotos hoffentlich etwas finden wird, was er zwischen seinen Eltern und dem Abgrund auftürmen kann, an dem allein er schuld ist.

»Dackelpupse«, grinst Rio und ausnahmsweise lässt Knut das durchgehen, legt den Kopf in den Nacken und dröhnt sein Eisbärenlachen über die Gitarrenklänge und Rosas leisen Gesang.

FUTTER

Im Hof, neben der Treppe zum Keller, stehen zwei kleine Schalen auf einer geblümten Plastikmatte. In der einen ist Wasser, in der anderen eine graubraune, schleimige Masse: Katzenfutter. Warum hat Rio nicht selbst dran gedacht? Vorhin, beim Ortmann, da gab es doch einen ganzen Gang voll Tierfutter. Er hat die Katze vergessen, daran lag es. Wegen der Fotos. Ob Rosa auf die Idee mit den Schalen gekommen ist? Oder Jaime? Oder Herr Tsakiris von nebenan? Oder vielleicht die WG? Rio sieht sich im Hof um. Keine Spur von der Katze oder sonst wem. Um diese Zeit steht die Sonne senkrecht, es ist glühend heiß. Neben den Fahrradständern wächst ein großer Busch voller blaupinker Blüten, sie haben keine Chance, der Gestank des Biomülls ist stärker. Hoffentlich kommt die Katze noch mal zurück, hoffentlich traut sie sich wieder her. In diesem Moment will Rio nichts lieber, als dass die einäugige Katze weiß, dass sie hier sein darf. Dass nicht alle Menschen in diesem Haus es auf sie abgesehen haben, dass es zumindest eine Person gibt, die froh ist, dass es die Katze noch gibt.

STATUEN

Lales Eltern wohnen ganz im Westen der Stadt, da, wo es um die Häuser herum immer grüner wird und ein bisschen kühler, wo die Straßen Alleen sind, wo in den Gärten riesenhafte vermooste Trampoline stehen, wo sich abends die Rasensprenger summend in der untergehenden Sonne wiegen und es von Anfang April bis Ende Oktober nach Grillfleisch und gemähtem Gras und Orchideen riecht (Rio hat keinen Plan, wie die riechen, aber ganz sicher extrem elegant). Aus seiner Welt sind es mit dem Rad fünfundzwanzig Minuten hierher, jedenfalls, wenn man Glück mit den Ampelphasen hat oder so halsbrecherisch drauf ist wie Rio heute. Er schafft es lebendig, schließt sein Rad bei den anderen am Laternenpfahl an. Lales Haus ist von hohen Mauern umgeben, es gibt eine Gegensprechanlage mit Kamera, neben der Klingel steht kein Name. Offiziell arbeitet Lales Mutter für das Innenministerium, inoffiziell, sagt Lale, ist sie eher so etwas wie eine weibliche James Bond, die über das, was sie tut, mit niemandem sprechen darf. Über das, was Lales Vater macht, wird noch weniger als gar nicht gesprochen, weder offiziell noch inoffiziell, irgendwas mit IT, aber allein die Tatsache, dass er aussieht wie Gaston aus *Die Schöne und das Biest,* einen Goldeckzahn hat, der im Kristallleuchterlicht funkelt, und an Wochentagen im seidenen Morgenmantel Opernmelodien singend über die steinernen Böden des Hauses flaniert, beeindruckt Rio extrem. Obwohl Lale und Rio sich seit der Grundschule kennen, in die Lale von ihren Eltern aus ihrem Villenviertel zu ihnen in den fernen Mittekiez geschickt worden war, obwohl Lale fast zehn Jahre lang Mavis' beste Freundin war, hat Rio mit ihrem Vater bisher noch nie mehr als ein, zwei Sätze geredet. Vorausgesetzt, *Hallo* und *Tschüss* zählen als vollständige Sätze.

Aber er hat einen gigantischen Kranz mitgebracht, aus weißen Lilien. Und dann ist ihm die Sonnenbrille verrutscht und seine Augen waren tiefrot, blutunterlaufen. Er hat mehr geweint als du, Rio. Hundert Prozent mehr. Überleg mal, was das bedeutet.

Jedenfalls: Im Sommer sind Lales Eltern immer mindestens drei Wochen unterwegs, und dieses Jahr haben sie Lale zum ersten Mal erlaubt, alleine in der Stadt zu bleiben. Keiner von ihnen fährt diesen Sommer weg. Flip und Nuri wegen der Kohle, Rio offiziell auch, und inoffiziell: selbst, wenn er Geld hätte, dürfte er die Stadt gar nicht verlassen. Er kann seine Eltern unmöglich allein lassen und die würden nie wegfahren und Mavis zurücklassen, in ihrem Friedwald.

Ich bin tot und du machst Urlaub? Na danke, sehr nett!

Jarek könnte mit seinen Eltern nach Holland, oder allein ins Sprachcamp nach Frankreich, hat aber keine Lust, will auf keinen Fall was verpassen: Es gibt das *Wunder*, die Seen, den Fluss, die Parks, Lales Haus und den Partykeller, es gibt die mit Orangina und Keksen und Chips und Schokoriegeln und Gummibärchen immer randvoll gefüllte Vorratskammer, und es gibt den Garten hinter dem Haus, der eigentlich ein Park ist, inklusive peinlich nackter Steinfiguren in strangen Posen, die man super nachmachen kann, angezogen natürlich, ist ja logisch. Dazu Springbrunnen, Festpavillon mit Lichtanlage und ein fünf mal vier mal zwei Meter großes Loch, das sich schon seit Jahren bei jedem Regenschauer mit Wasser füllt und das eines Tages angeblich ein richtiger Pool werden soll.

Der Gong, den man mit der Türklingel auslöst, hallt bis nach draußen, dröhnt durch die träge Mittagsstille. Und jedes Mal kriegt Rio eine Gänsehaut, weil sich das so unfassbar groß anfühlt und ein bisschen so, als müsse man gleich was Schwerwiegendes sagen, so was wie »Es ist vollbracht, Hochwürden« oder »Glückwunsch zum Hundertjährigen«. Noch in die Gänsehaut hinein summt es, und dann kann er die Tür aufstoßen und den Kiesweg hochlaufen, und hinter ihm schließt sich die Tür mit einem satten Geräusch, das garantiert extra von Sounddesignern entwickelt wurde, oder sogar noch von Steve Jobs höchstpersönlich, und das es bestimmt nur einmal auf der Welt gibt, nämlich hier, bei Lale und ihren geheimnisvollen, großartigen, überdimensionalen Eltern.

»Alter, Schnucki!« Jarek steht in der Haustür. Er trägt psychedelisch gemusterte Shorts und ein weißes Tanktop, dazu eine Goldkette und seine krasse Sonnenbrille. Insgesamt sieht er aus, als sei er einem Musikvideo der frühen 90er entsprungen.

»Ernsthaft?«

»Vollkommen«, grinst Jarek, knufft Rio in die Seite, legt ihm den Arm um die Schulter und drückt ihm mit der anderen Hand eine Familienpackung *Solero* fest gegen die Brust: »Nimm mit, Bärchi!«

Hinter Jarek her huscht Rio hinein, fröstelt in der Marmorkühle des Hauses, in dem jeder seiner Schritte knallt und hallt wie in einer gigantischen Gruft.

Haha! Gruft! Ha, Ri, ha!

»Komm jetzt, Knuffi, die anderen warten!«

Jarek schiebt ihn durch die Eingangshalle mit der unerbittlichen Pendeluhr, hinein in das Wohnzimmer, das eigentlich eine Bibliothek ist, inklusive offenem Kamin, durch die Sofalandschaft mit dem Ausmaß und den Farben Patagoniens und dann raus auf die Terrasse. Dort haben die anderen es sich mit riesigen Limonadengläsern in ausladenden Loungemöbeln gemütlich gemacht.

»Riolo!«, ruft Flip und winkt ihm huldvoll aus dem Liegen zu. »Sie haben dich ziehen lassen! Oh Wunder, oh Dank! Hast du alle

Fragen beantworten, alle Aufgaben lösen können? Sprich, mein Freund!«

»Haben sie«, sagt Rio und hört selbst, wie matt das klingt. »Hab ich.«

»Alter, Flip, nerv nicht!«, zischt Nuri und umarmt Rio zur Begrüßung. Sie riecht nach Zitrone und Minze, wie frisch geduscht, Rio ist es ein Rätsel, wie sie das in der Hitze hinbekommt. Er ist nach der Fahrt hierher völlig durchgeschwitzt. Und natürlich merkt Nuri das:

»Du kannst 'ne Abkühlung gebrauchen, was?«

Rio nickt. Aber warum grinst Nuri so komisch?

»Kommt sofort!«, schreit Lale, und dann wird es schlagartig eiskalt und Rio denkt, dass es wieder los geht, das mit der Panik und der Atemnot, dass er das jetzt jeden Tag hat, vielleicht den ganzen Sommer lang und ab dann für den Rest seines Lebens. Aber dann sieht er den Eimer in Lales Händen. Das war nur ein Witz, nur Spaß, nicht schlimm, eine Ladung eiskaltes Wasser, einmal drüber.

Komm runter, Ri. Echt jetzt!

Er hört sie lachen, erkennt durch das Wasser ihre verzerrten Gesichter, sieht, wie Flip sich auf seiner Liege wälzt, Lale und Nuri, die sich aneinander abstützen, Jarek, der sich den Bauch hält: »Dein Blick, Alter! Dein Blick!«

Lach, Ri. Lach doch endlich mal! Ich zähle runter und dann lachst du gefälligst! 3, 2, 1 –

Das muss man doch schaffen. Das muss doch zu schaffen sein. Los jetzt, aber echt!

»Ihr Arschgeigen!«, ruft Rio und bekommt so was wie ein Grinsen hin, und dann schnappt er sich die Wasserkaraffe und da sind Eiswürfel drin und vielleicht auch Zitrone und die kippt er Flip über den Kopf, obwohl Flip das ja gar nicht war, das mit dem Wasser, sondern eigentlich Lale, aber Flip sitzt ihm direkt gegenüber und soll verdammt noch mal endlich mit dem Lachen aufhören! Wenigstens er. Macht er aber nicht, Flip lacht weiter und die anderen auch, als ob sie wer weiß was vollbracht hätten und nicht den abgegriffensten Sommerquatsch: kaltes Wasser auf ahnungslose Person, uhuuu: wow!

Nur ein Spaß, lachlachlachlach doch mal!

Jetzt ist Flip auf den Beinen und wirft mit Eiswürfeln durch die Gegend und Lale hat einen Wasserschlauch organisiert und damit spritzt sie alle nass, voll ins Gesicht, und Lale und Jarek kreischen und fluchen, und Flip kann kaum noch stehen vor Lachen und Nuri schreit ununterbrochen was von Wasserverschwendung, macht aber selbst keinerlei Anstalten, aufzuhören.

Erst als Anoush, gefolgt von Coco, auf die Terrasse tritt, ist schlagartig Schluss.

»Leute, echt, ihr seid solche Kinder!«, ächzt Coco.

»Wer hat euch denn reingelassen?« Nuri gibt sich keine Mühe, freundlich zu klingen.

»Wir haben den Türcode geknackt«, antwortet Anoush und lässt sich entspannt auf der Liege nieder. Mit ihrer riesigen Sonnenbrille sieht sie aus wie irgend so ein Filmstar.

»Das ist unmöglich«, knurrt Lale, klingt aber so, als sei sie sich damit gar nicht so sicher. Anoush zuckt nur die Schultern: »Tja.«

»Ich hab sie eingeladen«, gesteht Flip. »Dachte, das geht schon in Ordnung ...«

Nuri verdreht die Augen, sagt aber nichts. Jarek verteilt Solero.

»Alter, Bärchi? Du zitterst!«, sagt er leise zu Rio. Der der tut so, als hätte er ihn nicht gehört.

»Boah, Lale! Bist du irgend so eine Prinzessin?«, ruft Coco und lässt ihren Blick durch den Garten wandern.

»Nee, aber meine Eltern sind sehr erfolgreiche Zauberer«, zischt Lale. »Zum Beispiel können sie Menschen in Stein verwandeln.«

»Ja klar, sehr witzig auch«, sagt Coco. »Als ob!«

Aber Rio sieht genau, wie ihr Blick unwillkürlich an den steinernen Statuen hängen bleibt.

»Wir brauchen Musik«, entscheidet Nuri und verschwindet im Haus. Lales Eltern geben oft große Partys, auch auf der Terrasse gibt es Lautsprecher, dezent versteckt hinter Büschen und Kübeln.

Walking on Sunshine dröhnt durch die Sommerhitze.

»Sehr kreativ«, murmelt Jarek.

»Alter, Jarek, krieg dich ein! Ich hab einfach irgend 'ne Sommer-Playlist angeschmissen«, verteidigt Nuri sich. »Wenns dir nicht passt, mach doch selbst!«

Ich hätte Ideen. Ich hätte was Gutes rausgesucht, etwas, was alle entspannt. Warum seid ihr eigentlich so verkrampft?

»Deinetwegen!«

Hat er das laut gesagt?

Offensichtlich. Die anderen sehen ihn alarmiert an.

»Was ist *deinetwegen*?«, fragt Flip verwundert. Oder genervt? Ist Flip genervt? Flip schaut ihn an, wie jemand, der lieber nichts mit Rio zu tun hätte. Flip sieht aus wie jemand, der den Sommer genießen will und die Ferien. Leicht soll es sein und gleißend und frei. Und Rio will das ja auch, genau das, solche Flirrsommerferien. *Sommer, wir kommen.* Von wegen. Sein Kopf ist so schwer. Er weiß nicht, was er Flip antworten soll, nicht, wie er es einfacher machen kann, für alle. Und er hat so verdammte Angst, dass das jetzt der Moment ist, der Moment, in dem es Flip mit ihm reicht. Flip guckt weg. Spricht leise mit Anoush. Sie lachen.

»Noch Eis?«, ruft Jarek.

Er kann tun, was er will, er kriegt das nicht gebacken. Er stört. Warum ist er überhaupt hergekommen? Spätestens seit gestern im *Wunder* hätte es ihm doch klar sein müssen. Dass das nicht mehr passt. Er passt nicht mehr. Und trotzdem ist er nicht weggeblieben. Weil er nämlich so eine Scheißsehnsucht hat. Nach seinen Leuten, und danach, dass alles so ist wie früher, inklusive er selbst, da wäre er der mit dem Wassereimer gewesen, der mit dem Lachanfall, der, der für gute Stimmung gesorgt hätte, garantiert.

Streng dich mehr an. Das sind deine Leute. Wenn du die verlierst, ist alles aus.

Im Vorbeigehen wirft Jarek ihm ein Badetuch über die Schulter: »Das kann man ja nicht mit ansehen, Schnuffel, wie du bibberst!«

Das Badetuch ist warm und weich, doch das Zittern hört trotzdem nicht auf.

»Ich hätte gerne noch ein Eis«, sagt Anoush. »Oder gibt es Melone?«

»Lass uns mal gucken«, schlägt Flip vor und schnappt sich Anoushs Hand. Das war mutig. Das war ein großer Schritt. Und Rio steht den beiden im Weg. Wortwörtlich. Er taumelt zur Seite, stößt gegen Coco, sie hält ihn am Ellenbogen fest, er reißt sich ein bisschen zu heftig los, sie sieht ihn irritiert an: »Chill mal!«

Es ist zu voll hier. Es ist nicht besser als gestern im *Wunder*. Und jetzt wird Rio etwas klar: Es gibt keinen Ort mehr, an dem er sein kann. Und niemanden, der es mit ihm aushält, der mit ansehen kann, wie Rio vor sich hin panikt. Er ist völlig inkompatibel geworden. Die wacklige Hälfte eines Ganzen. Ein trostloses Überbleibsel. Nur ein Rest.

»Ich muss los!«, stößt er hervor.

»Es ist längst noch nicht Mitternacht, Cinderella!«, lacht Lale. »Echt jetzt, Rio, renn doch nicht ständig weg!«

»Aber –«

Nuri hält ihn fest, Jarek steht mit verschränkten Armen vor ihm. Aus dem Augenwinkel sieht er Coco und Lale. Sie sollen ihn gehen lassen. Sie sollen ihn festhalten. Er will weg. Er will hier sein. Er weiß nicht, was er will. Es ist alles zu viel und viel zu wenig.

»Aber wir wollten doch einen tollen Sommer haben!«, Jarek klingt fast ein bisschen beleidigt.

»Habt ihr ja auch«, murmelt Rio, »aber halt besser ohne mich.«

Nuri drückt seinen Ellenbogen fester: »Mensch, Rio ...«

»Also, erst mal. Heute gehts jedenfalls nicht«, versichert er, »aber vielleicht morgen.«

»Und was bitte«, fragt Nuri, »soll morgen anders sein?«

Rio zuckt hilflos die Schultern.

»Oh, Mann, Rio! Bleib doch noch ein bisschen!«, bittet Coco, und Lale tritt neben Jarek, sieht Rio fest an: »Rio, echt jetzt. Mavis hätte nicht gewollt, dass du so bist. Sie hätte gewollt, dass du dein Leben genießt. Wirklich! Das weiß ich!«

Was wusstet ihr schon noch über mich, ganz am Schluss?

»Mach ich doch auch!«, stößt Rio hervor. Und dann schiebt er Jarek weg und stürzt ins Haus.

»Alter, das nervt langsam!«, ruft Lale ihm nach.

»Lale!«, Nuri klingt entsetzt.

»Stimmt doch!«, schimpft Lale. »Mir reicht es! So was von! Es muss doch auch mal weitergehen! Es ist scheiße, ja, aber wir sind doch noch da. Wir leben! Und der kann sich jetzt doch auch langsam mal einkriegen! Es geht doch nicht immer, immer, immer nur um ihn!«

Rio stürzt durch Patagonien, schlittert mit seinen nassen Schuhen über den Marmor, stößt in der Eingangshalle mit Flip zusammen, der eine große Schale voller Melonenstücke in den Händen hält: »Anoush ist zur Toilette.«

»Okay.«

Flip lacht nervös: »Ich weiß nicht, warum ich das gesagt habe.«

»Meine Eltern ... also ... ich muss jetzt mal zurück.«

»Wie du meinst«, sagt Flip. Er versucht nicht, ihn aufzuhalten. Rio schluckt, räuspert sich: »Viel Glück!«

Jetzt guckt Flip irritiert.

»Na, wegen Anoush!«

Flip sieht ihn eindringlich an: »Du meldest dich aber, wenn was ist, ja?«

»Klar!«, verspricht Rio und bemüht sich, möglichst lässig und gut gelaunt zur Tür zu schlendern. Es ist Sommer, denkt er, egal, wie man sich fühlt, egal was passiert, egal, was ist.

GIFT

Rio lässt sein Rad auf den Boden fallen, ist mit drei Schritten bei Dracula, der vor dem Futterplatz am Boden hockt: »Halt!«

Dracula fährt erschrocken zusammen. Gut, kein Wunder, nach Rios Ausraster gestern.

»Hast du da was reingetan?«

»Was hab ich?«

»Ob du da was reingetan hast?«, wiederholt Rio.

»In die Schüsseln? Ja, klar, ich –«

Rio starrt auf das kleine braune Fläschchen in Draculas Hand: »Nachdem du gestern auf sie losgegangen bist ...«

»– ich bin nicht auf sie losge-«, setzt Dracula an, aber Rio lässt ihn nicht aussprechen:

»Nachdem du gestern auf sie losgegangen bist, willst du sie jetzt auch noch vergiften, oder was?«

Dracula guckt mit hochgezogenen Augenbrauen haarscharf an Rio vorbei, verschränkt die Arme: »Logisch! Ich hab ja nichts Besseres zu tun, als auf Katzen loszugehen und sie dann zur Sicherheit auch noch zu vergiften! Alter, das sind nur Vitamine! Ich hab bei 'nem Tierarzt angerufen, weil sie so schlapp aussah, und der meinte, das kann ich ihr geben, damit sie wieder zu Kräften kommt –«

»Ich glaub dir kein Wort!«

»Du denkst also ernsthaft, ich rühre Gift ins Futter?«

»Ja, denke ich.«

Dracula guckt irgendwie nachdenklich auf die Schüssel mit

dem matschigen Zeug: »Und was machen wir da jetzt? Willst du, dass ich das probiere, oder was? Um dir zu beweisen, dass das okay ist?«

Ihh, nein, natürlich will Rio das nicht! Perplex schüttelt er den Kopf.

»Tja, dann musst du mir wohl glauben!«

»Oder du zeigst mir einfach das Etikett.«

Dracula wirft ihm das kleine Fläschchen zu. Rio überfliegt die Hinweise auf der Rückseite. Tatsächlich, irgendwas von wegen Nahrungsergänzungsmittel für Katzen. Rio gibt es ihm zurück.

»Hättest du das echt gegessen?«

Dracula schüttelt sich: »Alter, gehts noch?!«

Rio muss grinsen. Nicht zu verhindern. Und er sieht genau, wie auch Draculas Mundwinkel zuckt.

»Das könnte natürlich auch ein Trick sein«, überlegt Rio laut und kriegt das nervige Grinsen einfach nicht aus dem Gesicht, »und du hast da irgendwas umgefüllt.«

»Klar! Logisch. Und alles nur, weil – Warum noch mal?«

Rio zuckt die Schultern. Gute Frage.

»Eben. Aber wenn du wirklich ganz sichergehen möchtest, musst du das wohl oder übel selbst testen.« Dracula nickt in Richtung der Schüssel.

»Nee, passt schon!«

Dracula sieht jetzt tatsächlich erleichtert aus.

»Sorry«, murmelt Rio, »wegen gestern, ich dachte, dass ... ich weiß nicht ...«

»Falls du dachtest, dass ich irgend so ein Scheißtierquäler bin – bin ich jedenfalls nicht!«

Rio schüttelt den Kopf, nickt dann. Dracula hat ja recht, genau das dachte er.

»Bin ich jedenfalls nicht«, sagt Dracula. Und dann dreht er sich um und geht einfach weg, verschwindet grußlos unter dem flackernden Licht im Hinterhaus.

DAS WIRD WAS

Flipse

rio

RiYo

hey

Flipse

wo steckst du denn

RiYo

zu hause. muss meinen eltern helfen

Flipse

jeden tag? den ganzen tag? seit tagen? was ist los die waren doch mal ganz okay 👽

RiYo

tja.

Flipse

hey mann mach jetzt bloß nicht die schweigenummer

RiYo

das war nicht so ein tja

Flipse

sondern

RiYo

ein anderes. ein tjatja

Flipse

🤔

RiYo

sie räumen ein bisschen auf.

Flipse

schmeißen die dich raus?

RiYo

🙈

Flipse

echt jetzt. hier ist jederzeit ein platz im hochbett für dich frei. weißte oder

RiYo

ich weiß

Flipse

sicher?

RiYo

👍

Flipse

aber echt jetzt wär super wenn du dich mal wieder blicken lässt.
und wenns dir zu viel ist mit all den Pappnasen nur wir zwei.
mh? wie früher?

mate? switch?

RiYo

Klar

Flipse

klar?

RiYo

ich meld mich, okay

Flipse

mhhhh

RiYo

echt

Flipse

👍

RiYo

viel spaß euch

Flipse

anoush riecht unfassbar gut

RiYo
🫥

Flipse
ich glaube das wird echt was

RiYo
ich glaub auch

Flipse
echt?

RiYo
echt

Flipse
😊
⬆️ *der kam nicht von mir*

RiYo
sondern?

Flipse
meine kleine schwester

RiYo
du hast keine kleine schwester, flip

Flipse
stimmt mein phone wurde gehackt

RiYo
verstehe

Flipse
das bleibt unter uns

RiYo
🤝

AUFHEBEN – VERSCHENKEN – WEGWERFEN

Rio hat Flip nicht angelogen: zwischen den Treffen mit Miranda und ihren diversen Jobs räumen Jaime und Rosa still und schwitzend Mavis' Zimmer aus. Und Rio hilft ihnen. Im Laufe der ersten Ferienwoche wandern Mavis' Sachen in drei Bananenkisten: aufheben – verschenken – wegwerfen.

Wegwerfen: ein Großteil des Schreibtischschubladeninhalts, haufenweise Werbegeschenke, eine einzelne Socke, Radierer mit tiefen Bleistiftwunden, ausgetrocknete Kugelschreiber, aus denen die Innereien heraushängen. Geduldsspiele, für eine so ungeduldige Person besaß Mavis unfassbar viele.

Rosa versucht, das große, verblichene Manga-Poster heil von der Wand zu bekommen, aber es zerreißt. Chihiro mit ihren in Schweine verwandelten Eltern im Hintergrund wandert in die *weg*-Kiste.

»Das können wir doch noch kleben«, ruft Rio, aber Rosa klappt die Kiste zu. »Es ist kaputt«, sagt sie. »Und du hattest doch ohnehin immer Angst vor dem Film. Wir sollten nichts aufheben, was uns belastet, stimmts, Jaime?«

»Cierto.«

Ja klar, als ob, als ob das möglich wäre. Und was machen sie dann mit ihren Scheiß-Herzen und -Hirnen? Was soll Rio mit seinem verdammten Körper anfangen? Verschenken? Wegwerfen?

Verschenken: fast alle Bücher: *La sombra del viento, Ostwind, Krabat, Ronja Räubertochter, Der geheime Garten, Percy Jackson, Tschick, Unverblümt.* Mavis' Kleidung: zerrissene Jeans, Baggypants, die Hoodies, die T-Shirts, ein paillettenbesetztes Kleid, das Rio nie an seiner Schwester gesehen hat, die Süßigkeitenkiste – noch randvoll, sieht nicht so aus, als hätte Jarek sie schon gefunden.

»¡Uy!« Überrascht zieht Jaime eine Tüte Kleintierfutter aus der hintersten Ecke des Schrankes.

»Was wollte sie denn damit?«, wundert sich Rosa.

Rio zuckt die Schultern. Nee, das verrät er ihnen nicht. Dieses Geheimnis gehört ihm, Agnes, die heimliche Hamsterdame, die für eine Weile in Mavis' Kleiderschrank gelebt hat.

Aufheben: Rudi, das Krokodil,

»Wisst ihr noch, Bär?«, fragt Jaime leise und schiebt das Kissen ein kleines bisschen beiseite, streichelt dort über das Laken, wo Bär immer lag, und Rosa nickt leicht, und Rio tut so, als hätte er nichts gehört, als hätte er keine Ahnung, als wüsste er nichts von Rosas Geheimnis hinter dem Waschbeckenschrank.

Die Pilea, die Pinnwand mit den Fotos (sie alle, Mavis, Nuri, Flip, Lale, Jarek und Rio, verkleidet als sechsköpfiges Monster; Rio und Mavis mit zwei oder drei, tanzend neben gigantischen Boxen am Rand einer riesigen Festivalbühne, auf der Rosa und Jaime ihren Sommerhit singen durften, Ohrenschützer über den fedrigen Haaren, völlig euphorisch, ganz und gar weggebeamt; Soledad, der blinde Hund ihrer ebenfalls erblindeten abuela Soona), den Notizen (*J. vorm Freischwimmer, 16 Uhr*) und dem Ticket für das Harry-Styles-Konzert im letzten Oktober, das sie alle zusammen besuchen wollten und bei dem am Ende niemand von ihnen war. Eine Kiste voller Spielzeug: Duplo, Lego, eine einbeinige Barbie mit kurz geschnittenem Haar, er erinnert sich, wie sie Friseur gespielt haben und wie er geweint hatte, als Mavis die stumpfe Kinderschere nahm, um der Puppe entschlossen die Haare abzusäbeln. Er hatte nicht versucht, sie davon abzuhalten. Wenn Mavis sich etwas in den Kopf setzte, dann zog sie das durch.

Die große Dinosauriersammlung.

»Für später«, sagt Rosa, streicht über einen grellbunten Tyrannosaurus und sieht Rio dabei bedeutungsvoll an. Er weiß, was sie meint. Und er sagt ihr nicht, dass er nie Kinder haben will. Wirklich, niemals, ausgeschlossen. Er will gar nichts haben. Nichts, was Mavis nicht hat. Nichts, was man wieder verlieren kann.

Das wars.

Nebeneinander stehen sie in dem kahlen Raum, der einmal Mavis' Zimmer war.

»Das Bett kann bleiben«, sagt Jaime. »Por si vienen visitas.«

Es kommt kein Besuch. Nicht aus Cantabria, nicht aus Schleswig-Holstein. Allerhöchstens drei Stunden halten es Freunde und Verwandte hier aus. Dann wollen sie sich die Stadt ansehen, *wenn man schon mal hier ist*, oder sie bestehen gleich darauf, im Hotel zu schlafen: *So viel Platz habt ihr ja auch nicht und wir wollen euch keine Umstände machen.*

Die Wahrheit ist: Niemand will im Bett eines toten Mädchens liegen. Niemand außer Jaime.

Rosa klatscht in die Hände: »Du könntest den Schreibtisch nehmen, Spatz, der ist stabiler als deiner!«

Sie tauschen die Tische aus, schleppen Rios nach unten vor die Haustür: *zu verschenken*. Rio lebt, mit seinen Sachen kann man so was machen, ohne dass er sich auflöst.

Und übrigens, da ist noch etwas, noch ein Geheimnis, neben dem Hamster, etwas, was seine Eltern nicht wissen: Rio bringt *aufheben* nicht wie versprochen runter in den Keller, er stellt *verschenken* nicht auf die Bank vor der Kirche und er schmeißt *weg* nicht weg. Er versteckt alles unter seinem Bett, dort, wo auch die alte Kamera liegt.

Ich pass darauf auf, Mavis!

Versprochen ist versprochen.

DROGERIE

Die Luft ist noch nachtfrisch, der Ortmann noch zu und Rio der Erste vor dem Laden. Er steht möglichst beiläufig ein paar Schritte vom Eingang entfernt, bemüht sich, so auszusehen, als warte er auf irgendwen, irgendwas anderes, als dass sie hier bitte, bitte endlich, endlich die Automatiktüren auffahren. Es ist zwölf vor acht und Nuri hat schon geschrieben:

Nu:

Hey! So weit alles gut? Kommst du heute mit ins Wunder?

RiYo

Alles gut. Hab ich dir noch gar nicht erzählt: ich hab eine Kamera unter Mavis' Bett gefunden mit Fotos und jetzt

Rio hält inne: Soll er Nuri wirklich von den Fotos erzählen? Würde sie verstehen, wie wichtig die sind und wie wertvoll und dass er heute natürlich nicht mitkommen kann? Weil er seit fast einer Woche auf diesen Tag wartet? Weil jeder seiner Gedanken darum kreist, wer oder was auf den Bildern zu sehen sein wird? Rio löscht die Nachricht wieder, tippt neu:

RiYo

Heute nicht. Muss mich noch um was kümmern.

Zu geheimnisvoll, weg damit.

Nu

Du weißt schon, dass ich sehe, wie du ewig tippst, oder? 😘 *Mach es nicht so spannend!*

Oh Mensch, Nuri!

RiYo

kann leider nicht. nächstes mal, okay? 💜

Nu

Okay, Aber echt dann, ja? Versprochen?

RiYo

versprochen! tut mir leid.

Nu

Wirklich: Ich brauche dich hier: A. & F. sind furchtbar. Die lungern die ganze Zeit umeinander rum, aber passieren tut nichts. Wenn ich mir das Gekreise noch lange angucken muss, dreh ich durch.

RiYo

versteh ich.

Nu

Ich weiß.

Was meint Nuri damit? Was weiß sie? Hat Flip ihr etwa was erzählt? Von dieser alten Knutschgeschichte? Oder meint sie das eher allgemein: dass sie weiß, wenn einer was vom Durchdrehen versteht, dann Rio? Was soll er ihr antworten? Mit einem Zischen öffnet sich die Automatiktür, und wie aus dem Nichts strömen Scharen älterer Menschen an Rio vorbei, hinein in den Laden. Die meisten sind, ähnlich wie er, absurd warm für diesen überambitionierten Sommer gekleidet, tragen wattierte Jacken und lange Hosen. Ob einem mit jeder verlorenen Person ein bisschen kälter wird?

Die Alten halten Werbeprospekte und Coupons an sich gedrückt, als seien das Tickets zu Willy Wonkas Schokoladenfabrik. Und Rio fühlt sich ihnen näher als sonst wem seit Langem. Er hält seinen Abholschnipsel fest, hat mehrmals kontrolliert, ob der wirklich noch in seiner Bauchtasche steckt, und ist unfassbar erleichtert, dass er ihn heute endlich abgeben kann, im Austausch gegen Mavis' Fotos.

RiYo
nächstes mal, wirklich.

tippt er hastig, und klar, das ist keine Antwort und keine Erklärung, aber er muss jetzt echt rein, mischt sich unter die Alten, steuert das Plakat mit den glücklichen Familien, den plüschigen Kätzchen, den stolzen Großeltern an, vor dem das längliche Regal mit den gelbweißen Papiertaschen steht, Nummer 512, 513–514! Da ist sie! Am liebsten würde er die Bilder sofort aus der Hülle reißen, sie sich jetzt und hier im Laden anschauen. Aber was, wenn darauf etwas Schlimmes zu sehen ist? Oder etwas Trauriges? Was, wenn er inmitten von Digitaldrucken, Lippenstiften, Deos und alten Menschen einen Nervenzusammenbruch kriegt? Nee, bitte nicht. Rio zahlt hastig, verlässt fluchtartig das Geschäft.

»Einen Moment mal, mein Lieber!« Jemand greift ihn am Ärmel. Scheiße, die Ladendetektivin.

»Ich hab nichts!«

»Dann ist doch gut. Aber lass mich mal bitte einen Blick in deine Tasche werfen.«

Er hält ihr den albernen Stoffbeutel entgegen.

»Ich hab bezahlt!«, ruft er, als sie die Papiertasche mit den

Bildern herauszieht. Was, wenn sie da jetzt reinguckt? Wenn sie nachschaut, ob er da irgendwas drin versteckt hat? Was, wenn sie Mavis' Bilder vor ihm sieht? Wenn sie die dann konfisziert? Weil die ja vielleicht was mit der Sache auf dem Fabrikgelände zu tun haben, also mit Mavis' ... mit ihrem ... So eine Detektivin ist doch fast so was wie eine Polizistin, oder nicht?

»Hey!« Ihre Stimme reißt ihn aus seinen Gedanken. »Alles gut! Okay? Ganz ruhig.«

Sie legt die Papiertüte wieder in den Beutel zurück, extra behutsam.

»Sorry, wenn ich dich erschreckt habe, aber du sahst so unfassbar nervös aus, da musste ich dich überprüfen. Weißt du, erst vor ein paar Tagen ist mir nämlich genau so ein Nervösling wie du entwischt.«

»Klar!«, beeilt er sich zu versichern. Er will nur weg, ihm ist das alles schrecklich peinlich. Warum kann er sich nicht normal verhalten? Er weiß doch, dass er nichts gestohlen hat!

»Tut mir leid!«, ruft er, warum auch immer. Die Ladendetektivin lacht. Sie erinnert ihn ein bisschen an Rosa, an seine Mutter von früher und in fröhlich.

»Ich wünsche dir einen schönen Tag«, sagt die Detektivin und blickt zum Himmel hinauf, als würde die Sonne irgendwas bedeuten: »Und genieß deine Ferien!«

Schnell weg!

Du willst die ganze Geschichte, Ri, hab ich recht?

Ja. Will er. Er will alles wissen und dann soll es bitte vorbei sein. Ein für alle Mal. Rio wünscht sich nichts sehnlicher, als dass die blöden Gefühle weg sind, als wieder normal zu sein. Er will zum Himmel hochschauen, die Augen zukneifen, die Sonne angrinsen, so, wie der Rest der Menschheit es tut. Mehr nicht. Mehr als alles in der Welt wünscht er sich ein gutes, ein glückliches Ende.

DIE FOTOS

Neben Mavis' Zimmer, zu dem sie sich auf eigene Faust einen Schlüssel hatte machen lassen, ist das Bad der einzige Raum, den man abschließen kann. Rosa und Jaime sind arbeiten, aber man weiß ja nie, vielleicht haben sie etwas vergessen, vielleicht ... Wie auch immer: Rio hockt auf dem gefliesten Boden zwischen Toilette und Badewanne. Jetztjetztjetzt. Irgendwer bohrt. Es wäre schöner, wenn es ruhig wäre, so ganz insgesamt und immer, aber besonders und gerade jetzt. Egal. Das ist ja alles nur drum herum. Er hat die Bilder, das ist alles, was zählt. Rio versucht, langsam zu machen, aber er ist viel zu fahrig und beim Öffnen des großen Umschlags zerreißt ihm das Papier.

Sei doch vorsichtig!

Wie in Slow Motion zieht er die Bilder aus der Tasche und atmet erleichtert auf: Sie sind noch heil. Langsam blättert er sich durch die Fotos, betrachtet jedes einzelne genau. Als er durch ist, fängt er wieder von vorne an. Und noch mal. Noch mal. Nicht noch mal. Rio lässt sich nach hinten gegen die Badewanne plumpsen, in seinem Hals sticht es, er schluckt dagegen an. Er wird jetzt nicht heulen. Noch ein allerletztes Mal geht er die Bilder durch. Vielleicht, wenn er noch einmal ganz genau schaut? Auf wirklich jedes Detail? Aber es ändert nichts: nichts, rein gar nichts auf diesen Bildern sagt ihm etwas. Da sind nur Orte und Menschen zu sehen, die Rio nicht kennt.

Da sind:

eine Frau, etwa in Rosas Alter, mit knalllila Haaren, einigen

Piercings, über deren halbes Gesicht sich ein Totenschädeltattoo zieht,

ein grünlicher Tümpel inmitten von etwas, das ein Wald sein könnte,

ein Mensch in einem abgewetzten Hasenkostüm,

ein kleines, zweifenstriges Gebäude mit abblätterndem hellblauen Putz, Hausnummer zwölf,

ein uralter Mann, zahnlückig lächelnd, mit einem Basketball unter dem Arm,

ein blank polierter, langer Krankenhausflur, eine Reihe von Hartschalenstühlen, auf beiden Seiten des Ganges, leicht versetzt, geschlossene Türen, die Nummern auf den Schildern sind nicht zu erkennen, aber ganz hinten rechts ist der verschwommene Rand eines Anmeldetresens zu sehen,

ein gruselig geschminkter Typ, vielleicht etwa so alt wie Knut, mit einem übertrieben hohen, übertrieben schiefen Zylinder auf dem Kopf,

ein verlassener S-Bahnhof,

ein verboten glücklich aussehendes Pärchen, das sich innig im Arm hält,

eine Frau mit bunten Jonglierringen um den Hals, melancholisch in die Ferne gerichteter Blick,

ein riesiger, knorriger Baum,

eine dieser Personen, die sich grau anmalen und als lebende Statuen reglos vor Touristensehenswürdigkeiten posieren,

etwas, das wie ein leerer Tanzsaal aussieht,

ein Kind mit pinkem Schulranzen auf dem Rücken, das auf einen Fluss hinausschaut, als warte es auf etwas sehr Wichtiges,

eine lange, bunte Plastikröhrenrutsche, so, wie es sie vor manchen Fastfoodrestaurants gibt,

drei Bilder, auf denen man nichts erkennt, außer einem verschwommenen Gewirr aus Grünbraunundgrau,

Rios Knie mit der kurzen hellen Narbe, die er sich mit acht beim Inlinern zugezogen hat,

die Dielen in Mavis' Zimmer, und wenn man genau hinschaut, ein bisschen Glitzerstaub vom vorvorletzten Geburtstag,

Mavis' Bett.

Nur die letzten drei Bilder versteht Rio. Weil er sie selbst gemacht hat. Aber wer sind diese Fremden? Wo sind diese verdammten Orte? Warum sind zwei der Bilder so verwackelt? Scheiße. Scheiße. Scheiße. Rio tritt fest gegen die Wand. Noch mal. Und noch mal. Es tut wahrscheinlich weh, aber Rio spürt nichts. Wann bricht so ein Knochen? So ein filigraner Knochen im kleinen Zeh? Wie viel hält man aus? Dass er sich sofort melden soll, wenn er den Drang hat, sich zu verletzen, hat Knut ihm gesagt. Und Rio hat es ihm versprochen. Er hat so viel versprochen, und so wenig davon gehalten. Und das hier, das ist ja schließlich nicht irrational. Und eigentlich geht Rios Wut den Eisbären eh nichts an!

Er stopft die Bilder zurück in die Papiertasche. Was hat er erwartet? Dass Mavis damit eine Art Testament hinterlassen hat? Eine Erklärung?

Scheiße, Ri, es war ein Unfall. Wie hätte ich da irgendwas hinterlassen sollen?

Das ist es also, das ist es, dieses Rumgeknipse und der Kram unter Rios Bett, das ist alles, was von Mavis bleibt.

Wir finden sie, Mama, ganz sicher! Natürlich kommt Mavis zurück!

Rio beißt sich in die Faust. Er hat sich geirrt, es kommt nichts Neues mehr dazu. Mit diesen Bildern kann er seinen Eltern nicht helfen.

Es kam ein Hinweis rein, per Telefon, gerade eben, anonym.

Und jetzt erst wird ihm klar, warum ihm hier noch mal und schon wieder der Boden wegstürzt: Fast eine Woche lang hat er auf ein Wiedersehen mit seiner Schwester gehofft.

Wir haben eine weibliche Person gefunden, auf die die Beschreibung Ihrer Tochter passt.

Es wird kein Wiedersehen geben. Es geht nicht weiter. Mavis' Geschichte endet an jenem Tag im letzten Juni.

Es wäre gut, wenn jemand von Ihnen sie identifizieren könnte. Wobei ...
Scheiße.

BEI DER BIRKE (ODER WEIDE)

Flipse

wir sind doch nicht ins wunder sind unten am fluss 🩳 🕶👙 🍉🌯

RiYo

🍯☀

Flipse

riolo!!! komm schon

RiYo

🏃

Flipse

🥳

RiYo

👆

Flipse

erstens falscher finger (emoji loser) zweitens bring 🍦 *mit ein flutschfinger zwei Cornetto Erdbeere ein Cornetto Schoko ein Nogger*

RiYo

🖕

Flipse

GENAU das wäre der richtige finger gewesen 👍 egal. sonst bring mit was ihr im tk habt

RiYo

erbsen

Flipse

dann bring nur dich her aber fix

RiYo

¡Tío! ich wäre schon längst da, wenn du nicht so nerven würdest!

Flipse

🤓

RiYo

🥸

Flipse

quatsch nicht schwing dich rüber wir sind bei der birke

RiYo

weide

Flipse

whatever du öko! baum halt. du hörst uns eh jarek hat seine gitarre dabei 🥴

RiYo

😅

Flipse

komm jetzt sonst setz ich den gruppenchat auf dich an

KEINE ROMCOM

Im Tiefkühlfach ist doch noch eine Packung Vanilleeis, allerdings ist die so festgefroren, dass Rio mit einem Brotmesser nachhelfen muss, abrutscht und nur knapp seinen Arm verfehlt. Aber, es lohnt sich: irgendwann hat er das Eis befreit und das ist sogar noch haltbar. Rio stopft es in den Rucksack, steckt eine Flasche Sprudel dazu und aus unerfindlichen Gründen ein Jo-Jo.

Mitten im Wohn-Ess-Küchen-Alles-Zimmer bleibt er stehen.

Los jetzt! Lange warten die nicht mehr auf dich.

Was, wenn da doch noch was wäre? Er hat was übersehen. Ganz sicher.

Rio zieht die Fotos aus der Hosentasche, breitet sie auf dem Esstisch aus. Selbst, wenn jetzt jemand kommt: egal. Die Bilder zeigen ja nichts, bedeuten ja nichts, sind völlig unverfänglich, er könnte Jaime und Rosa sonst was erzählen. Irgendwelche Menschen, irgendwann fotografiert, von irgendwem – Moment! Rio pult sein Handy aus der Tasche, ignoriert die Nachrichten im Gruppenchat, gibt *Batterie* ins Suchfenster ein und erhält genau eine Nachricht, sie stammt von Mitte Mai letzten Jahres: *Rili-Pili-Bärchen, weißt du zufällig, ob wir noch irgendwo Batterien haben? So ganz kleine? Ich brauche angeblich eine CR123A ... Aber gibts sowas überhaupt?*

Er hatte Mavis' Nachricht erst am nächsten Tag gesehen und außerdem eh keine Ahnung von CR123A und Batterien an sich, und Mavis hatte nur abgewinkt und gesagt, sie habe sich schon selbst was organisiert. Was, wenn ...

Rio geht in sein Zimmer, zieht die Kamera unter dem Bett hervor. Er braucht eine Weile, bis er den Verschluss zum Batteriefach geöffnet hat. CR123A! Volltreffer! Die Nachricht hat Mavis wenige Wochen vor dem Unfall geschrieben. Die Bilder stammen also aus dem letzten Sommer!

In Rios Kopf drehen sich die Gedanken zäh wie Zuckerwatte. Wo und wie soll er anfangen? Was, bitte, hatte Mavis mit diesen Leuten zu tun? Und was wissen die von ihr? Und warum um alles in der Welt hat Mavis einen Krankenhausflur fotografiert, eine Rutsche, einen verdammten Baum? Es hilft nichts, er muss noch mal mit Flip sprechen und vielleicht sogar mit den anderen. Vielleicht erkennen die was oder irgendwen.

Vielleicht schubsen die dich aber auch einfach nur kommentarlos in den Fluss.

Rio schultert den Rucksack und schnappt sich die Bilder, rennt die Treppe hinunter. Plötzlich hat er Angst, dass die anderen schon weg sind, weitergezogen, irgendwo feiern oder irgendwen treffen. Und was jetzt passiert, ist wie in einer dieser ultrapeinlichen Romcom-Serien, die Mavis und er manchmal zusammen geguckt haben. Ironisch, ist ja klar. Folgendermaßen: Rio rast mit Mega-Geschwindigkeit die Treppe hinunter, ist mit den Gedanken schon vorgelaufen, runter zum Fluss, um die anderen noch zu erwischen, wie auch immer, ist jedenfalls ganz woanders, achtet auf nichts und prallt im nächsten Moment gegen eine Wand. Nee, das ist natürlich keine Wand, sonst wäre es ja nicht wie in einer beschissenen Romcom, sondern eher wie in so einer Arztserie oder vielleicht einer Renovierungssendung. Das ist keine Wand, das ist Dracula. Und während Rio einfach nur extrem unelegant auf seinen Arsch plumpst, fuchtelt Dracula wie wild mit den Armen, versucht noch, das Geländer zu erwischen, erwischt es aber nicht und landet rücklings auf dem Treppenabsatz. Zum Glück sind es nur ein paar Stufen. Trotzdem fürchtet Rio kurz, dass Dracula jetzt vielleicht tot ist. Weil Rio das immer erst mal denkt, auch wenn es unrealistisch ist. Er denkt das zum Beispiel auch, wenn Jaime mal nicht schnarcht, oder wenn Flip ihm nicht gleich antwortet (das liegt dann immerimmerimmer am Empfang) oder bei der Katze, da ja auch. Nur, als Mavis verschwunden war, in der Vorgeburtstags-Nacht, da hat er keine Sekunde an so was gedacht und genau das wird ihm nie wieder passieren, davon auszugehen, dass das Schlimmste immer auch das Unwahrscheinlichste ist. Zum Glück richtet Dracula sich jetzt fluchend auf, ist also eindeutig lebendig.

»Alles okay bei dir?«, fragt Rio.

»Mh.« Dracula reibt sich den Hinterkopf.

»Ich wollte runter«, erklärt Rio.

»Und ich rauf«, sagt Dracula und betrachtet ausgiebig seine Finger: »Spannend: es fühlt sich an, als würde es bluten, aber es blutet gar nicht!«

»Das ist doch gut, oder?«

Dracula zuckt vage die Schultern. Irgendwie ist der Typ schon schräg. Aber hilfsbereit, das immerhin: jetzt kriecht Dracula nämlich auf dem Boden rum und sammelt die Fotos ein. Die sind überall verstreut, wie gigantisches Konfetti, wie der Inhalt von Draculas Verkleidungstüte neulich ...

»Lass mal«, sagt Rio, »ich mach das schon!«

»Kein Ding, ich helf dir!«

Der Typ soll die Pfoten von Mavis' Fotos lassen!

»Nee, echt jetzt! Lass!« Das war jetzt doch ganz schön grob. Rio schluckt seine Entschuldigung herunter. »Ist halt privat.«

Fast hätte er *wie deine seltsamen bunten Kleider* gesagt, aber zum Glück hört Dracula sofort auf, drückt Rio die schon eingesammelten Bilder in die Hand: »Ich hab fast nichts gesehen!«

»Schon okay.«

Dracula steht auf: »Also, die Katze ist zurück«, murmelt er und dreht das Band an seinem Handgelenk.

Rio braucht einen Moment, bis er versteht: »Das heißt, du hast sie nicht ermordet.« Er grinst, aber nimmt sich sofort wieder zusammen. Wenn er Glück hat, hat Dracula das nicht gesehen. Nicht, dass der denkt, Rio will Kontakt oder so.

»Deswegen wollte ich zu dir … um dir das zu sagen, dass die Katze okay ist.«

»Okay.«

Und weil das hier keine Romcom ist, sondern nur Rios echtes Leben, und weil Dracula für Rio ganz sicher auch kein Loveinterest ist, sondern lediglich eine weirde Nebenfigur aus dem Hinterhaus, dreht Dracula sich jetzt um und geht. Blöderweise muss Rio in die gleiche Richtung, und zwar schnell, er will ja Flip und die anderen noch erwischen. Und deswegen steigen sie hintereinander die Treppe hinab. Plötzlich bleibt Dracula stehen: »Rio?«

Rio wartet. Was kommt jetzt? Nichts würde ihn wundern, gar nichts. Nicht, wenn Dracula rückwärts spricht, nicht, wenn er ihm gesteht, dass er ehrlich gesagt ab und zu doch mal ganz gerne ein paar Schlückchen Blut trinkt, nicht mal, wenn Dracula ihn fragen würde, ob er mitkommen kann, in die Sommerabendstimmung unten am Fluss bei der Weide. Der Typ hängt schließlich ständig alleine rum, und selbst der original Transilvanien-Dracula hat sich irgendwann Gesellschaft gesucht, also, na ja, auf seine Weise halt.

»Was ist?«

Aber Dracula geht einfach weiter, ohne zu antworten. Alter!

»Hey! Was soll das? Was wolltest du sagen?«

»Nichts. Schon gut. Machs gut!« Und dann ist er weg, lässt Rio schon wieder einfach so stehen.

NEIN

Flip kommt ihm schon oben am Fußweg entgegen, sie begrüßen einander mit Fist Bump, und dann grinst Flip Rio eine extrem lange Weile irgendwie echt strange an, und Rio hat keinen Plan, was das soll, und guckt einfach zurück. Seltsame Sache.

»Boah, Riolo, echt jetzt mal! Du sollst mir auf den Mund glotzen, nicht in die Augen!«

Flip fährt sich mit der Zunge über die Zähne und mittlerweile grinst er wie so ein Zeichentrickfrosch, oder wie einer von Rosas und Jaimes verzweifelten Fernsehshowmoderatoren. Und endlich kapiert Rio, was hier los ist, worum es geht: »Die Zahnspange! Deine Zahnspange ist raus!«

Flip sieht Rio anerkennend an. Als hätte der gerade irgend so ein krasses Rätsel gelöst: »Ich sag dir, allein für dieses extraglatte Gefühl danach hat sich der ganze Mist gelohnt! Und jetzt los, komm! Jarek und Coco sind kurz davor, in den Fluss zu springen!«

Der Fluss ist supergiftig. Das haben sie eingebläut bekommen, seit sie das erste Mal am Ufer entlang zur Kita gehüpft sind, und das ist seit der Neunten sogar erwiesen, quasiwissenschaftlich mit Proben und Teststreifen im Biounterricht. Und jeden Sommer ist es wieder Thema, wer ihn als Erstes wagt, den Sprung in die Giftbrühe. Vom Ufer winken die Anderen. Sie tragen Badehosen und Bikinis, nur Lale ist wie immer in Shirt und Jeans, hat ihr Haar heute unter ein grellorangenes Cap gestopft. Ob sie auch so friert wie er? Ein Wunder, dass sie noch nicht umgekippt ist, auch abends steht die Hitze in der Stadt wie im Stau, ist es selbst hier am Fluss nicht wesentlich kühler. Die Bäume lassen die Blätter hängen, das Gras sieht aus wie in Texas, Fahrräder schweben in Staubwolken vorbei. Flip will schon los, aber Rio hält ihn fest. Jetzt, jetzt oder nie: »Du ... Ich ... ich muss dir was zeigen!«

Flip runzelt die Stirn.

Lass ihn damit in Ruhe! Flip hat doch gesagt, dass du aufhören sollst, mit dem Quatsch!

Ja. Hat er. Aber in den Bildern steckt ein Geheimnis, das spürt Rio. Eins, mit dem er alleine nicht fertigwird.

»Hey, wenn du jetzt nicht bald was sagst, bekomme ich Angst, Riolo!«

Flip lächelt ihn aufmunternd an. Was denkt der bloß, was jetzt kommt? Okay. Okay. Rio öffnet seinen Rucksack. Shit! Das Eis ist ausgelaufen! Hastig drückt er Flip die klebrige Packung in die Hände.

»Na danke! Wars das, was du mir unbedingt zeigen wolltest?«

Die Fotos! Oh Mann! Die Papiertasche ist an den Rändern völlig zermatscht. Mit seinem T-Shirt wischt Rio so viel weg wie möglich, ein Glück, die Bilder haben nichts abbekommen. Rio hält sie Flip vors Gesicht: »Das sind die Fotos, weißt du? Aus der Kamera, die ich bei Mavis gefunden habe. Sie wollte eine Batterie, CR1-irgendwas, ich hab noch die Nachricht gefunden ... guck mal, Flip, da sind irgendwelche Leute drauf ... keine Ahnung, ich weiß nicht ... und Orte ... ich meine, was soll das? Warum hat sie das fotografiert? Was bedeutet das? Vielleicht bedeutet das was, Flip, vielleicht erklärt das alles! Ich muss die finden, die Orte und diese Leute ... verstehst du? Sie hat das kurz vorher fotografiert ... also, kurz bevor sie ... Aber ich hab keinen Plan, ich weiß nicht, wo ich anfangen soll ... Meinst du, du ... also, würdest du mir helfen? Bitte?!«

Er hat Flip die ganze Zeit nicht angesehen, hat stattdessen hektisch mit den Fotos rumgefuchtelt, wie irgend so eine pommeshysterische Taube mit ihren Flügeln.

»Nein«, sagt Flip, und sein zahnspangenloses Lächeln ist ganz und gar verschwunden. »Nein, werde ich nicht.«

Flip klingt traurig. Flip klingt erschöpft.

»Aber –«

»Nein, Rio. Es reicht. Wirklich.« Flip klingt so endgültig, wie Flip noch nie endgültig geklungen hat.

»Ich –«

»Komm mit«, bittet Flip, »komm einfach mit, Riolo, und vergiss die Sache, ja?«

Da stehen sie, auf dem staubigen Weg, schon wieder im warmweichen Abendlicht, im Geruch eines verbotenen Holzkohlengrills und alles ist schrecklich.

»Rio ...«

Wenn Flip das nicht versteht, wer dann?

Niemand, Ri. Kein Mensch.

»Kommt ihr, Leute? Wir wollen Eis!« Jarek winkt ihnen mit beiden Armen zu.

»Gleich!«, ruft Flip zurück. Und Rio denkt, dass es doch krass ist, dass man Flip aus der Ferne wahrscheinlich gar nicht anhören kann, dass er gerade nicht ein und nicht aus und nicht weiterweiß.

»Komm mit«, bittet er Rio. »Das wird gut.«

Äh, Ri? Hattest du nicht gerade noch was anderes vor?

Rio schüttelt den Kopf: »Später, ja?«

»Alter!«

»Tut mir leid, echt, Flip!«

Für einen Moment, ganz kurz nur, denkt er, Flip will ihn umarmen. Aber da ist ja der Abgrund, tiefer als je zuvor, und Flip lässt seine Arme wieder sinken.

ICH KÖNNTE

Oben in der Wohnung brennt Licht. Er will da nicht hoch, er will mit niemandem sprechen, schon gar nicht mit Jaime und Rosa. Rio hockt sich auf den schmalen Mauervorsprung im Hof. Hier rauchen die Leute aus dem Bistro. Mit der Schuhspitze zerdrückt er die Zigarettenstummel, schmiert die Tabakreste in den Boden. Zwei Feuerkäfer paaren sich neben einem alten Kaugummi. Im Hof sieht die Welt echt scheiße aus: mindestens drei tote Fahrräder, es fehlen Speichen, es fehlen Räder, es fehlen Pedale, es fehlen Sättel, es fehlen Bremse, Reflektoren und Licht, aus dem Biomüll quellen Kartoffelschalen und etwas, das Sauerkraut sein könnte oder sehr fein geriebenes Gehirn. Als Kinder haben sie hier einmal mit Kreide gemalt: Blumen, lachende Sonnen, die Reihenhaussiedlung vom Nikolaus. Sie waren angebrüllt worden, aus dem vierten Stock des Seitenflügels, von einer Person, die sie nicht kannten, dass sie das gefälligst sein lassen sollten, diese hässliche Schmiererei. Rio hatte sofort die Kreide fallen lassen, wollte ins Haus rennen. Aber Mavis hatte weitergemacht. Gelassen und großflächig. Und erst später, oben in der Wohnung, vom Fenster aus, hatte Rio gesehen, dass sie nicht gemalt, sondern geschrieben hatte:

Lach mahl!

stand da riesengroß in schönster Zweitklässlerinnenschreibschrift.

Hat aber nichts geholfen. Der Typ hat nicht gelacht. Der kam mit 'nem Schrubber und hat alles weggemacht. Und weißt du, was, Ri? Mitten beim Schrubben hat es zu regnen angefangen.

Mavis war viel mutiger als Rio. Mavis hatte immer eine Idee, immer eine Lösung. Mavis hätte gewusst, was zu tun ist. Wegen der Fotos und an sich und überhaupt.

Die Katze! Er sieht der Katze beim Fressen zu. Sie isst gierig, aber lautlos. Als sie fertig ist, sieht sie ihn an, er fühlt sich ertappt.

»Hey du«, flüstert er. Die Katze zögert, sieht zu den Mülltonnen rüber.

»Gehts dir gut?«

Die Katze macht einen vorsichtigen Schritt auf Rio zu. Jetzt nur keine falsche Bewegung. Noch einen Schritt, noch einen. Wenn Rio den Arm ausstrecken würde, könnte er sie berühren. Er bewegt sich nicht. Die Katze streckt den Kopf vor, kommt näher und dann streift sie an seinem Bein entlang. Ihr Körper ist warm, ihr Fell unfassbar weich. Ob er sie streicheln darf? Das letzte Mal, oben in Mavis' Zimmer, hat es nicht geklappt, weil Rosa dann reinkam, aber wenn er wirklich ganz, ganz vorsichtig ist? Langsam lässt Rio seine Hand sinken, doch sobald seine Fingerspitzen das Fell der Katze berühren, huscht die davon, auf die Mülltonnen, springt von der Mauer in den Nachbarhof.

Tja. Toll gemacht.

Er hätte einfach weiter stillsitzen sollen! Was, wenn er sie jetzt für alle Zeiten verschreckt hat? Wenn sie sich nie wieder in den Hof traut? Was, wenn sie seinetwegen verhungert? Was, wenn –

»Hey!«

Rio zuckt heftig zusammen, sieht auf: Unter dem flackernden Licht zum Hinterhaus steht Dracula. Langsam wird das unheimlich! Rio beeilt sich, auf die Beine zu kommen: »Was soll das?«

»Was?«

»Warum bist du plötzlich ständig da?«

»Ich bin nicht *plötzlich* da, mich gibts schon seit sechzehn Jahren.«

»Hier!«, sagt Rio wütend, »ich meine, hier, wo ich bin!«

»Ich hab erst die Katze gesehen«, sagt Dracula, »und dann dich.«

Rio schnappt sich seinen Rucksack. Ihm reicht es für heute. So was von. Er muss ganz schnell weg hier. Weil er nämlich kurz davor ist, in Tränen auszubrechen. Nur, weil die Katze weg ist. Weil er sie verscheucht hat. Verdammt, was ist mit ihm los?

»Warte kurz!«

Was will der denn jetzt noch?

»Ich weiß, wer das ist.«

»Wer was ist?«

»Vorhin, als deine Fotos runtergefallen sind ... also, das eine ... Ich kenne die, also, ich meine, die Jongleurin, die hab ich schon mal gesehen!« Dracula macht eine unbestimmte Handbewegung in Rios Richtung.

»Echt?«

Bäm, Hoffnung. Rio zieht die Bilder aus der Tasche, sucht die Frau mit den Ringen raus: »Die hier?«

Dracula nickt: »Mein Vater hat sich mal mit der angelegt.«

»Dein Vater legt sich mit Jongleurinnen an?«

»Er hat sich vor ihr fotografiert und sie hat drauf bestanden, dass er das Bild wieder löscht.«

»Und?«

»Hat er. Aus dem Bilderordner. Allerdings war es da auch schon auf Insta. Er war ganz stolz, dass er so raffiniert ist.«

»Mega.«

»Ich habs dann gelöscht.«

Rio betrachtet das Bild. Es sieht nicht so aus, als hätte die Frau grundsätzlich ein Problem damit, fotografiert zu werden. Ganz im Gegenteil: sie guckt direkt in die Kamera, wirkt ziemlich selbstsicher.

»Ob Mavis sich auch mit der gestritten hat?«

»Was?«

Shit. Schon wieder laut gesprochen.

»Egal.«

»Die steht immer an der Kreuzung, weißt du, da an der Kreuzung beim Hoffmann?« Dracula kommt ein bisschen näher, hält aber immer noch Sicherheitsabstand, muss den Arm weit ausstrecken, um Rio zeigen zu können, was er meint: »Siehst du, da sieht man einen Teil vom Schriftzug im Hintergrund und den Parkplatz. Sie ist allerdings immer erst so ab zwölf da, falls du da mal hinwillst oder so ...«

»Warum sollte ich dahin wollen?«

Dracula zieht die Schultern hoch: »Keine Ahnung, kann ja sein.«

Irgendwas stimmt hier doch nicht.

»Wie kommst du drauf, dass ich da hinwill?«

Dracula zögert: »Na, die Bilder scheinen dir ja irgendwie ziemlich wichtig zu sein und vielleicht willst du mit der reden?«

»Ja, und? Was interessiert dich das? Lass mich einfach in Ruhe, ja?«

»Also, falls was ist, ich bin da unten in meiner Gruft.« Dracula deutet auf ein verdunkeltes Fenster im Erdgeschoss.

»Vergiss es«, knurrt Rio.

»Ruhe!«, brüllt jemand von oben.

»Gute Nacht auch!«, ruft Dracula ausgesprochen freundlich zurück.

DIE JONGLEURIN

Natürlich will er mit der Jongleurin sprechen. Ist ja klar. Gleich am nächsten Tag macht Rio sich auf den Weg zur Kreuzung. Rosas Blick, Jaimes Lächeln, als er sich verabschiedet: »Ich treff mich mit Flip und den anderen.«

»Macht ihr was Schönes?«

»Wir gehen ins *Wunder.*«

»Super, aber crem dich gut ein, mein Schatz!«

Und dann zupft sein Vater weiter an seiner Gitarre und seine Mutter summt und das ist die Melodie von *Delmenhorst,* nichts Neues und nichts Eigenes, und heute weht ein ganz leichter Wind, wie, wenn jemand sehr Großes sanft pustet. Gehört Mavis jetzt ins Drumherum? Rio glaubt nicht an Gott, kein Mensch, den er kennt, glaubt an Gott. Aber Jaime versucht verzweifelt, ihn wiederzufinden, diesen Glauben, den er damals mit siebzehn bei seiner Familie in Cantabria gelassen hat. Jaime liest über Katholizismus, Buddhismus und Hinduismus, er geht in die Kirche, die Synagoge, die Moschee. Er war bei einer Schamanin und bei einem Rabbi. Er sagt probeweise Sätze wie »Sie ist jetzt an einem besseren Ort!« oder »Eines Tages sehen wir uns wieder«. Wenn Jaime diese Dinge sagt, wird es zwischen ihnen noch stiller, als es ohnehin schon ist. Die Sätze sind fremd und tot, aber auch Rio wünscht sich, er könnte etwas mit ihnen anfangen. Dass Mavis irgendwo anders weitermacht mit dem Mavissein, das ist ein schöner Gedanke, an den er nicht glauben kann.

Da vorne, da ist die Jongleurin! Erst jetzt bemerkt Rio, dass er auch an die nicht so richtig geglaubt hat, aber Dracula hatte recht. Offensichtlich steht sie noch genau dort, wo sie auch schon letztes Jahr stand. Dabei sagen doch alle ständig, dass die Welt sich weiterdreht und das Leben weitergeht. Aber die Jongleurin wohl nicht. Die bleibt, wo sie ist.

Rio überlegt nervös: Was soll er sagen? Was, wenn sie wütend wird? Was, wenn sie denkt, er wäre so einer wie der Flash? Langsam fährt er näher. Praktisch, dass eh gerade rot ist. Die Jongleurin steht mitten auf der Kreuzung und wirft vor den wartenden Autos ihre bunten Ringe in die Luft. Die meisten Leute tun so, als würden sie die Frau auf der Straße nicht bemerken, schauen auf ihr Smartphone oder starren auf die Ampel, als verkünde die ihnen die Weltformel. Und obwohl niemand sie beachtet, verbeugt sich die Jongleurin. So, als wäre sie eben im Cirque du Soleil aufgetreten. Leichtfüßig und lächelnd läuft sie zwischen den Autoreihen hindurch. Nur eine Person öffnet das Fenster, eine Kinderhand taucht auf, lässt eine Münze in ihre Mütze fallen. Die Jongleurin macht eine Art Knicks und dann springt die Ampel wieder auf Grün und die Jongleurin schnell runter von der Fahrbahn. Am Straßenrand kramt sie eine Wasserflasche aus ihrer Tasche und trinkt gierig. Rio gibt sich einen Ruck. Es hilft ja nichts.

»Hey!«

Die Frau sieht auf, mustert ihn.

»Kann ich ... kann ich Sie vielleicht was fragen?«

Die Jongleurin seufzt, wischt sich den Schweiß von der Stirn, stemmt die Hände in die Seiten: »Was willst du?«

Rio wühlt das Bild aus seinem Rucksack, hält es ihr hin: »Meine Schwester hat Sie letztes Jahr fotografiert ...«

Die Frau scheint gar nicht erstaunt: »Dann bist du Rio, richtig?«

Rios Herz klopft schneller. Sie weiß was. Sie weiß was von Mavis! Und Mavis hat ihr von ihm erzählt!

Was, Rio, was bitte soll sie wissen? Was sollte ich ihr erzählt haben? Worauf hoffst du denn?

»Hör mal, das mit deiner Schwester ist sehr traurig und schlimm. Aber ich kann dir da jetzt echt nicht groß was erzählen.«

»Okay«, sagt Rio, »trotzdem danke.« Gerade ist er einfach nur froh, dass er sich getraut hat. Und erleichtert, dass sie nicht fies war oder so, dass sie ihn nicht gleich weggeschickt hat.

»Aber, willst du 'nen Keks?«

Er sieht sie verwundert an.

»Ich mache jetzt Pause und da gibts immer Keks und Kaffee. Kekse kannste haben, Kaffee nicht, ich hab nämlich nur eine Tasse und du bist ja auch erst höchstens zwölf oder dreizehn oder so?«

»Sechzehn«, murmelt Rio.

Die Jongleurin wirft ihm einen Seitenblick zu, nickt: »Sorry, ich habe wirklich keine Ahnung, wie man so mit sechzehn oder zwölf aussieht! Also, willst du einen Keks?«

Rio zögert. Was soll er hier noch? Sie kann ihm ja auch nicht weiterhelfen. Aber dann nickt er doch. Sie winkt ihn zu einer maroden Bank, die im kläglichen Schatten eines noch kläglicheren Bäumchens steht: »Setz dich!«

Er setzt sich neben sie und die Jongleurin drückt ihm einen Butterkeks in die Hand.

»Schokolade schmilzt leider, ich hoffe, du magst es, wenn dir der Mund zusammenpappt!«

Rio weiß nicht, was er sagen soll. Er ist froh, dass er den Keks hat. Er kaut sehr gründlich, weil er, wie üblich, nicht weiß, wie er das mit dem Schlucken machen soll.

»Es war nicht so heiß wie heute, es hat ein bisschen genieselt, eigentlich ganz angenehm, aber die Leute waren schlecht drauf und ich war kurz davor, aufzugeben. Und dann kam deine Schwester!«

Rio lächelt. Das klingt, als wäre Mavis eine Figur aus einem Märchen. Jemand, der die Dinge zum Besseren wendet.

»Sie hat mich gefragt, ob sie mich fotografieren kann.«

»Warum?«

»Sie meinte, für irgend so ein Projekt. Normalerweise lasse ich mich nicht fotografieren, schon gar nicht für irgendwelche *Projekte*. Aber deine Schwester war irgendwie überzeugend. Wir haben einen Deal gemacht: Ich habe sie das Foto machen lassen und sie hat mir versprochen, dass sie kein Start-up gründet.«

Rio grinst: Mavis wollte Tierpflegerin werden oder Aktivistin für was auch immer man dann Aktivistinnen brauchen würde. Das war also ein einfacher Deal für sie.

»Sie war ganz aus dem Häuschen mit ihrer riesigen Kamera. Ich musste ihr die erst mal erklären. Sie hatte zwar irgendwas auf YouTube geguckt, aber so richtig kam sie nicht klar mit dem Ding.«

»Hat sie denn gesagt, was genau das für ein Projekt werden soll?«

»Na ja, das war leider sehr vage. Was über Menschen. Und über Orte. Was immer das auch heißt, wa?«

»Wollen Sie das Foto noch mal sehen?«

Die Jongleurin nickt und Rio reicht ihr das Bild. Er hat keine Verwendung mehr dafür, jetzt, wo er sie gefunden hat. Die Jongleurin betrachtet das Foto genau, lächelt, fährt sich durchs Haar: »Ich sehe da ganz anders aus, als ich mich fühle«, sagt sie schließlich.

Du fragst sie jetzt nicht, wie sie sich fühlt, Ri. Klappe halten. Einfach mal die Klappe halten.

»Wie, also, wie fühlen Sie sich denn?«

Die Jongleurin zuckt nur die Schultern: »Sag mal, hat sie noch andere Leute fotografiert?«

»Mhm.«

»Willst du die auch alle besuchen?«

»Ich weiß nicht, ich glaube nicht, dass ich die finde. Die Stadt ist so groß.«

»Oh ja«, sagt die Jongleurin, »das ist sie.« Es klingt irgendwie wichtig, wie sie das sagt. Ein bisschen wie der Gong an Lales Eingangstür. »Aber wer weiß, vielleicht lohnt es sich ja?«

Rio zuckt die Schultern. Er hat keine Ahnung, was er damit anfangen soll, mit Mavis' seltsamem *Projekt*, von dem sie ihm damals kein Wort erzählt hat.

»Magst du mir die anderen Bilder mal zeigen? Vielleicht erkenne ich wen?«

Rio gibt ihr die Abzüge, sie betrachtet alle genau. Ab und zu lächelt sie, dann schüttelt sie den Kopf oder nickt. Mittlerweile war sicherlich schon zehnmal grün. Die Autos rasen vorbei.

»Ach was! Guck mal, hier! Von dem Baum habe ich ihr erzählt!« Sie deutet auf das Bild des riesigen alten Baumes, der schwer auf zwei metallenen Stützen lehnt, wie jemand, der nach einem Beinbruch den ersten Gehversuch unternimmt.

»Deine Schwester hat mich nach meinem Lieblingsort gefragt. Da habe ich ihr von meinem Baum erzählt. Also, klar, das ist nicht mein Baum. Aber als Kind habe ich da oben gespielt. Limonadenbaum und Rakete und Vollkommen-allein-auf-der-Welt-sein ...«

»Wo ist das?«

»Oh, ein ganzes Stück von hier.«

Die Jongleurin gibt ihm die Bilder zurück, wirft einen Blick auf Rios Rad, sieht ihn dann kritisch an.

»Also, für den unwahrscheinlichen Fall, dass dich mein Baum interessiert.«

Rio zuckt die Schultern, gibt sich sehr viel Mühe auszusehen, als sei das nicht längst entschieden: »Mh. Kein Plan, mal sehen.«

Sie lächelt, nickt: »Also, falls du da hinwolltest, da kommst du mit deinem Rad nicht hin! Warte, ich schreibs dir schnell auf!«

Sie kritzelt ihm eine Adresse auf einen schmalen Flyer und überreicht ihn Rio fast feierlich: »Nur sicherheitshalber. Und, übrigens, wenn du mal 'ne Jongleurin brauchst, dann meld dich!«

»Mach ich!«

»Weißt du, ich dachte, sie hätte die Lust verloren, sie wollte sich eigentlich melden, mit dem fertigen Bild. Kann ja vorkommen, dass man was anfängt und dann wieder aufhört Und dann hab ich sie vergessen. Ich hätte nicht gedacht, dass sie –«

Sie wird es nicht aussprechen. Nie spricht es jemand aus.

Sie verstummt, schüttelt den Kopf: »Nee, das passt nicht zu ihr. Ich meine, ich kenn sie nicht, hab sie nur zehn, fünfzehn Minuten getroffen, aber das passt einfach nicht.«

Zu wem bitte passt tot sein?

Rio stutzt plötzlich: »Woher ... woher wissen Sie das eigentlich?«

Sie legt ihre Hand auf Rios Arm, der zieht ihn weg: »Woher?«

»Ich hab ihm versprochen, dass ich dir nichts sage. Aber was solls, klärt das unter euch. Also, heute Morgen ganz früh, da war so ein Junge da, vielleicht in deinem Alter, höchstens ein Jahr älter, aber auch so schrecklich nervös, und ganz schüchtern, fast ein bisschen – ängstlich?« Sie lacht: »Er wirkte fast so, als wäre er zum ersten Mal in seinem Leben alleine draußen. Er hatte was von Kurt Cobain, gemischt mit dem kleinen Vampir und eine Prise Prince. Kennst du Prince?«

Rio nickt, obwohl er keine Ahnung hat, wer oder was *Prince* ist. Ist ihm aber auch egal. Vampir sagt ihm was: Dracula! *Sie ist immer erst ab zwölf da.* Von wegen!

Rio springt auf: »Danke für den Keks!«, presst er hervor, steigt auf sein Rad und fährt einfach los.

»Ich glaube, er hat sich echt Sorgen um dich gemacht«, ruft die Jongleurin ihm nach. »Er hat mich gebeten, dass ich nett zu dir bin und dich nicht abblitzen lasse!«

Pah! Nett! Oh Mann, Dracula kann was erleben! Aber was das Schlimmste ist: dass es nicht Mavis war, die der Jongleurin von ihm erzählt hat, sondern Dracula. Ein übergriffiger Weirdo, der ihm so was, so was von egal ist.

WUT

Er klingelt Sturm, der Flash öffnet die Tür. Nasses Haar, Rasierschaum im Gesicht, Handtuch um die Hüfte, all inclusive.

»Rio!«, ruft er erstaunt.

»Wo ist Dra-, Fritz?«, knurrt Rio, mühsam beherrscht.

Der Flash runzelt die Stirn, ruft über die Schulter: »Franz? Fraaaanz! Hier ist jemand für dich!«

Das klingt viel zu nett. Das klingt, als würde Rio Dracula besuchen wollen.

»Franuś!«, ruft der Flash, »los jetzt!«

Hinter dem Flash teilt sich ein grellgrüner Perlenvorhang und Dracula taucht auf: »Was is'?«

»Besuch für dich!«, ruft der Flash fröhlich und deutet mit ausgestreckten Armen auf Rio, als wäre er der Hauptgewinn in so einer alten Fernsehshow: »Rio ist da!«

Aber er ist kein Hauptgewinn und schon gar kein Besuch, er ist wütend! Dracula kommt näher, schlurft superlässig bis zur Wohnungstür, und Rio ist kurz davor, einfach reinzustürzen, um das hier schnell zu erledigen.

»Hey«, sagt Dracula, er ist ohne Stiefel, trägt grün-weiß geringelte Sneakersocken, ansonsten ganz in Schwarz und wie immer schaut er Rio nicht an.

»Ich lass euch dann mal«, verkündet der Flash großzügig und strubbelt Dracula im Vorbeigehen durchs Haar: »Benimm dich, Kumpel!«

Sobald der Flash hinter den Perlen verschwunden ist, baut Rio sich vor Dracula auf: »Warum machst du das?« Er wollte eigentlich gar keine Frage stellen. Aber er ist sich sicher, dass der Flash irgendwo im Hintergrund lungert und lauscht, da kann er Dracula ja nicht einfach anbrüllen.

»Was?«, fragt Dracula und sieht ehrlich ratlos aus.

Rio atmet tief durch: »Du weißt, was ich meine«, zischt er. »Lass das gefälligst, klar? Halt dich da raus!«

Dracula zuckt die Schultern: »Okay.«

»Echt, ich warne dich! Sonst –«

Dracula zieht die Augenbrauen hoch: »Was sonst?«, fragt er. »Was passiert sonst?«

Tja. Weil Rio nichts einfällt, guckt er einfach nur, hofft, dass das irgendwie so aussieht, als wüsste er ganz genau, was dann Schreckliches passiert, und, tatsächlich, für eine Millisekunde huscht so etwas wie Angst über Draculas Gesicht, und, zugegeben, jetzt tut es Rio schon wieder krass leid, dass er hier so stumm-drohend vor Dracula steht, der nach der Sache im Hof ja irgendwie auch allen Grund hat, Rio sonst was zuzutrauen.

»Okay«, sagt Rio. Und das war jetzt etwas lame. Aber was sagt man in so einer Situation? Man sieht sich? Nee, Quatsch. I'm watching you? Im Gangsterfilm käme einfach ein Cut. Boah.

»Aber ... aber ... also, ich könnte dir vielleicht ... also ... halt helfen?«, murmelt Dracula in Richtung Türschwelle.

»Ich brauche keine Hilfe!«, knurrt Rio. »Und schon gar nicht von dir!« Das wollte er nicht, das ist ihm so rausgerutscht. So redet man nicht mit Leuten. Egal was ist.

»Okay«, sagt Dracula.

»Ich –«, beginnt Rio.

»Na, Jungs, alles klar bei euch?«, der Flash schiebt Dracula zur Seite, drapiert sich sportiv neben ihm in der Tür. Er ist jetzt in seinem Laufoutfit, das Handy baumelt wie ein zu kurz geratenes Schwert an seiner Seite. »Echt jetzt, Jungs! Ihr müsst hier doch nicht im Treppenhaus rumlungern. Komm doch rein, Rio! Hier herrscht Chaos, wie immer, und in Franz' Zimmer gibts von Zeit zu Zeit heftige Bücherlawinen, aber du kannst echt gerne reinkommen. Oder, Franz? Wäre doch schön, wenn Rio reinkommt, was?« Er lacht nervös und versucht mehrmals, seinem Sohn zuzuzwinkern, vergeblich: Dracula hat nur Augen für die fransige Fußmatte.

»Möchtest du?«, bittet der Flash. »Wir haben Apfelschorle da!«

»Wir haben keine Apfelschorle«, murmelt Dracula, während er hoch konzentriert den Lack vom Türrahmen pult.

»Oh«, macht der Flash. »Ach, schade.« Aber plötzlich strahlt er über das ganze Gesicht: »Magst du Kefir?«

Puh, der Typ ist wirklich verzweifelt.

»Ich muss jetzt eh weg!«, ruft Rio und er merkt selbst, dass das richtig akut panisch klingt. Er will kein Ke-was-immer-das-ist, er will keine nicht vorhandene Apfelschorle, er will nicht in diese finstere Wohnung, er will gar nichts vom Flash oder von Dracula.

»Oh stimmt, jetzt, wo du es sagst: ich auch!«, ruft der Flash fröhlich. »Und, Franuś, nur kurz zur Erinnerung: Ich meine das ernst mit dem Camp!« Und damit joggt der Flash los.

»Tja.« Dracula schnipst einen Fetzen Türlack auf den Boden, und Rio würde auch gerne *Tja* sagen, verkneift es sich aber, weil das echt nicht zum Anlass seines Besuchs passt. »Machs gut« aber irgendwie auch nicht und »Bis bald« natürlich schon gar nicht.

Geh einfach, Ri. Sag gar nichts. Dreh dich um und geh.

Rio wünscht sich die Wut zurück, aber die ist verschwunden, einfach so.

»Ich mach jetzt die Tür zu, ja?«, schlägt Dracula vor. »Wenn wir hier zusammen rumstehen und uns schämen, kann ich dich nämlich nicht so gut in Ruhe lassen.«

Und damit schließt Dracula die Tür und Rio steht davor und fühlt sich schon wieder seltsam verloren.

SCHÜLERTICKET

Es geht nicht anders. Mit dem Rad ist es wirklich zu weit bis zum Baum der Jongleurin. Mit dem Bus dauert es zwischen anderthalb Stunden und unendlich, je nachdem, was Unvorhergesehenes passiert, und die S-Bahn fährt gerade nicht, weil es zu heiß ist. Rio muss die U-Bahn nehmen. Er hasst alles daran: den pissschwülen Geruch, sobald man die Treppe hinabsteigt, den schmalen Spalt zwischen Bahnsteig und Wagen, in dem er als Kind einmal festgesteckt hat. Die vielen Menschen. Und die Angst, dass sich die Türen beim Einsteigen schließen, dass er drin ist und die anderen draußen oder andersrum. Das immerhin wird nicht passieren, heute ist er eh alleine. Rio lässt sich auf einen Platz ganz am Ende der Sitzreihe fallen, setzt sich den Kopfhörer auf (irgendeine unverfängliche Playlist von Lale und Jarek, Gute-Laune-Hip-Hop), hier ist es kalt. Er zieht den Pulli über, streift die Kapuze bis über die Stirn, schiebt die Hände unter seine Achseln, lehnt den Kopf gegen die Scheibe. Auf dem Infobildschirm geht es um einen Polizeieinsatz und den neusten Korruptionsskandal, es gibt Werbung für einen Krimi über einen mordenden Sternekoch, und die Wettervorhersage zeigt Sonne, Sonne, Sonne bei dreißig bis vierzig Grad. Nachts kühlt es auf achtundzwanzig ab. Hier unten sind es ungefähr minus zehn, aber das verrät die Wettervorhersage nicht. Kein Gewitter, kein Regen in Sicht. Der Super-Tipp empfiehlt, genug zu trinken, sich einzucremen und direkte Sonne zu vermeiden. Im Cartoon verabschiedet Charlie Brown sich von Snoopy, hochdramatisch – für die Nacht. Dann geht es wieder von vorne los: Polizeieinsatz, Korruption, Sternekochmörder, SonneSonneSonne, Sonnevermeiden, Gute Nacht, Snoopy, ich werd dich vermissen, gute Nacht, Charlie Brown ...

Gute Nacht, Ri.

Jemand rappt von einer Insel, irgendwas von einem Strand, der Rhythmus ist monoton. Rio schließt die Augen. Nur ganz kurz, nur einen Moment, nicht richtig schlafen, nur kurz ausruh-

»Ticket bitte!«

Er schrickt hoch, starrt den kleiderschrankgroßen Mann an, der sich vor ihm aufgebaut hat. ShitShitShit. Rio klopft auf seinem Hoodie herum, tut so, als würde er in seiner Jeans suchen. Zum ersten Mal in diesem Sommer wird ihm heiß. Das Suchen hat keinen Sinn: Das Schülerticket steckt in seinem Portemonnaie und das ist in der Bauchtasche, und die liegt mitten auf dem Esstisch, da hat er sie vorhin extra hingelegt, damit er sie bloß nicht vergisst.

»Na?«

»Moment, ich habs gleich!« Warum sagt er das? Er hats nicht gleich. Er hats gar nicht. Er hat vielleicht nie wieder was, was irgendwen interessieren könnte, was irgendwer braucht. Und mit der Verzögerung macht er es doch bestimmt noch schlimmer! Der Typ wird sich verarscht fühlen.

»Ich warte!«

Die ältere Dame neben Rio wendet den Kopf ab, der Mann gegenüber starrt in sein Buch.

Sie werden so krass enttäuscht sein.

Hektisch durchwühlt Rio alles, was er an Taschen hat, wirft einen verstohlenen Blick zur Tür, der dem Kontrolleur nicht entgeht: »Versuchs gar nicht erst!«

Er nickt seinem Kollegen am anderen Ende des Wagens zu, der rückt näher, verschränkt die Arme vor der Brust, sieht Rio düster an, versperrt ihm den Fluchtweg.

»Wir steigen gleich zusammen aus und klären das! Ist ja kein Ding!«

Doch ist es. Alles ist ein Ding. Rosa und Jaime werden sich Gedanken machen. Sie werden denken, du wirst kriminell. Sie werden wach liegen und sich sorgen, die ganze Nacht. Deinetwegen.

»Ich ...«, setzt Rio an.

Die Frau neben ihm rutscht einen Platz weiter. Als wäre das ansteckend, kein Ticket zu haben.

»Wirds jetzt oder nicht?«, fragt der Kontrolleur scharf. Schon wieder gezuckt.

»Ich hab ... ich glaube ...«, stottert Rio. Der Boden unter seinen Füßen ist plötzlich ganz weich.

Man stirbt, wenn man fällt.

Und jetzt kommt die Panik. Schwarze Punkte tanzen. Nein. Bitte, nicht. Nicht schon wieder. Nicht – Rio klammert sich am Sitz fest. Alles rauscht. Ihm ist übel. Was ist, wenn er kotzen muss?

1, 2, 3, 4 –

»Na, junger Mann? Wirds bald? Totstellen hilft dir nichts!«

»Ich hab ... ich hab es leider ... ich kann ... Moment bitte ... ich ... ich muss kurz ...«

»Hey, du Pflaume, ich hab doch dein Ticket!«

Halluziniert er, oder steht da wirklich Dracula hinter dem Typen, wie hingezaubert, mit einem Portemonnaie in der Hand? Rio blinzelt: aber Dracula ist immer noch da, wühlt in seinem Portemonnaie. Das Rauschen in Rios Ohren wird leiser, die schwarzen Punkte verblassen. Draculas Portemonnaie ist aus Kunststoff, bunt gemustert, mit Band zum Umhängen – so was hatten Mavis und Rio in der Grundschule. Dracula hält dem Kontrolleur eine Plastikkarte ziemlich dicht vors Gesicht, ganz nah an die Augen. Der Mann nimmt ihm das Ticket ab, studiert es genau, sieht von Rio zu Dracula zur Plastikkarte und wieder zurück zu Rio. Dann nickt er: »Okay.«

Rio kommt nicht mehr mit: Wieso ist Dracula hier und warum

schluckt der Typ das? Warum hält er Dracula auf dem Foto für Rio? Sie haben keine, absolut null Ähnlichkeit. Sie sind wie Yin und Yang, nur ohne die Harmonie, alles an ihnen ist vollkommen gegenteilig, und ganz sicher nicht so ineinandergerollt und gleichförmig, und gemeinsam haben sie definitiv nichts. Rio kann nicht fassen, dass der Typ das ernsthaft glaubt. Dass er ihn für Dracula hält. Und was macht Dracula denn jetzt? Jetzt hat der doch kein Ticket!

Rio bezweifelt, dass der Flash es schafft, die 60 Euro Strafgeld unter *Learnings* zu verbuchen. Er will dringend etwas sagen, aber sein Hals ist so eng.

»Aber, du …«, krächzt er. Dracula schüttelt leicht den Kopf.

»Genau, dann brauche ich jetzt nur noch deine Monatskarte!« Der Kontrolleur sieht Dracula erwartungsvoll an.

»Vergessen«, behauptet der. »Man kann ja nicht an alles denken«, fügt er schulterzuckend hinzu. Er sieht superlässig aus, aber Rio sieht genau, wie rabiat Dracula das Gummiband an seinem Arm bearbeitet.

»Gut, dann steigen wir beide jetzt aus.« Der Kontrolleur klingt fast ein bisschen traurig.

»Vielleicht könnten Sie einfach so tun, als hätten Sie uns gar nicht bemerkt?«, bringt Rio hervor. Der Mann gegenüber kichert leise in sein Selbstfindungsbuch. Der Kontrolleur schüttelt den Kopf: »Geht nicht, ich werd ja auch kontrolliert. Ob ich meine Arbeit gut mache. Ich weiß nie wann und von wem.« Er lässt den Blick durch den Wagen huschen, sein Kollege ist verschwunden. Die anderen Fahrgäste tun so, als würden sie das ganze Drama nicht bemerken. Aber Rio ahnt, dass sie lauschen, dass sie aus dem Augenwinkel beobachten, dass sie gespannt sind, wie das hier ausgehen wird. Die U-Bahn wird langsamer.

»Ist auch kein großes Ding!«, sagt der Kontrolleur. »Komm halt Montag beim Schalter vorbei und bring deine Monatskarte und deinen Perso mit. Dann musste nur 'nen Bruchteil zahlen!«

Dracula nickt brav.

Die Bahn hält quietschend.

»Fahr du ruhig weiter«, flüstert Dracula. »Ich kümmere mich darum.«

Rio schüttelt den Kopf und weiß selbst nicht, warum. Schließlich hat er Dracula ja nicht darum gebeten, ihm zu helfen. Selbst schuld, wenn der jetzt mit in der Scheiße steckt.

Die Türen öffnen sich. Der Kontrolleur schiebt Rio und Dracula an den Schultern hinaus. Rio bezweifelt, dass das erlaubt ist, dass der sie anfassen darf.

»Warum machst du das?«, flüstert er Dracula zu.

»Weil's mich vielleicht einfach nicht so besonders juckt?«

»Weil du haufenweise Geld hast, oder was?«

»Genau. Ich bin steinreich. Und jetzt lauf!«

»Wieso – nein!«

Aber Dracula greift Rio am Ärmel, zieht ihn hinter sich her, wird schneller und schneller, und Rio lässt sich ziehen, stolpert hinter Dracula her. »Halt!«, ruft der Kontrolleur, macht aber keine Anstalten, ihnen zu folgen.

HAU AB

Sobald sie auf der Treppe sind, lässt Dracula Rio los: »Sorry«.

»Das war Mist!«, stellt Rio fest. »Also, die ganze Aktion.«

»Aber wir sind ihm entkommen!«

Rio stöhnt: »Das war ein Fahrkartenkontrolleur, kein Gigantosaurus!«

»Kann sein, aber mein Vater hätte mir die Hölle heißgemacht.«

»Macht er das nicht eh?«

»Stimmt.«

»Du stalkst mich, das ist dir schon klar, oder?«

»Nein, tue ich nicht. Das hat nämlich nichts mit dir zu tun! Also, mit dir persönlich ...«

»Dass du ständig überall auftauchst, wo ich bin, hat nichts mit mir zu tun? Hä?«

»Nein. Hat es nicht.«

»Und noch mal: Hä?«

Dracula winkt ab: »Egal! Hast du 'nen Plan, wo wir sind?« Er sieht sich suchend um. Sie stehen neben einer großen Straße, Autos dröhnen an ihnen vorbei, links und rechts von ihnen türmen sich Plattenbauten auf.

»Funktioniert dein Handy?«

»Klar funktioniert mein Handy, aber –«

»Dann orte uns mal! Mir ist das hier definitiv zu warm!«

»Niemand hat dich gezwungen, hier zu sein!«

»Nee, aber zu heiß ist es trotzdem. Guck mal nach, wo ... wo willst du denn eigentlich hin?«

»Zu einem Baum!«
»Einem Baum?«
»Ja, einem Baum. Hast du ein Problem damit?«
Dracula schüttelt den Kopf: »Nö. Wo ist der denn, dein Baum?«
»Das ist nicht mein Baum!«
»Rio!«
»Dracula?«
»Alter! Wo?«
»Da lang!«
»Dann los!«
»Du kommst mit?«
»Siehst du doch!«
Stimmt. Das sieht Rio: wie Dracula blass und grimmig in seiner Antisommerkluft neben ihm herstapft. Und Rio fehlt die Kraft, ihn davon abzuhalten.

EIN BAUM

Wir müssten gleich da sein!« Das hat Rio schon ungefähr viertausend Mal gedacht und jedes Mal laut verkündet, und Dracula hat jedes einzelne Mal nur ein undefiniertes *Mhm* von sich gegeben. Das tut er auch jetzt: »Mhm.«

Mehr haben sie nicht gesprochen in der letzten Stunde, die sie nun schon zwischen den Hochhäusern, Parkhäusern und Supermärkten herumirren. Irgendwas stimmt nicht mit der App, oder vielleicht stimmt auch irgendwas nicht mehr mit der Stadt. Die scheint sich ununterbrochen zu verschieben und zu verdrehen, jedenfalls kommen sie nicht an, zeigt das Navi konstant sieben Minuten Fußweg an.

Vielleicht hat dir die Jongleurin ja auch Quatsch erzählt, Ri. Was, wenn sie sich das nur ausgedacht hat, das mit dem Baum, dass sie den kennt? Was willst du überhaupt so unbedingt und dringend mit einem Baum?

»Vielleicht da rein?«

Dracula ist stehen geblieben, zeigt auf eine Öffnung in der Hauswand.

»Vergiss es«, knurrt Rio, »das ist nur wieder irgend so eine verdammte Einfahrt …«

»Lass doch mal gucken!«

»Glaub mir, da gehts nur zum Parkplatz!«

Dracula zuckt die Schultern und schlurft allein durch die Einfahrt. Rio zögert: nachlaufen wird er ihm ganz sicher nicht. Aber soll er einfach weitergehen? Die Chance nutzen und den Kerl abhängen? Aber Dracula hat ja offensichtlich kein Handy, der ist völlig aufgeschmissen, wenn Rio ihn –

»Rio!«

Eh zu spät. Dracula steht schon wieder in der Einfahrt. Widerwillig folgt Rio ihm. Okay, stimmt, das hier ist mehr als eine Parkplatzeinfahrt. Viel mehr. Das ist ein Tunnel, das hier, echt jetzt, ist wie ein Tor zu einer anderen Welt.

Übertreib nicht, Ri!

Nee, wirklich! Mit jedem Meter wird das Verkehrsrauschen leiser, herrscht bald eine seltsam absolute Stille, selbst ihre Schritte sind auf dem erdigen Boden kaum noch zu hören. Im Tunnel ist von der sengenden Hitze nichts mehr zu spüren.

»Wo führt der hin?«, flüstert Rio.

Warum flüsterst du denn? Wer soll dich nicht hören? Der Gigantosaurus?

»Keine Ahnung«, flüstert Dracula zurück. »Aber tut gut, oder?«

»Weiß nicht«, sagt Rio, obwohl es ihm ganz genauso geht wie Dracula: Die Ruhe fühlt sich gut an. Da vorne ist Licht, da endet der Tunnel, und als Rio hinter Dracula hinaustritt, ist es, als hätte es die Stadt nie gegeben. Da sind nur noch Felder und darüber der Himmel, wie auf so einer Kinderzeichnung, nichts als Gelb und Blau, und in der Mitte, wie extra platziert, der Baum von Mavis' Foto, der Baum der Jongleurin: ein riesiger Kinderbaum auf metallenen Krücken.

Rio rennt los. Als müsse er sich beeilen. Als würde nicht ausgerechnet das hier, Feld, Himmel, Baum, so gut wie alle Zeit der Welt haben, als könne es verschwinden, von einer Sekunde auf die andere, für immer. Erst am Baum bleibt er stehen. Der Stamm ist knorrig, die untersten Äste hängen tief. Rio legt die Hand auf die Rinde. Stört ihn nicht, wenn Dracula denkt, dass er irgend so ein Esoheini ist, juckt Rio gar nicht. Er muss herausfinden, was das mit dem Baum auf sich hat, was das mit Mavis zu tun hat, was sie hier wollte. Er wartet. Aber das ist alles: Der Baum ist ein

Baum. Mehr nicht. Nur ein Baum. Rinde, Äste, Blätter, nichts weiter. Und das Feld ist nur ein Feld, ein ziemlich vertrocknetes noch dazu, und der Himmel ist nur Himmel, nichts anderes als Luft, nicht mehr als Gasmoleküle, in denen sich die Sonne bricht. Rio lässt sich rücklings auf den Boden plumpsen. Sieht in die Krone hinauf, steht wieder auf und beginnt, den Baum hochzuklettern. Er muss nur nach rechts schauen, dann ist die Stadt wieder da, bäumt sich am Rand des Feldes auf, wie ein ängstliches Pferd. Rio untersucht die Rinde. Vielleicht hat sie da irgendwas reingeritzt?

Ich ritze nichts in Bäume, das weißt du.

Oder eine Nachricht hinterlassen, in einem dieser unzähligen Astlöcher?

Nope.

Die Sonne geht unter, aber Rio guckt nicht hin. Keine andere Welt also, keine Spur von Mavis. Hier gibts nichts von Bedeutung, da hilft auch kein Sonnenuntergang. Ihm ist schwindlig vor Hunger, außer dem Keks vorhin hat er heute noch nichts gegessen. Hier saß also die Jongleurin als Kind. Schön für sie. Plötzlich will Rio nur noch raus aus dieser Geschichte, die nicht seine ist, nicht Mavis', will weg von diesem Ort, an dem er nichts zu suchen hat, an dem nichts zu finden ist.

Unten hockt Dracula im Halbschatten, steht erst auf, als Rio an ihm vorbeigeht: »Wehe, du sagst was«, murmelt Rio.

Aber Dracula sagt nichts, den ganzen, unendlichen Rückweg lang.

BÄR

Du warst nicht im *Wunder.*«

Rosa klingt nicht vorwurfsvoll, sondern traurig: »Flip hat wieder angerufen, er wollte wissen, wo du steckst. Und dann hat dich niemand von uns erreicht. Du kannst dir doch denken, dass wir da ... Noch ein paar Minuten und wir hätten die Polizei gerufen!«

»Das tut mir leid. Ich war woanders«, sagt Rio und starrt weiter auf die Bilder, die er vor sich auf dem Boden ausgebreitet hat. Draußen auf dem Feld hatte er keinen Empfang, danach hat er die Anrufe ignoriert, hat so getan, als gingen sie ihn nichts an. Und natürlich war das rücksichtslos und natürlich tut ihm das jetzt unfassbar leid.

Aber immer, immer zu spät.

»Du kannst dir vorstellen, dass wir uns Sorgen machen, wenn du so lange weg bist und keiner weiß wo, oder?«

»Das wollte ich nicht ...«

»Ich weiß«, sagt Rosa, »das weiß ich ja. Darf ich reinkommen?«

Rio nickt und Rosa setzt sich auf die Bettkante. Rio schiebt die Fotos zu einem unordentlichen Stapel Nichts zusammen. Selbst wenn irgendeines dieser Bilder irgendeine Bedeutung hätte, irgendeine Antwort, es würde nichts helfen. Weil er die Fotos nicht versteht.

Ehrlich gesagt haben wir am Ende doch so gut wie gar nichts mehr voneinander gewusst.

Es ist schlimmer als vorher, als er die Kamera und Mavis' Bilder noch nicht hatte. Es ist schlimmer, seit er auf dem alten Baum gesessen und suchend in die Landschaft geglotzt hat, wie irgend so ein Dude in der Midlifecrisis. Es ist, als ob er etwas unwiederbringlich verloren hätte, so hoffnungslos und endgültig, dass er nicht einmal mehr weiß, was es war.

»Wer ist das?«, fragt Rosa und deutet auf das oberste Bild. Darauf ist der sehr alte Mann, mit dem Basketball, der Alte guckt schüchtern, aber um den Mund herum sieht es aus, als würde er gleich lächeln.

»Ich weiß nicht«, sagt Rio. »Irgendwer.«

»Das sind die Bilder aus Mavis' Kamera, stimmts?«

Rio nickt. Ihm fällt keine andere Geschichte ein. Rosa seufzt: »Wir dachten, die wäre kaputt ...«

»Nee«, sagt Rio, »funktioniert noch.«

»So was. Na ja. Weißt du, Schatz, ich versteh dich, vollkommen. Aber es sind schließlich Sommerferien, und bitte, bitte, Schatz, überleg mal, ob es nicht das ist, was du tun solltest: bei den anderen sein, weitermachen ... Uns fällt es auch schwer, glaub mir, aber anders geht es eben nicht. Ich –«

Rosas Stimme bricht. Das ist immer das Schlimmste. Wenn seine Eltern weinen.

»Ich bin doch da«, flüstert Rio und schämt sich für diesen Satz. Rosa fährt ihm übers Haar, zieht ihre Hand so abrupt weg, als hätte sie sich verbrannt, dann steht sie hastig auf: »Wenn das schon sein muss, das mit den Bildern, dann sag das nächste Mal wenigstens Bescheid, wo du bist. Wenigstens das.«

»Mach ich.«

»Und geh nicht allein, ja?«

Rio will sagen, dass ihm keine andere Wahl bleibt, weil ja alle, absolut alle damit beschäftigt sind, weiterzumachen. Aber er sagt nichts.

»Das musst du mir versprechen!«

»Okay«, sagt Rio und stopft die Bilder zurück in die Papiertüte. Sie knicken und die Tüte reißt noch ein Stück weiter ein. »War eh Quatsch, die Aktion ...«

Rosa nickt, zieht die Tür hinter sich zu. Rio hört ihre Schritte auf den Dielen im Flur. Sie geht rüber ins Bad und schließt sich dort ein. Mit Bär. Und Bär sollte, Bär darf eigentlich nicht mehr hier sein.

So ist es nämlich, und so war es: Mavis hatte Bär zur Geburt bekommen und Rio Affe, und Affe und Bär waren zwar nicht verwandt, aber ganz klar wie Geschwister und immer dabei, erst ganz offiziell, in ihren Armen, auf den Gepäckträgern, in der Jackentasche. Dann später heimlich, ganz unten im Rucksack, auf Klassenfahrten und so. Bis Affe auf einer dieser Geheimmissionen verloren gegangen ist. Aber Bär blieb. Bär lag immer unter Mavis' Kissen, war mittlerweile platt und grau und kaum noch als Bär zu erkennen, mit seiner flach gedrückten Nase sah er eher aus wie ein blasses Schweinchen. Ungefähr hundert Mal hatte Jaime Mavis gebeten, den *alten Lappen* endlich wegzuwerfen, weil Bär doch wahrscheinlich voller Milben und so was war. *Vergiss es!*, hatte Mavis gesagt. Jedes Mal, ungefähr hundert Mal: *Niemals. Bär bleibt bei mir.*

Bär gehört zu Mavis.

Und deswegen hatten seine Eltern ihn ihr mitgegeben, hatten Bär selbst hineingelegt, unter das Kissen, das, wie die Decke auch, mit Mavis' weicher Lieblingsbettwäsche bezogen war und auf das sie alle am Abend zuvor ihre Abschiedsgrüße geschrieben und Bilder gemalt hatten und Wünsche, für sie: Ich vermisse dich so! Du fehlst mir! Wir vergessen dich nie! Ich hab dich so lieb, mein Schatz! Duerme bien, mi niña. Und ganz, ganz am Ende war Bär dann zusammen mit Mavis in Flammen aufgegangen. Dachte Rio, dachten sie alle.

Aber dann war Rio neulich auf dem Weg zur Kloschüssel volle Kanne gegen den Waschbeckenschrank gerannt, weil der leicht verschoben war, weil der zentimeterweit nicht stand, wo er sollte. Und während Rio sich sein schmerzendes Schienbein rieb, hatte er Bär entdeckt. Der klemmte zwischen Schrank und Wand. Rio hatte zusammengekauert auf dem Boden gehockt und Bär angestarrt, wie etwas, was aus einer anderen Dimension kommt, oder aus einer anderen Welt. Es hatte gedauert, bis er sich traute, die Hand auszustrecken und das Stofftier zu berühren. Wie konnte Bär da sein? Es war ganz einfach und gleichzeitig unfassbar: Rosa hatte ihn heimlich an sich genommen und dann hier versteckt, und jetzt hielt Rio Bär im Arm, drückte ihn so fest an sich, wie er nur konnte, wie es ging, grub seine Nase tief in sein Fell.

Rio weiß, was Rosa gerade tut: Sie sitzt auf dem Badewannenrand oder dem Klodeckel, sie presst ihr Gesicht in Bärs abgewetztes Fell, vielleicht weint sie, vielleicht erträgt sie das Stechen stumm, dort, wo die Trauer im Hals feststeckt. Sie merkt, dass Mavis' Geruch im Kuscheltierfell immer schwächer wird. Und am liebsten würde Rio ihr hinterherlaufen, sie bitten, ihn reinzulassen, so gerne würde er neben Rosa im Bad sitzen, und statt Bär hätte seine Mutter dann ihn, und vielleicht würde sie ihn ja sogar umarmen, ganz fest, so wie sie Bär an sich drückt und Rio ja schon lange nicht mehr. Und auf seinen Geruch könnte sie sich verlassen, er lebt ja, er lebt, er ist übrig geblieben. Aber er ist eben nicht Mavis, nicht Bär, ist für Rosa in ihrer Trauer weniger wert als ein plattgeliebtes, fransiges Kuscheltier mit stumpfen, leblosen Augen. Und deswegen bleibt Rio sitzen, mit den nutzlosen Fotos in der Hand, und wird sich erst nachher rauswagen, wird erst später ins Bad gehen, wenn Rosa längst weitergegangen ist, zur Arbeit oder zu Miranda. Dann wird Rio nachsehen, ob Bär wieder gut in seinem Versteck hinter dem Schrank verstaut ist. Und wenn nicht, wird er ihn ganz kurz an sich pressen und das Gesicht im Fell vergraben, und er wird Mavis darin riechen und seine Mutter, und er darf das wirklich nur ganz kurz, ihnen so nah sein, mit Bärs Hilfe, weil sein Geruch sonst auch hängen bleibt und er Bär für alle Zeiten zerstört. Und dann wird er den Schrank zurückschieben an seinen Platz an der Wand, damit Jaime nichts merkt, und damit die Dinge zumindest scheinen, als wären sie in Ordnung und alles ganz genau am richtigen Ort. Und damit sie sich an Rosas streng geheimer Trauer nicht mehr das Schienbein blutig stoßen, damit in dieser Wohnung niemals wieder jemand laut schreien muss vor Schmerz. Ihre Trauer, darauf haben sie sich wortlos geeinigt, soll unsichtbar sein und stumm.

EGAL WAS IST

RiYo
flip?

Flipse
rio! alter! wo warst du?

RiYo
hör doch mal auf ständig meine eltern anzurufen

Flipse
das geht nicht

RiYo
warum?

Flipse
ernsthaft? weil ich angst habe das du scheiße baust darum

RiYo
mach ich nicht

Flipse
und wenn doch

RiYo

nerv nicht!

Flipse

du egoistisches arschloch du kannst mich mal das geht echt gar nicht gerade egal was ist also war
echt jetzt die anderen haben auch genug du bist nicht die einzige Person auf der welt meld dich wieder wenn du dich eingekriegt hast

RiYo

okay

tippt er. Und löscht es. Und tippt es noch mal. Und löscht es wieder.

RiYo

👍

Aber darauf antwortet Flip nicht mehr, vielleicht hat er Rio stumm gestellt.

SOMMERTAGE

Die nächsten Tage ziehen an Rio vorbei, wie eine der 6-Uhr-Seniorinnen im Freibad. Er liegt die meiste Zeit auf dem Rücken im Bett, unter sich diese brutale Stachelmatte, die Jaime und Rosa früher zur Entspannung genutzt haben, als sie noch dachten, dass Schmerz zur Entspannung beiträgt. Aber Rio will sich nicht entspannen, im Gegenteil: Rio will verhindern, dass er einschläft. Und dabei ist die piksige Matte sehr hilfreich. Ab und zu steht er auf, trottet rüber ins Bad oder zur Küchenzeile, öffnet den Kühlschrank, kramt extra lautstark darin herum, und wenn Rosa oder Jaime reinkommen, nimmt er schnell irgendein Lebensmittel in die Hand und grinst ihnen ertappt entgegen.

»Schön, dass du endlich wieder Appetit hast!«

Manchmal übertreibt Rio es dann ein bisschen, bläht die Wangen auf, presst ein fröhliches »Mhm« hervor, tut so, als hätte er den Mund randvoll. Sobald sie weg sind, legt er Melone, Möhre, Käse, Wurst oder Joghurt wieder zurück. Nicht so gut war es, als er gestern danebengegriffen, statt des Goudas ein Kühlpack erwischt und damit die Ups-ich-hab-den-Mund-voll-Nummer aufgeführt hatte.

»¡Bufón! Du Witzbold!«, hatte Jaime lachend gerufen und Rosa dazugeholt, und dann musste Rio zur Liveberichterstattung seines Vaters noch mal seine Nummer aufführen, und auch Rosa hatte Tränen gelacht, weil sie ihren Witzbold von Sohn zurückhatte, endlich, endlich wieder!

Stimmt, Ri, so warst du früher. Du warst immer lustig und leicht. Ich war die Schwierige, die Ernste. Daran konnte man uns unterscheiden: du hast es immer allen leicht gemacht, du naives, ignorantes Grinsebärchen, ich schwer. Jetzt ist es noch einfacher: du lebst, ich bin tot.

Jedenfalls: Das Einzige, was er runterkriegt, ist Toast ohne was drauf, dazu würgt er ab und zu eine der absurd großen Vitaminkapseln runter, die er sich neulich im Ortmann mitgenommen hat, irgendwas mit *Complete* oder *Complex* und ganz vielen Buchstaben mit Nummern dahinter. Weil das so schön allumfassend klingt und so, als hätte er zumindest irgendwas unter Kontrolle, Nährstoffe, Spurenelemente und Vitamine, von A–Z, von den Zehennägeln bis in die Haarspitzen, alles rundherum und querdurch und optimal versorgt.

Nach seinen Kühlschrankbesuchen ist Rio immer völlig erledigt, direkt nach den Kühlschrankbesuchen darf er sich auf keinen Fall aufs Bett legen, da hilft dann nämlich auch die Stachelmatte nicht mehr. Ein paar Mal ist es ihm aber doch passiert, trotz Matte, trotz Vorsicht in den letzten Tagen, ist Rio in den Tiefschlaf gerutscht.

Und dann ist Mavis aufgetaucht, hat die Arme nach ihm ausgestreckt und ihn dabei angebrüllt, nach ihm gegriffen, wollte ihn packen, und Rio hat nicht verstanden, was sie gesagt hat, weil er die ganze Zeit auf ihren Kopf starren musste, mit dem irgendwas so ganz und gar nicht okay war, etwas, das sich nach dem Aufwachen nicht mehr in Worte fassen, das sich auch mit Tageslicht nicht zähmen lässt. Schreiend ist er wach geworden, und Jaime und Rosa wären wohl in sein Zimmer gestürzt, hätten alles, alles gesehen, wenn er nicht schneller gewesen wäre, sich nicht klitschnass und zitternd und schluchzend von innen gegen die Tür gestemmt und ihnen wieder und wieder versichert hätte, dass mit ihm alles okay sei, nur ein Traum, nichts Schlimmes, irgendwas wegen dieses Films, den er neulich geguckt hatte und der wirklich so was von daneben war: blutspuckende Pferdemumien, echt jetzt?! Wer bitte denkt sich so was aus? Und nie wieder würde er sich so einen Mist reinziehen, versprochen! Und eventuell würde es aber leider noch ein bisschen dauern, bis er den verarbeitet habe, haha, und vielleicht, nur ein Vorschlag, wäre es gut, wenn sie sich zusätzlich zu ihren leichten Schlafmitteln noch mit Ohrenstöpseln ausrüsten würden.

Und Jaime und Rosa kauften ihm das ab, oder auch nicht, und vielleicht hatten alle recht, die irgendwann mal gesagt hatten, dass Rio ein echt guter Schauspieler wäre, wenn es nur die Bühnenangst nicht gäbe. Und es ist ja nicht so, dass er den Sommer und seine Superhitze nicht nutzen würde, nee, ganz und gar nicht: Sobald Jaime und Rosa weg sind, zur Arbeit oder rüber zu Miranda, zerrt Rio sich grob die stinkende Kleidung vom Körper, reißt die nassen Laken vom Bett, sprüht eine halbe Flasche ätzenden Allzweckreiniger auf die Matratze, wäscht erst das Bettzeug, das Laken, die Decke in der Badewanne, duscht dann sich selbst, bestraft sich mit viel zu heißem Wasser, schämt und schrubbt und verachtet sich, bis alle Spuren beseitigt sind und er selbst wund und knallrot und vollkommen erschöpft.

Und dann kommt der Sommer zum Einsatz, dann hängt Rio das Laken, die Decke, die Bezüge und seine Kleidung raus aus dem Fenster zum Hof, und das sieht unfassbar sauber aus und irgendwie wunderschön, wie in einer dieser Waschmittelwerbungen, in denen Leute ihre klatschnasse Wäsche im Weidenkorb bis hoch in die Alpen tragen und dann noch Kraft dafür übrig haben, drum herumzutanzen, mitsamt ihren strahlend sauberen Kindern, und sich zu freuen, und die sengende Hitze, die auf den Hof donnert, trocknet die Laken und Shorts in Nullkommanix, sodass spätestens, wenn seine Eltern nach Hause kommen, alles wieder in Ordnung ist und niemand weiß, dass Rio so ganz und gar nichts, nicht mal das Grundsätzlichste, nicht mal seine fucking Blase, unter Kontrolle hat. Nur Knut, der ahnt natürlich was.

DER EISBÄR II

Am schwierigsten ist es, den Fotostreifen zu ignorieren, den Knut in der Hand hält und mit dem er ununterbrochen und absurd unrhythmisch auf die Tischplatte klopft. Die letzten Bilder. Ist das irgendein Trick? Vielleicht hat Rosa Knut vorhin die Passbilder gegeben, um Rio irgendwie aus der Reserve zu locken? Rio versucht, sich ganz auf das kleine Sternentattoo neben Knuts Auge zu konzentrieren.

»Hey, bist du noch da?«

»Mh?«

»Du siehst aus, als wärst du gedanklich gerade vollkommen woanders.«

»Tut mir leid, ich – Ich weiß nicht ...«

»Vielleicht reichts jetzt auch erst mal, wa?!«

Knut lehnt sich in seinem Stuhl zurück. Und jetzt hat er Rio, rutscht dessen Blick ab, vom Tattoostern runter zu dem Fotostreifen in Knuts ziemlich großen Händen. Wortlos schiebt Knut ihm den Streifen über den Tisch zu: »Ihr seht euch sehr ähnlich.«

Seht, nicht *saht*. Auf dem Bild sind sie, Mavis und Rio, grimassenschneidend, wangenknutschend, wie es sich für so eine Bilderreihe aus dem Automaten gehört. Und irgendwie hat Mavis es geschafft, immer ein bisschen cooler auszusehen als Rio. Als wäre es ihr allerhöchstens halb so wichtig, vorne im Bild zu sein, mehr Platz einzunehmen als er.

Zwei Minuten älter, zwei Millimeter mehr auf einer fünf Zentimeter breiten Schwarz-Weiß-Fotografie.

Mir war das egal, mir war nur wichtig, dass man mich sieht. Und bitte: jetzt hast du die ganze Kabine, und das ganze Bild, ganze fünf Zentimeter alleiniges Dasein, nur für dich.

»Es bleibt nicht für immer so, Rio«, sagt Knut und fährt sich mit der Hand übers Gesicht. »Auch, wenn sich das gerade vielleicht nicht so anfühlt und du dir das eventuell überhaupt nicht vorstellen kannst.«

»Neee«, beeilt Rio sich zu versichern. »Nee, das ist ja auch echt kein Ding! Ich meine –«, er zuckt die Schultern.

»Doch«, sagt Knut. »Das ist ein Ding. So ein verdammt beschissenes. Mich kannst du meinetwegen verarschen, aber mach das nicht mit dir selbst! Versprochen?«

»Okaaay –«

»Nee, echt jetzt, Rio. Ich meins ernst. Hör auf mit dem Scheiß!«

»Okay.« Aber das reicht nicht. Es ist wichtig, dass Knut versteht, worum es hier wirklich geht: »Sagst du das meinen Eltern? Dass ich okay bin? Bitte!«

Knut betrachtet Rio nachdenklich, dann nickt er: »Mach ich.«

»Danke! Echt, danke!« Wie bitte kann man so erleichtert sein?

»Momentchen, Rio, Moment.« Jetzt guckt Knut ganz streng. Mist.

»Was?«

»Wir machen einen Deal!«

»Was denn bitte für 'nen Deal?«

»Ganz einfach: ich verspreche dir, dass ich deine Eltern beruhige, und du versprichst mir, zu hundert Prozent ehrlich zu sein!«

Rio merkt selbst, wie entsetzt er Knut ansieht: »Hundert Prozent?«

»Hundert Prozent. Ja. Das ist mir sonst zu riskant.«

»Aber –«

»Nichts aber, Rio. Fürs Erste kann ich sie beruhigen, aber dann muss ich sicher sein, dass wir auch eine Chance haben, dass wir da hinkommen können, also, dass es dir wirklich gut geht. Eines Tages. In nicht allzu ferner Zukunft.«

Rio schnaubt durch die Nase. Pah! Was für ein Quatsch. Wie soll man bei etwas sichergehen können? Aber gut.

»Schläfst du?«

»Klar!«

»Rio!«

»Nicht so viel.«

»Was heißt das?«

»Vier bis fünf Stunden?«

»Pro Nacht?«

»Ja.« Ein paar Mal ist ihm das passiert, und Rio wird dafür sorgen, dass das nie wieder geschieht, schlafen geht nicht, so viel steht fest. Knut mustert ihn, gibt sich gar keine Mühe, so zu tun, als wenn nicht. Und Rio zieht die langen Pulliärmel noch ein Stück weiter runter, bis über seine Fingerspitzen, setzt sich auf seine Hände und versucht, die Schultern nicht hochzuziehen.

»Isst du? Deine Eltern sagen, dass du isst, aber mir kommst du ehrlich gesagt noch schmaler vor als letzte Woche.«

Mist! Dabei hat er doch extra den übergroßen Pullover an!

»Ich esse!« Das stimmt, wie gesagt, ab und zu würgt Rio, Brocken für winzig kleinen Brocken, einen Toast runter.

»Okay, aber wenn ich da weiter ein ungutes Gefühl habe, muss ich dich zur Ärztin schicken, verstanden?«

»Okay.«

»Nee, ehrlich jetzt, Rio, das kann ich dann nicht verantworten. Die muss dich dann mal genauer unter die Lupe nehmen, wiegen und so und Blut abnehmen.«

»Komm ich dann in die Klapse?«

»Psychiatrie, Rio, nicht Klapse. Klapse ist echt ein Scheißausdruck.«

»Tut mir leid.«

»Kein Ding. Das gucken wir dann, gegebenenfalls, zusammen, wie wir dir am besten helfen können, was du brauchst, ja? Und ganz grundsätzlich jetzt nur mal kurz: manchmal kann ein Klinikaufenthalt genau das Richtige sein. Davor musst du keine Angst haben, okay?«

»Ich hab keine Angst!«, versichert Rio, vermutlich ein bisschen zu eilig.

»Okay«, sagt Knut, »aber jedenfalls: mit dir wird nicht einfach irgendwas gemacht, oder von irgendwem über dich weg entschieden. Es geht dabei schließlich um dich! Dass es dir wieder besser geht! Und darum kümmern wir uns, gemeinsam. In Ordnung für dich?«

Rio nickt. Er möchte ja auch, dass es ihm besser geht. Aber dafür müsste Mavis wieder da sein. Und seine Leute. Wieder bei den anderen sein zu können, ohne sie zu nerven oder ihnen den Sommer kaputt zu machen, das wäre schon schön. Sehr, sehr schön wäre das.

Knut kann Gedanken lesen: »Hängst du noch mit Flip ab? Und Nuri? Und Lai- La... Hilf mir!«

»Ja, klar. Lale. Und Jarek. Und manchmal auch Anoush und Coco.«

Knut lässt sich nicht ablenken: »Und? Seht ihr euch noch? Habt ihr Spaß?«

»Mhm.«

»Dein Vater hat mir erzählt, dass du gerade viel hier bist. Alleine.«

Rio fühlt sich verraten. Was soll das? Warum fragt Knut ihn überhaupt, wenn er eh schon alles weiß? Und warum reden sie hinter seinem Rücken über ihn? Knut scheint zu merken, dass Rio ihm wegrutscht.

»Weißt du, wenn das so ist, das ist auch völlig okay. Und auch normal, ab und zu allein sein zu wollen.«

Normal. Oh, Ri, wenn der wüsste, der alte Eisbär.

»Solange es nicht zum Dauerzustand wird. Und wenn es sich für dich auch okay anfühlt.«

»Flip ist verliebt«, sagt Rio. Oh shit! Darf er das verraten? »Du erzählst das aber nicht weiter, ja?«

Knut lacht: »Nee, keine Sorge, das bleibt unter uns. Das ist schön für ihn, oder?«

»Mhm, schon. Also, klar!«

»Und wie gehts dir damit?«

Rio zuckt die Schultern. Ehrlich gesagt weiß er das nicht so genau. Einerseits freut es ihn für Flip, andererseits kommt es ihm wie Verrat vor, an Mavis, nicht an sich. Wie kann Flip verliebt sein, während Mavis immer noch tot ist?

»Wir sehen uns gerade nicht so oft.«

Knut nickt: »Verstehe.«

Was Knut nicht verstehen kann: dass das nicht nur an Flip liegt und der Verliebtheitssache, sondern vor allem an Rio, der sich so schwertut im Moment, mit allem, was schön ist und Spaß macht.

»Und womit beschäftigst du dich so? Hier zu Hause?«

»Ich chill halt viel«, sagt Rio, »bei der Hitze ...«

»Und ins Freibad willst du nicht mehr, ich meine, bei der Hitze?«

Rio zuckt die Schultern: »Doch schon, irgendwann ...«

»Weißt du, das muss nicht wieder passieren, das mit der Panikattacke, Rio. Wirklich nicht. Pass auf, ich mail dir nachher ein paar Übungen, die echt gut helfen, und dann hüpfst du demnächst wieder lässig vom Sprungturm.«

»Cool«, sagt Rio, aber das war jetzt nicht unbedingt eine Oscarperformance.

»Musst du aber auch nicht, ist ja klar. Aber da sein, wo die anderen sind, das kriegst du damit auf jeden Fall hin.«

Die Frage ist nur, ob die anderen dich überhaupt noch dabeihaben wollen, was, Ri?

»Eins noch, Rio –«

Vorsicht, das klingt wieder nach so einer Falle.

»Das mit den Bildern, hast du da weitergemacht?«

Rio muss gar nicht fragen, woher Knut das nun schon wieder weiß. Rosa wird es ihm erzählt haben, irgendwann am Telefon oder vorhin, als sie mit Knut auf ihn gewartet hat, während Rio in seinem Zimmer all seine Kraft zusammennehmen musste und all seinen Mut, um sich hinauszuwagen, an diesen Tisch, zu Knut, mit seinen Fragen, seinem Wissen, seinem genauen Blick.

Das mit Knut hat sich geändert: am Anfang war Rio froh, wenn der kam. Ehrlich gesagt hat er sich richtig drauf gefreut. Es tat gut, mit jemandem zu sprechen, der einfach nur zuhörte, der nichts persönlich nahm oder selbst zu traurig zum Zuhören war. Am Anfang dachte Rio noch, dass alles wieder in Ordnung kommen kann. Dass er das wieder hinbekommt, wenn er gut mit Knut arbeitet. Aber so ist das nicht. Knut kann nichts ändern, weil Rio nichts ändern kann. Aber Knut glaubt noch daran, und Rios Aufgabe ist es jetzt, ihm möglichst gut vorzuspielen, dass das klappt. Was also ist die richtige Antwort auf diese Frage? Findet Knut es gut, wenn er sich mit den Bildern beschäftigt, oder macht er sich dann noch mehr Sorgen? Rio weiß es nicht. Und er hat Angst, das Falsche zu sagen.

»Was wäre denn richtig?«, fragt Rio leise.

Knut wischt sich über den Nasenrücken. Als er Rio ansieht, hat er wieder den Großer-Bruder-Blick, bei dem Rio zugleich fürchtet und hofft, dass Knut ihn einfach mal kurz ganz fest drückt, und Rio sich, für eine Sekunde oder so, fühlen kann, als würde er wirklich noch existieren inmitten dieser Welt.

Aber Knut faltet nur seine Hände auf dem Tisch: »Ach, Rio, ich fürchte, das weißt nur du selbst.«

Toll.

Und als Nächstes kommt »Folge deinem Herzen« oder so ein Shit.

»Ich meine, da gilt, was grundsätzlich immer gilt: solange es sich für dich richtig und gut anfühlt, und solange du damit keiner anderen Person schadest, ist alles okay.«

»Ich weiß aber nicht, was sich richtig anfühlt«, murmelt Rio. Er muss den Kiefer anspannen, um nicht zu gähnen. Hier mit Knut am Tisch zu sitzen, ist so unfassbar anstrengend. Zehnmal so krass wie die Kühlschranknummer.

»Dann finde es raus, ja? Der Sommer ist ja noch lang und die Ferien haben gerade erst angefangen!«

Was haben nur immer alle mit dem Sommer? Einerseits heißt es immer, man soll sich entspannen und mal chillen, andererseits erwarten alle von einem, dass man sich selbst findet, in die Welt rausgeht, und wenn man ganz vorne dabei sein will, sich nebenbei gefälligst auch noch verliebt, und zwar möglichst glücklich. Find ich zu krass. Echt jetzt mal.

Und das Ganze dann am besten auch noch lässig vom Beckenrand eines bis oben hin vollgestopften Freibades aus? Ich meine, allein das: wie soll man in dem Chaos bitte ernsthaft die große Liebe finden? Ich meine –

»Mavis!«

Rio schlägt mit der Faust fest auf den Tisch. Knut tut ihm den Gefallen, nicht allzu alarmiert auszusehen: »Willst du mir das erklären?«

Rio schüttelt den Kopf, und Knut lässt ihm das durchgehen. Als er mit dem Stuhl zurückrutscht und dann aufsteht, könnte Rio schreien vor Erleichterung.

»Nächste Woche komme ich wieder, ja? Und dann gucken wir mal, wie es dir dann geht. Hundert Prozent ehrlich, okay?«

»Mhm.«

»Und eins noch, Rio. Du bist okay. Ganz und gar und grundsätzlich. Und es ist gut, dass es dich gibt! Und –«

Was soll das denn jetzt? Es war garantiert nicht okay, dass du dich manchmal über mich geärgert hast!

»Aber dir ist etwas ganz und gar nicht Okayes passiert. Verstehst du? Und darauf reagierst du: dein Körper, dein Gehirn, und, ja, ich weiß, das klingt schlimm, aber ist halt nun mal so:

auch dein verdammtes Herz. Das ist wichtig, dass du das im Kopf behältst, dass da ein Unterschied ist, zwischen dir und der Sache, die dir passiert ist.«

Kann man wohl sagen: Dir ist nichts passiert. Du lebst ja, ich nicht mehr. Find ich auch 'nen wichtigen Unterschied.

Rio nickt.

»Machs gut«, sagt Knut. »Und ich würde mich sehr freuen, wenn du mir nächste Woche ein paar Dinge erzählen kannst, die du erlebt hast. Also, ganz in echt. Vielleicht sogar draußen.«

ALLES GUT, NURI

Nu

Rio? Wenn du Hilfe brauchst, meld dich, ja? Oder mich oder jemanden von den anderen sehen willst, okay? 💗 *Ich bin jetzt beim Training und habs auf lautlos gestellt, aber nachher gucke ich gleich rauf, ja?*

RiYo

Alles gut, Nuri 👍 *Viel spaß beim tanzen!* 😘

VERSTANDEN?

Er hockt auf dem Boden, das Bett im Rücken, es ist nicht bequem, aber genau das soll es ja auch nicht sein. Er will sie hören, aber nicht sehen, nicht so. Er fürchtet sich vor ihrer Wut.

»Mavis?«, flüstert er.

Also, wenn ich jetzt dein Leben lang nur noch tot sein soll, also, ehrlich gesagt, Ri, das fände ich schon ein bisschen öde. Und ich meine, du hast ja schließlich die Fotos. Mehr kommt nicht von mir, da hast du schon recht. Aber du könntest doch zum Beispiel mal ein bisschen weniger Kraft für die Kühlschrankperformance und für die Knutperformance und für die Selbstmitleidsperformance verschwenden, und ein bisschen mehr für mich, oder? Fänd ich nett. Fänd ich echt korrekt von dir. Und ehrlich gesagt auch das Mindeste, wenn ausgerechnet du schon übrig geblieben bist.

Aber er kann da nicht raus, er kann einfach nicht mehr. Und schon gar nicht alleine.

Klar kannst du, stell dich nicht so an. Du hast Beine, du hast Füße, du hast sogar Schuhe und soweit ich sehe, auch noch ein paar Restmuskeln und so was wie ein Hirn. Du kannst eine Treppe runtersteigen, vorausgesetzt, es kommt dir kein Weirdo aus dem Hinterhaus entgegen, du kannst laufen, du kannst Rad fahren, du kannst die S-Bahn nehmen, wenn sie mal wieder fährt, meine Güte, theoretisch kannst du irgendeine Schrottkarre von altem Lada kurzschließen, zusammen mit Flip und mit Nuri, oder dir ein Scheißpferd stehlen und versuchen zu fahren, zu reiten, oder du kannst dich einfach wieder in eine U-Bahn setzen und dieses Mal an dein Scheiß-Schülerticket denken, du kannst mit Menschen sprechen, und du kannst an Orte gelangen. Verdammt, Ri, du kannst so unendlich viel mehr als ich, und dabei konnte ich als Erste Rad fahren und als Erste lesen und besser rechnen und singen und tanzen eh. Und ich war schneller als du und immer ein paar Zentimeter größer und ich war Mamas und Papás Lieblingskind, obwohl ich mir echt nicht so viel Mühe gegeben habe wie du. Das ist dein Problem, Ri, du bist viel zu verkrampft. Du hast deinen Körper noch, deine Arme, deine Finger, du kannst jemanden umarmen, du kannst streicheln, du hast deinen Mund, du kannst knutschen, bis deine Lippen wund sind, aber du weißt ja noch nicht mal wen, und selbst wenn du es wüsstest, wäre keiner mehr da. Du kannst alles haben, alles machen und was machst du? Nichts. Nada. Ri, Alter, reiß dich gefälligst zusammen und find raus, was es mit den Fotos auf sich hat!

Aber wer sind die denn, diese Leute? Wie soll er die finden? Wie soll er das alleine packen, wenn er nicht mal das einfachste Zeug hinbekommt, wie schlafen, essen und verdammt noch mal den Sommer genießen und glücklich sein? »Du hast die Fotos gemacht, Mavis! Jetzt hilf mir doch mal!«, flüstert er.

Kann ich nicht, Ri. Ich bin tot. ¿Cachá?

Klar. Rio versteht das, Rio weiß das ja. Aber er will das nicht. Er will nicht, dass Mavis tot ist, und er will und er kann und er darf nicht weitermachen mit dem Ganzen, ohne sie.

SCHERBE

Knut hat sich gewünscht, dass Rio rausgeht, damit er was zu erzählen hat. Die Katze ist eine Geschichte, eine ganz kleine nur, aber besser als nichts. Bis in den Hof schafft er es, mitten in der Nacht, zwischen zwei und drei Uhr, der einzigen Zeit, in der die Stadt sich ausruht, für den nächsten heißschweren Sommertag, in der es hier ganz still ist. Die Fenster zum Hof sind dunkel, nur das Licht über der Tür zum Hinterhaus flackert wie eh und je. Morsezeichen aus dem Jenseits. Rio hat nachgeguckt, ehrlich gesagt, im Netz, war sich sicher, insgeheim, dass das Licht etwas sendet wie *Komm, komm,* aber laut der Seite war das Flackern allerhöchstens Kauderwelsch. Er hockt auf dem Fahrradständer und sieht der Katze beim Fressen zu. Sie isst gierig, aber lautlos. Jetzt spitzt sie die Ohren, dreht sich um, sieht Rio aus ihrem verbliebenen goldgelben Auge an, er fühlt sich ertappt.

»Keine Angst, ich bins nur. Ich tue dir nichts. Ich wollte dir nur Gesellschaft leisten, damit du dich nicht so einsam fühlst.«

Das scheint die Katze okay zu finden, jedenfalls frisst sie weiter. Zum ersten Mal betrachtet Rio sie genau. Es ist nicht nur das fehlende Auge: quer über die Flanke zieht sich eine lange Narbe, die Katze steht nur auf drei Pfoten, hat ein Bein angewinkelt, wie in Schonhaltung. Ob das vom Sprung kommt, der vielleicht auch ein Fallen war? Ein Sturz. Fünfter Stock – wie kann man so was überleben? Er hat nachgeschaut, es ist möglich, nicht für Menschen, aber für Katzen, mit ein bisschen Glück. Dracula hat recht, das Tier sieht echt erschöpft aus. Gierig trinkt es das Wasser, sieht immer wieder nervös über die Schulter, als befürchte es einen Angriff.

»Wirklich, versprochen, ich tue dir nichts«, flüstert Rio. Ganz, ganz langsam streckt er die Hand in ihre Richtung, wartet. Die Katze zögert. Dann macht sie einen vorsichtigen Schritt auf Rio zu. Ganz ruhig bleiben, nur nicht bewegen! Schritt für vorsichtigen Schritt kommt die Katze näher, kommt ganz nah. Und jetzt legt sie ihr Gesicht in Rios Hand und der beißt sich in die Lippe, weil das so schön ist und so unerwartet kommt: dieser filigrane, weiche Katzenkopf in seiner Hand. Sanft krault er das Tier hinter den Ohren, die Katze schnurrt. Es wäre völlig okay, für immer hier zu sitzen. Im Stinkehof, auf dem scheißunbequemen Fahrradständer, der sich in seine Arschbacken bohrt, mit dem Katzenkopf in der Hand, den warmen Katzenkörper an seinem Bein. So ist das also, wenn man jemandem nah ist, wenn jemand einen nah sein lässt. Und klar auch, dass dieser Moment nur ganz kurz ist: ein Fenster knallt zu, die Katze erschrickt, ist so schnell verschwunden, als hätte sie sich in Luft aufgelöst ...

Rio legt den Kopf auf die Knie, pult ein kleines Stück grünes Glas aus der Fuge neben seinem Turnschuh. Wie gestört ist es, dass er jetzt die Katze vermisst? Wie viel Sehnsucht kann ein einzelner Mensch haben? Wird es das sein, was er jetzt sein Leben lang fühlt? Das verdammte Vermissen? Rio schnipst die Glasscherbe ins Beet, springt gleich danach auf und beginnt verzweifelt zu suchen. Was, wenn die Katze wiederkommt, und wenn sie dann durchs Beet läuft, und wenn sie auf die Scherbe tritt und die in die Pfote bekommt? ShitShitShit.

Alles, alles machst du falsch, Ri.

Auf den Knien sucht Rio den trockenen Erdboden ab. Als er die Scherbe schließlich findet, wird es schon wieder hell. Er wirft das winzige Glasstück in die Tonne. Ein Unglück, immerhin, hat er verhindert.

HILFE

Rosa und Jaime sind gerade erst weg, da klingelt es. Normalerweise ignoriert Rio das, die Paketmenschen haben längst aufgegeben. Aber diese Person ist hartnäckig: läutet wieder und wieder und da hilft es auch nichts, dass Rio sich sein Kissen über den Kopf zieht, das Klingeln ist nicht zu überhören. Was, wenn es Flip ist? Oder Nuri und Lale? Was soll er ihnen sagen? Was werden sie ihm zu sagen haben? Er ist schrecklich nervös, als er durch den Flur geht und den Türöffner drückt. Wie wird das sein, sie endlich wiederzusehen? Eine Sekunde später klopft es, die Person steht also schon oben und ist wahrscheinlich nicht Flip und nicht Nuri, Lale oder Jarek. Nicht so schlimm, nicht schlimm, versucht Rio sich selbst einzureden. Erfolglos. Es sticht verdammt. Aber dann muss er auch nicht aufmachen. Ungünstig nur, dass die Person immer weiterklopft. Und was, wenn es irgendwo brennt? Wenn jemand sich in den Finger geschnitten hat? Und jetzt ganz schlimm blutet? Die uralte Frau Tahari zum Beispiel? Was, wenn nicht aufzumachen unterlassene Hilfeleistung ist? Argh!

Rio öffnet die Tür.

»Hi«, sagt Dracula, sein Blick huscht an Rios Gesicht vorbei, bleibt irgendwo neben dem Türschild hängen.

Was will der denn hier?

Rio zieht demonstrativ die Augenbrauen hoch, was nicht wirklich viel bringt, weil Dracula ja an ihm vorbeisieht.

»Ja?«

Du redest doch jetzt nicht mit dem, oder? Nicht dein Ernst!

»Ich brauche deine Hilfe«, ruft Dracula mehr, als dass er es sagt.

»Was?«

Du hast den schon richtig verstanden.

»Ich brauche deine Hilfe«, wiederholt Dracula. »Dringend.«

Nein, Ri. Nein!

»Ich ...«

»Du willst am liebsten die Tür zuknallen«, stellt Dracula fest. »Versteh ich. Vollkommen.«

Du willst nicht nur, du machst das jetzt auch!

»Aber gib mir eine Minute, ja?«

Tür zu! Jetzt!

Eine Minute hat er. Millionen Minuten. Ein ganzes Leben lang hat er nichts Besseres vor, als hier an der Tür rumzustehen.

Du könntest doch auch noch mal meine Playlists durchhören! Oder meine Stifte anspitzen. Oder die Blätter der Pilea abwischen – hab ich nie gemacht, aber du hast ja Zeit und kannst alles Mög-

»Okay.«

»Echt?« Dracula wirkt ehrlich erstaunt. Und Rio fragt sich, ob er sich vielleicht schon durchs ganze Haus geklingelt hat, mit seiner Hilfsanfrage. Und ob Rio gar nicht seine erste Wahl, sondern seine letzte Hoffnung ist, wofür auch immer. So guckt Dracula ihn nämlich gerade an. Also, Rios T-Shirt.

Du lässt ihn aber jetzt nicht in die Wohnung!

»Willst du kurz reinkommen?«

Dracula schüttelt entschieden den Kopf, und Rio bereut sein peinliches Angebot. Natürlich will Dracula nicht reinkommen! Wer will das schon, aus der normalen Welt? Kann ja sein, dass es hier spukt.

Man spukt an den Orten, an denen man gestorben ist. Hier bin ich nicht mehr.

Und so, wie Draculas Blick immer nur kurz über Rios Gesicht huscht, wie er durch ihn hindurchsieht, oder an ihm vorbei, ist

Rio selbst wohl mal wieder das Gespenst. Dracula räuspert sich: »Würdest du mal ... also, mal ... mal mit mir abhängen?«

»Was bitte?«

Dracula rauft sich die Haare. Die stehen jetzt wieder in alle Richtungen ab, und Rio fragt sich, ob er die vielleicht färbt, weil sie so unfassbar tiefschwarz sind. Und der Flash, der ist ja eher braunhaarig –

Rio. Fokus!

»Also, ich meine, nur mal ganz kurz und nur so als ob?«, murmelt Dracula.

Der verarscht dich.

Rio sieht nicht viel von Draculas Gesicht, wegen der davorgewuschelten Haare und weil Dracula jetzt eingehend die abgewetzte Peanuts-Fußmatte studiert, aber das, was er von Draculas Gesicht sehen kann, ist knallrot. Scheiße, bei Rio ist es ja schon schlimm, aber wenn man so bleich ist wie Dracula, da fällt das echt oberkrass auf –

Nein! Stopp! Du hast jetzt kein Mitleid mit dem.

»Also, mein Vater will mich in so ein Sommercamp schicken, weißt du, so ... so eins mit ... mit Sport.«

»Oh.«

»Ich weiß, klingt albern, aber ich überle-, ich schaff das nicht.«

Hast du gehört: er wollte überleben *sagen. Der Kerl hat keine Ahnung. Überleben sagt man nicht in unserer Anwesenheit. Mach sofort die Tür zu!*

»Und was hat das mit mir zu tun?«

»Wenn ich meinem Vater jemanden präsentieren kann, mit dem ich abhänge, dann darf ich bleiben. Dann lässt er mich in Ruhe.«

Ja klar. Und jetzt mal ganz langsam: niemand, niemand möchte freiwillig mit dir abhängen. Mit dir kann man nicht abhängen, Ri. Mit dir kann man untergehen, oder sich das Genick brechen, aber mit dir kann man ganz sicher nicht abhängen.

Dracula knetet seine Hände: »Ich weiß, dass du alles Mögliche zu tun hast, aber, also, ein Mal? Und es reicht auch, wenn du nur kurz da bist, bis mein Vater weggeht, oder wenn du eben gehst, wenn er kommt, also, du musst gar nicht echt mit mir abhängen, keine Sorge, nee, Quatsch, es reicht, wenn er denkt, du wärst da und ich ... ich hätte, also irgendeinen –«

Dracula zerrt an dem Gummiband, lässt es gegen seinen Arm flippen, boxt gegen den Türrahmen, schüttelt den Kopf.

Freund! Fast hätte er Freund *gesagt. Es ist ja wohl klar, dass du den Scheiß nicht mitmachst?!*

»Ich kann dich auch bezahlen! Oder ich schreib deine Hausarbeit, nächstes Schuljahr, ich häng mich echt rein und dann krieg ich das bestimmt ganz okay hin, also ja, also, hm, aber also natürlich nur, wenn du willst?«

Ri! Du bist zwar am Arsch, aber so am Ende dann nun auch wieder nicht!

»Ich weiß, dass das schräg klingt, aber ich zahl dir echt was, also, so viel hab ich nicht, aber –«

Okaaay, das ist mehr als schräg. Bist du jetzt so 'ne Art Escorttyp?

Und nur mal ganz kurz: stell dir mal vor, du gehst darauf ein und hängst mit dem Kerl ab, und nach etwa zehn Minuten kriegt der 'ne Krise mit dir und schmeißt dich raus: wie wird das sein, Ri, wenn selbst Dracula dich nicht in seiner Nähe haben will?

»Sorry«, murmelt Rio, »ich kann echt nicht.«

Dracula nickt, als hätte er mit dieser Antwort gerechnet.

Weißt du noch, die Paparazzi*? So hat Jarek die doch genannt, die Leute, die plötzlich immer um dich rum waren, weil sie die spannend fanden, diese Sache mit dem Tod? Entweder das, oder er will dich einfach verarschen.*

»War eh 'ne blöde Idee«, sagt Dracula. »Ich dachte nur – Ach, vergiss es.«

Jetzt mach die Tür zu.

»Was dachtest du?«

Ri!

»Dass du vielleicht auch Gesellschaft brauchst?«

Da hast du es: Helferkomplex. Puh. Tür zu.

»Nee«, knurrt Rio. »Brauche ich nicht. So was von gar nicht!«

Die Tür!

Rio knallt die Tür zu. Lauscht. Es dauert einen Moment, aber dann hört er Draculas Schritte auf der Treppe.

Scheiße.

¡DIOS!

Das Kissen funktioniert nicht mehr, Rio hört sie trotzdem: Rosa und Jaime streiten, lautstark. Das ist neu.

»Ich schaff das nicht!«, schreit Rosa.

»¡Ah! ¿Crees que es fácil para mí?«

»Einfach nicht, natürlich nicht, nein. Aber du kommst besser klar!«

»¡Dios!«, ruft Jaime.

»Reiß dich doch mal zusammen!«, schreit Rosa.

»Was denkst du, was ich mache?«

»Weiß ich nicht, Jaime! Echt! Keine Ahnung, was du machst!«

Dann knallt eine Tür.

Lass sie.

Er will nicht, dass das so ist.

Rio geht rüber ins Wohnzimmer. Da sitzt sein Vater auf dem Sofa, den Kopf in die Hände gestützt.

»Papá?«

Jaime sieht ihn müde an: »Ahora no, déjame por favor.«

»Pero –«

Aber Jaime schüttelt den Kopf: »Haz lo tuyo, Rio. Geh raus, erleb was. Triff deine Leute. Verhalt wenigstens du dich normal, meine Güte, du bist vierzehn!«

Sechzehn.

Jaime steht mühsam auf, geht schwerfällig an Rio vorbei, rüber in Mavis' Zimmer, schließt die Tür hinter sich. Verloren steht Rio da, merkt erst jetzt, dass er das Kissen mitgenommen hat, dass er es so fest an sich presst, als wäre es ein verdammter Rettungsring. Er schleudert es aufs Sofa, dorthin, wo Jaime eben noch saß.

Hab ich doch gesagt. Du kannst ihnen nicht helfen. Du machst es nur schlimmer. Weil du nämlich nicht ich bist. Weil durch dich nur noch mehr fehlt.

Er weiß, dass keiner seiner Eltern ihn jetzt sehen will, dass auch die Badezimmertür fest verschlossen ist.

OKAY

Es wird schon dunkel, als Rio unter dem flackernden Licht das Hinterhaus betritt. Dracula öffnet selbst, nicht der Flash.

»Also, ich will keine Kohle«, sagt Rio, bevor Dracula die Chance hat, den Mund aufzumachen.

»Okay.«

»Ich mach das nur, damit wir quitt sind, wegen der Sache in der Bahn ...«

Und vor allem wegen der Sache im Hof neulich, und wegen der Sache mit der blutenden Lippe, richtig, Ri?

»Aber du musst echt nichts –«

»Und wenn ich keinen Bock mehr habe, bin ich sofort weg!«

»Okay.«

»Und ich bleibe nur eine halbe Stunde, allerhöchstens, keine Sekunde länger!« Rio hält sein Handy in die Luft. Er ist vorbereitet, er hat den Timer schon gestellt, die Zeit läuft ab – jetzt.

»Okay.«

»Und ich mach das nur ein Mal! Das hier wird definitiv keine Fake-Kumpel-dann-aus-Versehen-echte-Kumpel-Geschichte, klar?«

»Okay.«

»Ist dein Vater da?«

»Der läuft, müsste aber gleich kommen.«

»Wie gesagt, höchstens dreißig Minuten«, sagt Rio. »Dann geh ich. Egal, ob er mich gesehen hat oder nicht.«

»Okay.«

»Und ich mach das nicht für dich.«

»Klar, warum solltest du auch?«

Warum dann, Ri? Warum lässt du dich auf diesen Mist ein?

Dracula tritt zur Seite, macht Rio den Weg frei. Rio rührt sich nicht.

»Komm rein«, sagt Dracula, und erst jetzt bewegt Rio sich, tritt über die Schwelle in die schummrige Wohnung. Und ein bisschen ist es so, als wäre er der Vampir, nicht Dracula. Jemand, der nirgendwo rein-, nirgendwo sein kann, wenn man ihm das nicht ausdrücklich erlaubt.

NORMALER MIST

Rio sieht sich um: nichts hier überrascht ihn. Es war klar, dass Dracula genau so ein Zimmer hat. Es ist schon fast absurd, wie gut das passt. Auch hier ist alles schwarz: die Wände, die Schlafcouch, die zusammengerollte Bettdecke, sogar der Schreibtisch. Nur der bunt gemusterte Kelimteppich auf dem Boden und die absurd vielen Bücher fallen ein bisschen aus dem Rahmen. Also, die Bücher sind wirklich überall: stapeln sich auf der Couch, auf dem Boden, auf dem Schreibtisch, und eine Wand ist wirklich ganz und gar und vollkommen Bücherregal. Comics, Graphic Novels, aber auch: Shakespeares gesammelte Werke, Charles Dickens, Ocean Vuong, Frances H. Burnett, Douglas Adams, Emily Dickinson, Alice Oseman, die Brontës – alles auf Englisch, von einigem hat Rio schon mal gehört, nichts davon hat er gelesen. Es wirkt ein bisschen so, als studiere Dracula nebenher Englisch oder so was, und das wäre vielleicht auch eine Erklärung fürs Sitzenbleiben und so … Rios Blick wandert weiter, bis zu den beiden Plastiktüten, die in die Ecke zwischen Schreibtisch und Schlafcouch gequetscht sind. Jetzt ist es zwei Mal Penny, das Blümchenkleid von neulich liegt ordentlich gefaltet ganz oben. Schnell schaut Rio weg, beobachtet, wie Dracula eine Zigarettenschachtel aus der Hosentasche zerrt, dann die Tür zum Flur noch ein Stück weiter öffnet, sehr, sehr vorsichtig einen riesigen Stapel Bücher beiseiteschiebt und sich auf das abgewetzte Sofa fallen lässt. Er streckt die Beine aus. Unschlüssig steht Rio in diesem absurd kleinen Zimmer, das eigentlich eine Bibliothek ist, und beobachtet, wie Dracula sich mit seinem schwarzen Feuerzeug eine Kippe anzündet. Der Qualm steigt scharf in Rios Nase, in seine Augen. Er widersteht dem Drang, sie zu reiben. Neben Dracula fühlt er sich wie ein Kind.

»Du rauchst nicht«, stellt Dracula fest.

Rio schüttelt den Kopf.

»Ich auch nicht«, sagt Dracula und betrachtet nachdenklich die glühende Kippe in seiner Hand.

»Komisch. Es sieht nämlich gerade voll so aus, als würdest du.«

Dracula zuckt die Schultern: »Es gibt im Moment keine andere Sitzgelegenheit.«

»Wann kommt er zurück?«

»Wer?«, fragt Dracula. »Mein Vater?«

»Nee, der Stuhl.«

Rio hat Dracula noch nie lächeln sehen. Es reicht bis in die schwarz umrandeten Augen. Das Lächeln ist echt. Oder aber sehr gut gemacht.

»Den reparieren wir gerade, also den Stuhl. Also, und der ist streng genommen auch eigentlich eher ein Sessel. Und, also, das macht mich übrigens irgendwie nervös, wenn du da so rumstehst.«

Rio verschränkt die Arme: »Und du machst mich nervös, wenn du da so obercool rumhängst!«

Der Satz ist raus, bevor er sich stoppen kann. Scheiße, hat er Dracula gerade als cool bezeichnet? Obercool?

Noch fünfundzwanzig Minuten, Ri, aber du gehst am besten einfach schon jetzt,

»Ich meine ...«, beginnt er und verstummt. Ehrlich, da gibt es nichts mehr zu retten. Zum ersten Mal sieht Dracula Rio direkt an. Das ist nicht der Geisterblick, nicht das Gespensterhuschen. Seine Augen wandern von Rios Turnschuhen über die löchrige Jeans und das Snoopy-Shirt, den rauchkratzigen Hals hinauf, zum Kinn, bis hoch zu Rios Mund – Und jetzt hüpft Draculas

Blick plötzlich weg wie eine Pinballkugel, zurück auf den Zigarettenstummel in seiner Hand. Er wird sich verbrennen, wenn er nicht aufpasst.

»Ich bin nicht cool«, murmelt Dracula, »ich bin nur sehr, sehr müde.«

»Kein Wunder«, murmelt Rio und sieht zum Fenster hinüber. »Bei dem Geflacker da könnte ich auch nicht schlafen.«

Dracula zuckt die Schultern: »Die Lampe müsste ausgetauscht werden.«

Mit der zigarettenfreien Hand klopft er neben sich auf die Couch: »Ich schwöre, ich beiß nicht!«

»Ich weiß!«

»Auch wenn deine Leute was anderes befürchten?«

Ah, shit.

»Das ... also, Jarek ... der ... der ... ich weiß nicht, aber der meint das nicht so ... das war nur ... er hat ... wir sind ... waren ...«

Versuchs gar nicht erst. Geh einfach!

»Ey, Rio«, sagt Dracula ruhig und rutscht noch ein Stück weiter nach links, gefährlich nah an den Rand der Couch, noch einen Zentimeter, und er verliert das Gleichgewicht und stürzt ab: »Mach halt, wie du willst, setz dich oder bleib stehen.«

Nicht hinsetzen!

Wie so ein abergläubischer Forschungsreisender in Transsilvanien hält Rio sein Handy fest in beiden Händen, als wäre das Ding sein Amulett.

Noch vierundzwanzig Minuten und drei Sekunden.

Okay, denkt Rio, okay. Er setzt sich. Die Couch quietscht, er sackt absurd tief ein. Lichtflackern hin oder her, also, wenn Dracula tatsächlich da drauf schläft – kein Wunder, dass der so müde ist!

»Geht doch«, stellt Dracula fest. »Und, hey, sag mal, welche Blutgruppe hast du?«

»Haha!«

Dracula wedelt mit der Hand rum, verteilt den Rauch im Zimmer. Rio dreht den Kopf weg: »Du ziehst gar nicht?«, fragt er, weil er ja irgendwas sagen muss. Er hat keinen Plan vom Rauchen, er kennt niemanden, der das tut.

Noch dreiundzwanzig Minuten.

»Hab ich doch gesagt, ich rauche nicht.«

Dracula schickt den Qualm in Richtung Tür, in Richtung Flur.

»Und was ist mit dem Fl-, äh, deinem Vater? Der riecht das doch!«

»Klar tut er das. Der flippt jedes Mal aus.«

Rio kapiert gar nichts mehr. Warum klingt das so zufrieden, wie Dracula das sagt?

Weil der völlig durch den Wind ist. Genau wie du. Und: Super, gleich hockst du hier mit Dracula und kannst zugucken, wie sein Superheldenvater ausflippt. Ein ausgeflippter Vater pro Tag reicht. Schnell weg, Ri, echt jetzt!

Ratlos sieht Rio zu, wie Dracula sich die nächste Kippe ansteckt.

»Ich meine … Natürlich hasst der das! Ich meine, es steht für alles, was er verachtet«, sagt Dracula und wedelt schon wieder Rauchschwaden in Richtung Tür: »Krass eklig auch, dieses Kratzen im Hals, oder?«

Rio nickt. Ehrlich gesagt kriegt er kaum noch Luft, und anscheinend ist ihm das anzusehen: Dracula springt auf, macht den einen Schritt, den es braucht, um zum Schreibtisch zu gelangen, schiebt vorsichtig die Bücherstapel beiseite, klettert drauf und öffnet das Fenster sperrangelweit, rutscht weiter bis auf das breite Fensterbrett: »Komm!«

Rio zögert.

»Echt jetzt! Du musst raus aus dem Mief, du bist schon ganz fahl!«

»Ich habs nicht so mit Höhen«, murmelt Rio.

Dracula nickt: »Ich auch nicht. Voll nicht. Aber ich meine, also, ich wohn im Erdgeschoss, das sind nur ein paar Zentimeter, höchstens ein Meter, nicht hoch. Und wenn du fällst, halt ich dich fest!«

»Wow, du bist ja ein echter Romantiker! Meld dich mal bei meinen Eltern, vielleicht kannst du denen mit ihrem Songtext helfen …«

»Deine Eltern machen Musik?«

Rio sieht Dracula fassungslos an. Meint der das ernst? Alle hier im Haus, in der Straße, im Kiez, ja vermutlich etwa fünfundachtzig Prozent der erwachsenen Stadtbevölkerung wissen, dass Rosa und Jaime *Solo el sol* geschrieben haben, diesen einen, großen, sehr tanzbaren Ohrwurm von einem Sommersong. Sie sind definitiv nicht Beyoncé oder Harry Styles, aber sicherlich auf dem Level von Lou Bega. Wobei auch in Rosas und Jaimes Fall eher ihr Song als sie angesprochen würde, wenn er neben ihnen her durch die Stadt laufen könnte.

»Nicht so richtig«, behauptet Rio, »aber sie würden halt gerne.« Er schämt sich für diesen Satz.

Und ich schäme mich für dich, Ri. Einundzwanzig Minuten noch, mit anderen Worten: du bist schon neun Minuten zu lange hier.

Dracula klopft neben sich aufs Fensterbrett: »Jedenfalls, das ist wie auf'nem Stuhl zu sitzen, ich schwörs dir!«

Auf einem Stuhl sitzen, das kann Rio. Das ist eine von den wenigen Sachen, die er noch ganz okay hinkriegt. Vorsichtig klettert er über den wackligen Tisch ins Fenster.

»Geht doch, oder?« Dracula rutscht noch ein Stück zur Seite, schnippt die Kippe in ein leeres Pestoglas, das direkt unter dem Fenster im struppigen Gebüsch steht. Sie fällt echt nicht tief.

»Mh …«

An den Fensterrahmen gelehnt, sitzen sie einander gegenüber. Dracula behauptet, dass man den Mond sehen kann, wenn man den Kopf nur weit genug in den Nacken legt. Und manchmal sogar ein paar Sterne. Sie probieren es aus, aber vom Mond keine Spur, und die Sterne könnten Flugzeuge sein.

»Der kommt schon noch, der Mond«, sagt Dracula, »warts ab!«

Mond? Sterne? Echt jetzt?

Der Rauchgeruch hat sich in Rios Nase festgebissen. Er muss sofort duschen, wenn er nach Hause kommt, und seine Kleidung auswaschen, bevor jemand was merkt.

»Findest du es gut, wenn er ausflippt? Dein Vater?«

Dracula sieht hinab auf das Pestoglas, dann betrachtet er ausgiebig seine Fingernägel. Die sind nicht nur schwarz lackiert, sondern auch ziemlich abgenagt.

»Sorry«, beeilt Rio sich zu sagen, »ich weiß auch nicht ... das geht mich ja gar nichts an.«

Dracula streicht sich das Haar aus dem Gesicht. So gesehen sind seine Augen übrigens krass flaschendunkelgrün, und sie sehen schon wieder haarscharf an Rio vorbei.

»Kein Plan, manchmal ist es einfach extrem, der Sohn von The Real Flash zu sein und so ... Verstehst du?«

Rio nickt. Er versteht das, volle Kanne, wie kacke das ist, als Nemesis der eigenen Eltern.

»Und irgendwie dachte ich mir halt«, murmelt Dracula, »so hat mein Vater was relativ Harmloses, woran er sich abarbeiten kann. Weißt du, es beruhigt ihn irgendwie, wenn ich normalen Mist baue.«

Rio nickt. Normaler Mist. Auch das versteht er. Vermutlich wäre es Jaime und Rosa auch lieber, sie würden ihn mit seinen Leuten beim Saufen erwischen, als dass er noch einen einzigen Tag länger alleine in der Wohnung hockt. Im Hof flackert unbeeindruckt das Licht vor sich hin, sie starren das Pestoglas an. Es wäre nicht weiter verwunderlich, wenn das demnächst vom Boden abhebt.

ACHTUNDZWANZIG MINUTEN, SECHSUNDFÜNFZIG SEKUNDEN

Sie haben schweigend rumgesessen, haben die einäugige Katze beobachtet, bei ihrem hastigen Nachtmahl, haben in die Luft gestarrt, und die Stille war nur mittelschwer, und das Pestoglas ist übrigens auf dem Boden geblieben. Für einen winzigen Moment schließt Rio die Augen ...

Schlaf nicht ein, schlaf jetzt bloß nicht ein.

»Da ist er!«

Rio erschrickt: »Wer?«

»Na, mein Vater!«

Stimmt, da kommt der Flash über den Hof gestratzt, entdeckt Rio und Dracula im offenen Fenster und sieht schlagartig sehr, sehr zufrieden aus: »Hey Jungs! Was läuft?«

Nichts. Nichts läuft.

Dracula zuckt lässig die Schultern: »Wir genießen die frische Nachtluft.«

Er schaut demonstrativ in Richtung Pestoglas, in Richtung Kippe. Rio muss grinsen: frische Luft, na ja, aus dem Zimmer stinkt der Qualm, aus dem Hof müffeln die Mülltonnen, diese Sommernacht hat Mundgeruch. Der Flash baut sich im Beet vor den beiden auf und obwohl er die Kippe so aus der Nähe definitiv sehen und den Zigarettenrauch auf jeden Fall riechen muss, ändert das nichts an seinem Strahlen. Erleichtert sieht der Flash aus und richtig ein bisschen glücklich: »Find ich ja toll, Rio, dass du mal vorbeischaust. Magst du ein bisschen Kimchi? Wir haben noch was im Kühlschrank. Ist supergesund!«

Achtundzwanzig Minuten, sechsundfünfzig Sekunden warst du hier, Ri. Und er hat dich sogar gesehen. Mission erfüllt, Karmapunkte gesammelt, ihr seid quitt. Geh jetzt und komm nie, nie wieder!

»Das ist nett, aber ich muss jetzt –«

»Ach komm schon, Rio! Die paar Minuten hast du ja wohl noch Zeit!«

»Er muss jetzt«, murmelt Dracula, »lass ihn mal.«

»Okayokay«, ruft der Flash, »aber schau gerne mal wieder vorbei! Oder ihr lauft mal 'ne Runde zusammen, nachts ist es echt angenehm –«

»Mhm«, macht Dracula, »mal sehen.«

Der Flash hebt grüßend die Hand und verschwindet im Haus. Rio rutscht vorsichtig vom Fensterbrett. Und zum Glück kann Dracula nicht sehen, dass er dabei die Augen fest zukneifen muss. Weil die Angst durch seinen Körper schießt, als er einen Moment lang keinen Boden mehr unter den Füßen spürt.

»Danke«, sagt Dracula.

»Kein Ding, gleichfalls.«

»Wofür?«

Rio zuckt nur die Schultern. Was soll er sagen? Bestimmt nicht, dass sich noch nichts in diesem Sommer so verdammt nah an richtig angefühlt hat, wie mit Dracula auf dem unbequemen Fensterbrett im Hofgestank zu hocken und zu spüren, wie das Atmen ein kleines bisschen leichter wird.

NICHT VERGESSEN

Flipse

😴+🍴+🥤!

CHEMIE

Rio starrt hinauf zur Decke.

Ganz schön viele Spinnweben, was?

Stimmt. Da oben sieht es aus, als wäre für Halloween dekoriert. Rosas Kopf taucht in seinem Blickfeld auf, verdeckt die feinen Netze:

»Wir sind dann jetzt drüben bei Miranda, ja?«

»Alles klar.«

Rosa streicht Rio die Haare aus der Stirn, verschwindet wieder. Er hält sich sein Buch vors Gesicht – *Chemie 10*. Er muss an Dracula denken und seinen Zigarettenqualm. Der macht es andersrum, der regt seinen Vater zur Beruhigung auf. Aber für so was fehlt Rio die Kraft, ein Buch hochhalten, das geht gerade noch.

»Wenn was ist, komm einfach rüber, ja?«, ruft Rosa.

»Mhm. Mach ich!«

»Du kannst aber auch gerne mitkommen!«

Nichts liegt ihm ferner, als danebenzuhocken, während Jaime und Rosa sich unter Mirandas Blick damit abmühen, eine möglichst eingängige Akkordfolge zu finden, die das Zeug zum neuen Supersommerhit hat. Die Euphorie von vor nur einer Woche ist längst verschwunden; wenn seine Eltern sich nun auf den Weg zu der ehemaligen Produzentin machen, schleppen sie grimmig entschlossene Gesichter.

»In Ordnung, wie du meinst. Aber nicht zu viel arbeiten, ja? Es sind ja schließlich Ferien! Schau, dass du auch noch rauskommst, mein Schatz!«

»Mhm.«

Für einen Moment wünscht Rio sich die Schule zurück, mit ihren Strukturen und Regeln und Dingen, die man eben tun muss. Stur aufs Whiteboard, den Rechner oder seinen Block zu starren, das ist so viel einfacher als das hier, diese endlosen, leeren Tage, an denen er sich selbst überlegen muss, wie er möglichst betriebsam wirkt. Doch dann erinnert er sich daran, wie verzweifelt er auf den Beginn der Ferien gewartet hat: bloß raus aus dem Trubel, weg von Herrn Horvath und all den anderen verständnisvollen, den mitfühlenden und den neugierigen Personen, weg von den vielen prüfenden Blicken. In den Ferien, hatte Rio sich eingeredet, würde alles rundherum besser sein. Aber damit hat er sich definitiv geirrt.

»Und sag, wenn dich irgendwas bedrückt!«

Puh.

»Rosa!«, Jaime steht mit seinem abgeschrabbelten Gitarrenkoffer schon in der offenen Tür, gibt ihr wenig dezente Zeichen, jetzt endlich zu kommen.

»Natürlich nur, wenn du magst!«, beeilt Rosa sich zu versichern und folgt Jaime hinaus. Er kann seine Eltern diskutieren hören, aus dem Treppenhaus bis hierhin, in sein Sofanest. Und dass die Stimmen mit zunehmender Entfernung nicht leiser, sondern lauter werden, bedeutet wohl, dass sich die Diskussion in einen Streit verwandelt hat. Scheiße! Schon wieder. Dass es immer noch weiter den Bach runtergehen kann, damit hat er nicht gerechnet.

Und wusstest du, dass es gar nicht so selten vorkommt, dass sich Eltern nach dem Verlust eines Kindes trennen?

Aber Mama und Papá nicht. Die lieben sich doch.

Damit hat das nichts zu tun.

Womit dann?

Du reichst halt nicht. Du erinnerst sie immer nur daran, dass ich fehle. Also, denk dir was aus, streng dich mehr an. Sorg gefälligst dafür, dass sie wieder glücklich werden.

Aber wie?

Dadurch, dass du auf dem Sofa rumhängst und in dein Chemiebuch starrst, jedenfalls nicht.

Rio stemmt sich hoch, das Buch kracht auf den Boden, vor seinen Augen tanzen dunkle Punkte. Zeit für den Toast. Aber allein beim Gedanken daran wird ihm schlecht. Schwerfällig steht Rio auf. Er fühlt sich so alt, viel älter als sechzehn. Ist es das? Hat er Mavis' Jahre noch obendrauf bekommen? Altert er jetzt doppelt so schnell? Dann wäre er schon zweiunddreißig und das Schwanken in dem Alter vielleicht kein Wunder?

Mann, Ri. Kannst du mal aufhören, immer nur an dich zu denken?

Er könnte Knut anrufen, er könnte ihn um Hilfe bitten, er könnte ihm sagen, wie scheiße es wirklich ist und dass er ganz und gar nicht klarkommt, immer weniger, und dass Knut bitte was machen soll, jetzt sofort, damit das aufhört, dieses ... dieses ... alles.

Ri!

Rio legt das Handy wieder weg. Nur eine Sache fällt seinem nutzlosen Hirn jetzt noch ein, und die ist daneben und wird nichts helfen und vielleicht sogar alles nur noch schlimmer machen, erscheint ihm hier und heute aber wie die einzige Chance: ein Stapel rätselhafter Fotografien und dazu jemand, der Rio nichts bedeutet, einer, der ihm ganz und gar und vollkommen und für immer ganz grundsätzlich egal ist.

KLAR

Auf Draculas schwarzem T-Shirt reißt ein Katzenbaby die Augen weit auf. Ist das ironisch gemeint? Dracula fragt nichts, Dracula sagt nichts, er öffnet nur wortlos die Tür ein Stück weiter, nickt Rio zu und schlurft dann zurück durch den Perlenvorhang, geht offensichtlich davon aus, dass Rio ihm schon folgen wird. Im Flur riecht es nach frisch gebrühtem Kaffee, und in seinem Zimmer hockt Dracula auf dem Schreibtisch, deutet in Richtung Schlafcouch. Das Bettzeug ist verschwunden, so fällt es leichter, sich zu setzen. Und auch die beiden Plastiktüten stehen nicht mehr in ihrer Ecke. Aus dem Augenwinkel sieht er, dass Dracula auf seinem Schreibtischplatz unruhig hin und her rutscht.

»Du bist also noch da«, stellt Rio fest. Dracula sieht verwundert auf, versteht nicht, versteht, grinst: »Offensichtlich. Mein Vater hat die Story geschluckt, dass ich jemanden – also, dass ich zu sehr damit beschäftigt bin, mit dir abzuhängen, als dass ich wegkönnte.«

Bestimmt hat er seinem Vater erzählt, dass er sich netterweise um den vereinsamten Zwilling aus dem Fünften kümmert ...

»Das ... das Camp muss also leider fürs Erste ohne mich stattfinden.«

»Schade«, sagt Rio, und Dracula nickt: »Sehr.«

Und dann ist es wieder still und Rio betrachtet noch mal ausgiebig das Bücherregal. Das seltsame Geräusch im Hintergrund stammt von Dracula, der mit dem Bein wippt. Auf seiner schwarzen Jeans erkennt Rio minikleine Kritzeleien, Tiere, Menschen, verschlungene Gewächse. Und Rio fragt sich, ob Dracula die selbst gemalt hat, und dann fragt er sich, warum er sich das fragt, und dann beschließt er, sich lieber nichts mehr zu fragen. Aber eins fragt er sich dann doch noch, nämlich, warum Dracula eigentlich nichts sagt. Es dauert einen Moment, bis ihm wieder einfällt, dass er es war, der geklingelt hat, nicht Dracula. Da kann er also lange warten, darauf, dass der ihm das erklärt. Und kein Wunder, dass Dracula immer nervöser wird, der denkt bestimmt, jetzt kommt sonst was!

Was bitte, sollte jetzt kommen?

– dabei fragt sich Rio ja selbst, was genau jetzt eigentlich kommen, wie er erklären soll, was er hier will. Aber hilft ja nichts: Er legt den Umschlag mit den Bildern neben sich auf die Couch. Dracula hockt auf dem Tisch, die Hände aufgestützt, den Rücken gebeugt. Es sieht aus, als versuche er, sich zusammenzufalten, ganz klein zu machen, und er rührt sich nicht. Okay. Anscheinend muss Rio deutlicher werden. Er streckt Dracula die Fototasche entgegen. Warum ist es so verdammt schwer, um Hilfe zu bitten? Ist ihm doch egal, wenn Dracula Nein sagt. Ist ihm auch egal, ob der ihn armselig findet oder so. Oder ob er eh nichts mehr mit Rio zu tun haben will, nachdem das mit dem Camp erledigt ist. Dann geht er halt wieder, was solls –

»Darf ich?« Draculas Stimme reißt Rio aus seinen Gedanken.

»Klar«, krächzt Rio, es klingt, als hätte er ewig nicht mehr gesprochen. Hat er ja auch nicht, nur einzelne Wörter, aber vor allem ist Rio unfassbar nervös. Was, wenn Dracula so reagiert wie Flip und die anderen? Wenn er auch wütend wird? Besorgt sieht er zu, wie Dracula sehr, sehr behutsam die lädierte Papiertüte öffnet, genauso hat er neulich die bunte Kleidung gefaltet, draußen im Hof. Als wären die Kleider, als wären die Bilder irgendein Schatz, als ahne er, wie unfassbar wertvoll die Fotos für Rio sind.

»Meine Schwester hat die gemacht«, erklärt Rio nervös, »und du weißt ja … also … weißt du?«

»Mhm.«

Dracula sagt nicht »Es tut mir leid« oder »Herzliches Beileid« oder »Das war aber schon vor einem Jahr, oder?« und dafür ist Rio ihm dankbar.

»Sie ... sie hat die kurz vorher, also *vorher* gemacht –«

Sags doch mal, sag Vor ihrem Tod, *sei nicht so feige, Ri!*

»Und, also, ich frag mich jetzt, warum. Also, was das sollte, all die komischen Leute und seltsamen Orte, und zwei sind, also auf denen kann man gar nichts erkennen, die sind voll verwackelt und verwischt und ich frag mich, was da ... Also, und ob das vielleicht irgendwas erklärt, also, warum sie ...«

Er verstummt, pult an einer Feder, die aus der Matratze lugt.

»Ich dachte, du kannst mir vielleicht helfen, da was rauszubekommen ... Ich meine, vielleicht kommt dir was bekannt vor? Ich ... ich dachte nur ... weil, du hast ja auch die Jongleurin erkannt?«

Jetzt, wo er es ausspricht, merkt er selbst, wie absolut albern diese Idee ist. Und was er auch ahnt: wie Dracula sich gefühlt haben muss, als er neulich vor Rios Tür stand, mit seinem absurden Hilferuf.

Sag ich doch. Hab ich dir doch gesagt.

Rio springt auf: »War 'ne blöde Idee! Sorry!«

Mist. Das war zu schnell. Vor seinen Augen wird es wieder schwarz. Er lässt sich zurück auf die Couch fallen, versucht, die Finsternis wegzublinzeln. Wenn er Glück hat, hat Dracula nichts gemerkt, denkt einfach nur, dass Rio sie nicht mehr alle hat. Verschwommen sieht er, wie Dracula aufsteht, er legt die Bilder zurück in Rios Hände. Es ist gut, wenn man etwas hat, an dem man sich festhalten kann. Nur nicht zu fest, sonst macht er sie kaputt.

Dracula verschwindet im Flur.

Holt der jetzt seinen Superheldenvater, damit der Rio rauswirft? Das wäre ein bisschen übertrieben, oder? Andererseits ...

Oder vielleicht ruft er auch die Polizei? Oder Knut? Quatsch, wie sollte Dracula von Knut wissen? Dracula weiß von nichts. Weil er rein gar nichts mit Rio zu tun hat und schon gar nichts am Hut. Was macht Rio also hier? Wenn er ganz langsam aufsteht, könnte es klappen, durch den Schwindel zu wandern, bis zur Tür, in den Hof, ins Vorderhaus, die Treppe hoch, zurück in die Wohnung und da dann aufs Sofa. Oder nee, besser, direkt in sein Zimmer, auf die Stachelmatte.

»Hier!«

Rio sieht benommen hoch: Dracula streckt ihm ein Glas entgegen und darin ist –

»Nur Wasser«, erklärt Dracula, »ausnahmsweise mal kein Gift.«

Bis Rio kapiert hat, dass das ein Witz sein sollte, ist es zu spät zum Lachen. Dracula studiert eingehend sein Bücherregal, fährt mit dem Finger über die Rücken der Bücher, als müsse er denen irgendwie Mut zusprechen, und ist so freundlich, Rio nicht zuzusehen, wie er Schluck für winzigen Schluck von dem Wasser nippt und dabei unverhältnismäßig viel danebengeht. Aber tatsächlich kehrt in Rios Kopf langsam wieder so etwas wie Ordnung ein.

»Ich geh eigentlich nicht so gerne raus«, sagt Dracula sehr, sehr leise. Er sagt das zu den Büchern, nicht zu Rio, und Rios Nicken, das sieht er also gar nicht.

Klar will er nicht! Das mit dem Baum, das hat ihm bestimmt gereicht. Boah, wie peinlich!

»Vergiss es, war auch echt 'ne Scheißidee, ich hau schon wieder ab!«

Genau. Geh jetzt. Und wenn du erst im Hof umkippst, merkt er es vielleicht gar nicht.

»Nee, bleib noch mal kurz sitzen«, sagt Dracula, ohne sich umzusehen, »nur, bis deine Birne wieder okay ist.«

Jetzt dreht er sich doch um, hockt sich im Schneidersitz vor Rio auf den Teppich: »Darf ich noch mal? Ganz kurz?«

Rio braucht einen Moment, um zu verstehen, dass Dracula die Fotos meint. Er gibt sie ihm. Dracula sucht eines der Bilder heraus und hält es Rio hin. Darauf ist der gruselig geschminkte Typ mit dem auffälligen Zylinder zu sehen, der so ausgesprochen freundlich in die Kamera lächelt. Am Hals hat er Blut.

»Also, ich glaub, ich weiß, wo wir den finden können.«

»Echt jetzt?«

»Echt jetzt. Also, glaub ich. Da war so ein Plakat, unten, in der U-Bahn-Station.«

Und zackbumm ist die Hoffnung wieder da, ungefragt und heftig ruppt sie mit ausgefahrenen Ellenbogen alle anderen Gefühle weg: Was wäre, wenn ...

»Und ... mh ... also, wenn du möchtest«, murmelt Dracula, »also, ich würd auch mitkommen ...«

»Ja«, ruft Rio, ohne nachzudenken, »das wäre toll! Also, wenn das okay ist für dich, das mit dem Draußen.«

»Das krieg ich hin. Das heißt, unter einer Bedingung –«

Na toll, jetzt kommt es. Jetzt will er doch Kohle. Oder du musst seinem Vater irgendeinen Mist vorspielen!

Dracula grinst: »Nur, wenn du dieses Mal deine Fahrkarte mitnimmst!«

»Haha.«

»Ja, ich bin witzig«, sagt Dracula.

»Zum Totlachen«, sagt Rio und wartet auf Draculas entsetzten Blick. Aber der kommt nicht, und Rio steht auf und erfreulicherweise geht das ohne Taumeln: »Ich hol schnell mein Zeug und dann treffen wir uns unten, ja?«

»Okay.«

»Ich beeil mich, versprochen!«

»Kein Stress, Rio, mach in deinem Tempo, ich laufe nicht weg.«

Dein Tempo, Ri, das ist für den Rest der Welt viel zu langsam. Das wird auch Dracula merken.

Rio zwingt sich, langsam zu gehen, möglichst entspannt zu

wirken. Falls Dracula guckt. Aber sobald er im Vorderhaus ist, rennt er los, stürzt die Treppe hinauf, in die Wohnung, schnappt sich seine Bauchtasche und stürmt die Treppe wieder hinab, so schnell, dass der Schwindel keine Chance hat, ihn zu erwischen.

Unten im Hausflur lehnt Dracula neben der Tür, zieht die Kapuze wie zur Tarnung über den Kopf: »Bereit?«

»Bereit«, verkündet Rio, obwohl er sich da ganz und gar nicht sicher ist.

FAHRSTUHL ZUR HÖLLE

Erst mal sieht es aus wie eine stinknormale Shoppingmall, glänzende Böden, grelles Licht, unerklärlich viele Bubble-Tea-Läden, der chemische Gestank des Nagelstudios, Touris und unfassbar viele Leute etwa in ihrem Alter, die neben großen Eisständen und wasserleeren Brunnenbecken herumwabern, als warteten sie auf einen geheimen Einsatz oder auf ein weltumstürzendes Event. Dracula steuert durch das Gewusel wie eine Fledermaus durch die Nacht, er ist super im Ausweichen, Rio hingegen kollidiert ständig, wird mehrmals angemotzt und entschuldigt sich ununterbrochen. Seit der Sache fällt es ihm schwer, sich im großen Ganzen zurechtzufinden. Das fing in der Pausenhalle an und hört hier in der Mall offensichtlich nicht auf. In der Schule hat er sich an Flip und die anderen gehalten, wie ein benommenes Entenküken an seine Mama. Jetzt nur nicht verloren gehen, nicht noch weiter, bloß Dracula nicht auch noch aus den Augen verlieren! Endlich kommen sie bei den Fahrstühlen an, folgt Rio Dracula in die metallene Kiste. Es gibt das erste und das zweite Parkdeck und neben dem untersten Knopf steht in geschwungenen Buchstaben: Hölle.

»So viel schlimmer als hier oben wirds schon nicht sein«, vermutet Dracula: »Soll ich?« Rio nickt und hofft, dass Dracula ihm seine Beklemmung nicht ansieht. Anscheinend gehören Fahrstuhlfahrten jetzt auch zu den Dingen, die er nicht einfach mal so eben machen kann. Dracula drückt den Knopf. Die Kabine setzt sich lautlos in Bewegung, Rio und Dracula lehnen stumm nebeneinander an der kühlen Metallwand. Aus dem Spiegel sehen Rio zwei gespenstische Wesen entgegen.

»Meinst du, die haben irgendwas mit dem Spiegel gemacht?«

»Weil wir so aussehen, als gehörten wir zur Show? Nee, ich fürchte, wir sehen wirklich so fertig aus.«

Na toll. Kein Wunder, dass alle in Rios Umfeld in Alarmbereitschaft sind. Draculas Spiegelbild grinst Rios Spiegelbild zu: »Aber, siehs mal so: Wenn wir Glück haben, dürfen wir umsonst –«

Eine dröhnende Stimme lässt sie beide heftig zusammenfahren: »Willkommen in der Hölle, ihr Verdammten! Seid ihr sicher, dass ihr euch hinabwagen wollt, in die tiefsten Abgründe der Stadt?«

»Nee«, murmelt Dracula, »eigentlich nicht.«

Auch Rio ist sich ganz und gar nicht sicher. Im Moment wäre er sogar lieber wieder da oben, in der stinkenden, wuselnden Kaufhauswelt.

»Wie ihr meint, aber denkt dran: Ich habe euch gewarnt!«, donnert die Stimme und verfällt in diabolisches Lachen. Das Licht flackert, geht aus, ein haarsträubendes Quietschen, ein Ruckeln und dann stürzt die Fahrstuhlkabine ab.

Man stirbt, wenn man fällt.

Rio kneift die Augen zu, drückt die Hände vors Gesicht, aus der Ferne, ganz nah hört er Dracula schreien, oder ist er das selbst? Dann ist es schlagartig still, alles ist schwarz. Sind sie jetzt tot?

Aus der Ferne hört er ein leises Wimmern, dann Draculas Stimme: »Hey, hey Rio?«

Rio versucht, die Augen zu öffnen, aber er weiß nicht mehr, wie das geht. Seine Lider sind wie zugeklebt, sein Gehirn wie schlecht programmiert, selbst die einfachsten Befehle funktionieren nicht mehr richtig.

Augen auf. Jetzt!

Er blinzelt gegen das grelle Licht der Leuchtstoffröhren an. Vor ihm auf dem Boden hockt Dracula, streckt seine Hand aus, lässt sie wieder fallen. Rio merkt, dass das Wimmern von ihm selbst kommt, er versucht, damit aufzuhören. Es gelingt ihm nicht.

»Alles okay, das war das Licht und irgend so ein Scheiß-Soundeffekt. So ein Mist, aber echt! Gehts noch?!«, motzt Dracula.

Rio rappelt sich auf.

»Wollen wir lieber abhauen?«, fragt Dracula. Er hockt immer noch auf dem Boden.

»Nee, Quatsch! Ist schon okay!« Rio merkt, wie aggressiv er klingt. Dracula steht auf: »Voll der miese, billige Trick!«, schimpft er grimmig direkt in die Überwachungskamera: »Voll nicht witzig!«

Rio stellt sich vor, wie die Personen, die für das Gruselkabinett arbeiten, genau in diesem Moment vor ihren Monitoren sitzen und sich genau darüber so richtig beömmeln: zwei eingeschüchterte Teenies, die sie mit ihrem Licht-Lärm-Spektakel fast zu Tode erschreckt haben.

Die Fahrstuhltür öffnet sich quietschend. Dahinter nur Dunkelheit, in der Ferne ein flackerndes Licht, ein bisschen wie das vor Franz' Fenster, aber eher wie von einer Kerze, Schatten an der Wand.

»Wir gehen da jetzt raus«, sagt Dracula entschlossen, »und wir tun denen nicht den Gefallen, uns noch mal zu erschrecken, okay?«

»Ich weiß nicht, ob ich das schaffe«, gibt Rio zu.

»Ganz ehrlich jetzt? Ich auch nicht«, sagt Dracula, »aber wir schreien einfach innerlich, ja? Kannst du das?«

Klar kann Rio das. Wenn Dracula wüsste, was für ein Lärm permanent in ihm herrscht, dagegen ist das Nichtschwimmerbecken im *Blauen Wunder* ein Schweigekloster!

»Denk schon.«

»Okay. Ziehen wir es durch! Und immer dran denken: das ist nur Lärm und Licht und Schminke und Stille und wenn es ganz leise ist, wird es direkt danach ganz laut! Weißt du, wie im Horrorfilm?«

Stimmt. Vor dem Schrecken kommt die Stille.

Guten Tag –

Bevor sich ein gewöhnlicher Sommertag, der vierzehn Jahre lang ein Zwillingsgeburtstag war, in einen Höllentrip verwandelt.

Wir haben sie gefunden. Tatsächlich, ja, auf dem Fabrikgelände.

Wie viel Universum kann zwischen zwei Sätzen liegen?

Du bist da. Du bist weg.

»Rio?«

Draculas Blick huscht über Rios Gesicht, er sieht aus, als wolle er etwas sagen, sagt aber nichts, tritt aus der Fahrstuhlkabine in den dunklen Gang, und Rio, schon wieder ganz im Kükenmodus, folgt ihm. Sie gehen auf das flackernde Licht zu, ignorieren Kichern und Stöhnen und ängstliche Schreie, die aus den versteckten Lautsprechern dringen, Nebel steigt auf. Es ist vollkommen drüber und wirkt leider trotzdem: Rio hat eine Gänsehaut und den Drang, sich alle paar Sekunden umzudrehen.

»Merkst du, jetzt ist es ganz leise«, flüstert Dracula. »Nicht erschrecken.«

Und natürlich erschrecken sie doch, alle beide, als mit Getöse und blinkenden Lichtern plötzlich ein kleines, schiefes Häuschen neben ihnen aus der Dunkelheit auftaucht. Darin ein fluoreszierendes Gerippe, das ihnen entgegengrinst.

»Scheiße!«, keucht Dracula, »ich verklag die!«

Das Skelett mustert ihn ausgiebig: »Sag nichts, Süßer, ich weiß schon: du willst dich bewerben!«

Wenn man ganz nah drangeht, sieht man, dass es ein Schauspieler ist, der in einem schwarzen Ganzkörperanzug mit Skelettaufdruck steckt.

»Fick dich!«, zischt Dracula.

»Lass mich raten«, ruft das Skelett unbeeindruckt. »Wahrscheinlich träumst du insgeheim oder auch weniger insgeheim davon, Schauspieler zu werden. Aber, sorry, Retro-Grufti, das wird nichts, weder das eine noch das andere. Für die Nummer hier bist du zu jung und Vampire haben wir eh schon genug. Alle wollen Vampir sein. Kein Plan, warum. Vielleicht, weil man den Leuten an den Hals gehen darf?«

Unbehaglich tritt Rio von einem Bein aufs andere, während Dracula neben ihm erfolglos versucht, das Skelett in Grund und Boden zu starren.

»Ich meine, wie verzweifelt muss man sein?«, fragt das Skelett, aber das war gar keine Frage, jedenfalls keine, auf die es eine Antwort möchte. Es spricht sofort weiter: »Jedenfalls tragisch, wenn man so verzweifelt ist. Na ja. Wo war ich? Ach ja, Schauspiel. Schauspiel! Vergiss es! Echt, vergiss es!«

»Er will kein Schauspieler werden«, sagt Rio. Warum ist seine Stimme so schrecklich leise? Und woher will er wissen, was Dracula will?

»Nicht?«, fragt das Skelett und klingt ehrlich überrascht.

Sie schütteln gleichzeitig die Köpfe.

»Na dann: Tickets!«, schnarrt das Gerippe, »zwei Mal ermäßigt?«

»Nee danke«, knurrt Dracula, »wir suchen nur diesen Typen!« Er hält das Foto vor die Scheibe. Das Skelett hat zwar offiziell keine Augen, sieht sich das Bild aber ganz genau an: »Das ist Karim«, sagt es schließlich und vergisst die Stimme zu verstellen. »Ihr habt Glück, der hat heute Dienst.«

»Können wir mit ihm sprechen? Nur ganz kurz?«, bittet Rio.

»Klar«, sagt das Skelett, jetzt wieder mit seiner Gruselstimme, »immer geradeaus, erst durchs Höllentor, dann quer durch die Unterwelt, über den Styx, und dann seid ihr auch schon im Kabinett des gräulichen Hutmachers, und da findet ihr ihn dann.«

»Äh«, macht Dracula, »und hat der vielleicht auch irgendwann mal 'ne Pause?«

»Ja, aber wie du schon sagst, das is 'ne Pause. Glaub mir, der

Job ist scheißanstrengend, und in seiner Pause hängt Karim ganz sicher nicht mit irgendwelchen nerdy Kids rum, die von 'ner Schauspielkarriere im Dunkeln träumen!«

»Alter!«, ruft Rio, »wir wollen uns nicht bewerben, wir müssen –«

»Lass lieber«, flüstert Dracula ihm zu. Er zerrt einen zerknitterten Schein aus seinem Plastikportemonnaie und legt ihn in das Geldfach, das der Skeletttyp ihm entgegenschiebt. Rio packt sein Geld dazu, und Dracula knallt dem Skelett das Fach genervt wieder zurück. Das Skelett schaut auf die Scheine, sieht Rio und Dracula an und Rio ist sich sicher, dass der Typ unter seinem Kostüm die Augenbrauen hochzieht: »Wie alt seid ihr denn?«

»Sechzehn!«, sagt Rio.

»Vierzehn«, ruft Dracula.

Das Skelett lacht schallend und künstlich: »Ich vermute mal, ihr seid dann beide sechzehn, hab ich recht?«

Er wartet nicht auf ihre Antwort, nickt sich selbst zu: »Das macht dann genau achtundzwanzig Euro!«

Schlecht gelaunt legt Dracula noch einen weiteren Schein in das Fach.

»Für jeden, du Troll!«

»Alter!«, flucht Dracula.

»Steht alles im Netz«, sagt das Skelett, »denkt halt nach, bevor ihr einfach irgendwo reinlatscht! Und jetzt: Viel Spaß in der Hölle!« Bevor sie widersprechen können, drückt der Skeletttyp wenig dezent auf einen Knopf und am Ende des Ganges öffnet sich dröhnend ein großes Tor. Es flackert noch mal dramatisch, neongelbrotblaugrün, und hinter ihnen stolpern bereits die nächsten Leute aus dem Fahrstuhl, kreischend und kichernd zahlen sie dem Skelett ein Vermögen.

Dracula streckt sich: »Wir gehen da jetzt einfach durch, bis ... bis zum Raum der Verdammnis.«

»Kabinett des Hutmachers.«

»Wie auch immer, wir suchen diesen Karim, fragen ihn, warum er auf dem Bild ist, und verschwinden wieder, okay?«

»Okay.«

»Wir packen das! Ich meine: Höllentor, Unterwelt, Styx – im Vergleich zur Sportumkleide klingt das doch völlig harmlos, oder?«

STYX

Na ja. Vielleicht dann doch lieber die Stinkekammer? Rio hasst sich selbst, hasst die Leute, die sich das hier ausgedacht haben, dafür, dass sie es immer wieder schaffen, ihm so dermaßen Angst einzujagen. Das ist nicht cool. Gut, dass niemand dabei ist, der ihm wichtig ist. Flip würde sich schlapplachen. Und Jarek erst! Und Lale. Nuri hätte nur die Augen gerollt und wäre gar nicht erst hergekommen ... Was die anderen wohl gerade machen? Und was sie sagen würden, wenn sie wüssten, dass Rio mit dem Vampir aus dem Hinterhaus im Keller einer Shoppingmall durch ein überteuertes Gruselkabinett stolpert? Inklusive aufgestellter Nackenhaare, Herzrasen und Permanentgänsehaut?

Das Gute: Panikmäßig nehmen Rio und Dracula einander nichts. Als der Fährmann am Ufer des tiefschwarzen Styx aus dem Hinterhalt plötzlich seine Hand auf Draculas Schulter legt, schreit der ihn vor Schreck so dermaßen an, dass der Fährmann selbst einen erschrockenen Satz zurück macht und im Dunkelwasser landet. Das ist allerdings gar nicht so tief wie gedacht, höchstens pfützentief, und der Fährmann beteuert dem zerknirschten Dracula mehrmals, dass das wirklich ständig passiert, angeblich trägt er deshalb sogar Gummistiefel unter seinem langen Gewand. Zeigen will er sie ihnen allerdings nicht, keine Zeit, die Fahrt geht weiter, alle an Bord bitte! Etwa zwanzig Leute, von denen ungefähr achtzehn nur zum Spaß hier sind und den auch haben, volle Kanne, klettern auf die schwarze Barke. Warum man so was freiwillig macht, leuchtet Rio nicht ein, aber so ist das ja allgemein, dass er nicht mehr andocken kann.

»Dreht euch bloß nicht um«, wispert der ganzkörpervermummte Fährmann geheimnisvoll. »Sonst seid ihr verdammt und müsst für alle Zeiten hierbleiben.«

»Also, die Drohung wirkt bei mir«, flüstert Dracula Rio zu, »wie siehts bei dir aus?«

Zu spät. Rio hat sich bereits umgeguckt. Da steht Mavis am Ufer. Sie sieht ihn ernst, dann ungläubig, dann erschrocken an. Rio greift nach Draculas Arm.

»Alles gut?«

Dracula klingt besorgt. Und endlich versteht Rio: nur ein Spiegel! Am Ufer der Unterweltpfütze haben sie einen riesigen Spiegel angebracht! Und das ist einerseits ein bisschen meta, weil man das ja auch irgendwie ist, auf ewig gefangen in der eigenen Haut, andererseits, und in Rios ganz speziellem Fall, einfach zu viel.

»Ich will hier weg«, flüstert er. »Bitte, können wir hier weg?« *Sofort* würde er am liebsten sagen. *Sofort,* weil er kurz davor ist, auch den allerletzten Rest Fassung zu verlieren.

»Hey!«, ruft Dracula dem Fährmann zu, »ruder bitte mal ein bisschen schneller!«

»Vergiss es! Hier bestimme ich!«, grölt der Fährmann und aus irgendeinem Grund stimmen alle um sie herum lautstark in das Gelächter ein, und Rio fragt sich, warum das so ist, mit manchen Menschen, warum sie sich in der Gruppe eigentlich in Nullkommanix in absolute Arschgeigen verwandeln müssen.

KARIM

Karim ist keine: keine Arschgeige, ganz und gar nicht. Aber Karim ist auch ziemlich alleine. Offensichtlich ist das Kabinett des Hutmachers nicht die beliebteste Attraktion. Oder die Leute haben einfach genug, nach etwa fünfzig Minuten Grusel und Gestöhne. Karim jedenfalls, der steht mit seinem überhohen knalllila Zylinder einsam in einer Art düsterer Zirkusmanege und macht erst gar nicht den Versuch, sie zu erschrecken.

»Okay, alles klar«, sagt er, sobald Rio und Dracula vor ihm stehen, »ihr beiden braucht 'ne Verschnaufpause. Setzt euch doch!«

Er deutet auf ein rundes, blau-weiß gemustertes Podest, das Rio an den alten Playmobilzirkus erinnert, den Mavis und er von Rosa geerbt haben. Im Plastikzirkus turnten darauf die Elefanten. Sie setzen sich.

»Achtung, das ist bestimmt wieder so ein Trick«, flüstert Rio Dracula zu. Nervös hocken sie nebeneinander, so dicht, dass Rio spüren kann, wie angespannt Dracula ist. Es beruhigt ihn, dass selbst jemand so Obercooles wie Dracula in dieser Geisterbahn ein wenig aus der Fassung gerät.

»Keine Sorge, Jungs«, sagt Karim, der Hutmacher. »Hier passiert erst mal nichts, es sei denn –«

»Was?«

»Es sei denn, ich drücke hier drauf.« Er deutet auf eine kleine Blume in seinem Knopfloch.

»Dann öffnet sich der Sitz unter euren Hintern und ihr stürzt in die Tiefe.«

»Bitte nicht«, ächzt Dracula, »ich glaube, wir brauchen ganz echt, also in wirklich jetzt mal 'ne Pause.«

Karim zieht eine altmodische Uhr aus seiner Brusttasche, nickt:

»Ihr habt zwei Minuten, dann muss ich drücken.«

Das wird eng.

»Wir wollten dich was fragen?«

»Warum nach Unterwelt und Styx ein Hutmacher im Zirkus kommt? Tja, Leute, das frage ich mich auch. Seit ziemlich genau fünf Jahren. Gestern hatte ich Jubiläum.«

»Herzlichen Glückwunsch!«, murmelt Dracula halbherzig. Er lässt die Knopflochblume nicht aus den Augen.

»Na ja, ich weiß nicht so recht. Ich war mal der Fährmann und ganz am Anfang sogar Hades. Wisst ihr? Der Wächter der Unterwelt?«

»Wissen wir«, behauptet Dracula, für Rio zumindest trifft das nicht zu. Mavis war die, die sich für Mythen und Märchen interessiert hat.

»Nun ja, jetzt bin ich jedenfalls ein unbekannter Hutmacher in einem verlassenen Zirkus, die meisten denken, ich hätte was mit Alice zu tun, also der aus dem Wunderland, ihr wisst, wisst ihr, oder? Aber dann frag ich mich: Wo bitte steckt die? Wieso stellen die dann nur 'ne Nebenfigur hier hin und was soll eigentlich der Zirkus? Soweit ich mich erinnere, gibts da keinen Zirkus im Wunderland. Und was bitte soll das Blut?«

»Es gibt da so 'ne Teeparty«, murmelt Dracula, »vielleicht –«

Er verstummt. Anscheinend hat er bemerkt, wie unruhig Rio neben ihm auf dem Elefantenturngerät herumrutscht.

»Meine Zwillingsschwester war letztes Jahr hier.«

Toller Einstieg! Dracula sieht ihn durchs Halbdunkel aufmunternd an. »Sie hat dieses Foto von Ihnen gemacht und –«

»Sorry, ganz kurz«, unterbricht Karim ihn, »könntest du mich duzen? Ich fühl mich eh schon so alt.«

»Ja, klar, also von *dir*. Erinnern Sie – erinnerst du dich daran?«

Rio gibt Karim das Bild. Der betrachtet es, schüttelt dann aber den Kopf: »Nee, leider nicht. Letztes Jahr meintest du?«

Rio nickt eifrig.

»Puh. Da hätte ich fast gekündigt. Mal wieder. Das war ein unfassbarer Sommer, wir hatten ständig irgendwelche Partygruppen hier. Ihr glaubt nicht, wie oft mir mein verdammter Hut weggenommen wurde! Als Hades ist mir so was nicht passiert, aber das liegt vielleicht daran, dass –«

»Sie hieß Mavis!«, ruft Rio. »Sie ist letztes Jahr gestorben, kurz nachdem sie diese Fotos gemacht hat.«

Na siehst du, ist doch gar nicht so schwierig, es zu sagen, wie es ist.

Karims Gesichtsausdruck hat sich verändert, er nimmt seinen Hut vom Kopf, hält ihn mit beiden Händen vor die Brust. Es sieht ein bisschen aus wie in einem schlecht gemachten Historienfilm, Hutmacher, am offenen Grab, leidend.

»Zwillingsschwester sagtest du? Dann sah sie genauso aus wie du?«

»Irgendwie schon«, sagt Rio.

»Und irgendwie auch überhaupt gar nicht«, fügt Dracula eilig hinzu.

Aber woher will der das denn bitte wissen? Er kannte Mavis doch gar nicht! Nicht aus der Nähe. Die beiden können sich höchstens mal im Vorbeihuschen begegnet sein. So, wie Rio und Dracula bisher auch.

Der Hutmacher mustert Rio, er gibt sich Mühe, das dezent zu tun, es gelingt ihm nicht. Vielleicht ist das schwierig, wenn man den ganzen Tag auf der Bühne steht. Selbst, wenn die extrem schlecht beleuchtet ist.

»Doch«, sagt er schließlich, »ich glaube, ich erinnere mich. Sie kam nach Feierabend, direkt zum Personalausgang.«

War um einiges günstiger.

»Verdammt!«, ruft Dracula, »da hätten wir auch mal drauf kommen können!« Er zieht verschämt den Kopf ein, als er Rios Blick sieht.

»Sie wollte ein Foto machen von mir. Für irgendein Projekt. Kennt ihr ja, diese Stadt ist voller Projekte. Ich hatte auch mal eins ... Schauspieler wollte ich werden. Stellt euch vor, ich war sogar auf einer Schauspielschule! Und nicht irgendeiner, der allerbesten, eventuell weltweit. Abschluss mit Auszeichnung, Aufnahme in die Kartei, Angebote von mehreren Häusern, sogar die Schaubühne war dabei!«

»Und dann?«

Du bist wie eine noch naivere, noch verpeiltere Version von Rotkäppchen, Ri! Ständig kommst du vom richtigen Weg ab!

»Dann sind einige Dinge schiefgelaufen ...«

Karim verstummt, sieht aus, als überlege er, ob er ihnen das genauer ausführen soll.

»Und das wars dann«, sagt er schließlich. »Ich hatte zu viel damit zu tun, mich in der Welt zu halten, da konnte ich es mir nicht leisten, mich in irgendwelchen Rollen zu verlieren. Tja. Und jetzt bin ich hier. Was solls.«

Karim betrachtet seine übertrieben spitzen Schuhe.

»Und Mavis? Hat sie Ihnen erzählt, für was für ein Projekt sie Sie fotografiert? Und warum überhaupt? Ich meine, wie ist sie gerade auf Sie gekommen –«

»Du!«

»Was?«

»Sag du. Das gibt mir das Gefühl, ich hätte noch ganz viel Zeit.«

Alter.

»Also, hat sie? Mavis?«, fragt Dracula ungeduldig.

»Nee, aber sie wollte wissen, was mein Lieblingsort ist, ob es einen Ort gibt, an den ich eine schöne Erinnerung habe.«

Dracula und Rio sehen einander an. Der Rucksack wurde

ihnen am Eingang von einer müden Mumie abgenommen. Und darin waren die anderen Fotos. Shit.

»Was haben Sie gesagt?«

»Ich weiß es nicht mehr«, sagt Karim und klingt wirklich traurig. Kein Wunder, wenn man sich nicht mehr an den eigenen Lieblingsort erinnern kann – Sie zucken alle drei zusammen, als es direkt neben ihnen laut knistert.

»Huuuuutmacherrrrr«, zischt eine körperlose Stimme.

»Oh Mist!«, ruft Karim, »das ist Jean-Luc vom Empfang!«

»Das Skelett?«

Karim nickt: »Eure Zeit läuft ab!«

Er legt den behandschuhten Finger auf die Blume.

»Nicht!«, ruft Dracula, »nur noch einen Moment!«

»Sorry, Jungs. Aber ich erinnere mich nicht!«

Und dann drückt Karim den Knopf und sie stürzen schreiend in die Tiefe.

WO NOCH MAL?

Es ist Dracula, der darauf besteht, den Personalausgang zu finden. Es ist Dracula, der Rio bittet, noch zu warten, nur noch ein bisschen. Es ist Dracula, der überzeugt ist, dass Karim sich erinnern wird, wenn sie ihm nur die Bilder zeigen. Es ist Rio, der nicht mehr kann. Der nur noch nach Hause will, um auf seinem Bett wach zu liegen und darauf zu warten, dass ein weiterer Tag überstanden ist. Es ist Dracula, der recht hat. Tatsächlich sieht Karim erfreut aus, als er sie zwischen Müllcontainern und Gabelstaplern entdeckt.

»Sorry für vorhin!«, ruft er und drückt ihnen einen Stapel Rabattcoupons in die Hände. »Ich hab echt nicht abgeliefert, ich hab wirklich nicht so performt, wie ich sollte. Vielleicht machen sie mich jetzt zum Ticketskelett, Jean-Luc will ja eh lieber wieder zurück hinter die Kulissen, der ist eigentlich nicht so die Rampensau.«

»*Ticketskelett* – sag mal, ist das eher schlimm oder eher gut?«, fragt Dracula ehrlich interessiert.

»Wieso, willst du dich bewerben?«

Dracula schüttelt nur müde den Kopf.

»Ist eher neutral, würd ich sagen«, sagt Karim achselzuckend. »Also, was man hier ist. Ich meine, am Ende ist es ja völlig wurst, wenn man eigentlich Hamlet spielen wollte.«

Rio und Dracula nicken, als sei ihnen dadurch etwas klarer geworden. Schüchtern hält Rio Karim die Bilder hin:

»Wärs okay, wenn du mal kurz draufguckst? Nur, falls es dir

dann vielleicht doch wieder einfällt? Was dein Lieblingsort ist? Oder war? Letztes Jahr?«

Karim zögert, aber dann nimmt er die Bilder, blättert sie durch.

»Hier«, sagt er schließlich, »aber klar!« Das Foto, das er Rio zurückgibt, ist das mit dem verlassenen Bahnsteig: ein kleiner, geschlossener Kiosk, zwei Bänke, ein Papierkorb, die Bahnsteigkante.

»Hier habe ich nach der Aufnahmeprüfung für die Schauspielschule meine Freunde getroffen. Ich weiß noch, wie sie da standen und gewartet haben und wie sie durch die S-Bahn-Scheibe allein an meinem Gesicht rausfinden wollten, wie es gelaufen ist. Und wie ich ein ganz trauriges Gesicht gemacht habe, und wie ich zwar den Leuten an der Schauspielschule, aber nicht meinen Freunden was vorspielen konnte. Die haben mir sofort angesehen, dass es geklappt hat. Mein größter Traum, dass der in Erfüllung gegangen ist. Es war ... es war unfassbar, wie die gejubelt haben. Ich glaube, die haben sich noch mehr gefreut als ich!«

Und klar, dass Rio Flip und Nuri und die anderen jetzt krass vermisst. Mann!

»Hilft euch das?«, fragt Karim.

»Ja, sehr«, behauptet Rio, weil er dran denkt, wie verdammt traurig Karim vorhin wirkte, in seinem einsamen, deplatzierten Hutmacherzirkus.

»Na ja«, sagt Dracula, weil er anscheinend immer ehrlich sein muss, aber nicht ausschließlich nett. Karim grinst. Er hat noch Blut am Hals, aber wahrscheinlich weiß er das selbst, schließlich macht er den Job ja nicht erst seit gestern.

»Viel Glück jedenfalls und grüß deine Schwester, ja?«

»Mach ich«, sagt Rio. Er spart es sich, Karim daran zu erinnern, dass Mavis nicht mehr lebt, und Dracula kickt eine leere Sterni-Dose gegen die vollgepisste Wand, und dann sehen sie Karim zu, wie der umständlich sein klappriges Fahrrad aufschließt, sich überdynamisch draufschwingt und wegfährt. Er winkt bis zum Ende der Straße, ohne sich noch einmal zu ihnen umzuschauen. Anscheinend, denkt Rio, ist Karim echt ein verdammt alter Hase, in diesem Unterweltbusiness, in dem man sich nicht umdrehen darf, wenn man im anderen nicht sich selbst und sich selbst nicht im anderen sehen will. Und wo es völlig egal ist, ob das andere ein Mensch ist, oder ein Ort, oder ein Leben.

»Krass!«, ruft Dracula und wirft die Coupons in die Luft, »wenn wir die alle einlösen, können wir fast ein Jahr lang in der Hölle verbringen!«

Die Rabattcoupons segeln wie verfrühtes Laub in Richtung Asphalt, und weil Rio und Dracula natürlich nicht *so* sind, sondern so, sammeln sie alle wieder auf und verschenken sie vor der Mall an eine etwa hundertköpfige Familie, die vielleicht auch ganz banal nur eine verloren gegangene Reisegruppe ist.

SCHOMPZELISÄ

Sie beschließen, direkt weiter zu Karims Gleis zu fahren. Dracula ist dafür, weil es eh auf dem Weg liegt, Rio stimmt zu, weil er insgeheim hofft, dass die Enttäuschung nicht so groß ist, wenn er nicht so lange drauf wartet: abgefrühstückt, weggehofft, erledigt, und dann kann er Dracula weitere fragwürdige Ferienerlebnisse in der Außen- und Unterwelt ersparen.

In der Bahn ist es stickig, voll und eng. Wie willensbefreite Fledermäuse hängen sie zwischen den anderen an der Haltestange, die Stadt ruckelt vorbei wie ein Kinofilm der allerersten Tage, von hier aus ist es, als gäbe es unendlich viel Grün und außerhalb des Waggons kein menschliches Leben. Das Schaukeln und die Wärme machen es schwierig, wach zu bleiben, selbst im Stehen. Dracula sieht schon wie weggebeamt aus. Rio ist fast erleichtert, als die Band einsteigt. Drei Typen, ein Akkordeon und ein altmodischer Ghettoblaster: »Ohhh, Schompzelisäää!« Er kann sich nicht daran erinnern, dass sie jemals etwas anderes gespielt hätten. Die Musik ist zu laut, zu schrill, und der französische Schlager passt eindeutig besser nach Paris als in diese dreckige, stinkende, ächzende Hauptstadt am Rande des Landes, aber heute ist das irgendwie egal. Rio wühlt in seiner Tasche, wirft alles, was er an Münzen darin findet, in den Hut. Die Musiker stimmen das Lied erneut an. Zwei Kinder mit bunt geschminkten Gesichtern und tief schwebenden Minion-Heliumballons beginnen sich im Gedränge auf der Stelle zu drehen, drei Touristinnen mit identischen Anglerhüten pusten riesige Kaugummiblasen, ein struppiger kleiner Hund mit gelbem Halstuch jault, ein alter Mann klopft im Takt der Musik mit seinem Schirm auf den Boden. Warum, überlegt Rio, warum, um alles in der Welt, hat der an so einem durch und durch sonnengefluteten Tag einen Regenschirm dabei? Jetzt kommt ein haariger Mensch mit absurd großem Travellerrucksack auf sie zu, rammt Rio beim Umdrehen voll in den Rücken. Rio taumelt, aber bevor er fällt, hält Dracula ihn fest.

»Macht doch mal Platz!«, bellt der Rucksack.

»Sorry«, murmelt Dracula, und Rio weiß nicht so richtig, ob das an den Rucksack gerichtet war oder an ihn, und jetzt lässt Dracula Rio wieder los, guckt angestrengt auf den Boden, als hätte er gerade etwas unfassbar Peinliches getan oder aber etwas sehr Unangenehmes.

»Platz da!«

Der Rucksack drängt sich unter Einsatz seiner Ellenbogen rabiat an ihnen vorbei. Ein leises »Alter!« ist alles, was Rio herausbringt.

Aber jetzt guckt Dracula hoch, verdreht die Augen in Richtung Rucksack, grinst. Dracula hat übrigens einen außergewöhnlich breiten Mund, der reicht so lächelnd fast einmal quer rüber über sein Gesicht, und seine Unterlippe ist wieder abgeschwollen, glücklicherweise, aber Draculas Lippen sind irgendwie trotzdem so ...

»Rio?«, fragt Dracula, »bist du okay?«

Rio merkt, dass er starrt: »Alles super!«, versichert er über das Akkordeongejaule hinweg. Dracula nickt zufrieden und macht weiter mit dem Lächeln, und jetzt bleibt die Bahn stehen und der Rucksacktyp wuchtet sich fluchend hinaus: »Ihr Vollpfosten!«, schnauft er zum Abschied in ihre Richtung.

»Gute Reise!«, ruft Dracula ihm hinterher. Neue Leute steigen ein und die Band beginnt wieder zu spielen.

»Ich liebe dieses Lied!«, ruft ein Mensch im Nadelstreifenanzug durch den Lärm, öffnet seine Umhängetasche und beginnt

Wassereis an die Umstehenden zu verteilen: Kirsche, Zitrone, Cola und Erdbeere: »Guten Appetit allerseits, allesamt!«

Rio sieht beklommen auf das Zitroneneis in seiner Hand. Was macht er denn jetzt nur damit? Runter kriegt er das Zeug ganz sicher nicht! Erst will er das Eis heimlich in seiner Hosentasche verschwinden lassen, doch dann drückt er es dem nächststehenden Kind in die Hand. Dracula hingegen ist sichtlich begeistert, schiebt sein Kirscheis geübt aus der Plastikhülle und dann ausgesprochen genüsslich in seinen Mund –

Rio guckt lieber kurz mal weg.

»Ich glaube, die Nächste müssen wir raus!«, verkündet Dracula vergnügt.

Faszinierend: seine Lippen sind jetzt so richtig dunkelkirschrot.

»Zum Glück!«, seufzt Rio, obwohl er es eigentlich und ehrlich gesagt seltsam okay findet, hier, eingequetscht zwischen all den Eis essenden Leuten, zusammen mit Dracula, der ganz offensichtlich ein Faible für zuckriges Wasser mit Kirscharoma hat und, nur mal so ganz objektiv betrachtet, einen ziemlich sehr hübschen Mund –

Rio erschrickt, als in seinem Handy überlautstark, überkrassschrill eine Nachricht eingeht. Hastig zerrt er es aus der Hosentasche.

Flipse

hab grad geklingelt wo bist du? 🕵♂

RiYo

muss was besorgen

Flipse

Das klingt irgendwie nicht gut.

tippt Rio hastig hinterher. Dann stellt er sein Smartphone auf stumm; damit Flip nicht noch mehr Fragen stellt (wird er trotzdem) und damit Rio nicht noch mehr Lügen erfinden muss (ebenfalls).

»Musst du zurück?«, fragt Dracula. »Ist ja kein Ding, dann kommen wir einfach noch mal wieder, also, klar, nur, wenn du willst?«

Wir, *hast du gehört? Jetzt seid* ihr *auf einmal schon* wir!

Rio winkt ab: »Nee, passt schon. Das war nur meine Mutter.«

Warum, fragt er sich, geht das nicht: einfach die Wahrheit sagen, Flip von Dracula und dem von Flip erzählen? Eigentlich hat er ja nichts zu verbergen und keiner der beiden ihm irgendwas zu sagen, und trotzdem ist es vollkommen unmöglich.

»Dann lass mal da hinten schauen«, schlägt Dracula vor, »ich glaube, von da aus hat deine Schwester das Foto gemacht.«

Tatsächlich finden sie bald den Mülleimer vom Bild. Darauf nur ein gespraytes Tag, irgendwas Unleserliches, keine Spur, war ja klar. Auch auf der Bank nur Kritzeleien: *I love you, Fuck, J & O, Chico rulez,* dazu Sticker von Skateboardfirmen, Bars, *Fck Nazis* und mehrere neonfarbene Aufkleber von Extinction Rebellion.

»Sagt dir das irgendwas?«, fragt Dracula. Rio schüttelt den Kopf. Es ist ein Bahnsteig wie jeder andere auch, und mehr hat Karim ihnen ja auch nicht versprochen. Nach der Action in der Bahn ist es hier auffällig still, man hört sogar die Spatzen, drüben auf der anderen Seite der Gleise, in ihrem mickrigen Busch. Eine Maus huscht durchs Gleisbett, zerrt hartnäckig an einem Stück Pizza, das etwa fünfmal so groß ist wie sie selbst. Eine S-Bahn hält ächzend, niemand steigt aus, niemand ein, weil auf diese Bahn niemand wartet, weil das anscheinend ein Ort ist, an den man nicht kommt, den niemand verlässt.

»Da steht ein Klavier«, stellt Dracula fest. Stimmt: ganz am Ende des Bahnsteigs, dort, wo das Dach nicht mehr vor der Sonne schützt und lange Gräser sich durch den Beton gebohrt haben, lungert tatsächlich ein schiefes, hellbraunes Klavier. Und so absurd ist das vielleicht gar nicht, denkt Rio. Das hat sich jemand bei Ebay gekauft, versucht, es mit der Bahn nach Hause zu bekommen, und unterwegs die Kraft verloren oder die Lust oder den Mut. Oder es stammt noch aus der Zeit, in der in vielen größeren Städten Klaviere auf den Bahnhöfen aufgestellt wurden. TikTok war voll davon. Die Aktion wäre dann hier etwas danebengegangen, wo das Klavier Wind und Wetter ausgesetzt ist und ohnehin niemand da, um zu spielen.

»Was meinst du?«, fragt Dracula, »funktioniert das noch?«

Rio zuckt die Schultern. Nur, weil hier so ein tragisch einsames Klavier wie eine Einladung vor dem Sonnenuntergang rumsteht und ihn aus der Reserve zu locken versucht, wird er jedenfalls nicht wieder zu spielen anfangen.

Du warst so gut, weißt du noch, Ri?

»Also, ich guck mal!«, verkündet Dracula und eilt los, als fürchte er, das Ding könne die Flucht ergreifen. Erschöpft lässt Rio sich auf die splittrige Wartebank fallen, sieht zu, wie Dracula sich dem Klavier nähert und mit beiden Händen behutsam den Tastaturdeckel hebt.

Nur auf die Bühne wolltest du nicht.

Wie zu erwarten ist das Piano vollkommen verstimmt. Draculas *Für Elise* ist kaum zu erkennen, was allerdings nicht nur am Instrument, sondern auch an Dracula liegt, der vor jeder richtigen Taste im Schnitt erst mal zwei falsche anschlägt.

Und weißt du noch, einmal, in der Dritten, da haben wir das klassische Zwillingsding gemacht. Ich saß vorne am Klavier und hab die Finger bewegt, du warst hinter der Bühne und hast gespielt. Natürlich haben es sofort alle gemerkt, aber das war uns egal, ich wollte, dass du auch mal deinen Auftritt hast.

Die nächste S-Bahn fährt ein, hinter den Gleisen vollführt die Sonne ihren extradramatischen Juliabgang. Draculas Klavierge-stottere klingt schräg durch das Pink. So daneben, dass es schon wieder perfekt ist. Rio hält es aus, obwohl Musik schwierig geworden ist, seitdem, sie geht ihm zu nah, einfach so hören, nebenbei, das geht nicht mehr.

Du weißt ja, wie es ist: allein kann niemand vor uns sein.

Und wieder eine Bahn, dieses Mal steigt jemand aus, eine Frau mit einem zusammengeklappten Wäscheständer unter dem Arm. Sie legt eine Münze vor Dracula auf das Instrument, und der freut sich offensichtlich so richtig, bedankt sich, strahlt übers ganze Gesicht und versucht sich jetzt an *Der Mond ist aufgegangen*. Es klingt scheußlich, und gleichzeitig ganz genau richtig. Die Frau nickt Rio zu, geht, die Treppe frisst ihre Füße, ihre Beine, den Rumpf, ihren Kopf. Wie schnell, wie unfassbar schnell so ein Mensch verschwinden kann. Ob das Klavier damals schon da war? Als Mavis genau hier auf dem Bahnsteig stand, mit ihrer umständlichen Kamera? An diesem Ort, an dem vor Urzeiten ein angehender Geisterbahnschauspieler den glücklichsten Moment seines Lebens hatte? Aber was hatte das mit Mavis zu tun? Rio schlingt die Arme um die Beine, legt den Kopf auf die Knie, lässt den Blick über Mülleimer, Kiosk und Bahnsteig schweifen. Und ob Mavis auch dort stand, am Klavier, so wie Dracula gerade, und gespielt hat? Rio steht auf und geht rüber zum Ende des Bahnsteigs. Dracula schaut hoch, er sieht aus, als sei ihm sein Spielen jetzt peinlich: »Sorry, ich hunz hier nur so rum. Bei euch spielt wer, oder? Richtig, richtig gut, ich habs manchmal gehört, wenn die Fenster auf waren –«, Dracula verstummt: »Oder war das –«

»Wir haben beide gespielt«, sagt Rio, »aber Mavis war um einiges besser.«

Nee, Rio. Ich war nur mutiger, vor Publikum.

Hier ist niemand. Nur Dracula. Und der zählt ja nicht. Bis

zur nächsten Einfahrt sind es laut Anzeigetafel elf Minuten. Rio wusste nicht, dass man in dieser Stadt so lange auf eine Bahn warten kann. Er legt die Hände auf die Tasten, die sind rau, sind wettergegerbt, sonnenwarm, wie lebendig. Seine Finger finden automatisch ihre Plätze. Er spielt, seit er denken kann.

Es war unfair: Du konntest das einfach. Ich musste superviel üben.

Probeweise drückt er eine Taste hinunter. Eine zweite. Echt fies verstimmt. Egal. Das hier ist kein verdammtes Konzert, hier starrt ihn niemand an, hier wird er nicht verglichen oder bewertet. Das hier ist – Was bitte ist das? Er weiß es nicht. Vielleicht der Versuch, eine Verbindung herzustellen? Quer durch die Zeit? Zu Mavis, die hier eventuell vor etwa einem Jahr auch mal stand. Was hätte sie gespielt? Im letzten Sommer hatte sie mit den Wettbewerben schon längst aufgehört, saß sie nur noch sehr sporadisch am Klavier und hämmerte meistens irgendwas Experimentelles in die Tasten, so heftig und so dissonant, dass Jaime sie bat, sich das Keyboard zu nehmen und lieber mit Kopfhörern zu spielen, woraufhin Mavis meistens genervt den Deckel zuschlug und in ihr Zimmer oder gleich aus der Wohnung verschwand. Aber Mavis' Experimente kann Rio nicht nachspielen, die waren wortwörtlich einmalig, sie wiederholte nie was und er erinnert sich nur an die Verzweiflung darin, die vielleicht aber auch Wut war, und nach der er sich nicht zu fragen traute, weil die sich vermutlich auf die ganze Welt bezog, und vielleicht, im schlimmsten Fall, auch auf ihn. Und wie meistens beim Spielen ist es nicht sein Hirn, nicht, bewahre, sein Herz, das die Führung übernimmt, sondern seine Hände, die sich an die simple Melodie erinnern, die Mavis immerimmerimmer zum Aufwärmen gespielt hat: *A River Flows In You*, aus dieser alten Schmonzette, die Teil eines ihrer heimlich-peinlichen Filmabende war und die Rio, wie allermeistens, viel heftiger packte als Mavis.

Du hast immer versucht, dir nichts anmerken zu lassen, aber natürlich hab ich's bemerkt, wusste ich das, so wie ich alles von dir weiß, dass du volle Kanne auf so unrealistische, vollkommen schnulzige Liebesgeschichten stehst –

Was solls, Rio spielt und stellt sich vor, dass er genau im gleichen Tempo, die genau gleichen Tasten an genau denselben Stellen berührt, dass er genau wie Mavis dafür sorgt, dass diese obertraurige Melodie durch diese fast verlassene S-Bahn-Station schwebt. Etwas wacklig, ein bisschen schief, aber ansonsten: genau so. Er spielt nicht ganz durch, geht nicht, es ist irgendwie zu viel und viel –

Hier bin ich nicht, Ri.

– zu wenig.

Rio starrt auf seine Finger, die still auf den Tasten ruhen und die genauso gut ihre Finger sein könnten, und er wünscht sich, wie so oft, dass es so ist, wünscht sich selbst weg und sie her.

»Ri... Rio?«

»Mh?«

»Es ist spät«, sagt Dracula, und seine Stimme klingt irgendwie brüchig und gleichzeitig, fast so wie ... wie sanft?

»Lass uns fahren, ja?«

SCHON OKAY

Dieses Abteil ist fast leer, es stinkt nach warmem Bier und nach Schweiß. Sie nehmen die nächstbesten Plätze. Erst, als sie schon sitzen, fällt Rio auf, dass die nächstbesten Plätze offensichtlich direkt nebeneinander sind. Er macht sich nicht die Mühe, etwas daran zu ändern. Vor dem Fenster verschwindet das Klavier und das fühlt sich an, als hätten sie einen frierenden Welpen an der Autobahnraststätte zurückgelassen.

»Bist du enttäuscht?«, fragt Dracula, »Weil wir wieder nichts gefunden haben?«

»Ich glaub nicht«, gähnt Rio, »war schon okay. Es gibt ja noch ein paar Bilder.«

»Heißt das, du willst weitersuchen?« Dracula klingt besorgt. Klar, dass es dem reicht, er ist ja nur aus taktischen Gründen dabei. Das Sommercamp und so ...

»Keine Ahnung«, murmelt Rio. Es fällt ihm immer schwerer, wach zu bleiben, ihm ist eiskalt vor Müdigkeit. Er setzt sich extra aufrecht hin, reißt die Augen weit auf, die Stachelmatte wäre jetzt gut, aber andererseits auch etwas merkwürdig. Dracula pult konzentriert an seinen Nägeln. Bald hat er den Lack ganz ab, und Edding ist das übrigens definitiv nicht: »Und vorausgesetzt, du machst weiter: was würdest du machen, wenn am Ende etwas rauskommt, das dir nicht gefällt, oder vielleicht ... gar nichts?«

Was sollte das sein, mh? Etwas, das dir nicht gefällt *oder* gar nichts? *Dass ich immer noch tot bin?*

Rio hat keine Antwort und Dracula fragt nicht weiter nach.

Und vielleicht ist das so eine Sache, die Dracula richtig gut kann, alles andere hin oder her: Dinge einfach sein lassen und Menschen.

Die Sonne ist erledigt für heute, die Nacht erneut dunkelblau, die Stadt blinzelt ihnen aus der Dunkelheit zu, im Fenster sehen sie allein ihre eigenen müden Gesichter.

»Ohhh, Schompzelisäää«, singt Dracula ganz leise neben ihm.

Kurz, kurz nur die Augen schließen –

RINGBAHN

Rio blinzelt, reibt sich die Augen, was –

»Hey, du! Willkommen zurück!«

Rio starrt Dracula an. Nee, oder? Echt jetzt?!

»Hab ich –«

»Nein«, sagt Dracula entschlossen, »hast du nicht!«

Doch. Hast du. Du bist verdammt noch mal eingeschlafen, und dann bist du mit dem Kopf auf Draculas Schulter gerutscht, und du hast ihn beim Schlafen vollgesabbert, ja, guck mal: da, wo eben noch dein Mund war, ist jetzt ein kleiner, feuchter Fleck auf seinem Shirt.

Scheiße.

»Scheiße, oh Scheiße, das tut mir so leid!«, stammelt Rio und rutscht zwei Sitze weg, wenigstens Abstand bewahren, für Würde ist es eh zu spät. Dracula gähnt, streckt sich demonstrativ, gibt sich viel Mühe, so zu wirken, als sei er der, der gepennt hat.

»Ich weiß echt nicht, wie das passieren konnte!«

»Erst warst du wach und dann nicht mehr?«, schlägt Dracula vor.

»Shit! Sorry! Echt, tut mir voll leid!«

»Hey, Rio. Alles gut. Und ich sag dir jetzt was, was ganz Krasses, ja? Bereit? Also, ob du's glaubst oder nicht, ich hab schon mal eine schlafende Person gesehen. Sogar mehr als eine. Wirklich, ganz, ganz in echt! Und über das Ding mit dem Schlafen wurde ich aufgeklärt, schon ganz früh. Und noch was, das wird dich vielleicht erschrecken: ab und zu schlafe ich auch! Ja, so, jetzt ist es raus!« Dracula macht ein sehr bedeutungsvolles Gesicht.

»Aber –«

»Guck mal, ein Ufo!«, schreit Dracula, springt von seinem Sitz auf und zeigt so aufgeregt zum Fenster, dass Rio auch hinsehen muss.

»Ach nee, war doch nur 'n Flugzeug. Sorry.«

Dracula setzt sich wieder, holt eine Flasche Wasser aus dem Rucksack, trinkt, wischt ab, hält sie Rio hin: »Willste?«

Rio schüttelt den Kopf. Verstohlen sieht er auf sein Smartphone: Fuck. Fucking Fuck! Drei Stunden! Fast drei Mal hat die Ringbahn die Stadt umrundet, fast drei Stunden hat er geschlafen, fast drei Stunden hat Dracula da gesessen, direkt neben ihm auf dem bierklebrigen Sitz, mit Rios sabberndem Kopf auf der Schulter, hat sich nicht gerührt, hat Rio schlafen lassen. Und anders als Dracula schafft Rio es nicht, so zu tun, als wenn das normal wäre und völlig okay.

Die restlichen sechs Stationen, die letzten Meter von der S-Bahn bis nach Hause, verbringen sie schweigend.

»Bis dann«, murmelt Rio im Hausflur und huscht um die Ecke davon, in sein Vorderhaustreppenhaus, bevor Dracula eine Chance hat, etwas zu sagen.

ENTTÄUSCHT

Durchs Fenster fällt die Sonne auf die Dielen, bleibt dort ausgestreckt liegen, am Esstisch sitzt Jaime, die Gitarre auf den Knien. Rio reibt sich die Augen, Jaime lächelt, als er ihn in der Tür stehen sieht:

»Guten Morgen, hijo, na, was meinst du?«

»Mhm.«

»Na, wie wärs?«, Jaime sieht zum Klavier hinüber.

»Ich kann gerade nicht, tut mir leid!«

»Schon okay«, behauptet Jaime, aber Rio weiß, wie enttäuscht sein Vater ist.

PROFESSIONELL

Es klingelt. Rio rappelt sich vom Sofa auf, streift sich sein T-Shirt über, hastet zur Tür. Er ahnt, wer das ist, und er hat recht: vor der Tür steht Dracula. Mit der gigantischen Wassermelone in seinen Armen hat Rio allerdings nicht gerechnet.

»Wir müssen noch professioneller vorgehen!«, verkündet Dracula und legt Rio die Melone in die Arme. Der taumelt unter dem Gewicht einen Schritt zurück. Dracula zerrt sich seine Boots von den Füßen, stellt sie ordentlich neben der Fußmatte ab. In der linken Socke hat er ein kleines Loch. Mit der schweren Melone in den Armen macht Rio sich auf den Weg zum Tisch, erwartet, dass Dracula ihm in die Wohnung folgt, aber als er sich umdreht, ist der immer noch vor der Tür. Ach ja, stimmt, die Vampir-Problematik.

»Komm rein!«

Tatsächlich, jetzt gehts, Dracula tritt ein, kneift die Augen zusammen:

»Hier ist es sehr hell.«

»Fünfter Stock halt, über uns kommt nix mehr, nur Dach.«

»Bei uns ist es immer kalt«, verkündet Dracula. Ihm ist nicht anzuhören, ob das etwas Gutes oder was Schlechtes ist. »Aber weißte ja.«

»Mhm.«

Während Draculas Blick über Rio huscht, weiter über Esstisch, Sofa, Gitarre und Klavier wandert, streift Rios Blick unwillkürlich –

Als ob!

– über Dracula. Dessen Haar steht ab, als wäre er direkt aus dem Bett gesprungen, hätte sich diese unerklärliche Melone geschnappt und sei dann sofort zu Rio hochgeeilt. In Rios Kopf ploppt plötzlich das Wort *wuschelig* auf, was ja wohl mal so gar nicht geht, aber –

Also, von mir kommt das jedenfalls nicht!

Jedenfalls: Dracula trägt die schwarze Jeans, hat heute allerdings kein Kätzchen-Shirt, sondern *Fuck AfD* mit drei Ausrufezeichen an, dazu Flaschengrünaugen, heftig. Die Fingernägel, fällt Rio auf, sind frisch lackiert. Dracula bemerkt Rios Blick, stopft seine Hände in die Hosentaschen, als sei mit denen plötzlich irgendetwas verkehrt.

»Mein Vater wollte, dass ich euch die Melone mitbringe. Ich kann dem aber natürlich auch sagen, dass du 'ne Allergie hast.«

»Tja, hab ich auch.«

»Echt jetzt?« Dracula guckt richtig entsetzt.

Melonenallergie??

»Ich bin nicht ganz so witzig wie du«, sagt Rio und wuchtet die Melone auf den Tisch.

»Doch«, sagt Dracula, »irgendwie schon. Zumindest witziger als mein Vater, also, ich meine –«

Er dreht die Melone auf dem Tisch, und jetzt sieht Rio, dass darauf zwei Augen und ein lachender Mund gemalt sind und dass darunter was steht, ziemlich krakelig und kaum lesbar:

Frische Grüße aus der Nachbarschaft!

Okay, ein bisschen rührend ist das schon, sich den Flash vorzustellen, wie er sich abmüht, mit einem bockigen Kuli eine Melone zu bemalen, weil selbst der Flash offensichtlich nicht in der Lage ist, einen funktionierenden Edding aufzutreiben, wenn er einen braucht. Dracula dreht die Frucht wieder um, fährt sich mit der Hand durchs Haar. Nicht lässig, sondern so, als suche er was, woran er sich festklammern kann. Er räuspert sich: »Ja, also, wie schon gesagt: Wir sollten das professionell angehen!«

Rio muss grinsen: wie Dracula gerade guckt! Als hätte er sonst was für eine Weisheit verkündet ...

»Und wie geht das, professionell?«, ruft Rio, bevor er wieder sonst wohin abdriftet.

Wuschelig, wuschwuschwuschel –

»Strategisch halt«, verkündet Dracula. »Und mit System!«

Unschlüssig stehen sie voreinander. War das schon immer so schwierig, das mit dem Sprechen und Denken und Lockersein?

»Hast du ein Zimmer?«, fragt Dracula schließlich.

»Ich glaube schon«, sagt Rio, und er weiß nicht mal so richtig, warum er sich mit nichts mehr so richtig sicher ist.

Und so seltsam ist das übrigens gar nicht, zusammen mit Dracula auf dem sonnenwarmen Holzboden zu sitzen und mit etwas, was einen Profiblick darstellen soll, die Bilder zu begutachten. Sie haben die Fotos sortiert, ganz oben die Jongleurin und der Baum, dann Karim und sein Bahnsteig, darunter, in zwei Reihen, all die Menschen und Orte, die sie noch nicht zuordnen können, und schließlich, mit ein bisschen Abstand, wie ein Postskriptum, die zwei verwackelten, unscharfen Bilder, und die drei Fotos, die Rio gemacht hat: Boden, Knie, Bett.

»Das ist zwar mein Knie«, sagt Rio, »aber es könnte genauso gut Mavis' sein.«

»Ist es aber nicht«, sagt Dracula, »das bist nur du.«

Nur.

»So war das nicht gemeint«, versichert Dracula hastig, »ich meine nur ... ach shit, du weißt schon!«

»Ja«, lügt Rio, »jaja, klar, ich weiß.«

Nur du, du, du.

»Dein Zimmer ist schön«, sagt Dracula und streicht über den Holzboden, »irgendwie *gut.*«

»Gut?«

Dracula wird knallrot. Geschieht ihm recht.

»Ich weiß auch nicht, es fühlt sich halt gut an, also, die Vibes …«

»Vibes? Echt jetzt?« Er klingt wie Flip, wenn der einen seiner Distanztage hat. Aber Dracula lässt sich nicht aus der Fassung bringen.

»Siehs halt ein, Rio. Ob du willst oder nicht, dein Zimmer hat extrem gute Vibes!«

»Kanntest du Mavis?« Wo kam das jetzt her? Die Frage ist raus, bevor Rio nachdenken kann. Bildet er sich das ein oder ist Dracula schlagartig um einiges weniger rot, fast blass? Die *vibes* jedenfalls, die kann nun auch Rio fühlen und sie sind jetzt definitiv eher angespannt als *gut*.

Dracula schüttelt stumm den Kopf, sieht dabei auf den ach so guten Boden.

Okay. Okay. Ist okay. Ganz am Anfang, da wollte Rio nichts mit Leuten zu tun haben, die Mavis nicht kannten, nicht lebend. Das fing beim Bestatter an und hörte bei der neuen Französischlehrerin nicht auf. In Draculas Fall stört es ihn nicht, beruhigt es ihn seltsamerweise sogar. *Nur du,* vielleicht deswegen?

Dracula klatscht in die Hände: »Wir haben noch sieben unbekannte Personen und sechs unbekannte Orte, so viel ist das eigentlich gar nicht. Das muss doch zu schaffen sein, die müssen wir doch irgendwie finden können!«

»Ich weiß nicht«, sagt Rio, »wir haben halt keine Anhaltspunkte.«

»Oh doch!«, ruft Dracula und springt auf. »Wir müssen nur ganz, ganz genau hingucken!«

»Machen wir doch!« Rio reicht es. Das soll professionell sein? Sehr beeindruckend! »Weißt du, seit Tagen glotze ich fast ununterbrochen auf diese Fotos, aber ich hab immer noch keinen blassen Schimmer, was die eigentlich bedeuten! Ich hab absolut keinen Plan, was meine Schwester damit wollte!«

Und was ist, wenn sie nichts bedeuten, wenn ich gar nichts damit wollte? Wenn ich einfach nur ein bisschen herumgeknipst habe? Weil der Sommer noch so lang war und bisher absolut öde und ihr alle: mit den Gedanken sonst wo? Freibad, Party, Knutschen? Erinnerst du dich, Ri? Du warst doch auch nicht da und ständig unterwegs! Und vielleicht wärst du jetzt ein bisschen weniger planlos und ein bisschen weniger verloren, wenn du dich in meinem letzten Sommer nur ein bisschen mehr für mich und die Welt drum herum interessiert hättest –

»Rio? Soll ich lieber gehen?«, fragt Dracula leise.

»Wieso willst du denn jetzt plötzlich gehen?«

»Ich ... ich dachte nur, dass du vielleicht Ruhe haben willst?«

»Und warum bitte sollte ich Ruhe haben wollen?«, blafft Rio. Dracula zuckt nur die Schultern, sieht auf den Boden.

Arschloch!

Arschloch!

Sag ich doch!

Erst jetzt merkt Rio, dass er heult. In der stillen Version, bei der nur die Tränen laufen, er aber nicht spürt, was er fühlt. Kein Wunder, dass Dracula wegwill! Mit Heulen verschreckt man auch die penetrantesten Leute. Er kennt das schon: das Weggucken, den Schritt vor, dabei im Gesicht schon das Zurückweichen, die sanfte Stimme, das Mitleid, die Scham. *Weinen ist vollkommen okay*, wie oft wurde ihm das versichert, mit peinlich berührtem Blick und Distanz in der Stimme? Und muss man etwas, was angeblich so vollkommen normal und natürlich ist, und so absolut okay, wirklich so oft versichern? Wütend wischt Rio die Tränen weg, zieht die Nase hoch, hier hilft nur noch Gesichtsversteinerung und dann ein Gegenangriff, Rio setzt sich auf: »Jetzt mal ehrlich: Warum bist du überhaupt hier? Mh? Was willst du eigentlich, du Freak? Dabei sein, wenn ich den Verstand verliere? Dein eigenes trauriges Leben ein bisschen relativieren? Na? Oder haben meine Eltern dich auf mich angesetzt? Oder Knut? Ist das irgend so ein Scheiß-Deal? Kriegst du Geld dafür, dass du dir meinen Mist anhörst? Jetzt sag doch endlich mal!«

Rio starrt Dracula an. Aber der merkt das gar nicht, weil er immer noch den Boden anguckt.

»Sag jetzt halt, oder verpiss dich!«

Dracula knetet schon wieder die Hände.

»Das kann doch nicht so schwierig sein!«, brüllt Rio. Und Dracula zuckt heftig zusammen, und eigentlich weiß Rio gar nicht, warum er das so unbedingt wissen will und was ihn hier gerade so wütend macht. Dracula hebt den Kopf, sieht Rio an. Flaschengrün.

»Mir war einfach langweilig«, sagt er, »deswegen. Und mein Vater lässt mich in Ruhe, wenn ich mit dir abhänge. Das ist alles.«

Seine Stimme klingt ganz ruhig, aber Rio sieht genau, wie Dracula sich megafest in den Arm kneift. Das wollte er nicht, dass Dracula sich jetzt so fühlt. Die Wut verpufft, Rio nickt: »Okay.«

Und das ist es, ganz wirklich: okay. Es ist wahrscheinlich die einzige Antwort, die Rio aushalten, die er akzeptieren kann, weil es rein gar nichts mit ihm, und weil es überhaupt nichts mit Mavis zu tun hat.

»Super!«, sagt Dracula, und das klingt jetzt nicht ganz so überzeugend, »dann haben wir das ja geklärt und können endlich weitermachen!«

»Für jemanden, der nicht so gerne draußen ist, bist du ganz schön motiviert!«, stellt Rio fest. Dracula zuckt nur die Schultern: »Kommt halt immer drauf an, was die Alternative ist, oder?«

Er wartet nicht auf Rios Antwort, nimmt eines der Bilder vom Boden, hält es ihm hin: »Unsere nächste Spur!«

Es ist das Foto mit der Person mit dem tätowierten Totenschädel. Eines der Bilder, die Rio sich nicht ganz so häufig anschaut. Schädel, Knochen, Tod – na ja ...

»Ganz echt jetzt: das ist neben Karim und diesem Hasenkostümmenschen die mit Abstand auffälligste Person, wie schwer kann es schon sein, die zu finden?«

»Hm, sehr schwer?«

Dracula seufzt, ganz kurz trifft sein Blick Rio, die Wimpern sind garantiert angemalt und Draculas Blick ist jetzt nicht mehr nur knallgrün, sondern auch zentnerschwer:

»Rio Pareiro, hiermit verspreche ich dir hoch und heilig, dass wir die Totenschädelfrau finden!«

»Okay«, sagt Rio, weil er nicht weiß, was er sonst sagen soll. Die Totenschädelfrau. Ausgerechnet.

»Gib mal dein Handy!« Dracula streckt die Hand aus, aber Rio zögert. Das ist ja schon ziemlich privat ... Andererseits: Was solls! Er entsperrt.

Wir haben nicht denselben Fingerabdruck, erinnerst du dich? Dass wir das schon wussten, aber nie so richtig geglaubt haben, und als wir dann die neuen Phones hatten, das als Allererstes getestet haben? Aber ich kam nicht bei dir rein und du nicht bei mir.

Als die Polizei Mavis gefunden hat, haben die ihr Handy irgendwie geknackt, in der Hoffnung auf irgendwelche Spuren. Eine letzte Nachricht, ein letztes Bild, aber da war nichts. Keine Erklärung –

Dracula räuspert sich: »Oder willst du lieber selbst gucken?«

Rio lässt das Gerät in Draculas Hand fallen und der beginnt sofort zu tippen.

»Was gibst du ein? Tattoo, Totenschädel?«

»Genau«, sagt Dracula, »und *krass* –«

Rio schüttelt den Kopf. Er glaubt nicht, dass das was wird.

Aber gefühlte zwei Minuten später ruft Dracula erfreut »Ha!« und streckt Rio das Handy hin.

Vom Display aus sieht ihm entschlossen die Totenschädelfrau entgegen.

»Yves Groß, *Private Ink*, schon ein bisschen cool, oder?«, sagt Dracula so stolz, als wäre das sein Tattoostudio und das Skelett auf Yves Haut sein eigenes Werk und der Name des Ganzen sowieso auch.

»Die sieht irgendwie nicht so aus, als hätte sie Bock, sich mit uns zu unterhalten«, gibt Rio zu bedenken. Dracula nickt: »Dachte ich auch schon. Andererseits: sie hat Mavis erlaubt, sie zu fotografieren.«

Ich bin aber auch ein ganzes Stück cooler als ihr, Jungs.

»Ja, Mavis!«, sagt Rio und muss gar nicht weitersprechen.

»Shit, stimmt!«

Mhm. Tja. Wobei ... Mal sehen, wie weit Dracula geht mit seinem *professionell* ...

Rio grinst: »Sag mal, was hältst du eigentlich von Tattoos?«

»Nicht dein Ernst, oder?«

Nein, natürlich nicht. Aber das muss Dracula ja nicht wissen.

»Doch, klar!«, behauptet Rio. »Ich meine, so kommen wir auf jeden Fall an sie ran und beim Tätowieren hat man doch bestimmt auch ganz gut Zeit, sich zu unterhalten, du weißt schon, wie beim Friseur oder so!« Er sieht Dracula herausfordernd an.

Der zieht die Augenbrauen hoch: »Du meinst, wir lassen uns stechen und nebenbei plaudern wir mit dieser krass coolen Totenschädelperson ein bisschen über deine Schwester?«

»Hmh.«

Fasziniert beobachtet Rio, wie sich in Draculas Gesicht eine Art Ringkampf abspielt.

Du hoffst, dass er den Mist nicht mitmacht, oder?

Dracula nickt: »Okay. Hab ich schließlich selbst gesagt: ab jetzt sind wir professionell! Und was sein muss, muss sein!«

Shit.

SEIN ODER NICHT SEIN

Also, wir machen das jetzt echt, oder?« Rio hofft, dass Dracula sich traut, *Nein* zu sagen, aber der nickt. Natürlich nickt der, der Arsch!

»Ist kein Ding!«, behauptet er und niemand, wirklich niemand sonst kann so gleichgültig die Schultern zucken und dabei so panisch gucken wie Dracula: »Außerdem, war doch deine Idee!«

Ah, darum geht es hier also: Rache. Für *Freak*, für *Dracula*, für *Arschloch* und wahrscheinlich auch ganz grundsätzlich, für Jarek, für Lale, für Flip und nicht zuletzt: für Rio selbst.

»Ja, schon«, murmelt Rio, »ich wollte nur sichergehen, dass das für dich auch wirklich in Ordnung geht.«

»Okay. Sichergegangen. Hast du den Wisch?«

Rio zerrt den drei Mal gefalteten Zettel aus seiner Bauchtasche. Noch nie in seinem Leben hat er etwas gefälscht, aber Mavis hat ihm mal eine ihrer selbst geschriebenen Krankmeldungen gezeigt.

Wichtig ist, dass du nicht zu ordentlich schreibst.

»Na dann!«

Rio zieht sich die Kapuze seines Hoodies über den Kopf bis tief in die Stirn, setzt sich dazu noch die Sonnenbrille auf.

»Und was wird das?«, fragt Dracula. Er klingt ein bisschen so, als würde er grinsen, aber Rio sieht gerade nicht so viel.

»Ich dachte, so seh ich ein bisschen … ich weiß nicht … *krasser* aus?«

»Ahhhh«, macht Dracula.

»Ganz ehrlich: Sieht das albern aus?«

»Nur, wenn man weiß, dass du das Gegenteil eines krassen Typen bist!«

»Was bin ich?«

»Ziemlich süß!«

What?!

Knallknallrot.

»Also, nur im Vergleich zu so einem richtig, richtig, richtig krass fiesen, riesigen, schwer bewaffneten, stinkigen Gangster, meine ich«, versucht Dracula sich zu retten. Klappt nicht, die Rettung. Und leider ist mittlerweile nicht mehr nur Dracula kurz vor dem Verglühen. Ein Grund mehr, den Hoodie wirklich, wirklich ganz tief zu ziehen.

»Los jetzt, die wartet!«, krächzt Dracula und stürmt in Richtung Treppe. »Und denk dran: da drinnen bin ich Francis und du Paolo!«

Das mulmige Gefühl, das Rio auf dem Hinweg hatte, morpht sich auf den drei Stufen, die zu dem Studio hinabführen, über Bauchschmerzen zu Bauchkrämpfen. Und als Rio die Ladentür aufzieht, ist aus ein bisschen mulmig blanke Panik geworden.

Yves, die Totenschädelfrau, kommt auf sie zu. Sie überragt Rio bei Weitem, ist sogar noch um einiges größer als Dracula, und auf ihren Bizeps wären Flip und Jarek höchstwahrscheinlich neidisch.

»Paul und Francisco!«, ruft sie. »Da seid ihr ja!«

»Hey«, flüstert Rio.

»Paolo und Francis«, piepst Dracula. Ha! Auch der große Rächer klingt jetzt ganz schön klein. Und wieder ist Rio froh über seinen krassen Hoodie-Sonnenbrillen-Look: wie peinlich das klingt, wenn man die falschen Namen laut ausspricht. Er selbst wäre hundertpro sofort wieder knallrot geworden. Aber sie waren sich einig: Decknamen waren für die gefälschten Einverständniserklärungen absolut nötig.

»Oh, sorry, ja stimmt! Paolo. Francis. Hallöchen auch!«, die Skelettfrau lacht dröhnend. Für einen kurzen Moment schrumpft Rios Panik. Allerdings nur so lange, bis ihm wieder einfällt, warum sie hier sind, also, zumindest offiziell.

»Dann kommt mal rein in die gute Stube, ihr beiden!«

Im Vergleich zu Yves selbst ist ihr Laden winzig. Rio stolpert über einen Stuhl und Yves lacht: »Sieht wirklich überaus cool aus, aber setz die Sonnenbrille hier drinnen lieber ab!«

Verschämt zieht Rio sich die Sonnenbrille aus dem Gesicht. Hat ja echt super geklappt, das mit dem *krass*.

Fasziniert und beklommen zugleich betrachten Rio und Dracula die unzähligen Fotos von kunstvoll tätowierten Armen, Hälsen, Dekolletés, Knöcheln und intimeren, halb verhüllten Körperstellen, die die Wände von oben bis unten wie eine Tapete bedecken. Yves sieht sich stolz um:

»Ich mach das schon 'ne ganze Zeit.«

Das ist doch gut. Das ist doch mal beruhigend. Sie weiß, was sie tut.

»Habt ihr eure Entwürfe dabei?«

Klar haben sie. Gespannt beobachtet Rio, wie Yves seinen mustert. Er wusste sofort, was er sich stechen lassen würde, wenn schon, dann das: einen winzigen Snoopy, Mavis' und seine Lieblingscomicfigur. Es war ganz einfach, er hat sich ein Bild aus dem Netz ausgedruckt. Dracula tat sich da schwerer, er hat ewig vor sich hin skizziert und radiert und bis jetzt hat er Rio nicht verraten, was er sich überlegt hat.

»Supi«, sagt Yves, klingt aber wenig beeindruckt. Kein Wunder, bei den Kunstwerken an der Wand! Sie sieht Dracula an: »Und du?«

Er streckt ihr einen etwa fünfzig Mal gefalteten Zettel entgegen:

»So. Also, so ähnlich ... aber ganz schlicht? Geht das? Also, alles nur eine Linie?«

Yves faltet das Papier auf, sie grinst amüsiert: »Hm, ah. Okay, das ist tatsächlich ungewöhnlich für dein Alter!«

Dracula wird schon wieder rot, starrt den Boden an. Rio würde so verdammt gerne wissen, was Dracula sich da ausgesucht hat. Vermutlich irgendwas Schräges oder was richtig heftig echt Krasses ...

Yves' Knochengesicht schaut den vollkommen verdrucksten Dracula mitleidig an: »Keine Sorge, Süßer, das kriegen wir schon hin!«

»Und ... aber echt ganz, ganz klein?«

Yves runzelt die Stirn: »Wirklich sooo miniminiklein? Ich meine, das sieht man ja kaum!«

Sie nicken, kein Stückchen größer, da waren sie sich sofort einig. Zum einen, weil keiner der beiden für mehr wirklich Kohle hat, zum anderen, weil dann vielleicht auch die Gefahr kleiner ist, dass die Tattoos von irgendwem entdeckt werden, Eltern zum Beispiel.

»Na gut, wie ihr meint. Gebt ihr mir noch eben die Einverständniserklärungen?«

Dracula hält ihr seine ordentlich in einem Briefumschlag verstaute Fälschung hin. Er hat das auf Flashs Laptop getippt. Streng genommen, meint er, ist also nur die Unterschrift gefälscht. So ganz kann Rio dieser Logik nicht folgen, aber gut. Jetzt in Yves' Händen wirkt seine eigene Karopapiererklärung tatsächlich etwas armselig. Rio kann sich kaum vorstellen, dass sie ihm die abkauft. Und was ist eigentlich, wenn sie irgendeinen Ausweis sehen will? Oh shit, sie sind so was von geliefert! Was war das nur für eine alberne, kindische Idee?

Yves sieht ihn an, zieht die Augenbrauen hoch. Okay. Das wird nichts. Rio will schon alles gestehen, aber Yves kommt ihm zuvor: »Sag mal, sorry, Paulchen, aber kann es sein, dass wir uns kennen? Mach doch bitte mal deine Kapuze weg!«

Unbehaglich schiebt Rio die Kapuze runter. Yves mustert ihn

ausgiebig, runzelt die Stirn, schüttelt dann aber den Kopf: »Kein Plan. Ich kenne so viele Menschen. Aber nun gut, also gut, dann wollen wir mal! Das heißt: wer will zuerst?«

Rio und Dracula sehen einander an. *Wollen* ist definitiv das falsche Wort.

»Dann schlag ich vor, du fängst an, Francis, bei dir wird es ja etwas länger dauern.«

»Öhm«, macht Dracula, nickt dann aber tapfer.

Yves deutet auf eine flache Liege. Die sieht aus wie im Krankenhaus. Dracula wirft ihm einen verzweifelten Blick zu und Rio schluckt: Was tun sie hier nur? Rio hasst Krankenhäuser und Nadeln und alles, was dazugehört, und Dracula ist ganz offensichtlich auch kein Fan.

Stell dich nicht so an. Tu's für mich!

»Du darfst schon mal Platz nehmen, Francis.«

In Zeitlupe schlurft Dracula auf die Pritsche zu, setzt sich. Da hockt er, mit baumelnden Beinen, wie ein langes, düsteres, sehr unglückliches Kind kurz vor der Blutabnahme. Seine Nervosität entgeht auch Yves nicht: »Den Großen geb ich immer 'nen Schnaps, ist hier keine Option, logo, aber wie wäre es mit 'ner Limo?«

Dracula schüttelt nur matt den Kopf.

»Du kannst natürlich jederzeit stopp sagen!«, erinnert Yves ihn. »Am besten wärs allerdings, bevor ich zu stechen anfange!« Sie lacht. Wie kann man in dieser Situation bitte lachen?

»Alles gut«, behauptet Dracula mit klitzekleiner, windschiefer Stimme.

»Dann mach mal den Ärmel hoch. Und du, Paul, komm mal her und leiste deinem Kumpel Beistand! Es ist übrigens nichts gegen Händchenhalten einzuwenden, glaubt es mir oder nicht, das machen auch die Allerhärtesten!«

Draculas Blick gibt Rio sehr eindeutig zu verstehen, dass er, anders als die Allerhärtesten, nichts, rein gar nichts von Händchenhalten hält. Unbehaglich setzt sich Rio auf den Hocker neben der Liege.

»Keine Sorge«, sagt Yves fröhlich, »das ist erst mal nur ein Stift! Ganz harmlos!«

Trotzdem zuckt Dracula heftig zusammen, als der Konturenstift seinen Oberarm berührt. Und ehrlich gesagt und was solls würde Rio jetzt eigentlich doch gerne seine Hand nehmen. Arschloch hin oder her, Dracula tut ihm leid, wie der da so stumm und tragisch schlecht überspielt vor sich hin panikt. Und alles nur, weil Rio diese absurde Schnapsidee hatte, gegen die eine Limo ganz sicher nichts ausrichten kann!

Draculas Räuspern reißt Rio aus seinen Gedanken. Stimmt, da war doch was! Der investigative Profiplan! Was haben sie sich dabei nur gedacht? Was auch immer es war, jetzt ist es zu spät und muss durchgezogen werden. Rio räuspert sich: »Yves, sag mal, du kennst vielleicht eine Freundin von uns?«

Dracula wirft Rio gequälte, aber vermutlich aufmunternd gemeinte Blicke zu. Dabei müsste das ja eigentlich andersrum sein, schließlich ist es Dracula, der gerade bemalt wird. Zusammenreißen jetzt! Nicht, dass sie am Ende mit Tattoos, aber ohne Infos weggehen ...

»Sie, also die Freundin, die hat da so ein Fotoprojekt gemacht.«

Rio zieht die Fotografie aus seiner Tasche, platziert sie vor Yves auf der Liege. Die legt den Stift beiseite und Dracula entspannt sich sichtlich.

»Ach nein! Die kleine Pareiro? Sagt bloß, die kanntet ihr!«

Rios Hals wird eng. Er kann nur noch nicken.

»Ja«, springt Dracula für ihn ein, »relativ gut.«

Was ist, Ri? Warum sagst du nichts? Keine Lust, uns ganz neu zu erfinden? Mit ein bisschen mehr Distanz und Sicherheitsabstand? Mavis war nur eine Freundin – *wie wärs mit dieser Version?*

Yves sieht erst Dracula, dann Rio traurig an: »Das tut mir wirklich sehr leid!«

Und jetzt ist Rios Stimme plötzlich wieder da: »Schon gut!«, ruft er. »Das ist ja schon ein Jahr her. Es geht nur darum ... also, weißt du was? Also, zu diesem Projekt?«

»Nicht so richtig«, sagt Yves. »Sie meinte nur, dass sie Menschen und ihre Erinnerungen fotografieren will. Oder waren es Träume? Oder Wünsche? Oder ... nee, Orte? Tut mir leid, ihr beiden, ich weiß es nicht mehr.«

»Nicht schlimm«, behauptet Rio.

»Überleg doch noch mal!«, bittet Dracula, »so was vergisst man doch nicht einfach!«

Und wie sie gleichzeitig immer das Gegenteil sagen, das ist so faszinierend wie unpraktisch.

»Doch«, sagt Yves leise, »macht man, wenn man grundsätzlich lieber vergisst. Dann kommt das Gehirn aus der Übung und tut sich irgendwann schwer mit dem Erinnern.«

Rio weiß nicht genau, wie er diesen Satz zu verstehen hat, aber er ahnt es. Warum, verdammt noch mal, ist alles immer so schwer?

»Jedenfalls, sie war hier, eine ganz tolle Person!«

Ich mag Yves, Ri.

»Als sie wegen der Fotos hier war, wusste ich noch nicht, wer sie ist. Und dann war ihr Bild plötzlich in allen Zeitungen ...«

Yves macht eine Pause, streicht gedankenverloren neben Draculas Arm über die Liege.

»Klar, *Solo el sol* kenne ich natürlich, und ihre Eltern. Die waren früher sehr bekannt, das war aber ein bisschen vor eurer Zeit. Ich les so was eigentlich gar nicht, aber meine Ärztin hat immer diese ganzen Zeitschriften rumliegen, Bunte, Gala, ich weiß nicht, irgend so ein goldenes Blatt wars halt wohl, ihr wisst schon!«

Nicken.

»Das war im Herbst, oder? War das nicht im letzten Herbst?«

Nick, Ri, nick. Sie denkt, dass das im Herbst war. Ist doch egal, ob das stimmt.

Er nickt. Natürlich nickt er.

»Oh ja!«, ruft Yves und fasst sich ans Herz. »Genau, im Herbst. Ich erinnere mich!«

Rio weiß nichts von der Presse, nichts von Gala oder Bunte oder irgend so einem goldenen Blatt, er weiß auch nicht mehr so genau, wer aus der Schule da war, wer aus der Nachbarschaft, welche aus Vergangenheit und Verantwortung und Nichts aufgetauchten Verwandten. Flip war da, Nuri, Lale und Jarek. Und Dracula? Weiß Dracula was über die Bunte, die Gala, ein goldenes Blatt, weiß er, was genau Yves meint und unter welchem Baum Mavis' Asche eigentlich liegt?

»Wie hieß sie noch? Marie? Marleen –«

»Jutta«, sagt Dracula, »sie hieß Jutta-Helene.«

Yves schüttelt heftig den Kopf, lacht: »Nee, du verarschst mich doch! Die hieß doch nicht Jutta-Helene!«

»Doch«, sagt Dracula, »genau so hieß sie.«

Yves sieht kopfschüttelnd zu Rio hinüber: »Neee. So nicht. Aber ich weiß noch, da war dieses eine Foto, sie hatte ja auch noch diesen Zwillingsbruder. Auf dem Bild waren die beiden noch ganz klein, uuunfassbar niedlich. Und ich weiß noch, wie ich dachte, wie schlimm das ist, dass man nichts ahnt, und dass Sachen dann einfach enden. Ich meine, man weiß das ja nicht, kann man ja nie, wie die Dinge sich entwickeln. Sie ist gestürzt, oder? War sie nicht gestürzt? Oder irgendwie gesprungen? Ich hab nur die Headlines gelesen, bin nicht ganz durchgekommen, bis zum Schluss. Hab seitdem auch nicht mehr daran gedacht, das Leben geht weiter, wisst ihr ja, wir haben ja alle unsere Themen, aber jetzt, wo ich euch beide hier sehe, ist plötzlich alles wieder da. Ihr seid sehr tapfer, wisst ihr?«

Und bevor Rio kapiert, was Yves vorhat, hat sie seine Hände gegriffen, drückt sie fest: »Das tut mir so, so leid. Echt. So traurig ist das!«

Warum kann er nicht mit dem Scheißnicken aufhören? Warum kriegt er Angst, wenn jemand seine Hände hält? Was, bitte, stimmt eigentlich nicht mit ihm? Warum ist er so schwammig, warum hat er schon wieder das Gefühl, sich aufzulösen, und was soll das mit dem Schwindel?

»Paolo!«, keucht Dracula plötzlich. »Ich pack das nicht!«

Er presst die Hände vor den Mund, springt von der Liege:

»Ich kann das nicht, das mit den Nadeln! Mir ist so scheißübel, ich glaube, ich kotz gleich! Volle Kanne, direkt auf den Boden!«

Und bevor Rio irgendwas so ganz genau checkt, stehen sie wieder draußen vor dem Studio, in der drückenden Hitze, von Yves keine Spur.

»Gehts wieder?«

»So langsam, ja.«

Eigentlich, findet Rio, sieht Dracula gar nicht so aus, als wäre ihm kotzübel. Er ist zumindest nicht blasser als sonst.

»Willst du dann jetzt wieder rein?«, fragt Rio beklommen.

»Nie im Leben!«, verkündet Dracula. »Du?«

»Nee«, sagt Rio lahm. Alles war umsonst, die ganze ultrapeinliche Aktion! Sie haben nichts von Yves erfahren, nicht einmal, welches ihr Lieblingsort war. Aber dann ist das eben so. Noch mal traut er sich da sicher nicht rein. Dracula deutet auf Rios Hand. Die Einverständniserklärung hat er völlig zerknüllt, die ist jetzt unbrauchbar.

»Gib mal!«

Rio lässt die Papierkugel in Draculas Hände fallen. Der faltet sie auseinander, überreicht Rio sein Feuerzeug.

»Und deine?«, fragt Rio.

»Ist nachhaltig!«, grinst Dracula. »Da steht nur *Ich bin einverstanden*, wer weiß, wofür ich die noch mal gebrauchen kann. Los jetzt, gib Feuer, Paulchen-Paolo!«

Und dann stehen sie da, in der prallen Sonne, mitten auf dem Fußweg, und sehen zu, wie der Zettel in Flammen aufgeht.

»Scheiß auf irgendwelche bunten Blätter und auf halbseitig

tätowierte Totenschädel übrigens auch, ich meine: sein oder nicht sein, entweder oder, wa?«

»Sein oder nicht sein«, sagt Rio und schnipst schnell das brennende Papier weg, weil Dracula nämlich kurz davor ist, sich die Pfoten zu verbrennen.

NICHT GARFIELD, NICHT ALF

Die Katze wartet vor dem Haus auf sie, streicht um Rios Beine, aber als sie sich Dracula nähert, macht der einen Schritt zurück. Rio will fragen, was das soll, ob er etwa Angst hat, vor Katzen, das wäre ja seltsam, sagt dann, fragt dann aber nichts. Er ist zu erschöpft für Streit und Diskussionen.

Während Dracula das Futter holt, hockt sich Rio auf seinen Stammfahrradständer, die Katze setzt sich ihm gegenüber, demonstrativ knapp neben einen Sonnenfleck.

»Du bist auch nicht so der Sommerfan, oder?«

Die Katze legt den Kopf schief, sieht ihn aus ihrem einzelnen Auge aufmerksam an.

»Weißt du«, sagt Rio, »ich fürchte, ich löse mich auf. Im Ernst jetzt: bald bin ich weg. Aber keine Sorge, das ist nicht so schlimm, Dracula, also Franz, der kümmert sich um dein Futter.«

Die Katze kommt näher, und dann legt sie ihren Kopf gegen Rios Knie. Und das spürt er. Nicht sich selbst, aber das Tier und an der Stelle, wo ihr Körper seine Haut berührt, die Kontur seines eigenen Beines. Noch ist er da und ihr Fell ist unfassbar weich, und Rio kann das Pochen ihres winzigen Herzens spüren. Es ist mit ziemlicher Sicherheit das schönste Gefühl auf der ganzen Welt.

Jetzt taucht Dracula wieder unter dem flackernden Hinterhauslicht auf. Die Katze erschrickt nicht, bleibt sitzen. Wie sehr kann man sich über solche Dinge freuen? Sehr. Sehrsehrsehrsehr.

»Übrigens«, sagt Dracula und stellt das Futter auf die Plastikunterlage, »die Katze hatte mal zwei Augen.«

»Und weißt du, was«, sagt Rio, »das hab ich mir schon fast gedacht!«

Die Katze behandelt ihr Dosenfutter, als wäre es lebendig und müsste gejagt werden. Mit angelegten Ohren und aufgestelltem Schwanz lauert sie in gebückter Haltung, um sich dann mit einem Satz auf den Futterteller zu stürzen. Es ist nicht ganz klar, welches Prinzip sie dabei verfolgt. Rio muss lachen, aber Dracula ist ganz still. Verstohlen wirft Rio ihm einen Blick zu. Dracula hockt an der Hauswand, knetet seine Hände, pfriemelt an dem schmalen Band an seinem Handgelenk: »Nee, also wegen der Augen, ich meine, vor gar nicht so langer Zeit ...«

Er klingt ziemlich angespannt. Okay, anscheinend geht es hier um mehr.

»Du meinst, du hast sie noch mit zwei Augen gekannt?«, fragt Rio vorsichtig. Dracula nickt. Rios Herz schlägt schneller. Er denkt an das Kreischen der Katze, damals, in der blauen Stunde. Er denkt an seine Wut und wie er auf Dracula losgegangen ist. Was, wenn Dracula und die Katze sich schon vorher einmal begegnet sind und Dracula ihr da irgendwie – Und plötzlich ist Rio hellwach: »Warst du das etwa?«, fragt er. Rio sieht genau, wie Dracula von einem Moment auf den anderen erstarrt. Hat er etwa recht? Nichts, nichts auf der Welt will Rio gerade weniger als recht haben.

»Meinst du das ernst?«, flüstert Dracula.

»Ja ... also, nein ... Ich weiß nicht. Ich weiß nicht, was du mir sagen willst. Du willst mir doch irgendwas sagen, oder?«

»Ich mach so was nicht«, sagt Dracula leise. »Niemals. Ich dachte, das weißt du.«

»Sorry, ich ... ich dachte nur –«

»Schon okay«, behauptet Dracula und steht auf. »Ist ja klar, dass du so was denken kannst, das war ja auch voll strange – Ich ... ich hab mich einfach erschreckt, deswegen. Deswegen hab ich so geschrien.«

Dracula verstummt, sieht zur flackernd beleuchteten Hinterhaustür. Gleich wird er gehen. Und seltsamerweise will Rio das gerade nicht. Aber wie macht er das jetzt wieder gut?

»Was meinst du, sollten wir ihr einen Namen geben?«

Dracula sieht ganz erleichtert aus: »Was hältst du von Garfield?«

Rio rollt die Augen: »Das passt ja wohl gar nicht!«

»Alf?«

»Alter, der hat Katzen gefressen!«

»Oh.«

»Tiger?«

»Bitte nicht!«

Sie überlegen und auch die Katze sieht aus, als denke sie nach.

»Und Nyx? Wie wäre es mit Nyx?«, schlägt Dracula schließlich vor. »Du weißt schon, das ist die Göttin der Nacht.«

»Find ich gut«, sagt Rio, und auch Nyx sieht einverstanden aus.

»Hallo Nyx«, sagt Dracula feierlich, »willkommen im Reich der Schlaflosen und Schlafwandler und in der Welt der Gespenster!«

WOBEI –

Darf ich dir was erzählen?«, fragt Rio.

Nyx ist längst weg, aber sie hocken immer noch im Hof, mittlerweile nebeneinander auf dem Fahrradständer.

»Klar«, sagt Dracula sofort. Bildet Rio sich das ein, oder klingt er ein bisschen ängstlich? Nervös pult Rio am fransigen Saum seiner knapp über dem Knie abgeschnittenen Jeans. Über diese Sache hat er noch nie geredet, mit niemandem – was, wenn das zu viel für Dracula ist? Zu viel Offenbarung, zu viel Gefühlssachen und so, zu viel, so was wie Nähe?

»Nachdem sie gefunden wurde, weißt du, ziemlich bald nach diesem anonymen Anruf, da sind sie zu uns gekommen. Zwei Polizisten. Und der eine hat mich die ganze Zeit so komisch angeguckt.«

Dracula wartet. Das ist was, was Rio an ihm mag: dass Dracula nie drängt. Dracula wartet einfach ab, darauf, was kommt, und darauf, was geht und was eben nicht.

»Und dann hat er gefragt, ob wir Zwillinge sind.«

»Sehr schlaue Frage«, murmelt Dracula.

Die Rechtsmedizin ist gleich hier um die Ecke, in der Turmstraße. Wissen Sie, es wäre wirklich gut, wenn jemand von Ihnen mitkommt, um sie zu identifizieren. Wobei –

»Erst wollten sie, dass Jaime oder Rosa mitkommen, um zu gucken, ob es wirklich Mavis ist. Dabei hatten sie ja schon ihre Mütze und das war ja eindeutig ihre und ihr blaues Haar, das ja auch, das haben wir denen ja auch gesagt!«

Dracula rutscht ein winziges Stück näher. Gerade so dicht, dass Rio nicht hinschauen muss, um sich zu vergewissern, dass da jemand ist.

»Und dann haben sie halt schon wieder mich angeguckt.«

Ja, also, wobei, ich glaube, im Grunde genommen brauchen wir das nicht. Ehrlich gesagt, der Junge hier, der ist ihr ja wie aus dem Gesicht geschnitten.

»Alle haben mich angestarrt, nicht nur die Polizisten, auch Ma – also, auch Rosa und Jaime. Als ob sie mich das erste Mal sehen. Oder das letzte.«

Dracula sagt nichts, aber seine und Rios Hand berühren sich jetzt fast.

Ich würde sie gerne noch einmal sehen.

Ich auch.

»Ich wollte nicht mit. Obwohl sie gesagt haben, dass sie nicht schlimm aussieht, also, für den krassen Sturz ...«

»Bestimmt nicht«, flüstert Dracula, und Rio schaut ihn verwundert an: »Woher willst du das wissen?«

»Denke ich. Ich denke auch, dass sie nicht schlimm aussah. Sonst hätten sie deine Eltern nicht zu ihr gelassen.«

Rio nickt, wahrscheinlich hat Dracula recht.

»Es ist ... ich weiß nicht, es ist irgendwie ... nicht so ... so ... wenn man genauso aussieht wie eine Tote ...«

»Siehst du doch gar nicht!«

»Woher willst du das wissen? Also, ich mein' ja nur, du guckst ja fast immer weg!«

Shit! Das wollte Rio nicht sagen, das ist ihm jetzt so rausgerutscht. Soll er das zurücknehmen? Dracula muss ihn ja nicht angucken, dazu kann ihn niemand zwingen. Es ist nur, gerade wünscht Rio sich das wirklich sehr. Dass Dracula mal richtig guckt, so, wie neulich in der S-Bahn. Und vielleicht sogar seinen Blick erwidert, damit Rio sich nicht immer fühlt wie ein Geist und vielleicht auch ein bisschen besser einschätzen kann, was Dracula eigentlich von ihm hält, was das mit ihnen eventuell ganz vielleicht für eine Sache ist, ob sie hier vielleicht doch aus Versehen gerade so was wie Freunde werden, oder so, und überhaupt. Aber Dracula sagt nichts dazu, legt nur wortlos sein Knie gegen Rios, ob extra oder aus Versehen, das ist nicht so ganz eindeutig, weil es ja auch schon ziemlich eng ist, auf diesem Fahrradständer.

GENAU RICHTIG

Rosa und Jaime haben auf ihn gewartet. Vor ihnen auf dem Tisch liegt die grinsende Melone vom Flash und sieht nicht halb so schwer aus wie ihre Gesichter.

Sein Vater stellt einen Teller Gazpacho vor Rio auf den Tisch, legt ein Stück Aufbackbaguette daneben, drückt ihm einen Löffel in die Hand. Er hat nicht gefragt, ob Rio was will.

»Ich hab schon gegessen«, lügt Rio.

»Ach, komm schon, Rio, zwei, drei Löffel gehen bestimmt noch rein! Die ist wirklich sehr erfrischend!«

Erfrischend bestimmt, aber auch unmöglich zu essen, und Rio friert ja eh schon wieder. Rosa rutscht auf ihrem Stuhl vor. Irgendwas kommt jetzt, was kommt? Er kann nicht mal den Löffel nehmen, wenn er den hochhebt, sehen sie, wie krass er zittert. Rio zieht die Ärmel bis über die Fingerspitzen, setzt sich auf seine Hände, sieht seine Eltern extra hellwach an.

»Es gibt endlich mal gute Nachrichten!«, verkündet Rosa, und Jaime nickt mehrmals. »Wir sind eingeladen, in die Fernsehlaube, mit *Solo el sol!*«

Erwartungsvolle Blicke, jetzt ist Rio dran: »Super!«

Jaime und Rosa strahlen gleichzeitig, wie in Parallelschaltung. Jaime schiebt die Melone ein Stückchen beiseite, beugt sich verschwörerisch über den Tisch, als investiere das öffentlich-rechtliche Fernsehen die Gebührengelder in Spionage: »Aber wenn uns bis dahin noch etwas Neues einfällt, dann spielen wir vielleicht auch einfach das!«, flüstert er und lehnt sich wieder zurück. Was

Rio mehr freut als die Fernsehlaube: dass Rosa und Jaime so nah beieinandersitzen. Das ist bestimmt ein gutes Zeichen.

»Das hat Miranda eingefädelt«, erzählt Rosa. »Vielleicht haben wir uns doch in ihr geirrt, so ganz ohne Einfluss und Kontakte ist sie gar nicht.«

Wieder die erwartungsvollen Blicke.

»Voll gut«, sagt Rio, weil das offensichtlich seine Rolle ist, in diesem schrägen Stück. »Echt! Richtig, richtig gut!«

Seine Eltern nicken eifrig. Und vielleicht sehen sie sogar ein bisschen leichter aus als in den letzten Tagen. Rio greift nach dem Esslöffel, drückt ihn fest. So gehts, so ist das Zittern kaum zu sehen und seine Eltern sind ja eh ganz mit Freuen beschäftigt.

»Das Honorar kommt natürlich auch genau richtig«, sagt Rosa, »gerade ist es finanziell nämlich ein ganz kleines bisschen eng wegen der Mieterhöhung und der Inflation und –«

»No«, unterbricht Jaime sie, »ahora no ... déjalo ...«

Rosa sieht nicht aus, als sei sie damit einverstanden, Rio aus der Sache mit dem Geld rauszuhalten. Und er ahnt es ja eh: dass sie nicht nur ein ganz kleines bisschen, sondern ganz schön tief in der Scheiße stecken, geldmäßig, und wenn man ehrlich ist, auch sonst, so insgesamt, allumfassend.

»Na ja, jedenfalls würden wir uns sehr freuen, wenn du mitkommst, zur Aufzeichnung«, sagt Rosa. »Als Support sozusagen!« Sie lächelt, fast schüchtern.

»Okay.«

»Wirklich?«

»Klar!«

Und wieder: doppeltes Strahlen, Kirmesedition.

»Und vielleicht, quizás, könntest du ja sogar –«

Dieses Mal ist es Rosa, die Jaime davon abhält weiterzusprechen: »Lass, lass erst mal!«

Rio ahnt, was Jaime vorschlagen wollte: Vielleicht könntest du uns ja auf dem Klavier begleiten. Es wäre so einfach, etwas für sie zu tun, und selbst das bekommt er nicht hin. Schon beim Gedanken daran wird ihm wieder kotzübel. Niemals kann er sich auf einer Bühne ans Klavier setzen, niemals –

Rosa klatscht in die Hände, strahlt die befangene Stimmung weg: »Aufregend wird das, nach all der Zeit!«

»Ihr macht das schon«, sagt Rio und hört selbst, wie lahm das klingt. Und deswegen fügt er schnell noch ein »ganz sicher!« hinzu.

»Leider müssen wir jetzt noch mal los«, sagt Rosa, »zum Proben.«

Sie streicht sanft über die Hand, mit der Rio den Esslöffel umklammert. »Aber dir gehts gut, oder, Spätzchen? Du hast Spaß!«

»Ja, voll!«, sagt Rio. Er weiß, dass sein Lächeln höchstens eine Funzel ist, dass es nicht ausreicht, um sie glauben zu machen. Was ihn rettet: dass seine Eltern sich so, so sehr wünschen, er würde die Wahrheit sagen. Ein Löffel, den wenigstens, kann er ihnen geben, zur Feier der guten Nachricht. Paprika, Gurken, Tomaten und Knoblauch, Essig. Sein Mund zieht sich zusammen, Galle steigt auf, sitzenbleibensitzenbleibensitzenbleibenundlächelnhaltdasnochausnurnochdas – ein Kuss ins Haar, ein Schulterklopfer, die Tür wird geschlossen, sein Stuhl fällt um, er taumelt ins Bad, rennt mit dem Schienbein gegen den Waschbeckenschrank, der nicht da ist, wo er sein muss, der nicht da steht, wo er sollte. Nur ein paar Zentimeter, nur eine Handbreit, nur ein Schritt zu viel können Welten ausmachen. Rio kotzt Panik in die glänzende Kloschüssel, dann liegt er auf seinem Bett auf den Plastiknadeln, sieht den grauschwarzen Punkten beim Tanzen zu und hat Ziehen und Sehnsucht und weiß nicht wohin und nach wem und steht wieder auf und sieht aus dem Fenster, und die Katze ist nicht im Hof, und jemand hört Musik und aus dem dritten Stock, Seitenflügel links, stöhnen sie Sommergefühle bei offenem Fenster, und die Sonne hängt im Blau wie von einem Kind gemalt, nur ohne Konturen, sondern mit flirrenden Rändern. Er will, er will, er will und weiß nicht was, und er drückt auf Knuts Nummer, und Knut geht ran, und Rio legt auf, und Knut ruft zurück, und Rio geht nicht ran, und Knut versucht es wieder und wieder, und Rio nimmt eine feige Sprachnachricht auf, nein, nicht eine, es sind mindestens zehn, weil es so lange dauert, einigermaßen glaubhaft zu versichern, dass der Anruf nur ein Versehen war und alles so weit okay, und dass man sich ja eh sieht, schon übermorgen, und Knut sich bitte, bitte, bitte keine Sorgen machen soll. Rio schickt die Nachricht ab und weiß, dass Knut zu ambitioniert und zu korrekt ist und zu sehr Psychologiestudent, um sich so billig verarschen zu lassen, aber in der Wohnung nebenan hat jemand geduscht und vielleicht war das Rauschen so laut, dass es die Lüge auf der Aufnahme übertönt oder zumindest neutralisiert hat, Löschen geht nicht mehr, Knut hört schon ab, und jetzt kommt eine Nachricht von ihm:

Knut (Psycho-Eisbär)

Denk an unsere Abmachung, Rio, ja?! Und nicht vergessen: ich bin hier, du kannst dich jederzeit melden. Hab keine Angst, okay?

Keine Angst! Ha!

RiYo

Danke, aber alles gut so weit.

Es klingelt.

ERBSENHALTWINKEL

Es ist nicht Knut. Wär ja auch absurd, der ist zwar da, hat aber natürlich nicht ständig Zeit und auch anderes zu tun, als ehrenamtlich bei Rio rumzuhocken. Dracula aber offensichtlich nicht.

»Sind deine Eltern weg?«

»Ja, aber so gefährlich sind die gar nicht!«

»Neee, ich weiß, aber ich dachte, die fänden das vielleicht komisch, wenn ich hier auftauche ...«

Rio zuckt die Schultern. Darüber hat er sich noch keine Gedanken gemacht, was seine Eltern von Dracula halten könnten. Er weiß ja noch nicht einmal so richtig, was er selbst von ihm hält.

»Ich war eben noch mal bei Yves«, sagt Dracula.

»Echt jetzt?«

Dracula zupft an seinem T-Shirt-Ärmel. Darunter schaut Plastikfolie hervor. Rio hat keinen Plan, was das zu bedeuten hat.

Aus der Wohnung gegenüber kommt Herr Tsakiris mit Frodo, seiner winzigen Dackel-Chihuahua-Mischung: »Oh, Franz!«, ruft Herr Tsakiris, »ah, Rio!« Dann hüpfen er und sein Hündchen die Treppe hinab, und Rio und Dracula sehen den beiden unverhältnismäßig lange nach.

»Willst du kurz reinkommen?«

»Vielleicht besser, oder?«

»Mhm.«

Dracula tritt ein, und Rio fragt sich, ob ein einmal offiziell eingeladener Vampir die Schwelle für alle Zeiten einfach so übertreten darf, quasi im Abo. Jedenfalls, wenn es so wäre, wärs schon okay, also, nur in Draculas Fall, gilt nicht für alle Vampire, klar ...

»Warum bist du in Frischhaltefolie verpackt?«

Rio ist fast ein bisschen stolz: endlich mal eine naheliegende Frage!

»Darf ich kurz?«

Dracula deutet aufs Sofa und Rio nickt, ohne genau zu kapieren, was er Dracula da eigentlich erlaubt. Der setzt sich. Logisch. Besuch, Sofa, setzen. Dracula zieht den Ärmel seines T-Shirts hoch: »Guck!«

Argh! Autsch!

»Du hast das echt machen lassen!«

»Yves hätte mich sonst nicht mehr reingelassen. Sie war sauwütend, weil wir einfach abgehauen sind.«

»Und sie hatte trotzdem spontan Lust und Zeit, dich zu stechen?«

Dracula zuckt die Schultern, verzieht das Gesicht. Scheiße! Klar! Bestimmt tut das weh! Rio läuft rüber zum Kühlschrank, holt die Tiefkühlerbsen aus dem Eisfach, setzt sich neben Dracula. Das Sofa ist uralt, gebraucht gekauft, kurz nach der Rückkehr aus dem Krankenhaus, als Rosa und Jaime klar wurde, dass sie mit ihren unfassbar winzig kleinen, gerade noch mal so gut gegangenen Zwillingen vorerst einen Großteil ihrer Zeit sitzend und liegend und in den Schlaf schuckelnd verbringen würden. Über die Jahre hat sich das Sofa in etwas verwandelt, das einem Lebewesen ziemlich nahekommt, verhält sich aber wie Treibsand, frisst Hintern, Chips, Münzen und Abstände ...

»Sorry!« Rio rettet sich auf die breite Lehne. »Darf ich?«

Dracula sieht hinab auf seine Hände, die er im Schoß verknotet hat, nickt. Vorsichtig, ganz vorsichtig hält Rio die Erbsentüte an Draculas Oberarm.

»Gehts?«

»Hmm.«

»Das sieht super aus«, sagt Rio, weil sich Schweigen gerade echt strange anfühlt und weil es halt eben auch stimmt: der minikleine rundliche Vogel auf Draculas Oberarm sieht super aus. Nicht krass, wie gedacht, sondern ... sondern schön?

»Echt? Findest du? Also, eigentlich hätte die Brust ja rot sein müssen, ist ja ein robin, äh, so ein Rotkehlchen, aber das hab ich dann echt nicht mehr gepackt, und das wär auch noch teurer gewesen.«

»Nur Konturen find ich eh besser!«, behauptet Rio.

»Wirklich?«

»Ja, voll.«

»Cool!«

»Wie bist du drauf gekommen?«

Dracula schluckt: »Ist aus meinem Lieblingsbuch. Also, von früher ... ich weiß nicht, das war einfach das Einzige, was mir eingefallen ist. Weiß nicht.« Er lacht: »Jetzt laufe ich jedenfalls ernsthaft mit 'nem Vogel auf dem Arm rum! Krass, oder? So für immer?«

Rio nickt. Stimmt. Für immer ist schon krass.

»Hilft das denn?«, fragt er.

»Was?«

»Äh, die Erbsen?«

»Oh, ja, ja klar! Das ist schö – also, mhm, tut gut!«

»Hat Yves gesagt, wie lange das wehtut?«

»Sie hat gesagt, dass das gar nicht wehtut.«

»Sieht aber krass aus. Also, voll gut, aber halt auch noch ganz schön ... rot.«

»Ich hasse Nadeln«, stellt Dracula fest.

»Ich auch.«

Interessant, wie gut es sich anfühlen kann, wenn man dieselbe Sache nicht mag.

»Soll ich weiter halten?«

»Wenn es nicht zu anstrengend ist?«

»Jo. Ich halte eine Packung Erbsen an einen Arm! Krasse Sache!«

»Nee, ich mein nur –«

»Alles gut, echt!«

Das *Fuck AfD*-T-Shirt ist am Ausschnitt ziemlich ausgeleiert. Rio kann also wirklich nichts dafür, dass er von hier oben direkt auf Draculas Schlüsselbein guckt. Tiefkühlerbsen, Frischhaltefolie und ein miniminikleiner, waldhoniggoldener Leberfleck in der Form eines Kometen. Nüchternes, alltägliches Zeug und ganz und gar kein Grund für Herzraserei. Aber, tja, Rios Herz sieht das anders, vielleicht, weil er so unbequem sitzt, das ist dann ja auch anstrengend! Und dann verliert er auch noch jedes Gefühl für die Zeit und anschließend jegliches Gespür in seinem Arm.

»Ich setz mich doch mal hier runter, okay? Ist besser, wegen des Erbsenhaltwinkels!«

»Erbsenhaltwinkel«, wiederholt Dracula andächtig, als wäre das irgendein fucking Zauberwort. Rio rutscht neben ihm in das Sofa, lässt sich vom weichen Polster verschlucken. Seit Jahren kündigen Rosa und Jaime an, dass das Sofa ersetzt wird, sofort, sobald mal ein bisschen Geld übrig ist. Aber seit Mavis' Tod ist das Geld noch knapper und das Sofa von einem Moment auf den anderen in ein unersetzbares Erinnerungsstück verwandelt, das auch in näherer Zukunft nicht fürchten muss, für seine muffige Gefräßigkeit auf die Straße gestellt zu werden.

Rio ist sich nicht sicher, ob das mit den Erbsen noch was bewirkt, die sind schon ziemlich matschig, mittlerweile. Aber wegnehmen will er seine Hand irgendwie auch nicht. Und fragen? Auch peinlich.

»Yves hat mir ihr Bild beschrieben, ihr Ort ist dieser See, weißt du? Der mit der Entengrütze und den krummen Bäumen und mit dem ertrinkenden Dinosaurier?«

»Ertrinkender Dinosaurier?« Klar kann Rio sich an das Foto

des grünlichen Waldsees erinnern, aber an ein sterbendes Urzeittier? Nee. Und so was wüsste er doch noch, oder?

»Den sieht man nicht mehr, er ist wohl mittlerweile untergegangen, aber ganz früher, da guckte der Triceratops angeblich noch bis zum Bauch raus.«

»Klingt cool«, murmelt Rio, »wollen wir da gleich hin?«

»Ja«, sagt Dracula. Aber keiner von ihnen macht Anstalten aufzustehen. Das Sofamonstrum ist warm und weich und müffelt freundlich vertraut, und das ist so insgesamt dann doch ein bisschen gemütlich. Rio merkt, wie sein Kopf schwerer wird, wie er langsam zur Seite rutscht. Mühsam richtet er sich wieder auf. Nicht, dass das wieder so eine dreistündige Ringbahnnummer wird!

»Ich will nicht einschlafen«, murmelt er. Rio sagt das zum Sofa, ist ja klar. Er ist fast empört, als statt des Möbelstücks Dracula antwortet: »Dann bleiben wir eben wach, für immer und ewig.«

Und Rio will Dracula sagen, dass das unmöglich ist, das mit dem immer, jedenfalls im Leben. Nur tot sein, das kann man ewig machen, aber stattdessen fallen ihm die Augen zu.

WAS MAN TUT

Es ist nicht besonders angenehm, mit Rios Kopf auf dem frischen Tattoo. Ehrlich gesagt tut es sogar richtig weh. Da kann Yves behaupten, was sie will! Franz weiß nicht, was er machen soll: er kann sich nicht bewegen, weil Rio dann aufwacht. Und gleichzeitig darf er ihn auch nicht schlafen lassen. Rio hat ja gerade gesagt, dass er das nicht möchte. Aber was macht man denn, wenn man weiß, dass etwas absolut richtig ist und gleichzeitig vollkommen falsch? Und was tut man, wenn man sich plötzlich nichts mehr wünscht, als die Hand vorsichtig, ganz vorsichtig auf einen Kopf voller hellbrauner Locken zu legen? Was macht man, wenn man aus Versehen dabei ist, sich so richtig, richtig ganz in echt, in jemanden zu verlieben, dem man bestenfalls egal ist? Und das, selbst ohne dass diese Person etwas über einen weiß, nicht das Schlimmste, das Allerallerschlimmste und auch sonst eigentlich nichts. Nichts macht man. Man sitzt einfach da, so wie Franz es hier tut, sitzt kerzengerade und unbeweglich, guckt weg, immer in die andere Richtung, starrt zum Beispiel eine staubige Gitarre an, oder ein einsames Klavier, und man schaut nicht auf die knittrigen Kinderzeichnungen an der Tür und nicht auf das gerahmte Zwillingsurlaubsfoto an der Wand, und schon gar nicht auf dieses Rio-Gesicht, das im Schlaf echt aussieht wie gemalt, und zwar von jemandem, der Menschen wirklich sehr mag. Man hält den Schmerz aus und lässt die Hand gefälligst da, wo sie ist, irgendwo in den Tiefen eines abgeranzten Sofas. Und dann wartet man, dass es vorbei ist, und hofft, dass es nie endet.

NUR KURZ

Das Vibrieren seines Handys weckt ihn. Nonono! Aaalter, nicht schon wieder! Nein, dieses Mal ist es sogar noch schlimmer als in der Bahn, dieses Mal ist Rios Kopf bis runter auf Draculas Beine gerutscht. Drei Dinge immerhin sind gut, im Rahmen der begrenzten Möglichkeiten: Rio hat nicht geträumt, hat sich nicht eingepisst im Schlaf, und Dracula pennt selbst. Er hängt windschief im Sofa, ein Arm im Polster vergraben, der andere liegt warm und schwer über Rios Rücken. Wenn Rio es schafft, sich elegant unter diesem Arm wegzuschlängeln, merkt Dracula vielleicht gar nichts. Nicht, was für ein krasser Freak Rio wirklich ist. Und auch nicht, dass seine Nähe Gefahr bedeutet und ein schwarzes Loch, das viel gefräßiger ist und definitiv um einiges unbequemer als das alte Sofa.

Was seltsam ist: das fühlt sich gerade verdammt nach Sicherheit an, in Schieflage auf der Couch, so ultradicht neben diesem düsteren Typen. Die Wahrheit: Rio würde gerne liegen bleiben. Genau hier, mit dem Blick auf ein knochiges Jeansknie, mit dem leichten Geruch nach Zigarettenqualm und einem Hauch Frühlingswiesenwaschmittel in der Nase und vor allem, ehrlich gesagt: in Draculas Arm. Er schließt die Augen. Ganz kurz nur. Wirklich. Nur einen Moment –

UNTERSCHIEDE

Shit. Stillstillstill, Franz. Nicht bewegen. Nur nicht rühren. Und: ein kurzer Blick. Um sicherzugehen, dass es der andere Zwilling ist, der auf seinem Schoß tief atmet, fest schläft. Ist es. Und trotzdem: oh krass! Aus dieser Perspektive sind die Schatten unter Rios Augen blauschwarz, die Sommersprossen auf seiner Nase und den Wangen wie verblichen, die Lippen rau und trocken, wirkt die sonst fast unsichtbare feine Narbe in Rios Oberlippe fast martialisch, ist sein rechter Mundwinkel eingerissen. Von hier aus gesehen braucht dieser übrig gebliebene Zwilling dringend Schlaf und Wasser und Vitamine und Essen ja sowieso und langsam echt unbedingt und vielleicht auch ein paar andere Dinge, die weniger offensichtlich sind, aber sogar noch ein bisschen grundlegender. Aus der Nähe gibt es zwischen diesem und dem anderen Zwilling mehr Unterschiede als Ähnlichkeiten.

»Rio«, flüstert Franz, so leise, wie man eben spricht, wenn man jemanden nicht wecken will. »Rio?«

Tja. Nichts zu ändern. Nur das: Mit dem Daumen macht Franz eine winzige Bewegung über Rios Oberarm. Man könnte es Streicheln nennen, wenn man wollte, aber man will nicht.

KLUMPEN

Da, wo Dracula über seinen Arm streicht, kribbelt es. Und irgendwie muss Rio an die magische Tafel denken, die er als Kind hatte, diese von Pappe gerahmte schwarze Fläche, die durch den Plastikgriffel bunt wurde und beim Heben der Folie sofort wieder schwarz. Dracula malt eine Kribbelexplosion auf Rios Oberarm, richtet Gedankenchaos an und Gefühlsfeuerwerk, und Rio will nicht, dass es aufhört, dass es wieder schwarz wird. Und dass sich das jetzt so krass anfühlt und vom Arm aus warm durch seinen ganzen Körper flutet, das liegt bestimmt daran, dass Berührungen so selten geworden sind. Ist ja kein Wunder, dass Rios Körper da so übertrieben reagiert, und hat auch nichts mit Dracula zu tun. Und krass, sein Herz schon wieder, dieser merkwürdige Muskelklumpen, das hat sie doch auch nicht mehr alle, das ist jetzt kurz davor, aus seinem Körper zu galoppieren. Rio hält die Luft an, in der Hoffnung, dass Dracula nichts merkt, nicht aufhören bitte, nur nicht aufhören.

MARS

Rios Herz trommelt heftig gegen Franz' Bein, seinen Arm. Ob auch er Albträume hat? Und ob Rio sich deshalb so gegen den Schlaf gewehrt hat, immer wehrt? Franz hat die Stachelmatte gesehen, auf Rios Bett.

Wie ein Kolibriherz fühlt sich das Trommeln an. Blödsinn! Was weiß Franz von exotischen Vögeln und ihren Herzen? Er kennt Tauben und Krähen und Spatzen und Frau Žimşeks mittlerweile längst verstorbenen Wellensittich, den kannte er auch, also nur flüchtig, von einmal *Darf ich mal gucken, bitte, nur ganz kurz?* Womit Franz sich gut auskennt, sind Albträume und Ängste und Panikattacken und Schuld und miese Gedanken, die sich im Sonnenschein zu Rudeln zusammenrotten, die warten, bis die Nacht kommt und mit ihr die Dunkelheit, die dann zuschnappen, sich festbeißen, wie losgelassene Kettenhunde oder irgendwas Tiefseeiges mit Tentakeln und grünspritzigem Säuresabber und multiplen Reihen glasscherbenscharfer Zähne, aber Kolibriherzen und so was wie das hier, das kennt Franz definitiv noch nicht. Rios schmaler Körper ist angespannt, wie versteinert. Der Kerl fühlt sich an, als stecke er mitten im Kampf mit einem dieser Albmonster, die doch mit sechzehn eigentlich längst weitergezogen sein sollten, sich aber nach Franz' eigener Erfahrung um Altersempfehlungen so wenig scheren wie um Realität und Vernunft, wie um Träumen oder Wachen. Und klar würde er Rio gerne helfen. So ganz klassisch, Klischee, so richtig heldenmäßig und vielleicht ein bisschen drüber, sogar mit Musik, Apocalyptica oder Florence and the Machine oder Hans Zimmer oder Sufjan Stevens oder Kate Bush oder so, das ist noch offen, was aber schon feststeht: Franz möchte sich ein selbst geschmiedetes Schwert schnappen, aus unbesiegbarem Stahl, er möchte hineinstürzen, in was auch immer für ein Horror-Szenario, in Verlies, Unterwasserpalast, Turnhalle oder marode Fabrik, er möchte Tentakel abschlagen und weit aufgerissenen Schlünden drohen und dem Tod eine verpassen, und er möchte Rio versichern, und ein bisschen, eventuell, auch sich selbst, dass sie das packen, das mit der Befreiung: Keine Angst, wir schaffen das schon, irgendwie kommen wir wieder da raus, alle beide, vielleicht nicht ganz und gar heil, aber raus schaffen wir es, so, wie wir es auch aus dem U-Bahn-Schacht geschafft haben und aus dem Horrorkabinett. Franz wünscht sich, es wäre so einfach, und ganz ehrlich: vor allem möchte Franz *wir* sagen und supergerne *zusammen.* Schöne Scheiße. Das Problem mit dieser martialisch patriarchalen Schwertfantasie: Franz ist krass Pazifist und fast Vegetarier, noch dazu klemmt er in einem etwas muffigen Sofa fest, und hat außerdem keinen Plan, wie man rettend in fremde Albträume eingreift, nur das Naheliegende fällt Franz ein: »Rio?«, flüstert er, »wach auf, das ist nur ein Traum!«

Aber Rio rührt sich nicht. Im Gegenteil: er kneift die Augen sogar noch fester zu. So, als versuche er, weniger als nichts zu sehen. Und deswegen streicht Franz weiter über seinen Arm, ganz, ganz sacht, und weil Rios rasendes Herz sich davon nicht beruhigt, und Franz eigenes übrigens auch nicht, streicht er noch ein bisschen tiefer, Hand aufs Herz und so, Direktheilung. Immer wieder wandert seine Hand dieselbe Strecke: vom ultraweichen Haaransatz über den warmen Nacken, die feinen hellen Härchen dort, vom Halsausschnitt über das T-Shirt, bis knapp unter die Schulterblätter, absetzen, ansetzen, noch mal. Wie auf Schienen, ganz klinisch, rein pragmatisch, so sachlich und so unendlich platonisch, wie er noch nichts zuvor in seinem Leben getan hat, niemals, und echt jetzt: wie nüchtern, wie gefasst kann man bitte sein?

»Ist das okay?«, flüstert er, und Rio nickt federsacht gegen sein Bein, ist also wach und in die windschiefe Wirklichkeit zurückgekommen und gewissermaßen gerettet, gewissermaßen aber auch nicht, und Franz hört natürlich sofort auf, aber jetzt flüstert Rio was, und da muss Franz sich verhört haben, denn das klang wie ein ganz kleines, sehr, sehr schüchternes *Bitte weiter?*

Und jetzt fällt Franz ein, was so ein aufgeregt pochendes Pseudokolibriherz noch bedeuten kann, außer sehr großer Angst, in einer komplett anderen Welt und in einer anderen Konstellation. Und weil es aber nicht sein kann, wie es offensichtlich ist, lässt Franz seine Hand in der Luft schweben: »Soll ich aufhören? Ich hör auf, ja?«

Und Franz weiß nicht, was er hoffen soll und was fürchten, ein *Stopp*, ein *Weiter*? Er ist schon kurz davor, Entschuldigung zu rufen, aufzuspringen, wegzulaufen, sich in seinem Zimmer einzuschließen, wo er ja eigentlich hingehört, für immer, immer und immer, sich fernzuhalten von allem, was lebt, eben wie ein Vampir, damit haben sie ja irgendwie recht, in der Schule und so und alle, nur von Weitem zu gucken, aufzupassen, dass nicht wieder was passiert, was Schreckliches, um nie wieder rauszukommen, als Rio sacht den Kopf schüttelt.

»Nicht aufhören?«

Ein Nicken. Okay, aber vielleicht pantomimt Rio ja auch an Franz vorbei?

»Weitermachen?«

Noch ein Nicken, ein ganz mutiges, ein eindeutiges dieses Mal, und dann: zweimal Herzraserei galore. Franz lässt seine Hand sinken, spürt Rios weichesweiches Haar unter seinen Fingerspitzen, und wie bitte kann sich das so verdammt vertraut anfühlen und zugleich wie ein einsamer Herzinfarkt auf dem Mars? Er hat so was von gar keine Ahnung von dem, was er hier tut, und keinen Plan, das ist alles völlig neu, und er will es unbedingt ganz und gar richtig machen, und weiß dabei ja noch nicht mal so genau, was *es* überhaupt ist. Langsam lässt er seine Hand über die Schulterblätter wandern, über Rios Rücken, bis hinab zum fransigen Saum seines ziemlich lässig verwaschenen Shirts, und nach dem Saum ist irgendwie was verrutscht, da kommt jetzt ultraplötzlich ein minikleines Stück Haut, ganz ohne Stoff, also sozusagen, also – nackt, und das ist – Franz' Herz macht einen Hüpfer, als Rio plötzlich heftig schaudert, scharf die Luft einzieht. Woah. Huh! Wow. Alter!

»Alles okay?«

Ein Gesicht, das sich tiefer im Polster vergräbt, ein Nacken, der sich kurzzeitig rosa färbt, und Franz' Hand, die schnellschnellschnell, sorrysorrysorry wieder hinaufhuscht, zum Kopf. Und als Rios Shirt dabei noch ein winziges Stück weiter hochrutscht, zieht Franz es sofort wieder runter, bis über den Hosenbund, damit Rio sich nicht noch mal so erschrecken muss und so rosa werden. Und dann fängt Franz wieder von vorne an, ganz oben am Rio, bei seinen Locken, und bei jeder seiner Bewegungen beobachtet Franz Rio genau, so sorgfältig, wie man ein Buch lesen würde, in einer fast unbekannten Sprache. Eins mit Zaubersprüchen, die sowohl das eine bewirken könnten, oder aber das andere, je nachdem. Und Franz will ja, ganz unbedingt, dass seine Berührungen mit Rio nur Gutes machen, er verlangt ziemlich viel von denen. Er will, dass sie die Angst wegschieben und die Einsamkeit verjagen, soweit das überhaupt möglich ist, das weiß er ja auch nicht, vielleicht ja wenigstens für einen Moment? Franz möchte so verdammt unbedingt, dass dieser wunderwunderbare Mensch da auf seinem Schoß, in seinen Armen, sich nichts als wohlfühlt, dass ihm ab jetzt nur noch Schönes passiert. Franz wünscht sich so unfassbar sehr, dass es Rio gut geht, dass etwa in seiner Herzgegend so richtig megadoll sticht. Aber wenn man sich einig ist, und das sind sie sich anscheinend, zumindest in dieser einen Sache hier gerade und jetzt, dann ist es gar nicht so schwer, so zu tun, als streiche Franz nur und als schlafe Rio noch; als wäre das kein Streicheln und kein Hellwachsein und keine ziemlich krasse, unfassbar aufregende und seltsam schöne Angelegenheit.

EHRENMANN

N*a, ist es schön, machts Spaß?*

Wie, wie bitte kommt man aus einer Sache wieder raus, aus der man eigentlich gar nicht wieder rauskommen will? Wenn man ehrlich gesagt nichts anderes möchte als hier liegen, unter Draculas warmer Hand, die ganzkörperweit Funken versprüht? Wenn man aber weiß, dass jede weitere Sekunde davon zu viel des Guten ist, zu viel fürs steinschwere Herz, zu viel Lust, vielleicht doch noch weiterzumachen, volle Kanne und so richtig eventuell, mit dieser Lebensangelegenheit?

Wir entfernen uns, Ri.

Da hilft nur die Katzennummer: strecken, mit geschlossenen Augen gähnen, aufpassen, dass daraus nicht aus Versehen das Naheliegendste wird, ein wohliges Rekeln, oder gar ein Seufzen – Scheiße, wie peinlich, das wäre sein Ende –, zur Seite rollen, in eine unverfänglichere Position. Heißt: runter von Draculas Schoß, und dann mit Schwung aufrichten und hochgradig erstaunt in die Gegend blinzeln: »Sorry, hab ich schon wieder gepennt?« krächzen und Dracula dankbar sein, dass der das Ding mitspielt, wenn auch ebenfalls krächzig und mit wacklig improvisiertem Text: »Nicht schlimm. Immerhin kriegt man hier keinen Drehwurm und du – äh … es … es riechst … riecht auch viel besser als in der Ringbahn!«

Rot werden, und nicht wissen warum, und Dracula schrägseitlich beim Synchronerröten zusehen und sich dann erst ans Wegschauen erinnern, eine Sache des Anstands.

Du bist so ein Ehrenmann, Ri.

Auf das Smartphone schauen und viele Nachrichten haben und die erst nicht verstehen und dann doch.

Flipse

heute abend ab 8 strandparty im wunder du kommst sonst holen wir dich 😎🏖

Nu

Voll cool, dass du mitkommst! Ich freu mich!

Lale

Rio, Babyyy! Das wird GROSSARTIG! Sagt Jarek übrigens auch, aber der hat gestern sein NEUES Phone in den Fluss geworfen. Ich sag dir, der macht das mit Absicht. Hab nur noch nicht rausgefunden, warum.

Lale

Quatsch! (It's me, Jarek) Die Dinger fallen halt immer runter, eine Sache der Schwerkraft, nicht meine Schuld, was soll ich tun?

Lale

Aufpassen! (Ich bins wieder, Lale. Von MEINEM Phone.) Wie auch immer: YEAHHHH!

SINGLESPEED

Okay. Das Handy im Sofa versenken und ahnen, dass das kein Abschied für immer ist, aufstehen und den Schwindel überstehen und das völlig neue, noch nie da gewesene, fluffigste Flauschgefühl sofort vermissen, im und rund um den Bauch, die Stimme zusammenbringen mit dem Verstand, und dann etwas sagen, nämlich Folgendes, ganz ohne Krächzen, wie erfreulich: »Wenn wir noch zu Yves' See wollen, sollten wir langsam mal los!« Und jetzt dreht die Welt sich weiter.

Dracula springt auf, als handele es sich um einen Notfall, ruft: »Oh ja, stimmt!«

Zur 90s Sitcom fehlt nur noch, dass er sich hyperdramatisch mit der flachen Hand auf die Stirn schlägt, und die Konservenlacher, die fehlen glücklicherweise auch.

»Ich hab schon geguckt«, verkündet Dracula, weil Schweigesekunden ab jetzt offensichtlich gar nicht mehr möglich sind, »der liegt ziemlich abseits, drei Mal Umsteigen und dann noch mit dem Bus.«

»Ich fahre nicht mit dem Bus«, sagt Rio, »wenn man mit dem Bus fährt, geht immer was schief oder man landet woanders, als man wollte, und dafür haben wir keine Zeit!«

»Okay, aber was dann?«

»Fahrrad?«, schlägt Rio vor und Draculas Blick plumpst auf den Boden. Da tanzt regenbogig das Licht, das sich in Rosas Fensterkristall bricht, immerhin, schon ganz schön, da kann man schon mal ein bisschen hinstarren und nichts sagen, vor lauter

Ergriffenheit angesichts der grundlegenden Gesetzmäßigkeiten der Physik und eines Stücks Glas in Form einer Dinosaurierträne.

»Nicht gut?«, fragt Rio und versucht, Draculas Blick wieder nach oben zu wuchten. Gelingt nur bedingt.

»Nee, passt schon«, murmelt Dracula, und mittlerweile kennt Rio ihn gut genug, um zumindest zu ahnen, dass da gerade irgendwas so gar nicht passt, nicht mal ansatzweise, dass es aber auch nichts bringt, zu bohren.

Und was nicht passt, ist kurz darauf offensichtlich, was nicht passt, ist das Fahrradfahren an sich: Dracula fährt wie ein eingegipstes Kleinkind, kracht direkt vor der Haustür erst mal in die Menütafel des *Hau rein*.

»Shit! Ich hatte vergessen, wie schlecht ich bin.«

»Kein Ding«, behauptet Rio. Gemeinsam stellen sie das Schild wieder auf, Draculas rostiges Damenfahrrad sieht okay aus, Dracula ... äh, nicht so. Seine Hose ist über dem Knie zerrissen und, urgh, das ist irgendwie ganz schön blutig.

»Zeig mal her!«

Aber als Rio sich vorbeugt, um sich das Knie genauer anzusehen, legt Dracula schützend seine Hände davor: »Nicht!«, ruft er, und das klingt so ängstlich, so panisch, dass Rio richtig erschrickt: »Ich ... ich wollte nicht ... nur ... also, ich ...«, stammelt er, während Dracula versucht, sein Bein zu verstecken und gleichzeitig so zu tun, als wäre nichts. Es klappt nicht, weder das eine noch das andere.

»Sorry, ich meine nur, also, das is' echt nur ein Ratscher«, stammelt Dracula zurück.

»Ich kann ... soll ich ... also, ich hol sonst schnell was?«

»Nee, echt, alles gut!«

»Ich meine, also, die Erbsen sind Matsch, die können nichts mehr, aber wir haben noch 'ne Packung Brechbohnen im Tiefkühlfach!«, ruft Rio.

»Nee, nee danke!«

Puh.

»Du bist ganz schön stur!«

»Nein.«

»Doch!«

»Nein.«

»Ich würde sagen, das haben wir soeben bewiesen.«

»Nein.«

Und Rio will gerade noch was sagen, als er Draculas Grinsen entdeckt. Das Geheimnis: Draculas Grinsen muss man zuerst in den Augen suchen, nicht rund um den Mund. Draculas Grinsen ist sooo –

STOPP!

Rio sieht prüfend vom Grinsen zum Fahrrad und dann wieder zu Dracula: »Und was jetzt?« Theoretisch ist es ganz einfach: Wenn mit Flip oder Lale oder Nuri oder Jarek ein Rad fehlt, fahren sie immer Stange. Aber mit Dracula geht das natürlich nicht, ist Rio völlig klar, wobei ihm gerade ein bisschen unklar ist, warum eigentlich.

Dracula zuckt die Schultern: »Ich probiers einfach noch mal.«

»Nee, ehrlich gesagt, von mir aus lieber nicht.«

»Das passt schon.«

»Haben wir ja eben gesehen! Sorry, aber ich mein nur ...«

»Dann fahr doch einfach alleine!« Es klingt nicht wütend, nicht mal eingeschnappt, er klingt eigentlich sogar wie eine gute Idee. Und trotzdem ...

»Nee, komm, du kannst bei mir mitfahren!« Huh. Okay. Krass! Das war jetzt wieder so eine Autopilotnummer.

»Du hast keinen Gepäckträger!«

Rio klopft vor sich auf die Stange und Dracula sieht noch entsetzter aus als vorhin, als Rio das mit dem Fahrrad vorgeschlagen hat, oder als er sich eben Draculas Knie angucken wollte ...

»Ich bin zu groß!«, ruft er.

»Flip ist viel größer!«

»Aber ihr seid Freunde!«

Hä?

»Sorry, aber das ist doch absurd!«

»Ich will nicht, dass du umkippst!«

Klar: Dracula denkt, dass Rio das nicht packt. Rio schluckt, versucht, sich nicht anmerken zu lassen, dass ihn das trifft, und versteht sowieso eh nicht, warum. Ist doch völlig egal, wenn Dracula glaubt, er wäre zu schwach oder so! Soll er halt sehen! So dynamisch wie möglich schwingt Rio sich aufs Rad:

»Und ich will jetzt endlich zu diesem Scheißsee!«, ruft er. Stimmt auch: laut Kirchturmuhr ist es fünf, noch drei Stunden, bis Rio am *Wunder* sein muss, noch ungefähr drei Stunden und eine Minute, bis die anderen ihn holen kommen. Und bis dahin muss jede Spur der merkwürdigen Parallelwelt, durch die Dracula und er gerade eiern, verschwunden sein und Rio wieder hier.

»Aber wenn –«

Puh!

»Du steigst einfach auf und wir fahren los und wir kommen an. Mehr wird nicht passieren. Ich pass auf dich – also, ich meine ... also, ich pass auf! Versprochen!«

So was kann man nicht versprechen, Ri. Es kann jederzeit alles –

»Okay!«

Dracula sieht zwar immer noch skeptisch aus, aber immerhin klettert er jetzt endlich vor Rio aufs Rad. Und ja, stimmt schon, dass das nicht so einfach ist, mit jemandem im Blickfeld, der einen um einen halben Kopf überragt, dessen Beine unfassbar lang sind und immer im Weg, und von dem man außerdem nicht so genau weiß, was er für einen ist und was man selbst für ihn, und wie nah man einander nun eigentlich kommen darf, oder eben auch nicht. Rio fährt im Stehen, verflucht sich für die Entscheidung, wegen der Optik auf eine Gangschaltung zu verzichten, und für das Unvermögen, zu essen, zu schlafen, sich vernünftig im Stande und bei Kräften zu halten, und das hier leicht und lässig wirken zu lassen. Dracula faltet sich so gut es geht zusammen, macht sich klein, fragt alle paar Meter, ob es noch geht. Und Rios Herz rast schon wieder, aber ganz anders als eben auf dem Sofa, und ihm ist ein bisschen übel und seine Arme und Beine sind krass zittrig und er behauptet: »Nee, gar kein Problem, geht voll noch!«

Sie werden unzählige Male angepampt, drei Mal fast angefahren, einmal tatsächlich gestreift, sind sich miteinander kein bisschen sicherer, kommen am Ende aber immerhin lebend an.

»Ganz egal, wie angepisst du dann bist, und egal, was du sagst«, verkündet Dracula, sobald er wieder festen Boden unter den Füßen hat, »den Rückweg laufe ich!«

»Mach doch!«, keucht Rio und ärgert sich, dass das so beleidigt klingt und so vollkommen erschöpft.

Er merkt, dass Dracula was sagen will, beachtet ihn aber nicht, blinzelt gegen den Schwindel an, ignoriert das Zittern in seinen Armen und Beinen, das mittlerweile ehrlich gesagt eher ein Ganzkörperbeben ist, und schiebt sein Rad bockig in die Richtung, in der man zwischen den dichten Bäumen schon den See erkennen kann.

URZEITTÜMPEL

Eben, auf ihrer Kamikazetour durch die ächzend heißen Straßen, hatte Rio sich ausgemalt, wie er am See vom Fahrrad springt, um dann mit Anlauf direkt ins Wasser zu rennen, mit Karacho, voll rein ins kühle, kristallklare Nass. Wie vor fast einem Jahrzehnt, als wundersamerweise Geld übrig war und sie im Sommer die Familie in Cantabria besuchen konnten, am Playa de Covachos, wo Jaime unzählige Male betont hatte, dass das, genau das und nur das, seine Heimat sei, seine wunderschönste. Rio und Mavis, damals sechs oder sieben, hatte das mit der Heimatsache nicht besonders interessiert. Sie waren damit beschäftigt, sich in die Wellen zu stürzen, wieder und wieder, immer Hand in Hand. Das Spiel: laufen, bis es nicht mehr geht, bis der Boden unter ihnen verschwindet, einander festhalten, gemeinsam untergehen, weiter festhalten, bis keine Luft mehr da ist und man loslassen muss, weil man beide Arme braucht, um sich an die Wasseroberfläche zu retten.

Mit gerunzelter Stirn sieht Rio auf den Waldsee: »Na ja.«

»Mhm.«

»Ganz schön grün.«

»Vermutlich die Algen.«

»Der ist bestimmt umgekippt.«

»Was bedeutet das?«

Rio zuckt die Schultern: »Kein Plan, aber das sagt man doch so, oder?«

»Bestimmt.«

Zwischen Schilf und anderen grünen Geschichten hocken sie sich ans Ufer. Dieser faulig riechende, fast vergessene Tümpel am Wendepunkt der Stadt zu den unendlichen Weiten aus Wäldern, Wiesen und Windkraftwerken hat etwas Urzeitliches. Es fehlen nur noch die Mangroven und die Farne.

»Was machen wir jetzt?«, fragt Dracula und bohrt seine Schuhspitzen in die trockene Erde, »also, mit dem See?«

»Was genau hat Yves denn gesagt?«

Dracula zuckt die Schultern: »Nicht so viel, und ehrlich gesagt, ich wollte sie nicht ablenken, wegen der Nadel in meinem Arm.«

Er schaudert.

»Tut's noch weh?«

»Das Knie ist schlimmer.«

»Ah, shit, sorry!«

»Neee, kannst du doch nichts für! Und ich meine echt nicht schlimm, nur schlimmer«, versichert Dracula eilig. »Also, eigentlich ist beides überhaupt gar nicht schlimm!«

»Du kannst da jedenfalls nicht rein, mit deinen ganzen offenen Stellen!«

»Das klingt irgendwie eklig.«

»Nee! Ich meine nur –«

»Ich weiß.«

Dracula kratzt mit dem Zeigefinger Spiralen in den Boden, Rio fährt sie nach. Sie arbeiten konzentriert und schweigend, als handele es sich um ein heiliges Ritual. Wenn man ganz still ist, kann man das Surren der Mücken hören. Man hört auch das Plätschern des Wassers, das gegen das Ufer schlägt. Das Schilf raschelt, eine riesige blaugoldgrün schillernde Libelle surrt vorbei, es weht ein ganz leichter Wind. Und wenn man die Augen schließt, klingt das Rauschen in der Ferne wie der Atlantik. Aber das Rauschen stammt nicht vom Meer, sondern von der Stadtautobahn, und die ist nicht sanft, sondern offiziell achtzig km/h schnell, inoffiziell hundert bis viel mehr. Sie kann Vögel wegschleudern und Katzen plattmachen, und sie reißt einen tiefen Graben in diese Stadt, die man vor gar nicht so langer Zeit erst mit viel Brimborium von allen Grenzen befreit hat. Anfang des letzten Sommers hatte Mavis vorgeschlagen, sich aus Protest an genau dieser Straße festzukleben, aber Rio hatte mehr Bock auf Freibad.

Er öffnet die Augen, Dracula sieht weg, Rio fühlt sich irgendwie flau. Das kann wirklich an allem liegen, dem ständigen unterschwelligen Hunger, der Erschöpfung oder der Müdigkeit, an der Hitze oder dem Gestank des brackigen Sumpfes, oder aber auch an Dracula, der ihn eben so ganz richtig angeguckt hat, also, zwar nicht in die Augen, aber immerhin, der ihn vorhin im Arm gehalten und gestreichelt hat, als wäre Rio kein Gespenst, sondern ein richtiger, echter, vollständiger Mensch. Als wäre er greifbar und seine Nähe etwas, das man aushalten kann. Etwas, das man vielleicht sogar ... sogar mag?

Du weißt, dass das nicht sein kann!

Rio rappelt sich auf: »Ich gucke jetzt nach diesem Dino!«

»Und wenn das Wasser irgendwie giftig ist?«

Umso besser, will Rio sagen, sagt es aber nicht, solche Sprüche können anderen Angst machen.

»Das sind doch nur tote Pflanzen!«

»Ach, Mann, Rio, echt jetzt, ich weiß nicht ...«

»Was sollen wir sonst machen? Ich bin doch nicht den ganzen Weg hier hergegurkt, um dann nicht mal diesen mysteriösen Dinosaurier zu sehen!«

Bevor Dracula etwas entgegnen kann, zerrt Rio sich sein T-Shirt über den Kopf. Er ahnt, dass Dracula guckt, und auch, dass der Anblick nicht besonders beeindruckend ist. Die Blicke der anderen im *Blauen Wunder* neulich, schon vor der Sache auf dem Sprungturm, wie Flip ihm ständig Obst anbietet und Schokolade und Eis und Döner, wie Lale und Nuri einander angesehen haben, wie Jarek sich erst gar keine Mühe gegeben hat, irgendwas zu verbergen: *Du musst was essen, Rio-Baby, echt jetzt, ohne Witz jetzt, ich meins ernst! Alter, so geht das nicht weiter, das geht echt gar nicht!* Und vielleicht ist es ganz gut, dass Rio im Spiegel schon lange nicht mehr nur sich selbst sieht.

»Ah, Rio, also, ich guck hier gerade auf so ein Schild«, verkündet Dracula, »und, also, da steht ›Schwimmen auf eigene Gefahr‹!«

Klar! Natürlich schaut Dracula ihn längst nicht mehr an! Was denkt er denn auch?! Und Rio fragt sich, warum er immer alles verderben muss; er hätte das T-Shirt anlassen, er hätte irgendwas Obskures von Giftschutz erzählen können, verdammt, er hätte gar nichts sagen müssen. Zu spät: was auch immer das vorhin war, das wars jetzt wohl. Rio schlingt die Arme um seinen Oberkörper, sieht zu Dracula hinüber, der guckt mittlerweile angestrengt auf den Boden vor dem Warnschild. Natürlich findet Dracula, findet niemand Rio *schön* oder so, und natürlich will niemand ihn angucken oder so was. Und das sollte Rio auch vollkommen egal sein, er sollte froh sein, dass –

Genau. Hier geht es nämlich nicht um dich!

In Rios Hals sticht es, er schluckt, seine Augen brennen, er will so nicht sein, er will sich über so was keine Gedanken machen, er will sich überhaupt keine Gedanken mehr machen, er will verdammt noch mal einfach nur die Leichtigkeit zurück! Rio beißt sich fest auf die Unterlippe, was solls, peinlich berührte Blicke, abgewandte Gesichter, »eigene Gefahr« – ist eh alles egal, und warum dreht er sich eigentlich schon wieder nur um sich? Er nimmt viel zu viel Platz ein in seinen Gedanken und der Welt. Platz, der eigentlich Mavis gehört. Rio schlüpft aus seinen Schuhen und Socken, wurschtelt sich so unbeholfen aus seiner Jeans, als hätte er das mit dem An- und Ausziehen gerade erst gelernt. Dracula starrt mittlerweile hinaus auf den See:

»Yves meinte, dass der Triceratops genau in der Mitte ist.«

»Hat sie auch gesagt, warum? Also, warum jemand da einen Triceratops versenkt hat? Ich meine, wenn schon, dann gehört der ja eigentlich an Land ...« Rio merkt, dass er viel zu schnell spricht, aber langsamer gehts irgendwie nicht. Dracula zuckt die Schultern, sein Blick streift Rio nur kurz, es fühlt sich wieder an wie damals, vor Ewigkeiten, im Hof, nach der Sache mit dem Streublumenkleid, gespenstisch und sehr, sehr einsam: »Vielleicht war das irgend so eine Kunstaktion?«

Ja, was sonst? In dieser Stadt ist vieles Kunst, einiges ziemlich meta und das meiste irgendwie nur ironisch gemeint. Warum also nicht als ironisches Meta-Kunstprojekt einen pflanzenfressenden Landdinosaurier in einem Autobahnwaldtümpel versenken? Es gibt durchaus absurdere Ideen. Zum Beispiel in Unterhose in eben diesen potenziell giftigen Tümpel zu steigen. Was Rio jetzt macht. Geht gar nicht anders, fünfsechstelalsofastsplitternackt, fröstelnd und ganz und gar verschämt vor Dracula rumzuhampeln ist definitiv schlimmer.

Rio stakst los, das Schilf ist dicht, das Wasser eiskalt, zwischen seinen Zehen glibbert der Schlamm.

»Nur, damit du es weißt, ich kann sogar noch ein bisschen schlechter schwimmen als Rad fahren!«, ruft Dracula.

»Macht nichts. Ich schwimm ganz okay –«.

»Aber, also, nur für den Fall, dass ... Also, ich würde natürlich trotzdem versuchen, dich zu retten, aber es kann ein bisschen dauern, bis ich bei dir bin! Aber: ich lass dich nicht untergehen. Also, niemanden, natürlich lass ich niemanden untergehen. Und dich natürlich auch nicht, ist ja klar. Wäre ja fies. Aber nicht wundern, wenn es etwas dauert, ja?«

Rio muss grinsen: »Ich wundere mich nicht!«, ruft er und lässt sich ins Wasser fallen, nur die Füße schnell weg vom Boden, bevor ihn etwas oder jemand aus der modrigen Tiefe greift und hinabzieht.

Ich konnte länger tauchen als du, ich hab dich nicht losgelassen!

Nach diesem einzigen Familienurlaub hatte Rosa Rio im Schwimmverein angemeldet.

TRICERATOPS

Rios Körper erinnert sich: an die Schwerelosigkeit, an die weiche Kühle des Wassers. Er war einer der Besten im Schwimmverein, er hätte in die Wettbewerbsgruppe gekonnt, wenn er Lust gehabt hätte, aber er wollte nicht, an den Wochenenden hatten seine Leute und er anderes vor, Besseres, ohne Trillerpfeifen und Startblockaufregung und Gewinnen oder Verlieren. *Dir fehlt der Ehrgeiz*, hatte seine Trainerin gesagt. Aber wozu bitte braucht man Ehrgeiz, wenn das Leben ganz automatisch nur so vor sich hin flowt? Rio dreht sich auf den Rücken. Heute ist der Himmel durchgehend grau, die Sonne blendet trotzdem. Dass etwas da sein kann, auch wenn man es nicht sieht, das ist einer der wenigen Gedanken, die es hin und wieder schaffen, ihn zu beruhigen. Rio streckt die Arme hinter sich, lässt sich treiben. Nicht an das Dunkel da unten denken, nicht an Schlick und Schlamm und Vermodertes. Er dreht sich zurück auf den Bauch, krault die letzten Meter bis zur Mitte des Sees. Am Ufer steht Dracula und winkt, Rio reckt den Daumen in die Luft, Dracula tut es ihm nach. Hier muss es sein. Rio atmet tief aus, dann ein, dann taucht er ab in das dunkelgrüne Zwielicht.

Er braucht drei Tauchgänge, bis er endlich eines der Hörner zu fassen kriegt, schemenhaft kann er in der Tiefe das versunkene Urzeittier erkennen. Es ist riesig, sieht ihn aus milchigen Augen trüb an, die rechte Hälfte des Kopfes fehlt, in der Schädelöffnung wachsen Algen. Er ist –

Weißt du, sie sah ganz friedlich aus, so, als würde sie schlaf-

Eiskalt durchfährt es Rio.

Manstirbtwennman-

Atmen. Tief atmen! Er schluckt Wasser. Nein, neinneinnein! Er kriegt keine Luft. Er wird ersticken, er wird ertrinken. Zählen. Schnell. Zählen geht immer, geht überall: 1, 2, 3, 4 – 1, 2, 3, 4, 5, 6, 7 –

Du stirbst, Ri. Jetzt bist du dran. Jetzt stirbst du.

ZEITREISENDE

Nein. Tut er nicht. Nicht heute. Da sind seine Arme, da sind seine Beine, da sammelt Rios Körper noch einmal alle Kraft, erinnert sich an die grundsätzlichen Dinge, die sein Gehirn kurzzeitig vergessen hat. Und so kommt er wieder hoch, bricht keuchend und prustend durch die Wasseroberfläche und fängt sofort an zu kraulen, weiter, immer weiter, so schnell wie möglich zurück ans Ufer, bevor ihn auch die letzte Kraft verlässt und der Wille, sich zu retten. Das ist Yves' See, nicht Rios. Das ist Yves' vergangenes Monster, nicht seins. Hier jedenfalls stirbt er nicht.

»Bist du okay?«, ruft Dracula vom Ufer aus. Er steht schon fast bis zu den Knien im See, in voller Montur. Rio hebt schnell den Daumen, bevor Dracula auf die Idee kommt, noch weiter ins modrige Wasser zu waten und sich über die offene Wunde am Knie eine Blutvergiftung oder so zu holen. Rio beschließt: ganz egal was, er wird cool sein, er wird sich nichts anmerken lassen. Er wird ans Ufer klettern, er wird sich schnell anziehen. Und er wird kein Wort sagen, von der Panik, die ihn gepackt hat, angesichts des riesigen Kunststofftiers mit den toten Augen, und der Tiefe des Sees und der Dunkelheit und der absoluten Einsamkeit, die sich am Boden eines vergessenen Tümpels nicht anders anfühlt als auf einem schmalen Brett, fünf Meter über dem Stadtbad. Rio wird absolut alles dafür tun, Dracula nicht auch noch zu verschrecken.

Der watet durch den Schlamm auf ihn zu. Rio ignoriert ihn, rappelt sich auf, kämpft sich weiter, an Dracula vorbei. Der ganze See, all der Modder und Schlick, Jahrmillionen Verwesung versuchen ihn festzuhalten. Aber er schafft es, er stolpert durch das Schilf, bis ans sichere Ufer. Und Dracula versteht. Dracula hält sich fern und ist doch in der Nähe, Dracula tut so, als sei das alles ganz normal, Dracula sagt Dinge wie: »Boah, echt ätzend, dieser Schleim!«

Und: »Da hätte ich nicht rausschwimmen können!«

Und: »Also, ich brauche jetzt erst mal 'ne Pause!«

Dracula beschäftigt sich intensivst mit seinen nassen Schuhen und Socken. So lange, wie Rio eben braucht, um einzusehen, dass er sein Shirt nicht über den Kopf kriegen wird, niemals, und seine Hose nicht über die Beine, nicht mal über seine Scheißfüße kriegt er die, mit diesen klammzittrigen Klauen. Er friertfriertfriert, und überall sind Mücken, und er ist so unfassbar müde, und warum versucht er es eigentlich immer wieder? Er schafft das alles verdammt noch mal nicht, selbst das Einfachste kriegt er nicht hin. Und nun heult er schon wieder, ScheißeScheißeScheiße noch eins, und gleich wird Dracula die Flucht ergreifen, so wie die anderen auch, verständlicherweise, und jetzt lässt Dracula seinen Stiefel fallen: »Rio?«

»Mhm.«

»Ich weiß nicht so genau, was ich machen soll.«

Rio schluchzt ein Lachen hervor: »Ich auch nicht, Mist! Tut mir leid, ich hör bestimmt gleich wieder auf!«

»Also, nur so eine Idee, aber vielleicht könnte ich dich ... also, nur so als Vorschlag, mal ganz kurz umarmen?«

»Mhm?«

»Ja?«

»Mhm.«

»Das heißt ja, oder?«

»Mhm.«

»Okay, dann mache ich das jetzt!«

»Mhmmm.«

»Und, hey«, sagt Dracula leise, »nur, damit du es weißt: Das alles hier hat nichts mit unserer Welt zu tun. Wir sind Zeitreisende, wir sind vor vielen Millionen Jahren, und dieser Ort ist so was von nicht echt. Alles, was hier passiert, liegt weit vor, liegt jenseits unserer Wirklichkeit, und es ist nur so wahr, wie wir das wollen. Verstanden?«

»Mhm.«

»Isso. Also, vertraust du mir?«

»Mhm.«

»Komm ...«

Aber Rio braucht gar nicht kommen, weil Franz nämlich den einen Schritt macht, der noch fehlt, und jetzt ist da dieser warme Körper und die Arme, die Rio erst ganz vorsichtig und, als das Zittern nicht weniger wird, sondern mehr, ein bisschen fester drücken, noch ein bisschen fester halten, als wenn Rio nicht tropfnass wäre und sowieso und grundsätzlich und abgrundtief vollkommen verkehrt.

»Ich will so nicht sein.«

»Weißt du«, sagt Franz und vertreibt eine Mücke von Rios Arm, »Yves hat mir einiges erzählt. Zum Beispiel, dass der Dinosaurier ein Geburtstagsgeschenk war, von ihrem Vater. Sie hat auch erzählt, dass ihr Vater Yann hieß und Handelsvertreter war und nicht oft da. Ich hatte keine Ahnung, was ein Handelsvertreter ist, und Yves fand das voll witzig und meinte, dass das so was war wie ein Influencer, also früher, aber einer, der nicht online geht, über Insta oder so, sondern jemand, der durchs ganze Land reiste und überall klingelte, um seinen Kram direkt an der Haustür zu verkaufen.«

»D-d-das denkst du dir d-doch aus!«, bibbert Rio. Franz seufzt. *Gleich reicht es ihm.*

»Nee. So geht das nicht«, stellt Franz fest und lässt Rio los, und der will sich festklammern, würde Franz am liebsten festhalten, weil er sonst nämlich erfriert. An diesem hitzewabernden Sommertag.

Du bist falsch. Das weiß Franz, spätestens jetzt weiß er das.

»Es tut mir leid«, flüstert Rio, »dass ich so ... so schwierig und anstrengend bin. Willst du gehen? Geh ruhig, das ist echt okay! Ich ... ich ... ich weiß nicht ...«

Was denkst du denn? Warum bitte sollte Franz bleiben?

Für einen Moment sieht Franz aus, als wolle er etwas sagen, aber dann sagt er nichts, löst nur vorsichtig das T-Shirt aus Rios Klammergriff, sieht ihn fragend an: »Okay?«

Erst versteht Rio nicht, was Franz meint, dann doch. Egal, eh egal. Er nickt.

»Das mit dem Handlungsreisendenvater hat sie mir jedenfalls erzählt«, fährt Franz ruhig fort, so, als wäre Rios Ausbruch gar nicht passiert. »Er war wohl ständig unterwegs und Yves hat ihn sehr vermisst –«

Behutsam zieht Franz Rio das Shirt über den Kopf: »– und zu ihrem sechsten Geburtstag hat Yann ihr versprochen, dass sie sich alles, absolut alles wünschen kann, was sie will – ganz egal was es ist!«

»Sie hat sich bestimmt gewünscht, dass er bei ihr bleibt, oder? Das hätte ich auf jeden Fall gemacht, gesagt, dass sie ... äh, dass er bleiben soll ...«

»Genau. Ich auch. Hab ... hätte ich auch. Und hat sie natürlich. Aber das ging ja nicht, er musste ja ... weg, es war ja sein Job.«

Franz nimmt Rios linke Hand, schiebt die so vorsichtig durch den Ärmel, als hätte sie Angst vor der Dunkelheit darin, macht dasselbe mit der rechten Hand, mit dem anderen Arm, zieht das T-Shirt zurecht, streicht dann einmal die Arme hinab, bis zu Rios tauben Fingerspitzen. Und fast hätte Rio nach Franz' Händen gegriffen.

»Und weil ihr das fast genauso unmöglich vorkam, hat Yves sich stattdessen einen Dinosaurier gewünscht, einen richtig großen.«

Franz hebt Rios Hose vom Boden, klopft sie so gut es geht aus.

»Und warum hat ihr Vater den Dino hier in den See gestellt?«

Franz geht in die Hocke: »Rechter Fuß bitte. Also, erstens, weil sie nur eine Zweizimmerwohnung hatten und außerdem keinen ... keinen Garten. Zweitens – und linkes Bein bitte – hups! Stütz dich ruhig hier ab – weil der Dino ursprünglich mal eine Wasserrutsche war. Er stand eigentlich näher am Ufer, aber das ist nach und nach irgendwie verschlammt und der Dino ist immer weiter abgerutscht. So, warte ... Fast fertig!«

Franz taucht wieder vor Rio auf: »Den Reißverschluss kannst du zumachen, wenn du vollständig aufgetaut bist. Wo waren wir?«

»Ich glaub dir kein Wort!«

»Frag Yves!«

»Lieber nicht ... Erzähl weiter!«

»Wird dir schon ein bisschen wärmer?«

Probeweise drückt Franz Rios Finger, und Rio würde so gerne zurückdrücken und dann festhalten, so ungefähr für immer.

Echt jetzt, Ri, reiß dich zusammen!

»Immer noch Tiefkühlerbsenniveau. Was machen wir jetzt?«

Eine Sache fällt Rio ein, eine Sache wäre ... schön. Aber darf er das? Was ist, wenn Franz dann wegrennt oder so? Ihn wegschiebt, zum Beispiel, so wie Rosa das mal gemacht hat, aus Versehen, bestimmt, unbewusst, ganz sicher, gleich ... gleich danach. Rio nimmt all seinen Mut zusammen, lehnt seine Stirn gegen Franz' Brustkorb, wirklich nur ein bisschen, nur sacht. Und Franz rennt nicht, der schiebt ihn nicht weg, der bleibt, der versteht, und schließt erneut die Arme um ihn. Und Rio spürt, wie die Wärme durch seinen Körper strömt, zusammen mit der Erleichterung.

»Wir sind Zeitreisende«, flüstert Franz in Rios nasses Haar. »Das hier muss nichts mit unserer Welt zu tun haben.«

»Bitte, nur noch ein ganz kleines bisschen, bitte noch nicht loslassen, okay?«

»Auf gar keinen Fall«, sagt Franz und streichelt Rios Rücken hinab, über die Fingerspitzen, die Arme hinauf, reibt Wärme in Rios Oberarme, umarmt ihn dann wieder fest: »Also, Yves hat mir ziemlich ausführlich von ihrem Geburtstag erzählt. Wie ihr Vater sie und ihre Mutter in den Wald geführt hat, wie sie Picknick dabeihatten, Schokotorte mit Erdbeeren und schmelzendes Streuseleis mit Karamellsoße und dazu kalten Kakao mit Sprühsahne. Wie Yves den Triceratops entdeckt hat und dass der sogar eine rote Schleife um den Hals hatte, eine riesengroße. Wie ihr Vater ihr später erzählt hat, wie er den Dino gebaut hat, und dass er dabei permanent Angst hatte, dass ihn jemand bemerkt. Wie er sich Ausreden ausgedacht hat, für einen Dinosaurierwasserrutschenbau, so nah an der Grenze, mitten im Niemandsland. Wie ihm kein guter Grund eingefallen ist, außer dem, außer der Wahrheit: dass er seiner Tochter eine Freude machen wollte, eine ganz große. Hat er auch. Yves kommt bis heute hierher, jedes Jahr, an ihrem Geburtstag.«

»Obwohl sie ihren Dino gar nicht mehr sehen kann?«

Franz nickt, sein Atem kitzelt an Rios Ohr: »Sie weiß ja, dass er da ist.«

»Und warum wolltest du mir das nicht erzählen?«

Franz zögert: »Weil Yann dann bald nach dem Geburtstag gestorben ist. Er war ... er hatte ... ein ... ein ... einen Autounfall ...«

»Oh.«

»Ja, das fand ich zu traurig.«

Rio überlegt, aber nur ganz kurz: »Also, du kannst mir ruhig alle Sachen erzählen, also, natürlich nur, wenn du magst, auch die traurigen!«

»Okay, wie du willst, hier kommt eine traurige Wahrheit: Wenn wir noch länger hier stehen bleiben, saugen uns diese Scheißmücken leer!«

Rio sieht zu Franz hoch: »Nee, wirklich, ich mein das ernst!«

»Ich auch! Okay, ja, nee, sorry, ich weiß –«

Franz verstummt, sieht jetzt aus, als denke er über etwas sehr

Großes, sehr Wichtiges nach, aber dann bemerkt er Rios Blick und lächelt, ui, krass, echt, wie Franz lächeln kann!

»Mal sehen ... Okay, ja, hier kommt noch eine, eine tragisch-traurige. Bereit?«

Rio nickt.

»Ich kann nicht nur ziemlich schlecht schwimmen, ich kann gar nicht schwimmen.«

»Nicht dein Ernst!«

»Vollkommen. Hab ich irgendwie nie so richtig gelernt.«

»Okay«, sagt Rio, »gar kein Problem! Ehrlich! Erst kümmern wir uns ums Radfahren und dann erledigen wir das mit dem Schwimmen!«

VERBOTEN

Nicht loslassen!«, schreit Franz, »Alter, bitte nicht loslassen! Ich kipp doch um!«

»Nein, machst du nicht! Weiter treten, dann fällst du nicht!«

Man st-

Nein!

Natürlich kriegt Franz das hin, trotz Arm und Knie und Bedenken und so: ein paar Mal den Waldweg hoch und wieder runter, immer vom Baumstammstapel bis zum Wegweiser und dann wieder zurück, und er schwankt nicht mehr, noch drei weitere Mal und Rio läuft nicht mehr mit, wartet am Ende des Weges, neben den Baumstämmen, noch ein Mal, und dann klappt auch die Kurve ohne Absetzen. Die letzte Strecke zurück rast Franz im Stehen, mit wehendem Haar und laut johlend, bremst erst knapp vor Rio, grinst: »Wollen wir?«

Und ja, zugegeben, so ist es besser: wenn Rio vorne sitzt, auf der Stange, und Franz hinter ihm auf dem Sattel. Die Sonne ist zurück, der Wald rauscht, Baumschatten und Sonnenflecken flackern über Rios Gesicht und Franz strahlt Wärme: »Das ist so übel Klischee!«, ruft Rio in den Fahrtwind, weil das nämlich irgendwie zu krass schön ist, um es still auszuhalten.

»Voll! Aber das sind wir!«, ruft Franz zurück.

Wir.

Der steinige Waldweg wird zu Asphalt, sie tauchen zurück ins Stadtgetöse, jemand flucht, irgendwer hupt, Franz winkt freundlich, streng genommen darf man so nicht fahren.

»Ich hab mich übrigens geirrt«, ruft Franz gegen den Straßenlärm an, »du bist doch ein ziemlich krasser Typ. Also, wie du dich in Gifttümpel reinstürzt, wie du nach Dinosauriern tauchst, wie du sagst, was du brauchst, und dass du hier so lässig vor mir auf dem Rad chillst und noch kein einziges Mal gekreischt hast vor Angst!«

»Ich hab die Augen zu«, sagt Rio und spürt, wie Franz in sein Haar lacht: »Betrüger!«

»Mhm.«

Und Franz kann ja nicht sehen, dass Rios Augen offen sind. Franz kann ja nicht wissen, dass er heute und hier, also zumindest jetzt gerade, keinen Moment verpassen will und keinen einzigen wieder hergeben würde.

POMMES

Über ihren Köpfen wippen bunte Lampions und Lichterketten, der DJ spielt Sommerhits, *Solo el sol* war gerade, jetzt kommt Shakira, nirgendwo stand, dass das hier eine Oldie-Veranstaltung ist.

»Okaaay«, sagt Flip und sieht Rio prüfend an: »Also, irgendwas ist doch! Das seh ich doch!«

»Nö. Alles normal. Was sollte sein?« Rio grinst Flip breit an. Es ist schon schön, den endlich mal wiederzusehen, es ist fast wie früher. Flip runzelt die Stirn, wendet sich an Nuri und Lale, die mit ihren bunten Cocktails an der Bar lehnen: »Jetzt guckt ihr doch auch mal! Der Kerl hat doch irgendwas genommen – Was meint ihr: Botox? Ecstasy? Gummibärchen?«

»Mensch, Flip, jetzt lass ihn doch mal! Wenn du so weitermachst, haut er gleich wieder ab!« Lale drückt Rio einen riesigen Cocktail in die Hand, steckt noch eine Papierpalme, drei Alupuschel und einen Makkaronistrohhalm dazu: »Mango, Maracuja, Limette, Tonic mit extrabreitem Zuckerrand! Aber echt jetzt, ganz unter uns, Rio, was ist passiert?«

Lale zwinkert ihm zu. Unter ihrer Jacke schaut ein schief geflochtenes Armband hervor, das so gar nicht zu Lale passt: pink, rosa, hellblau, glitzergolden.

»Rio? Bist du noch da?«

»Ich weiß nicht«, sagt Rio zerstreut, »es sind Ferien?«

»Ja, übrigens schon seit über drei Wochen, Schnuffel!«, Jarek haut Rio zur Begrüßung auf den Rücken, greift ihm dann fest in die Schulter. Und das ist in etwa so plump wie der *Reich-mir-dei-*

nen-Finger-Trick, den die Knusperhexe bei Hänsel anwendet. Jarek seufzt: »Essen, Rio, denk ans Essen! Apropos: Wer will Fritten? Rio?«

»Okay.«

»Schranke? Extraviel Mayo? Zwei Portionen?«

»Jarek!«, stöhnt Nuri.

»Was denn?«

»Nur eine und bitte nur Salz«, ruft Rio, bevor aus dem Gestichel eine Diskussion und daraus ein Streit werden kann. Dieser Abend soll leicht sein. Jarek verschwindet in Richtung Foodtruck, es läuft *36GRAD*, die meisten hier kennen den Refrain, Coco tanzt auf Rio zu, »Anoush sagt, dass Coco dich gut findet!«, flüstert Flip und sieht Rio irgendwie vielsagend an.

»Hey Rio!«, ruft Coco. Sie greift nach seinen Händen, aber Rio schüttelt den Kopf, es passiert ganz automatisch: »Gerade, äh, nicht, ich muss –«

Lale kommt ihm zu Hilfe, drückt Rio ihren Cocktail in die Hände, schnappt sich dann Coco: »Sei froh, Coco! Du weißt ja: Wenn unser Riochen erst mal loslegt, stiehlt er uns allen die Show!«

»Hey! Ich –«

Lale lächelt: »Lass dich nicht ärgern!«, flüstert sie Rio ins Ohr, dann tanzt sie mit Coco davon, die beiden verschwinden zwischen den wippenden Körpern.

»Tja«, sagt Flip und wie aufs Stichwort taucht jetzt Anoush auf, küsst Flip auf die Wange, in den Mundwinkel, zieht ihn an sich, und jetzt sehen Rio und Nuri den beiden beim intensiven Knutschen zu. Flip küsst mittlerweile echt wie ein Profi. Wie lange das wohl schon so geht?

Der DJ spielt *Dance the Night* – alle jubeln, die Party läuft. Früher hat Rio konsequent und zu wirklich allem getanzt, sobald er einmal auf der Tanzfläche war, stundenlang. Er hat sich wohl dort gefühlt und sicher und zusammen mit den anderen voll in seinem Element. Er könnte es versuchen, warum nicht genau jetzt, ob das noch möglich ist: sich reinzustürzen, einfach alles zu vergessen, nur noch Körper zu sein und Musik.

Vielleicht kommt Nuri ja mit? Wenn es ums Tanzen geht, ist die eigentlich immer dabei. Und früher waren Nuri und er meistens die Ersten auf der Tanzfläche und oft unter den Letzten, die gingen. Aber gerade wirkt Nuri gar nicht so, als hätte sie Lust auf Ekstase und Hüpfen und Hüftschwung. Rio sieht ihr an, wie sie sich vergeblich bemüht, so zu wirken, als fände sie das heftige Geknutsche direkt neben sich okay. So einfach ist das irgendwie gar nicht, das mit der Leichtigkeit. Und vielleicht ist das mit dem Tanzen doch eher was für später.

»Ich würd mal kurz zum Wasser, kommst du mit?«

»Oh ja, bitte!« Nuri hakt Rio unter, zusammen laufen sie runter, weg von der Musik und den anderen, zum schillernd beleuchteten Pool, der ist abgesperrt, die Badeaufsicht hat ab zwanzig Uhr frei. Sie kriechen unter dem Flatterband durch, ziehen die Schuhe aus, lassen ihre Beine ins Becken baumeln, im Wasser sehen die merkwürdig klobig aus.

»Puh, tut das gut! Echt, Rio, ich bin so dermaßen am Ende! Meine neue Trainerin ist so krass. Mir tut von oben bis unten alles weh. Wenn die mich weiter so quält, bin ich bis zum Vortanzen vollkommen erledigt!«

Oh nein! Stimmt! Das Casting! Das hat Rio völlig vergessen! Dabei ist das das allergrößte Ding: Direkt nach den Ferien tanzt Nuri an der Hochschule vor. Seit Rio sie kennt, und das sind schon mehr als elf Jahre, träumt sie davon, eines Tages professionelle Tänzerin zu sein, nachweislich: es steht als Berufswunsch in all ihren Freundschaftsbüchern. Jahrelang hat sie Mavis und Rio und Flip dazu gebracht, mit ihr in mehr oder weniger artistischen Verrenkungen durchs Kinderzimmer zu hopsen. Oft waren sie dabei verkleidet. Und nur bei Nuri sah das echt gut aus und allein Lale hat sich dem standhaft verweigert, und bloß Jarek war damals noch nicht dabei. Aber irgendwie war das Vortanzen, war dieser große Traum ewig kein Thema mehr. Oder vielleicht nur nicht in Rios Gegenwart?

Sie stupst ihn an: »Rio? Alles okay?«

»Es tut mir so leid!«, platzt es aus ihm heraus, »dass ich gerade so bin! Echt, Nuri, ich wünschte, ich versuchs, ich hab –«

»Ach, du«, sagt Nuri. »Ach, mein aller-, aller-, allerliebster Rio!«

Sie legt ihren Kopf auf seine Schulter. Ihr Haar kitzelt an seinem Gesicht.

»Du hast da was Grünes am kleinen Zeh!«, sagt sie leise.

Entengrütze. Aus irgendeinem Grund muss Rio plötzlich lächeln. Er reibt die Füße aneinander, jetzt ist das Grün weg.

»Warte! Achtung, Wespe!«

Rio vertreibt das Insekt von Nuris Cocktail. Und dann traut er sich, legt er seinen Kopf an ihren, ganz vorsichtig, ganz langsam, damit Nuri ausweichen kann, wenn ihr das doch zu viel Nähe mit ihm ist. Aber Nuri bleibt, wo sie ist.

»Es ist so verdammt schön, dass du da bist«, sagt sie. Und jetzt macht Rios Herz einen großen Hüpfer über ein paar Sorgen hinweg.

»Danke, dass ihr mich mitgenommen habt!«

Nuri stupst ihn mit der Schulter an: »Was denkst du denn? Ist doch klar!«

Was soll er dazu sagen? Dass das für ihn ganz und gar nicht klar war? Dass er es gut versteht, wenn man die Spaßbremse nicht dabeihaben will? Nur eine Beckenlänge entfernt ragt der Scheißsprungturm wie Mount Doom in den Sommernachtshimmel.

Nuri rutscht unruhig neben ihm hin und her, dann räuspert sie sich: »Sag mal, Rio, wo warst du eigentlich, die letzten Tage?«

Nuri könnte er es sagen, sie würde es für sich behalten, wenn er sie darum bitten würde. Aber was, wenn Nuri wütend wird? Oder traurig? Oder beides? Wenn sie das genauso daneben findet wie Flip, dass Rio sich heimlich weiter mit Mavis' Bildern beschäftigt? Und noch dazu zusammen mit Franz, der für die anderen ja noch immer und immer nur Dracula ist?

»Meine Eltern treten bald in der Fernsehlaube auf.«

»Ist das gut?«

Rio zuckt die Schultern: »Sie freuen sich jedenfalls drauf.«

»Mavis fand das immer so schrecklich, diese Shows, wie sie da immer wieder *Solo el sol* gesungen haben, oder nicht mal gesungen, sondern ja meistens sogar vom Band, die meinte, sie würden sich selbst verraten«, sagt Nuri und wirft Rio einen vorsichtigen Blick zu. Er versucht sich an einem neutralen Gesicht. Es gelingt ihm nicht besonders gut: »Sie brauchen halt das Geld, also, wir ... wir brauchen das Geld!«

Nuri nickt: »Verstehe. Ist ja auch voll klar und nur logisch, dass sie das machen.«

»Jedenfalls hab ich ihnen in den letzten Tagen ein bisschen geholfen, weil sie ja ständig mit dem Proben beschäftigt waren. Mülleimer runterbringen, einkaufen und so ...«

Lügner.

Rio wünschte, er wäre so ein Sohn, so ein hilfreicher, so ein nützlicher. Einer, der Lücken füllen kann und Verluste vergessen machen.

»Ich hätte nicht schon wieder mit Mavis anfangen sollen ...«

»Alles gut!«, versichert er hastig.

Nuri zieht ihre Beine aus dem Wasser, sieht zur Tanzfläche hinauf: »Das ist echt der Horror, Flip und Anoush kleben jetzt ständig aneinander!«

»Wortwörtlich«, stellt Rio fest. Aus der Ferne ist gar nicht mehr so richtig zu erkennen, wo Flip aufhört und wo Anoush beginnt.

»Ich sollte mich wirklich entlieben«, überlegt Nuri.

»Geht das denn?«

»Ich fürchte, nicht, schon probiert. Etwa eine Million Mal. Ich weiß gar nicht so genau, was ich an dem Typ eigentlich finde! Ich meine, er mag Rosenkohl, liest immer wieder dasselbe Buch und hört zum Einschlafen Taylor Swift!«

»Ja, aber er ist halt Flip«, sagt Rio.

»Stimmt, das wird es wohl sein.«

»Rückt mal, ihr moody Melonen!«, ruft Jarek, quetscht sich zwischen Rio und Nuri und drückt ihnen je eine Riesenportion Pommes in die Hände. Auf Rios Pommes türmt sich gelbglänzende Mayo. Kommentarlos tauscht Nuri die Pappteller.

»Sorry, falsch gemerkt«, sagt Jarek und grinst. »So, und jetzt passen wir beide auf, dass unser Sorgenbärchen hier auch wirklich was isst, wa, Nu?«

»Iss halt so viel, wie du kannst, Rio«, sagt Nuri. Rio zieht eine Pommes aus dem Stapel.

Jarek klopft ihm anerkennend auf die Schulter: »Ausgezeichnet, Meister, sehr gute Wahl!«

Rio kaut. Er schmeckt nichts, aber die Pommes fühlt sich in seinem Mund wie Bauschaum an, wenn er den schluckt, erstickt er.

»Ich muss nur mal ganz kurz wohin«, murmelt er und will aufstehen, aber Jarek hält ihn fest, drückt ihn wieder zurück.

»Nein, Rio. Du bleibst jetzt hier. Und du isst. Vor unseren Augen!«

Rio sieht Jarek entsetzt an. Er weiß, dass der sich nur Sorgen macht, so wie alle. Er weiß auch, dass Jarek enttäuscht ist, weil Rio es nicht schafft, sich normal zu verhalten, wenigstens eine Pommesportion lang.

»Ich meins ernst.«

»Ich kann nicht«, flüstert Rio. »Wirklich.«

»Probiers doch wenigstens mal«, bittet Nuri.

Jarek streckt Rio die Hand hin: »Sagen wir, zehn Stück? Deal?«

Rio würde Jarek das gerne versprechen, aber er schafft ja nicht mal eine einzige.

»Ach, komm schon, Rio!«

»Es geht nicht!«, stößt Rio hervor.

»Natürlich geht das! Alter! Es sind doch nur ein paar Pommes, kein Zehn-Gänge-Menü! Stell dich nicht so an! Ich meine, du bist noch da, du lebst noch, reiß dich gefälligst mal zusammen!« Jarek klingt richtig wütend und jetzt greift er in die Pommes, versucht, sie Rio in den Mund zu stopfen. Rio hört Nuri schreien, Jarek schreit auch, hält Rio im Nacken fest und presst die Pommeshand gegen seinen Mund, und Rio schlägt panisch um sich, und dann hört er ein lautes Platschen, Wasser spritzt – Und jetzt liegt Jarek im Becken, mit seinen Klamotten, und überall um ihn herum treiben, wie winzige, vergebliche Rettungsboote, die Pommes und das ist Rios Schuld, das war Rio: »Tut mir leid, Jarek«, flüstert er, »das tut mir leid!« Aber Jarek hört das gar nicht, Jarek brüllt: »Mir reicht es! So was von! Du bist sowas von am Arsch, du Scheiß, verdammter Freak!«

»Jarek!«, schreit Nuri. »Nicht!«

Und jetzt kommt Flip gerannt und hinter ihm Anoush und Lale und Coco und noch ein paar Leute, die Rio nicht kennt, aber vielleicht kennen die ihn ja noch, von seinem letzten Auftritt hier, oben auf Mount Doom.

Flip sieht von Rio zu Nuri zu Jarek, sieht zu den aufquellenden Pommes, und vielleicht ist er der Erste, der versteht, vielleicht aber auch nur der Erste, der handelt: »Poolparty!«, brüllt Flip, und dann stürzt er sich durch die Absperrung und kopfüber ins Wasser. Und das ist Flip, und so ist Flip: der kann etwa dreihundert Leute dazu bringen, hinter ihm her in ein eigentlich gesperrtes Schwimmbecken zu hüpfen, der kann unendliches Chaos stiften und darin Rio im Blick behalten, der kann seinem besten Freund mit einem Kopfnicken zu verstehen geben, dass es jetzt safe ist, sich aus dem Staub zu machen.

KEIN DING

0176 45714095

Hier schreibt Jarek vom neuen Phone. Lale sagt ich soll mich melden. Das mit den Pommes war Scheiße von mir, echt, sorry, Bärchi

RiYo

kein ding, jarek. wirklich.

0176 45714095

cool. War übrigens nett, dass du da warst

Und das ist vielleicht das Schlimmste: dass sie sich jedes Mal wieder freuen, ihn zu sehen. Und dass er es dann immer verhaut. Dass es dann jedes Mal schrecklich wird. Und eines Tages wird es dann passieren: werden sie sich nicht mehr daran erinnern, wie es früher mit Rio war, und dann werden sie froh sein und erleichtert, wenn er gar nicht mehr auftaucht.

Freak.

Nu

❤!!! Danke, dass du mich von den beiden Knutschmonstern abgelenkt hast!

Lale

Nächstes Mal tanzen wir, statt Pommes und Jareks in den Pool zu schmeißen, ja?

RiYo

Gerne.

Lale

Wobei – übers Jarekschmeißen könnten wir noch mal reden – Meld dich, wenn du was brauchst, okay?!

RiYo

Okay. Danke, Lale.

Lale

😘

RiYo

😘

Flipse

sag wenn du was brauchst

RiYo

Danke, Flip echt! Tut mir leid, dass ich wieder alles kaputt gemacht habe –

Flipse

red keinen scheiß Riolo die party ging nach deiner aktion erst so richtig los

Das kann Rio Flip zwar nicht so richtig glauben, er ist ihm aber dankbar für den Versuch.

NYX' FELL

Sofort, als Rio den Hof betritt, ist Nyx da. Dass sie auf ihn gewartet hat, stimmt vielleicht nicht, aber die Vorstellung ist schön.

Freak.

Rio setzt sich auf den Fahrradständer, streckt die Beine aus, damit die Katze ihren Kopf darauf ablegen kann. Sobald sie das tut, darf er sie kraulen, am liebsten hinter den Ohren und unter dem Kinn, auf keinen Fall auch nur in der Nähe der verletzten Gesichtshälfte. Franz' Tropfen tun ihre Wirkung: Nyx' Fell wird immer weicher, ist längst nicht mehr so stumpf. So vorsichtig wie er kann, streichelt Rio gleichmäßige Kreise auf dem Katzenrücken. Nyx' Schnurren klingt wie ein Gurren, ihr Körper vibriert unter seinen Händen.

Freak.

Rio verliert jedes Zeitgefühl, und als die Katze schließlich wie auf ein geheimes Zeichen über die Mauer und davonhuscht, sind die Fenster zum Hof längst dunkel.

HELLWACH UND VOLLKOMMEN DA

Nur hinter Franz' Vorhängen brennt noch Licht. So leise, dass man es eigentlich nicht hören kann, klopft Rio an die Scheibe, und so schnell, wie Nyx vorhin im Hof aufgetaucht ist, öffnet Franz das Fenster. Den unglaublichen Gedanken, dass er auf ihn gewartet hat, verbietet Rio sich.

»Hey –«

»Hey!«

Franz strahlt ihn an. Es wirkt fast ein bisschen, als würde er sich freuen, Rio wiederzusehen. Der wird schon wieder rot. Schnell was sagen:

»Weißt du, so krass: Nyx hat sich eben ganz lange streicheln lassen!«

»Oh!«

»Ja, das war super! Wie gehts deinem Knie? Und dem Arm?«

»Voll kein Ding, alles okay! Und bei dir so? Im *Wunder*? Die Party? Wie wars?«

Rio zögert, aber was solls: »Ich hab Mist gebaut, und am Ende lagen alle im Schwimmbecken.«

Franz lacht: »Das klingt aber eigentlich nach 'ner ziemlich gelungenen Poolparty!«

»Stimmt. Aber ich fürchte, Jarek, Flip und die anderen waren nicht so … begeistert.«

Freak.

»Ach, ich wette, die waren einfach froh dich zu sehen!«

»Ich weiß nicht.«

Freak. Freak. Freak.

»Ich aber. Und ich bin ja *so* mit denen!« Franz verhakt Zeige- und Mittelfinger, grinst Rio schief an. Faszinierend, da ist plötzlich ein Grübchen in seiner linken Wange ...

»Rio?«

»Mhm?«

»Du schläfst gleich im Stehen ein, oder?«

»Ich glaube, das geht nicht.«

»Selbst wenn eigentlich nicht, ich glaube, du schaffst das!«

Ob Franz eigentlich merkt, dass er die ganze Zeit lächelt?

»Möchtest du reinkommen?«

»Oh ja!«, ruft Rio. Äh, halt, stopp, Moment. »Ich meine, wär ... wär das denn okay?«

»Klar!« Franz schiebt sich eine Haarsträhne hinters Ohr, und das steht jetzt ein niedliches bisschen ab.

Ri?

»Komm, ich mach dir die Tür auf, dann musst du nicht durchs Fenster!«

»Und der – also, dein Vater?«

»Der schläft längst, immer exakt acht Stunden, genau von zweiundzwanzig Uhr bis um sechs. Manchmal hab ich das Gefühl, seine Uhr richtet sich nach ihm und nicht umgekehrt. Warte kurz, ich bin gleich bei dir!«

Ri? Was genau tust du da?

Einen Moment später schleicht Rio hinter Franz durch Flur und Perlenvorhang in sein Zimmer. Dort fläzt Franz sich in den ausladenden, samtroten Sessel am Schreibtisch, der ganz offensichtlich wiederaufgetaucht ist: »Du kannst dich da hinhauen, wenn du möchtest«, sagt er und nickt in Richtung Schlafcouch. »Also, wenn du dich ein bisschen ausruhen willst?«

»Und was ist mit dir?«, fragt Rio.

»Du weißt doch«, sagt Franz mit dunkler Stimme, »wir Vampire wachen nachts.«

»Du bist wirklich sehr, sehr witzig!«, gähnt Rio und schiebt einen Stapel T-Shirts, einen Zeichenblock und ein paar Graphic Novels (*Der Prozess*, *Blankets*, *Heartstopper*, *Sturmhöhe* und, shit, Bram Stokers *Dracula*) zur Seite, lässt sich auf die Couch plumpsen. Natürlich kann er hier nicht schlafen. Hier nicht und auch nirgendwo sonst, aber schon gar nicht hier, auf Franz' Couch, was, wenn – nicht dran denken! Im nächsten Moment kriegt Rio ein Kissen gegen den Kopf, und Franz schlägt sich lachend die Hände vors Gesicht: »Wah, sorry, ich dachte, du fängst! Und falls du dich fragst: Ja, ist frisch bezogen! Mein Vater ist da etwas speziell, er besteht drauf, dass wir die Wäsche alle zwei Tage wechseln.«

Tatsächlich, das Kissen riecht nur entfernt nach Franz, duftet vor allem nach Bergfrühling. Rio ist viel zu erschöpft, um sich über die Tatsache zu wundern, dass er das schade findet.

»Hau dich ruhig ein bisschen aufs Ohr«, sagt Franz, »ich hör solange was.« Aus einer Schublade angelt er einen MP3-Player und ein völlig verheddertes Ladekabel.

»Das geht nicht«, murmelt Rio.

»Was?«

»Dass ich schlafe.«

»Warum nicht?«

»Geht einfach nicht.«

»Okay«, sagt Franz, »ist doch okay.« Er betrachtet ratlos das verwirrte Kabel in seinen Händen.

»Das mit dem Fahrrad heute, das hat Spaß gemacht«, sagt Rio leise, mehr zum Kissen in seinen Armen als zu Franz, drüben, in weiter Ferne, auf dem Sessel. Franz schaut kurz von seinem Kabelsalat auf: »Fand ich auch. Danke, dass du so ultrageduldig warst, bewegungstechnisch bin ich echt nicht so begabt!«

»Kein Ding«, sagt Rio. »Ich fands eigentlich ganz ... nett.«

Er schluckt, räuspert sich: »Und das davor, also, das auch ...«

Warum bloß hat er das gesagt? Und warum sagt Franz denn

jetzt nichts mehr? Und warum zerrt der so stoisch an dem armen Kabel rum? So wird das doch nichts. Niemals! Und warum, bitte schön, macht Rio das eigentlich so nervös? Franz' Kabelchaos? Und vor allem sein Schweigen? Und warum hört Franz seine Musik überhaupt über so ein altmodisches MP3-Dings mit viel zu viel Kabeln und nicht per WLAN, wie der Rest der Welt?

»Du meinst das am See?«, fragt Franz endlich. Er sieht Rio immer noch nicht an, hat nur Augen für das nervige Kabel. Rio nickt trotzdem.

»Und auch das … das andere … das auf dem Sofa, als ich … ich … äh … sozusagen gepennt hab?«

»Du hast ziemlich tief geschlafen«, sagt Franz, und jetzt sieht er Rio endlich an. So richtig.

»Und ich ja eigentlich auch.«

Franz grinst, guckt schnell wieder weg.

»Es könnte sein, dass wir Schlafwandler sind«, sagt Rio.

»Mhm.«

Franz widmet sich wieder dem Ladekabel. Boah, jetzt reichts! Rio legt das Kissen weg, rutscht ein Stück auf der Couch nach vorne, nimmt Franz das Knäuel aus den Händen. Mit ein paar Griffen hat er es von Knoten und Verwirrungen befreit. Er gibt es ihm zurück, und dabei streift er, aus Versehen oder wahrscheinlich auch nicht, Franz' kleinen Finger.

»Sorry!«, sagt Rio, lässt seine Hand aber genau, wo sie ist, sehr, sehr dicht an Franz. Und der zuckt nicht zurück, zieht seine Hand nicht weg, der schiebt sie sogar noch ein bisschen näher. Das Kabel fällt auf den Boden. Sie lassen es liegen. Franz streicht mit seinem Daumen über Rios Daumen. Und da ist so eine krasse Wärme, die von Franz' Finger aus in Rios Körper flutet, huh – Und weil seine Stimme jetzt garantiert ganz und gar weg ist, drückt Rio nur Franz' Hand, und der drückt zurück, und dann seine Hand ganz, ganz langsam hoch, zu Rios Handgelenk, weiter über die Innenseite von Rios Arm, und die ist offensichtlich ganz schön empfindlich, und Rio ist plötzlich wieder so richtig wach, und er muss sich ein bisschen aufs Atmen konzentrieren, und nicht nur Luft fehlt ihm, Geduld hat er auch keine mehr, aber eine Idee, wo er hinkann, wo er hinwill, mit seiner ganzen, verdammten Sehnsucht. Er nimmt Franz' Hände und zieht ihn aus dem Sessel, rüber zu sich auf die Couch, und da hocken sie nun, einander gegenüber, und wissen nicht so richtig weiter.

»Du zitterst ja«, flüstert Rio und streichelt über Franz' Arm, drückt seine plötzlich eiskalten Finger.

»Weißt du«, sagt Franz leise, »ich will hier nichts falsch machen, auf gar keinen Fall, aber ich weiß auch nicht so richtig, was das Richtige ist, und ich hab auch noch nie … also nichts … Und ich muss dir auch noch ganz dringend –«

Lass ihn ausreden, Ri –

»Also, nur so eine Idee, aber vielleicht könnte ich dich zum Beispiel mal kurz umarmen?«, fragt Rio, und Franz sieht ihn perplex an, und dann nickt er, und das waren zwar genau die gleichen Worte wie vorhin, am See, aber jetzt ist es anders, jetzt ist es umgekehrt, jetzt umarmt Rio Franz, und langsam, ganz langsam beruhigen sie sich miteinander, wird das Zittern weniger und eventuell auch die Angst.

Dann liegen sie Kopf an Kopf, dicht nebeneinander, und Rio beobachtet Franz genau, als er mit seinem Daumen dessen dunkle Augenbrauen nachfährt, als er sanft über seine heftig flackernden Lider streicht: »Alles gut, Franz«, flüstert Rio, »alles gut.«

Und er weiß, dass das nicht stimmt. Wirklich *alles* wird nie wieder gut sein, aber alles, was hier gerade wichtig ist und möglich, das schon. Und wie bitte, denkt Rio, wie bitte kann man so lange Wimpern haben? Er fährt Franz' schmale Nase hinab, über die unendlich weichen Lippen, das Kinn, den Hals; er sieht, er spürt, wie Franz schluckt – und jetzt wird Rio sehr mutig und beugt sich vor und küsst den miniminikleinen, waldhoniggoldenen, kometenförmigen Leberfleck, der wunderbarerweise immer noch knapp über Franz' Schlüsselbein schwebt. Und es ist ziemlich offensichtlich, dass Franz das sehrsehr mag, und Rio mag das auch, sehrsehrsehr mag er das, Franz so zu streicheln und zu küssen und zu merken, was das mit dem macht, wie sehr der das genießt, und wie er sich langsam, langsam entspannt. Zu beobachten, wie Franz jetzt sogar die Augen schließt, und zu ahnen, wie doll und grundsätzlich er ihm vertraut. Und Rio lässt seinen Mund genau da, wo er ist, und wagt sich noch weiter mit den Händen, streichelt Franz' Rücken hinab, bis da, wo die Jeans beginnt. Er zögert, und Franz hält die Luft an, aber Franz soll bitte atmen, soll niemals aufhören damit, und Rios Hand wandert vorsichtig runter, und dabei hat er Franz immer im Blick, ob der das auch will, ob der das auch so aufregend findet und so unfassbar schön, oder vielleicht ja auch nicht, vielleicht geht das zu weit, Rios Hand, jetzt auf seiner Jeans, ganz nah an seinem Hintern.

»Ist das okay?«, flüstert Rio und muss krass lächeln, weil Franz sofort so eifrig nickt. Und als Rio weiterstreichelt, atmet Franz endlich wieder, und das kann Rio so supergut spüren, weil Franz' Lippen an seinem Ohr sind, an seinem Hals, an seinem Kinn, dann knapp unter seinem Mund. Und zum zweiten Mal heute ist Rio sich absolut sicher, dass er sterben wird, aber dieses Mal auf eine ganz und gar vollkommen gute Art. Und dann bleibt sein Herz doch gar nicht stehen, und Franz' Herz übrigens auch nicht, nee, die flirren und flimmern und pochen und donnern durch ihre Körper. Und eigentlich müssten mindestens die Wände beben, müsste das Haus wackeln, müsste die Stadt erschüttert werden, davon, wie Rios und Franz' Herzen hier gerade gemeinsam so krass das Leben abfeiern. Und während in seinem Körper die Party abgeht, liegt Rio ganz still, spürt, wie sich Franz' Hand auf den Weg macht, federleicht, seinen Rücken hinunter, Wirbel für Wirbel ...

»Stell dir mal vor, Rio, zwei Schlafwandler auf Zeitreise«, murmelt Franz in Rios Haar.

»Mach ich«, flüstert Rio zurück, »aber gerade bin ich krass hellwach und vollkommen da.«

WAS SAGEN

Sie liegen Rücken an Bauch, Franz hält ihn umschlungen, Rio fühlt sich wohl und sicher und aufgehoben, er schläft schon fast –

Was denkst du denn? Das geht doch nicht Ri, du kannst nicht bei ihm bleiben, das weißt du doch! Du wirst dich so übel blamieren. Du musst hier weg! Stell dir mal vor, dir passiert das wieder, stell dir mal vor du –

Rio schreckt auf: »Ich muss dir was sagen«, flüstert er. »Und danach hau ich sofort ab, versprochen!«

Freak.

»Was?«, Franz klingt verpennt und völlig verpeilt. Rio setzt sich auf, rutscht ein Stück ab. Er muss das schnell hinter sich bringen und dann weg. Das alles ist viel zu wunderschön, verdammt noch mal, das darf er nicht!

»Rio, Rio, hey, warte! Ich glaube, ich kapier nicht so ganz, was los ist?«

Franz streckt die Hand nach ihm aus, aber Rio weicht noch weiter zurück, drückt sich mit dem Rücken gegen die kalte Wand.

Franz lässt seine Hand wieder sinken, selbst im Halbdunkel kann Rio erkennen, wie ängstlich er plötzlich aussieht und wie besorgt: »Hab ich was falsch gemacht? Hätte ich nicht –«

»Nichts sagen, okay? Und nicht angucken, ja?«

»Okay, aber ... hab ich eben ... hätte ich irgendwas ... wenn ich dir, falls ich was ... bitte sag mir das!«

Freak. Freak. Freak.

Rio schüttelt heftig den Kopf, und zum wer-weiß-wievielten Mal an diesem Tag holt er tief Luft: »Es ist nicht deinetwegen, überhaupt nicht. Und auch nicht wegen eben ... Es ist ... Ich bin ... Ich muss dir was sagen ... Warum ... warum ich nicht einschlafen darf ... Weißt du, ich hab so krasse Panik vor den Träumen. Wenn ich träume, kommt meine Schwester, aber ihr Gesicht ist zerstört, wie in irgend so einem Splattermovie. Sie ist wütend auf mich, nee, sie hasst mich, weil ich lebe und sie tot sein muss. Und wenn ich nicht von ihr träume, fehlt sie mir, dann ist sie irgendwie noch weiter weg als tagsüber, dann fehlt sie realer. Ich hab Angst, sie zu vergessen und an sie zu denken, und ich hab Angst, dass ich schuld bin, an ihrem Tod, weil sie mich manchmal so krass genervt hat, weißt du, sie war Millionen Mal besser als ich, und manchmal war ich wütend auf sie und sie auf mich ... Manchmal hatte ich keine Lust auf ihre Aktionen, ständig wollte sie irgendwas Krasses machen ... und ich ... ich wollte, dass alles immer schön ist und easy und entspannt ... und ich war nicht bei ihr, als sie ... Vielleicht hab ich geschlafen, als ... Ich hätte doch wissen müssen, dass da was nicht stimmt ... warum bin ich nicht ... Und ich hab Angst, dass meine Leute, die auch ihre Leute sind, also waren, Mavis vergessen, und ich ... ich ... ich hab Angst, dass meine Leute mich bald nicht mehr mögen, und ich hab Angst, dass meine Eltern denken, dass ich der falsche Zwilling bin, und sie der falsche Zwilling war, also, der richtige, also, ich meine, der Zwilling, der hier sein sollte – verstehst du? Ich hab Angst, dass meine Eltern sich trennen, oder dass sie sich einfach in Luft auflösen, ich hab Angst, allein auf der Welt zu sein und dass die Welt nicht mehr da ist, wenn ich aufwache, und dass niemand mehr an Mavis denkt, wenn ich das nicht permanent tue, und ich hab ... ich hab so krass Angst! Weißt du, ich will nicht sterben, Franz! Ich will gar nicht tot sein! Und jetzt ... jetzt kommt noch was, Franz, was ganz Schlimmes, und ich verspreche dir, dann geh ich wirklich!«

Das nicht. Sag ihm das nicht.

»Manchmal, wenn ich doch einschlafe, dann träum ich, und

dann dreh ich irgendwie durch, dann brüll ich rum und heule und schlage und trete und dann passiert mir manchmal –«

Er wird dich auslachen, er wird dich ekelhaft finden!

»Aus Versehen ... mir ist ...«

Er wird dich rauswerfen!

»Egal! Jedenfalls, Entschuldigung, dass ich dir das alles erzähle, und dass ich vorhin einfach geklopft habe, und dass ich dich da überhaupt reingezogen habe, und dass du dachtest, man könnte mit mir ... man könnte mich ... also, jedenfalls, man kann nicht ... ich kann nicht ... ich bin ... ich geh jetzt!«

Geh!

Er kann Franz unmöglich ansehen, nie wieder kann er das.

Natürlich nicht. Ich hab dich gewarnt.

Rio rutscht von der Matratze, steht ratlos vor der Couch. Wie geht man? Wie geht das noch mal, das mit dem Gehen?

Du Freak!

Er hört die Bettdecke rascheln, Franz rutscht ganz vorsichtig ein kleines Stückchen näher: »Rio? Egal, was ist: Du darfst und wir können«, sagt er.

»Aber –«

»Dir passiert nichts. Ich pass auf, Rio. Auf dich. Also, wenn du das willst. Versprochen. Versprochen und versprochen und versprochen, hundertmal und noch mehr, ich versprechs!«

Das kann man nicht versprechen. Niemand kann nichts versprechen, und immer kann alles passieren. Du kannst nichts verhindern und Franz auch nicht, ihr beide seid völlig machtlos, was die großen Dinge angeht!

»Hast du nicht verstanden, was ich gerade ... gerade alles gesagt hab?«, ruft Rio verzweifelt.

»Doch«, sagt Franz, »Ich glaub schon.«

»Und du willst trotzdem nicht, dass ich abhaue?«, flüstert Rio.

Franz schüttelt heftig den Kopf.

»Ich darf bleiben?«

»Möchtest du denn?«

Rio nickt, so fest, wie Franz eben den Kopf geschüttelt hat. Und weil Franz ihn vielleicht nicht so gut sehen kann, im Halbdunkel, spricht er es aus: »Ja, gerne! Also, voll – Aber … aber möchtest du das denn auch? Trotzdem? Also, trotz allem und so? Dass ich hier bin?«

Franz lächelt sein Franzlächeln, das mit dem Grübchen: »Auch voll. Voll, voll gerne!«

Er rutscht ein Stück, macht Platz für Rio, und Rio klettert zurück ins Bett. Er kann es nicht fassen, ist so erleichtert, dass Franz ihn anscheinend noch haben will, in seiner Nähe und überhaupt. Und Franz zieht die immer noch körperwarme Decke wieder über sie beide und fragt: »Okay?«

Und er nickt, ja bitte, und bitte schnell! Franz legt seinen Arm um Rio, und der rutscht noch ein bisschen dichter, und Franz rutscht auch noch ein kleines Stück und dann Rio und dann wieder Franz, immer, immer näher, zurück in die Wärme des anderen, bis es wirklich nicht mehr näher geht. Und Rio drückt sein Gesicht in Franz' Halsbeuge und Franz küsst seine Stirn, sein Haar. Und seine Hand liegt warm in Rios Nacken und eine Sache weiß Rio plötzlich ganz genau: das hier, das ist definitiv der allerallerbeste Ort auf der Welt, und hier will er bitte für immer bleiben, kein Witz, wenn er darf, für diese ganze, eigentlich unmögliche Ewigkeit.

VITALFUNKTIONEN

Guten Morgen, Jungs!«

Rio schreckt auf, sitzt senkrecht: Was bitte ist los? Im nächsten Moment schießt ihm das Sonnenlicht in die Augen, und als er wieder sehen kann, kapiert er: Da steht der Flash am Fenster, in voller Laufmontur, reißt die Gardinen weit auf.

»Alter, Milos!«, knurrt Franz, »schon mal was von Anklopfen gehört?«

»Ich schon«, sagt der Flash, »aber ihr beiden ganz offensichtlich nicht! Ich hämmere schon seit einer Ewigkeit gegen deine Tür, Franuś. Morgen, Rio! Schön, dich zu sehen!«

»Äh, Morgen?«

Rio winkt dem Flash, der offensichtlich zwar einen richtigen Namen, dafür aber kein Gespür für Privatsphäre und kein Problem mit Übernachtungsbesuch hat, etwas unbeholfen zu.

»Habt ihr Hunger?«

Der Flash ist schon wieder auf dem Weg zur Tür. In seiner eigenen Morgendämmrigkeit kommt er Rio noch rasend schneller vor als sonst. Ihre Antworten wartet er nicht ab: »Ich stell euch was hin, ja?«

Im nächsten Moment ist er aus dem Zimmer, schließt die Tür nachdrücklich hinter sich.

Franz dreht sich auf den Rücken, schlägt die Hände vors Gesicht: »Boah, das tut mir leid, Rio! Mein Vater muss morgens immer erst mal meine Vitalfunktionen checken, sonst traut er sich nicht weg.«

Rio nickt, weil er das kennt. Allerdings nicht von seinen Eltern, sondern von sich selbst. Jeden Morgen das ängstliche Lauschen auf ihre Stimmen und gegebenenfalls noch ein verstohlener Blick ins Schlafzimmer, ob wirklich alles okay ist. Ist es nicht: In letzter Zeit liegt nur Rosa im Doppelbett. Seinen Vater findet Rio allermeistens auf Mavis' Bett, verschlungen in Decke und Kissen, als hätte er gegen die gekämpft und den Kampf irgendwann erschöpft verloren.

»Rio?«, Franz hat sich auf die Seite gedreht, sieht ihn fragend an.

Puh, schon wieder weggedriftet.

»Wie spät ist es?«

Franz betrachtet sein Handgelenk, als wenn das seltsame rote Gummiband daran eine Armbanduhr wäre: »Ich würde sagen, so etwa halb sieben?«

Krass. Oh, krass!

»Ich hab voll geschlafen!«

»Und wie!« Wieder dieses Lächeln. Und Rio überlegt, ob Franz deshalb so selten lächelt, weil er zwischendurch aufladen muss, weil man so ein warmstrahlendes Ganzkörperlächeln wie das hier halt nicht einfach so und jederzeit mal eben raushauen kann.

»Und du schnarchst!«, grinst Franz.

»Oh shit, echt?«

Franz lacht: »Das war sehr unterhaltsam. Klang wie ein Schlumpf mit verstopfter Nase ...«

»Na danke!« Rio rollt die Augen, aber er ahnt, dass das nicht besonders glaubhaft rüberkommt. Er ist nicht genervt, überhaupt nicht. Seinetwegen kann Franz ihm noch tausend alberne Geschichten erzählen, solange er noch ein bisschen hier liegen darf, dicht neben ihm, und mit diesem ungewohnt hellwachen Kopf. Er weiß nicht, wann er sich das letzte Mal so ausgeruht gefühlt hat und so ... so ... wohl? Und trotzdem, was, wenn ...

Möglichst unauffällig tastet Rio unter der Decke nach seiner Hose. Alles okay. Trocken. Puh.

»Falls du dich nicht mehr so richtig erinnern solltest und dir Sorgen machst: Wir waren ganz brav, echt!« Zum Beweis hebt Franz seine eigene Decke an: bis auf die Socken ist auch er immer noch komplett angezogen.

»Nee, Quatsch, weiß ich doch!«

Es klopft laut, aber dieses Mal bleibt der Flash draußen: »So! Leutchen? Ich bin dann mal weg zur Morgenrunde. Frühstück steht in der Küche, ja? Räumt danach bitte alles ab, okay? Wenn ich zurück bin, in übrigens exakt einer Stunde, brauch ich den Tisch nämlich sofort zum Arbeiten! Ich wünsch euch was, macht es gut, und falls ihr rausgeht, Sonnencreme nicht vergessen, und bis später dann also vielleicht, ihr beiden!«

Ihr beiden?

Ihr beiden.

»Worüber freust du dich denn so?«, fragt Franz.

Rio zuckt die Schultern: »Nichts Spezielles.«

»Na dann«, sagt Franz, beugt sich vor und knutscht Rio lautstark, volle Kanne mitten auf die Nase.

»Hey! Das war krass nass!«

Franz grinst nur, klettert über Rio hinweg aus dem Bett und reicht ihm die Hand: »Mister Schlumpf?«

»Ey!«

»Ey was?«

»Einfach nur ey, Franuśki!«

»Wow, extrem schlagfertig heute Morgen, der Herr Schlumpf!«

»Ich geb dir gleich 'nen Schlumpf!«, ruft Rio.

»Huhhh! Äh, Hilfe?«

»Ja, genau! Hilfe! Mann, Alter! Was reden wir denn hier? Sind wir sehr peinlich?«

»Schon, ziemlich, aber kriegt ja niemand mit!«

Rio grinst: »Stimmt! Na dann!«

»Wie, *na dann*?«

Dass Franz so krass kitzelig ist, gehört zu den Dingen, die Rio definitiv nicht gedacht hätte, die ihn aber, und auch das hätte er nicht erwartet, sehr, sehr glücklich machen. Und noch etwas fällt ihm auf, jetzt, wo er Franz' Zimmer zum ersten Mal am Morgen erlebt und für ein paar Momente gebadet in Licht: die Wände hinter den Bücherregalen sind gar nicht schwarz, sondern sommernachtstiefblau.

RÜHREI

Milos' und Franz' Küche ist nur ein winziges, sehr aufgeräumtes Kämmerchen ohne Fenster, doch der kleine Wandklapptisch ist opulent gedeckt: Orangensaft, Rührei, Toast, einen Teller voller kleiner Teigtaschen, Müsli, Obstsalat, zwei riesige Tassen mit warmem Milchkaffee ...

»Alter, Pierogi ...«, murmelt Franz. »Und er hat tatsächlich Servietten zu Schwänen gefaltet! Glaub mir, das hat er ewig nicht mehr ... also, ich meine nur, also, so ist das sonst nicht! Normalerweise gibts alles, was du hier siehst, nur in Form von Proteinshakes und Smoothies und außerdem prinzipiell nur im Stehen!«

»Aber Kerzen zündet ihr den ganzen Sommer über an, oder?«

Franz schüttelt den Kopf: »Nee, erst ab dreißig Grad.«

»Dein Vater scheint jedenfalls zu glauben, wir hätten uns letzte Nacht verlobt!«

Mittlerweile sind sie erfreulich gut darin, ihr Rotwerden zu ignorieren.

»Mein Vater ist einfach erleichtert«, murmelt Franz. Rio nickt, als wüsste er, warum das so ist. Vielleicht, weil Franz mal nicht alleine im Zimmer rumhängt? Oder, weil er heute Morgen immer noch existiert hat? Aber solche Dinge sind für andere Menschen wahrscheinlich selbstverständlich: einschlafen, aufwachen, am Leben sein und alle noch da. Rio fragt nicht nach, sieht Franz zu, der die Dinge rumrückt, der versucht, den perfekt gedeckten Tisch noch perfekter zu machen. Der dabei ein Orangensaftglas umwirft, beim Aufwischen den Toastteller vom Tisch fegt, den

Rio im letzten Moment wundersamerweise noch retten kann. An jedem anderen Morgen hätte er diesen Stunt nicht hingelegt, aber heute ist anders, heute ist er ausgeschlafen. Hurra!

»Such dir einfach 'nen Stuhl aus, es gibt keine Stammplätze, wie gesagt, wir sitzen hier sonst nicht. Merkst du ja, ich bin voll überfordert, wenn es plötzlich um Tisch und Teller und Besteck und so was geht. Magst du Rührei?«

Mochte Rio mal. Genau wie Orangensaft und Müsli und Obstsalat und Nudeln und Pizza und Pommes und Oliven – alles unmöglich, mittlerweile.

»Ich geb dir ein ganz kleines bisschen zum Probieren, ja? Und wenns nicht geht – äh ... nicht ... nicht schmeckt, lass einfach liegen. Ich meine, Rührei ist ja so eine Sache, das machen ja alle anders. Wenig Salz, viel Salz, Pfeffer, kein Pfeffer, Frühlingszwiebeln, rote Zwiebeln, Röstzwiebeln ...«

Und während Franz so über Zwiebeln und Schinken und Speck und Käse spricht, probiert Rio eine kleine Gabel Rührei, kaut, schluckt. Geschafft! Noch mal, dieses Mal ein bisschen mehr. Das Rührei ist samtig und sehr salzig, das Rührei ist zu salzig, das Rührei ist ehrlich gesagt völlig versalzen, und trotzdem klappt es, kriegt Rio es runter. Die ganze, winzig kleine Portion.

»Noch was?«, fragt Franz beiläufig, und Rio nickt, und Franz denkt wahrscheinlich, dass Rio sein erleichtertes Lächeln nicht sieht.

FEINSTAUBBALLETT

Es ist gar nicht weit und völlig absurd, dass Rio sich nicht schon früher an das Boot erinnert hat. Es gibt dieses Foto, das anders ist als die anderen, und zwar aus mehreren Gründen: einmal, weil es nicht nur eine Person zeigt, sondern zwei. Und zweitens, weil Mavis es, anders als die anderen Bilder, offensichtlich nicht im Porträtmodus aufgenommen hat. Der Hintergrund ist nicht verschwommen, deutlich kann man da ein altmodisches Steuerrad vor dunkelrotem Holz, ein Stückchen graugrünes Wasser und darin einen einzelnen bunten Vogel erkennen.

»Stockente«, behauptet Rio.

»Regenbogenmützengedönsreiher«, sagt Franz.

Mandarinente stellt das Netz klar.

»Mh, okay, und das sieht aus wie ein See!«

»Und ein Boot!«

Franz sieht Rio tief in die Augen: »Sherlock, ich will ein Gehirn von dir!«

»Nee, warte«, ruft Rio, »echt jetzt, ich hab eine Idee!«

Er gibt *Hausboot* ein und *Liegeplatz* und *wohnen* und dann noch die Stadt und drückt auf Bildsuche. Nach kurzem Scrollen findet Rio, was er sucht: »Wusste ich es doch! Guck, das ist das Boot!«

Franz nickt anerkennend: »Tatsächlich! Wie bist du denn darauf gekommen und wieso eigentlich erst jetzt?«

»Ich weiß nicht ... Wir waren da mal, vor einigen Jahren, weißt du noch, der krasse Winter? Als alles verschneit und vereist war und erst im April wieder geschmolzen ist? Das war so ein bisschen wie Pompeji, mit all den Silvesterraketen und Sektflaschen im Frühling, also, wie wenn man einen Blick in so eine erstarrte Vergangenheit wirft.«

Franz nickt, er nickt so, als erinnere er sich sehr genau, und als wöge diese Erinnerung um einiges schwerer als die damalige Decke aus Eis und schmutzigem, festgetretenem Schnee.

»Wir waren da Schlittschuh laufen, mit unseren Eltern. Mavis und ich fanden die Hausboote so toll ...«

So wollten wir wohnen. Später. Das war unser Plan.

»Wie auch immer: Hast du Lust auf einen Spaziergang?«

Franz nickt. Und grinst. Irgendwie kommen sie gar nicht mehr raus aus dem Grinsen.

Wir glauben nicht an den Himmel, Ri. Aber daran, dass ich alles sehe, daran glauben wir so sehr, dass es wahr sein muss.

»Ich hätte jetzt fast gesagt, dass ich überall mit dir hingehen würde, aber das klingt natürlich ultraschleimig und ein bisschen stalkig auch, eventuell, und, keine Panik, das stimmt natürlich nicht!«

Rio lacht: »Und wohin kommst du nicht mit?«

»Aufs Klo. Da musst du alleine hin. Aber zu diesem Hausboot, klar! Also, ja, ich komm mit!«

Und die Sonne scheint und alle möglichen Vögel, die sicherlich allesamt wirklich tolle Namen haben, grooven vor sich hin, und so früh am Tag drückt die Sonne einen noch nicht zu Boden, so früh am Morgen schiebt sie vorsichtig, fast sanft, ihre Strahlen durch die Baumwipfel, und die beleuchten Blütenstaubtänze und Feinstaubballett, die lassen den vertrockneten Parkrasen golden schimmern und verwandeln eine riesige Ratte in ein sagenhaftes Zaubertier. Krasse Sache manchmal, das alles! Doch jetzt kommen die Geschäfte, die Mall, eine mit Bowlingbahn und Kino statt Gruselkabinett, die Drogerien, der Gemüseladen, die Haltestelle, an der die Pfeifer rumhängen und die Stänkerer und die Krassen. Jetzt kommen, wie das für eine Stadt dieser Größe üblich ist, wirklich sehr, sehr viele Menschen.

»Hast du eigentlich Angst, wenn du in dem Shirt unterwegs bist?«

»Ein bisschen«, sagt Franz, »aber es geht.« Er streicht sein *Kein Bock auf Nazis*-T-Shirt glatt, starrt einem der Krassen aus seinen sorgsam kajalschwarzumrandeten Augen düster entgegen. Niemand sagt was.

»Und hättest du Angst, wenn ich jetzt deine Hand nehme?«, fragt er Rio leise.

Ja. Irgendwie schon. Nicht so sehr wegen der Pfeifer, nicht wegen der Stänkerer und nicht wegen der Krassen, sondern wegen Flip und Nuri und Lale und Jarek und irgendwie sogar wegen Anoush und Coco und natürlich wegen Jaime und Rosa und all den anderen Leuten, die wissen, dass er ein hinterhältiges schwarzes Loch ist, das sich als Mensch getarnt hat. Der Restzwilling, der einfach noch am Leben ist. Er hätte Angst, dass sie enttäuscht wären und wütend und traurig. Weil es natürlich nicht okay sein kann, dass Rio hier durch den knallfrischen Sommermorgen schwebt, mit dem allerwunderbarsten Franz neben sich, fast ohne Angst direkt auf die Arschlöcher zu, während Mavis gerade jetzt und auf immer und ewig tot unter einem Baum liegen muss, den Rio nicht wiederfinden würde, selbst wenn er wollte. Was würden sie sagen, denken und tun, wenn sie wüssten, dass Rio hier gerade, momentan rundherum gerne lebt? Dass er, zum ersten Mal seitdem, froh ist, noch am Leben zu sein?

»Das ist voll okay«, versichert Franz hastig. »Also, wenn du nicht willst, ist ja klar! Aber aus Angst, also, glaub ich jedenfalls, sollte es wahrscheinlich nicht sein, oder?«

»Ich hab keine Angst, also, nicht so viel«, sagt Rio und nimmt Franz' Hand. Und dann gehen sie an der Bushaltestelle vorbei, und der Pfeifer pfeift, und der Stänkerer stänkert, und der Krasse sagt wirklich verdammt krasse Sachen. Und das ist traurig und erbärmlich und scheiße und nervig und fies und daneben und armselig und so, aber im Grunde genommen deren Problem. Das des Pfeifers, des Stänkerers, des Krassen, das der versammelten Arschlöcher von der Bushaltestelle. Und Rio und Franz gehen weiter und lassen die sitzen und einander nicht los.

GENAU HIER

Die *Agora*, ein altmodischer, dunkelroter Lastenkahn, ist wirklich nicht zu übersehen. An Deck, inmitten eines Dschungels aus riesigen bis gigantischen Pflanzen, sitzen unter einem gelbweißen Sonnenschirm die beiden Personen vom Foto. Unschlüssig stehen Franz und Rio am Steg.

»Was machen wir denn jetzt?«, flüstert Franz. »Wir können die doch nicht einfach so anlabern, oder?«

Rio schüttelt den Kopf. Irgendwie schüchtert die Harmonie da oben an Deck ihn ziemlich ein. Franz offensichtlich auch. Nervös drückt er Rios Hand: »Sollen wir vielleicht einfach wieder gehen?«, schlägt er vor, und Rio nickt, erleichtert und beklommen zugleich. Aber zu spät, die Person mit dem riesigen Sonnenhut und dem weit ausladenden, melonenfarbenen Gewand bemerkt sie: »Guten Morgen, ihr beiden!«

»Hey«, sagt Rio schüchtern und hofft, dass Franz was sagt, aber der steht nur stumm neben ihm und starrt auf den Boden. Die beiden an Deck wechseln einen Blick, dann tritt der Sonnenhutmensch an die Reling: »Können wir euch irgendwie helfen? Ihr seht ein bisschen so aus, als hättet ihr euch verlaufen!«

Rio schüttelt den Kopf, obwohl es sich gerade echt so anfühlt wie verloren gegangen. Aber was solls, wo sie schon mal hier sind, kann er auch fragen. Im schlimmsten Fall erinnern sich die beiden an nichts und schicken sie wieder weg.

»Meine ... meine Schwester war vor etwa einem Jahr hier, ich weiß nicht, ob ...«

Die Person mit dem Sonnenhut überlegt kurz, dann erhellt sich ihr Gesicht:

»Mavis?«

Rio nickt erleichtert.

»Na klar erinnere ich mich! Sie stand eines Tages einfach da, mit ihrer riesigen Kamera. Genauso wie ihr beiden jetzt. Allerdings um einiges weniger schüchtern.« Der Sonnenhutmensch zwinkert ihnen zu, dann dreht er sich zu der anderen Person um: »Komm mal schnell, Elvin, du wirst es nicht glauben, hier ist Mavis' Bruder mit seinem Freund!«

Freund?

Und erst will Rio loslassen, weil Franz das jetzt ja vielleicht doch zu viel ist, mit der Nähe, unter diesem großen Wort, dieser bedeutsamen Bezeichnung. Aber als er zu ihm rüberschaut, zuckt Franz nur die Schultern, und dann lächelt er Rio megabreit, ultraniedlich an, und Rio kann gar nicht anders, als zurückzustrahlen, und er streicht mit dem Daumen über Franz' Handrücken, und Franz streichelt zurück, und dann lassen sie schnell wieder los, weil – eben weil, krasse Sache und so, und weil da ja außerdem gerade wer guckt. Und jetzt taucht auch noch die andere Person an der Reling auf. Mit Hipsterdutt, Ankertattoo und gestreiftem Shirt sieht Elvin aus wie jemand, der eigentlich auf Dreimastern und Ozeanen unterwegs sein sollte: »Rico, richtig?«

Rio nickt, ist doch egal, wie er heißt, Rico, Rio oder eben Paolo oder Paul, um ihn geht es hier ja nicht.

»Nee, Rio«, sagt Franz, »also, er heißt Rio.«

»Sorry, Rio!«, ruft Elvin. »Weißt du, ich hab es nicht so mit Namen!«

»Überhaupt nicht schlimm«, versichert Rio eilig. »Ist doch voll egal!«

»Nee, nee«, sagt Elvin. »Jetzt weiß ich es ja. Quasi für immer. Jetzt merke ich ihn mir, deinen Namen! Versprochen.«

Elvin und der Sonnenhutmensch wechseln einen Blick.

»Mögt ihr kurz hochkommen?«, fragt der Sonnenhutmensch.

»Sehr gerne!«, ruft Franz.

»Wir wollen euch nicht stören«, murmelt Rio im gleichen Moment. Aber er ist zu leise, sie hören ihn nicht.

»Ich glaube, die sind okay«, flüstert Franz Rio zu, als hätte der irgendwie Angst oder so.

»Ich will nur nicht nerven«, flüstert Rio zurück. Und das hat die Sonnenhutperson jetzt doch irgendwie gehört: »Ihr nervt doch nicht! Kein bisschen, ganz im Gegenteil: Mavis hat uns so viel von dir erzählt, Rio, wir freuen uns, dich in echt kennenzulernen!«

Wie gerne würde Rio sofort fragen, was Mavis den beiden von ihm erzählt hat, ob sie vielleicht irgendwie wütend war auf ihn, oder enttäuscht, aber das geht natürlich nicht.

»Seid nur vorsichtig auf dem Steg, der ist im Sommer irgendwie immer ein bisschen schräg.«

Das ist eine Untertreibung: der schmale Steg ist so schief, dass man es nur mit einem schnellen Sprung auf das Boot schafft.

»Da sollten wir wirklich was machen«, stellt Elvin fest und platziert zwei weitere, mit bunten Blumen bedruckte Gläser auf dem wackligen Plastiktisch, dazu zwei flache Glasschälchen.

»Also, das ist Angel, und ich bin Elvin. Und wir haben, also, nur wenn ihr möchtet – tadaaaa: Vienetta!«

Elvin positioniert feierlich eine Eispackung auf dem Tisch: »Setzt euch doch, ich schneide es gleich an, ach, wisst ihr, ich liebe das so sehr, dieses Knuspergeräusch, und wir haben auch Streusel dazu, mit denen schmeckt es noch besser!«

»Ihr habt sicher Durst!« Angel verteilt saure Zitronenlimo, legt die von Elvin sorgfältig geschnittenen und mit bunten Streuseln dekorierten Vanille-Schokoscheiben in die Schalen. Die Eiscreme beginnt sofort zu schmelzen. Mittlerweile hat die Sonne aufgedreht.

»Euer Eis läuft weg!«, ruft Angel fröhlich. »Schnell essen!«

Vorsichtig steckt Rio sich einen Löffel Eis in den Mund. Er wartet auf die Übelkeit, aber die kommt nicht. Schmeckt gar nicht so schlecht, schmeckt eigentlich wie früher und überraschenderweise hat das Eis keinen Traurigkeitsbeigeschmack. Auch nicht beim nächsten Löffel. Oder dem danach. Acht ganze Löffel schafft Rio. Franz sieht ihn so anerkennend an, als hätte er nicht innerhalb von etwa dreißig Minuten eine Viertelportion Eiscreme gegessen, sondern innerhalb von einer Minute die Welt umrundet und danach den Rand des Universums überquert.

Angel hebt das Limonadenglas: »Herzlich willkommen, Rio und –«

Rio sucht Franz' Blick, aber der konzentriert sich gerade ganz darauf, mit seinem kleinen Finger eine winzige Fruchtfliege oder so was aus einem nicht viel größeren Limonadentropfen zu retten.

»Das ist Franz«, sagt Rio schließlich.

»Rio und Franz!«, ruft Elvin, »wie schön, dass ihr da seid!«

Rio und Franz.

»Danke, dass wir hier sein dürfen«, sagt Rio, und irgendwie klang das viel zu förmlich und jetzt weiß er nicht, was er als Nächstes sagen, wie er zum Thema kommen soll, wie und ob er sie danach fragen kann, was Mavis über ihn gesagt hat. Ob er das überhaupt wissen möchte. Nervös malt Rio mit dem Löffel schräge Ellipsen in die Eissoße, während Franz neben ihm versucht, das Insekt auf seiner Fingerkuppe trocken zu pusten.

»Ihr seid wegen Mavis hier?«, kommt Angel ihnen schließlich zu Hilfe. Franz hat die winzige Fliege tatsächlich wiederbelebt, die hebt ab, fliegt davon, und Franz legt das Foto und den Grund ihres Besuchs auf den Tisch: »Das hat Mavis von euch gemacht und wir dachten, ihr könnt uns vielleicht ...« Franz verstummt.

Freund. Wir. Uns. Was bedeutet das alles?

Elvin und Angel beugen sich über das Foto: »Wow, das ist ja

wirklich toll geworden!«, ruft Angel. Elvin nickt: »Meint ihr, ihr könntet uns einen Abzug machen?«

»Äh, bestimmt, aber ... also ... was ist das denn genau?«

Rio steht vollkommen auf dem Schlauch. Elvin lacht: »Sorry! Also, man kann praktisch so was wie Kopien machen von den Fotos. Also, wenn man die Negative hat, diese schmalen Filmstreifen, die immer vorne in der Packung sind, wisst ihr?«

Rio sieht Franz Hilfe suchend an: »Haben wir die Negative?«

Warum wirkt Franz plötzlich so beklommen?

»Also, ich weiß nicht, müssten wir mal gucken ...«

Es klingt nicht wie etwas, was man mal eben machen kann, dabei hat Franz die Tasche mit den Bildern doch auf seinem Schoß liegen!

»Bloß kein Stress!«, winkt Angel ab. »Sonst prägen wir es uns eben ein.« Angel und Elvin haben jetzt irgendwie so einen Moment miteinander, und Franz und Rio sitzen solange ein bisschen ratlos rum.

»Ist was?«, flüstert Rio, und Franz schüttelt den Kopf, so heftig, als müsste er den neu auf dem Hals verschrauben: »Nee, alles gut, ich muss dir nur nachher noch was sagen.«

Leider haben wir traurige Nachrichten –

Schlagartig ist die Übelkeit zurück und der Schwindel.

Wir haben eine weibliche Person gefunden, auf die die Beschreibung Ihrer Tochter passt.

Rio kneift die Augen fest zu, weil es nämlich manchmal hilft, die Welt auszusperren.

Sind Sie sicher, dass der Junge dabei sein soll?

»Rio? Alles okay mit dir?«, Franz klingt schrecklich besorgt, und Rio öffnet die Augen wieder, bemüht sich erfolglos um ein Lächeln.

Es muss bereits gestern Abend passiert sein.

»Oje, Süßer, willst du vielleicht noch was trinken?«

Elvin schenkt ihm Wasser nach, aber als Rio danach greift,

verschüttet er die Hälfte, über den Tisch, sein T-Shirt, seinen Schoß.

Sie war vermutlich sofort tot.

Vermutlichvermutlichvermutlich.

Das Wasser ist eiskalt.

»Das tut mir leid ... Ich ... ich mach das schon weg ...«, stammelt Rio und wischt hektisch mit den Handflächen über den Tisch.

»Oh, Kindchen!«, ruft Angel, »nun lass doch, ist ja nur Wasser, das trocknet bei der Hitze in drei Sekunden!«

Aber Rio hört nicht auf, kann nicht aufhören, mit dem Wischen. Wenn er schon alles kaputt macht, dann will er wenigstens wieder für Ordnung sorgen!

»Rio?« Ganz sacht legt Franz seine Hand auf Rios, nimmt sie aus der Wasserlache, umschließt sie unter dem Tisch mit seinen warmen Händen. Und das hilft. Das hilft sehr. Das hilft viel mehr, als es wohl sollte.

»Ach ihr«, seufzt Angel, und das klingt sowohl traurig als auch verträumt, »das ist alles gar nicht so einfach, so insgesamt, was?«

Elvin nickt, aber Rio und Franz sagen nichts dazu. Denn gerade ist es wieder ganz leicht, das mit dem Atmen, und das mit der Nähe, und das mit dem Existieren. Und das ratlose Rumsitzen ist, ganz objektiv betrachtet und trotz allem, eigentlich ganz schön, weil genau genommen Händchenhalten auf einem Boot, umplätschert vom leicht brackigen Stadtseewasser. Und darin, erzählt Elvin jetzt, schwimmen Plötzen und das sind silbrige Fische mit roten Augenringen, die wie etwas aussehen, was Menschen einander als *flippige Brillen* verkaufen, und irgendwas an dieser Vorstellung und alles an dem Händchenhalten mit Franz gefällt Rio sehr gut, und –

»Wie geht es denn deiner Schwester?«, fragt Angel.

»Sie ist tot.«

Shit. So macht man das nicht. Das darf man nicht, einfach so mit dem Tod um die Ecke kommen und den Leuten den Tag vermiesen.

»Ist aber schon über ein Jahr her«, fügt er schnell hinzu und das soll Angel beruhigen, weil man nach fast einem Jahr allgemeingültig schließlich weitermacht mit dem Leben und aufhört mit dem Traurigsein. Wortlos gießt Elvin Rio neues Leitungswasser ein.

»Ich sag jetzt nichts«, sagt Angel »weil ich nicht weiß, was ich sagen soll.«

So sitzen sie da und schweigen, und Rios Hand liegt warm und sicher in Franz', und sie gucken aufs Wasser raus, und Elvin pflückt winzige Erdbeeren aus dem Hochbeet, und alle bekommen exakt eine, und die lassen sie sich ungefähr gleichzeitig im Mund zergehen, und das fühlt sich an, das schmeckt, wie sich ein Sommertag anfühlen und schmecken sollte: zäh-süß zeitlos und unendlich und träge, auf eine wunderbar ereignislose Art mit einer Prise theoretisch-alles-möglich-muss-aber-nicht-geht-auch-morgen-wir-haben-alle-Zeit-der-Welt-und-noch-ein-kleines-bisschen-mehr. Und dazu ist das mit den Erdbeeren wie so ein magisches Ritual und wie Ruhe und Stille und irgendwie auch ein bisschen wie du-bist-vollkommen-okay. Und Franz lässt sich von Elvin die Hochbeete zeigen und erkennt Sachen wie Ringelblume und Jasmin und Schokoladenminze, und danach spielen sie eine Runde Kniffel, und Rio gewinnt haarscharf gegen Angel, und Elvin nimmt das Spiel null ernst und baut immer supertolle Radwege statt kleiner und großer Straßen, und Franz gibt sich keine Mühe, nicht mit dem Rechnen und nicht mit dem Würfeln, dafür aber damit, Rio die Würfel zurechtzuschummeln, sodass der das nur ein bisschen merkt.

»Ich war mal Zauberer, ganz früher«, erzählt Franz und zeigt ihnen einen Kartentrick, bei dem man ziemlich lange wegschauen muss, damit er funktioniert.

Und ein bisschen später ist es, als würde der Himmel das Wasser spiegeln und nicht mehr andersrum, ist der seegraugrün, mit Wolken statt Wellen, wird der Wind stärker, wippt die *Agora* auf dem See.

Elvin bringt das Geschirr unter Deck, Angel klappt den Sonnenschirm ein, Rio und Franz helfen ihn in einer Kiste zu verstauen.

»Es wird gleich regnen«, sagt Angel. Und der Satz klingt groß und ein bisschen prophetisch, vor allem von einer flirrenden Person wie Angel, basiert aber rein auf Fakten, weil es nämlich mittlerweile schon tropft. »Falls ihr die Negative noch findet – wir würden uns freuen! Und kommt auf jeden Fall mal wieder vorbei«, sagt Elvin zum Abschied.

»Also, natürlich nur, wenn euch danach ist«, fügt Angel hinzu und umarmt die beiden, als würden sie sich seit mehreren Jahrzehnten kennen und viel länger, als Rio und Franz überhaupt am Leben sind. Und dann sagt Angel noch was, ganz leise, so, dass es nur Rio hören kann: »Weißt du, sie hat uns damals erzählt, dass du sie so wie sonst niemand auf der Welt zum Lachen bringst –«

Rio sieht Angel ungläubig an.

»Du glaubst, dass ich mir das ausdenke, oder? Mache ich nicht, versprochen. Mavis hat erzählt, dass du immer so unbedingt möchtest, dass es allen gut geht, um dich rum. Dass sie sich deswegen manchmal ein bisschen Sorgen macht. Aber auch, dass sie das so sehr mag an dir, wie leicht du bist. Aber weißt du, Rio, vielleicht ist jetzt ja die Zeit, in der es, in der du auch mal schwer sein darfst, meinst du nicht?«

»Nee«, sagt Rio, »und es ist ja auch schon längst wieder alles okay.«

»Okay«, sagt Angel. »Okay. Weißt du, ich bin mir ganz sicher, dass du das schaffst, Kleiner. Jetzt ist es so, und irgendwann ist es anders. Ganz, ganz bestimmt! Und das heißt nicht, das bedeutet auf keinen Fall, dass du sie verlierst!« Und in diesem Moment kann Rio das glauben, wünscht er sich sehr, dass Angel doch ein bisschen prophetisch ist.

Sie sind schon auf dem Steg, als Franz noch mal stehen bleibt: »Euren Lieblingsort«, fragt er, »habt ihr Mavis den eigentlich verraten?«

Stimmt, das haben sie wie so vieles andere ganz vergessen. Vor lauter Eisessen und Trinken und Schweigen und Pflanzenangucken und Kniffeln und Schummeln und Zaubern, den Grund, aus dem sie eigentlich hier sind.

»Klar«, sagt Angel.

»Genau hier«, sagt Elvin. »Genau hier, wo und wie wir sind.«

Und das könnte kitschig klingen und ein bisschen schnulzig, in einem Film oder Buch, tut es hier, von Elvin und Angel, aber irgendwie nicht. Und jetzt erfüllt sich die Prophezeiung, und der See will wieder raus aus dem Himmel und stürzt sich mit Karacho auf die Erde hinab, und Rio nimmt Franz' Hand. Und dann rennen sie los, hinein in den Regen, als könnte nichts und niemand auf der Welt ihnen etwas anhaben.

UNVERWUNDBAR

Kann es nicht, können sie nicht, kann niemand, kann nichts: nicht der Regen, nicht die Blitze, nicht der sofort darauf folgende Donner, nicht die Pfeifer, nicht die Stänkerer, nicht die Krassen, nicht die quietschenden Reifen der Autos, nicht die Schüchternheit, nicht die Angst, und schon gar nicht der Tod. Der Regen ist warm und er ist überall, und das Einzige, was schlimm wäre: Franz aus den Augen zu verlieren. Aber auch das wird nicht passieren: Franz hält seine Hand. Sie sind gleich schnell oder gleich langsam, sie rennen, obwohl es eigentlich nichts zu rennen gibt, nicht mehr, sie sind ja eh, alle beide, ganz und gar, von Kopf bis Fuß, vollkommen nass.

»Bleib mal stehen!«, ruft Rio durch das Getöse, und da stehen sie nun und gucken einander an. Franz' Nasenspitze ist ein bisschen rosa und sein Haar klebt am Kopf und seine Kleidung am Körper und der Regen tropft so von seiner Oberlippe, wie er das in Filmen manchmal tut, nur hier nicht in Zeitlupe, und das könnte verdammt heiß sein, ehrlich gesagt, und ist es auch, ehrlich gesagt, aber darum geht es gerade nicht, oder vielleicht nur so ein ganz kleines bisschen, aber schon doch auch ziemlich sehr.

»Wir sind ganz schön nass«, stellt Franz fest und hält seine klitschnassen Hände über Rios klatschnassen Kopf. Und Rio legt seine Arme um Franz und geht ein ganz kleines bisschen auf die Zehenspitzen, und Franz beugt den Kopf ein Stückchen runter zu ihm, und dann küssen sie sich. Und eine Kamera würde jetzt zum Himmel schwenken, und da wären dann wohl die Sterne, obwohl es ja mitten am Tag ist, und unendliche Weiten wären da sowieso. Aber jetzt gerade ist der Himmel über Rio und Franz vollkommen bedeckt, und die unendlichen Weiten sind unsichtbar, aber was solls, es geht ja nur darum, dass Rio und Franz nun allein sein können, mit ihrem allerersten, so richtigen Kuss.

SCHLAF SCHÖN

RiYo

flipppppppp!

Flipse

riolo? wo bist dualles gut? soll ich kommen ich komm sofort zu dir sag mir wo du bist

RiYo

mir gehts gut. sehr gut. 🙂

Flipse

bist du betrunken   bekifft? scheiße rio wo steckst du?!

RiYo

Ich wollte dir nur sagen dass es mir gut geht. 🥳

Flipse

das klingt jetzt wahrscheinlich strange aber das macht mir angst

RiYo

nein!!! wirklich. ich meins ernst. mir geht es gut.

Flipse

ich komme

RiYo

morgen ja? vormittags haben meine eltern so eine große probe knut kommt aber so gegen drei?

Flipse

nur wenn du mir versprichst dass du mir gerade keine scheiße erzählst. du bist wirklich safe? und wehe du versuchst jetzt mir ein passendes emoji zu schicken!!! 🛑🛑🛑

RiYo

👍 *nee, ganz echt jetzt. wir reden morgen, ja?*

Flipse

okaaay aber meld dich wenn doch noch was ist

RiYo

mach ich.

Flipse

ah und ich frag nu ob sie mitkommt okay?

RiYo

klar! gerne! schlaf schön

Flipse

das heißt penn gut

RiYo

Schlaf schön Flip 🫶

Flipse

du bist ein hoffnungsloser fall kollege aber was solls 😘

DER EISBÄR III

Jaime und Rosa proben heute groß, mit Miranda und einigen Leuten, die die alte Produzentin *Kontakte* nennt, bei denen es sich aber streng genommen um ihre Nachbarschaft handelt. Rio verteilt Schorle und Eistee aus riesigen Tetrapaks, versucht, sich dabei so gut es eben geht im Hintergrund zu halten. Aber natürlich spürt er die Blicke, treffen ihn Sprüche, erwischt Miranda ihn schließlich doch. Verschwörerisch schiebt sie ihn zur Seite: »Bitte, mein Lieber, überleg es dir doch noch mal – es wäre so wunderbar, wenn du spielen könntest! Die Leute würden dahinschmelzen! Und du würdest deinen Eltern einen wirklich großen Gefallen tun! Und mir natürlich auch!« Miranda zwinkert Rio zu, der sieht Hilfe suchend zu Caliban rüber, aber der Hund hat nur Augen für die Kirschlikörpraline in Mirandas Hand. Dafür taucht jetzt Rosa auf und die versteht sofort, worum es hier geht: »Ach, Miranda, jetzt lass doch mal. Es ist völlig okay, wenn er nicht möchte. Wir haben doch so eine tolle Pianistin gefunden, die wird das ausgezeichnet machen, das wird schon. Echt jetzt, Schatz, alles gut!« Sie schaut Rio an, als hätten sie einander seit Jahren nicht gesehen. Und als sei sie sich nicht hundert Prozent sicher, dass er es wirklich ist.

»Aber für Mavis«, fügt Miranda kläglich hinzu. »Er sollte es für seine Schwester tun!«

Caliban kotzt, es klingelt, Rio rennt zur Tür.

»Knut!«

»Rio! Schmeißt du 'ne Party?« Knut sieht sich neugierig um: »Ganz gute Stimmung, wa?!«

»Na ja, meine Eltern –. Vielleicht gehen wir heute mal lieber in mein Zimmer?«

»Ganz wie du magst!« Knut wuchtet seinen Rucksack vom Rücken, schlüpft aus seinen cool-ollen Adidas und folgt ihm durchs Gewusel. Rio ist froh, als sie in seinem Zimmer sind: »Ist es okay, wenn wir auf dem Boden sitzen?«

»Mein Lieber, ich bin achtundzwanzig, nicht achtundneunzig! Wobei: hast du ein Kissen?«

Hat Rio. Und ein Bett zum Anlehnen. Dort sitzen sie jetzt nebeneinander und das ist gut so, weil man sich dann nicht unbedingt angucken muss.

»Du hattest mich angerufen?«

Ach, shit, die Aktion! Stimmt!

»Das war nur ein Versehen, hab ich ja schon gesagt, auf der Mailbox, es war alles okay!«

»Okay.«

Knuts *Okay* ist eins dieser Pseudo-Okays, eins, das sich selbst nicht so richtig glaubt und schon gar nicht dem, an den es sich richtet.

»Wirklich! Echt! Ich –«

»Okay, Rio.«

Themenwechsel! Schnell!

»Übrigens, ich hab mit den Fotos weitergemacht!«

Das war jetzt wieder so ein typischer Knut-Effekt, dass in dessen Gegenwart Sachen aus Rio rausploppen, die eigentlich drinbleiben sollten.

»Hast du Lust zu erzählen?«

Seltsam. Irgendwie hat er das wirklich: »Franz und ich sind –«

»Sorry, ganz kurz: Wer ist denn Franz?«

Ja, wer ist eigentlich Franz? So richtig viel weiß Rio nicht von ihm. Er weiß nur, dass Franz mutig ist und verdammt kitzlig und geduldig und vorsichtig und sehr, sehr wunderschön sowieso und dass er so krass sanft sein kann und ziemlich witzig auch, und dass er absurd viele Bücher hat und fast alle auf Englisch und sich erstaunlicherweise mit Pflanzen auskennt und seit Kurzem auch damit, wie man Rio wärmeflutet, und dass er fast zaubern kann, und dass Rio gerne bei ihm wäre, das auch. Immerzu. Auch jetzt gerade. Klar ...

»Ist das ein Kumpel von dir?«

Gut, dass Knut neben ihm sitzt, Rio wird schon wieder rot.

»Ja, also irgendwie ... schon. Er wohnt ganz unten im Hinterhaus –«

Sags ihm ruhig, sag Knut doch, wenn du das wirklich okay findest, dich einfach so zu verlieben.

»Und ... Ich mag ihn«, sagt Rio. »Also, sehr.«

»Wie schön«, Knut klingt megasachlich, so extrem sachlich, wie man nur spricht, wenn man ein sehr großes, zufriedenes Lächeln verstecken möchte.

»Ja«, sagt Rio und gibt auf und versucht jetzt gar nicht mehr, irgendwas zu verbergen. Er rutscht vom Bett weg und Knut gegenüber, was solls, der kann ruhig sehen, wie schön das für Rio ist, dass es Franz gibt, in seinem in echt dunkelblauen, überhaupt gar nicht düsteren Zimmer im Erdgeschoss, in dem Rio sich so wohl und so sicher fühlt wie sonst nirgendwo.

»Also, Franz und ich, wir sind Fahrrad gefahren und wir waren in einem wirklich schrecklichen Gruselkabinett in so 'ner Mall in Mitte, und da ist der Fahrstuhl abgestürzt, also, nicht in echt, aber es war trotzdem fast so wie wenn, und wir waren auf so einem riesigen, komischen Feld, ganz am Rand der Stadt bei einem Baum auf Krücken, und gestern waren wir auf einem richtigen Hausboot bei Angel und Elvin, und ich hab sogar Eis gegessen und vorher ein bisschen Rührei, das der Flash gemacht hat, der gar kein Superheld ist, sondern Franz' Vater und der eigentlich

Milos heißt, und es hat so krass geregnet und geblitzt und gedonnert und ... also, wenn ich bei Franz bin, also, wenn der mich ... wenn der da ist ... jedenfalls, dann kann ich sogar schlafen, richtig tief und lange, ich träum dann nicht und ... und, ich weiß nicht, aber dann passiert mir nichts Schlimmes –«

»Moment, ganz kurz, bitte, Rio«, fragt Knut betont ruhig, »was meinst du denn mit *Schlimmes*?«

Nee, darüber kann Rio nicht sprechen. Nicht mit Franz, nicht mit Nuri oder Flip und auch nicht mit Knut. Er schlingt seine Arme um die Beine, Schutzhaltung, egal.

»Mh? Sag mal bitte, Rio, was bedeutet *Schlimmes*?«

Und obwohl er sich so viel Mühe gibt, beiläufig zu wirken, klingt Knut ziemlich besorgt. Rio hat keinen Plan, was der sich gerade vorstellt, aber das sicher nicht, so was hat niemand auf dem Schirm.

»Schlimmes halt, wenn ich träume, manchmal ... wenn ich dann nicht aufwache ... dann ist es ...«, flüstert Rio in seine Knie. »Ich merk dann nicht ... ich kann das nicht ... dass ... es ... es passiert ... nee ... ich ... ich ... ich bin doch schon ... ich bin doch kein Baby mehr ... ich meine ... ich ...«

Rio kommt da nicht wieder raus, gleich wird die Panik ihn packen, das spürt er!

»Hey, du, Rio?«

Knut sucht Rios Blick, wartet, bis der es endlich schafft, hochzuschauen. Knut sieht ein bisschen erleichtert aus und gleichzeitig sehr ernst: »Deswegen liegt da diese fiese Stachelmatte auf deinem Bett, mh?«, fragt er vorsichtig. Rio schafft es nicht, ihm länger in die Augen zu sehen, aber er nickt.

»Damit du nicht in den Tiefschlaf fällst, verstehe. Du, Rio, vielleicht hab ich eine Idee, was du meinst. Und gleich vorweg: da können wir was machen. Also, weißt du, falls es das ist, was ich denke – so was kann passieren, wenn man etwas sehr Schlimmes erlebt hat. Dann kann es sein, und ich sag dir, ehrlich: damit wärst du ganz definitiv nicht allein – dass man den Körper nicht so unter Kontrolle hat wie sonst und dann –«

»Nein«, fleht Rio. »Bitte nicht. Nicht sagen.«

Er presst sein Gesicht zwischen die Knie, schlingt die Arme darum, drückt sich die Ohren zu. Nichts hören. Kein Wort davon. Wenn Knut das laut ausspricht, dann wird Rio sich in Luft auflös-

»Okay«, hört er Knut dumpf, »Okay, okay. Verstanden. Vollkommen okay, Rio. Du bestimmst hier. Allein du. Okay? Aber magst du mir vielleicht noch ein bisschen von Franz erzählen?«

Von Franz reden, das will Rio am liebsten pausenlos, jetzt, wo er einmal angefangen hat. Er taucht aus seiner Arm-Bein-Verknotung auf, atmet tief durch: »Ich weiß nicht, er ist – ich bin … ich bin einfach so froh, dass es ihn gibt –«, sagt er leise. Und da ist schon wieder das Franz-Glücksdings, das Rio in letzter Zeit ganz oft überkommt, so plötzlich wie die Trauer, aber nicht eckig und eiskalt, sondern strahlend und weich und warm. Und Rio merkt, dass er überhaupt keinen Bock hat, das noch länger zu verstecken. Also strahlt er einfach weiter, Knut direkt ins Gesicht. Und offensichtlich wirkt das Franz-Strahlen ansteckend: »Ach, Rio, ich freu mich für dich! Sehr, sehr, sehr!«

»Er hat ein Grübchen«, sagt Rio und vergräbt schnell das Gesicht in den Händen. Oh Scheiße, was erzählt er denn hier? Knut lacht, stupst ihn gegen die Schulter: »Grübchen sind voll super! Und erzähl mal, wisst ihr mittlerweile, warum Mavis die Bilder gemacht hat?«

»Kein Plan. Aus irgendeinem Grund hat sie sich anscheinend für die Lieblingsorte und Geschichten wildfremder Menschen interessiert.«

»Spannend! Das klingt, als hättet Franz und du noch so einiges zu erforschen!«

Grinsgrinsgrins. Puh, bis die Schule wieder anfängt, muss Rio das irgendwie unter Kontrolle haben!

»Ja, vier Orte und die Personen dazu haben wir schon gefunden. Insgesamt sind es einundzwanzig Bilder, also noch minus der drei, die ich verknipst habe, und diese drei, auf denen man leider gar nichts erkennt, und dann müssten es ja theoretisch noch mindestens –« Rio verstummt. Oh nee, er labert schon wieder.

»Klingt hochkomplex!«, stellt Knut lachend fest. »Und gibt es bisher schon irgendwelche Hinweise auf Mavis?«

»Nicht direkt, aber ich bin mir ganz sicher, dass in den Bildern irgendwas drinsteckt, irgendwas, was mir ... also, was hilft.«

»Ich drück dir jedenfalls die Daumen, dir und dem Franz!«

Strahlstrahlstrahl. Und Knut strahlt auch wieder mit: »Mensch, ich bin so verdammt froh, dich so zu sehen, du Keks!«

Leuchtleuchtleucht. Hilfe!

»Und jetzt versprichst du mir, dass du dich meldest, wenn noch was ist, und dann lass ich dich auch schon wieder in Ruhe. Zumindest bis nächste Woche, okay?«

»Danke, Knut!«

»Sehr gerne, Rio!«

Im Wohnzimmer sitzt eine Frau am Klavier, die Rio nicht kennt. Sie trägt eine Bluse und glänzende Schuhe und sieht aus wie jemand, der Musik studiert hat und jetzt auf großen Bühnen Kompliziertes von Ravel und Bach spielt. Sie sieht aus wie jemand, den Jaime und Rosa eigentlich gar nicht bezahlen können. Als Rio sich nach Knut umdreht, steht der wie gebannt zwischen Mirandas *Kontakten* und sieht der Pianistin beim Spielen zu. Es ist das neue Lied, die große Hoffnung. Es klingt wunderschön, die Pianistin macht das definitiv tausend Mal besser, als Rio das jemals hinbekommen würde. Er ist froh darüber, weil es deswegen eventuell eine Sache weniger gibt, wegen der er ein schlechtes Gewissen haben muss.

Klar, Ri, red dir das ruhig ein!

Jaime setzt ein, mit Gitarre, Rosa summt. Bisher hat Rio den

Song nur durch geschlossene Türen gehört, durch die Wände der Altbauwohnung. Es ist anders, wenn man direkt danebensteht, wenn man Jaime und Rosa dabei sieht. Das Lied hat noch keinen fertigen Text, auch über den streiten seine Eltern. Bis zum Auftritt ist es nur noch knapp eine Woche, aber das wird schon irgendwie, da ist Rio sich ziemlich sicher. Die Melodie ähnelt der von *La hora azul*, dem alten, für die Radiowelt zu traurigen Lied. Was auch diese neue Version definitiv nicht ist: ein fröhlicher Sommerhit.

»Das ist sehr gut«, flüstert Knut Rio an der Tür zu. »Ich kenne ja nur *Solo el sol*, aber das hier mag ich ehrlich gesagt noch viel lieber.«

Rio nickt. Und er fragt sich, was Mavis dazu sagen würde, wie die das fände, wie sie hier alle weitermachen, als wenn nichts gewesen wäre, und sie nie da.

»Also, wie gesagt, wir sehen uns nächste Woche, ja?«

»Klar!«

»Ach ja, und was mir gerade noch eingefallen ist«, Knut schultert seinen schrabbeligen Rucksack, »du meintest doch vorhin, dass es einundzwanzig Bilder sind, oder?«

»Mh, ja, wieso?«

»Guck dir auf jeden Fall noch mal die Negative an. Soweit ich weiß, sind es bei diesen alten Filmen immer entweder vierundzwanzig oder sechsunddreißig Bilder. Vielleicht ist irgendwas nichts geworden und wurde aussortiert, oder im Labor haben sie einfach einen Negativstreifen vergessen. Kann ja immer mal sein. Und wäre ja schade, wenn ausgerechnet die fehlenden Bilder der Schlüssel zu dem Ganzen sind, oder?«

Rio nickt, ist gedanklich schon die Treppe runter, über den Hof und bei Franz, der gestern nach der Regenknutscherei die Papiertasche mit den Fotos mitgenommen hatte, um heute noch mal in Ruhe drauf zu schauen, während Rio gleich Flip trifft und Nuri, um denen endlich alles zu erzählen, all das, was ihm in diesem Sommer aus Versehen doch passiert ist, mit und wegen Franz.

Und sofort ist die Hoffnung da: dass da ein Schlüssel ist und eine Erklärung und eine Lösung. Und vielleicht sogar ein Kreis, der sich schließt, der das alles irgendwie erträglicher macht. Rio hofft auf, Rio reicht ein einziges verwackeltes Foto, das sich wie eine Nachricht von Mavis lesen lässt.

»Noch mal danke!«, ruft er Knut zu, und dann stürmt er an ihm vorbei die Treppe hinunter, schnell, bevor Nuri und Flip kommen, schnell jetzt noch mal zu Franz, der Augen machen wird, wenn Rio ihm das erzählt!

BIS GLEICH

Aber unten in der Eingangshalle kommen ihm Flip und Nuri schon entgegen: »Ich dachte, wir wären verabredet!«

Die beiden sehen angespannt aus. Kein Wunder, nach dem Pommesgate und der Sprungturmsache und, ehrlich gesagt, Rios gesamter Sommerferienperformance bisher.

»Klar, sind wir ja auch. Ich muss nur noch kurz, also, wohin.«

Flip runzelt die Stirn, wirft Nuri einen vielsagenden Blick zu: »Du wirst von Tag zu Tag mysteriöser!«

Es klingt nicht, als meine Flip das lustig, es klingt eher besorgt.

Rio strahlt trotzdem weiter vor sich hin. Oder schon wieder. Nuri grinst: »Ich glaub, ich weiß jetzt, was los ist!«

Flip sieht von Rio zu Nuri und wieder zurück, mustert Rio, als wäre der die Sphinx und die Lösung dieses Rätsels überlebenswichtig: »Ich kapiers nicht, Riolo! Wieso guckst du, als hätte ein Rudel Glücksbärchis vor deinen Augen den Klimawandel gestoppt?«

Nuri verdreht die Augen: »Flip«, sagt sie, »sag mal, merkst du eigentlich irgendwas? Guck ihn dir doch an!«

»Mach ich ja, aber – nee, echt jetzt? Ach sooo!«

Jetzt strahlt auch Flip: »Boah, bin ich erleichtert! Ey, nach deinen Nachrichten gestern dachte ich wirklich, du verlierst vollkommen den Verstand!«

»Und ich dachte, Flip dreht durch!«, stellt Nuri fest. »Der hat die ganze Gruppe mit seinen Nachrichten genervt! Erst gegen vier Uhr morgens war endlich Ruhe!«

Flip wirft Nuri einen mahnenden Blick zu, aber zu spät, Rio hat schon kapiert, dass es eine extra Gruppe gibt, eine geheime. Eine, in der sich die Anderen über ihn austauschen und über seinen Seelenzustand. Kein Wunder.

»Alter!«, ruft Flip, »Alter, echt, bin ich erleichtert!«

»Bleibt nur noch eine Frage –«, beginnt Nuri.

»– wer ist es?«, beendet Flip den Satz. »Kennen wir die – also, die Person?«

Die beiden sehen ihn erwartungsvoll an, Rio überlegt: »Nee, nicht so wirklich, glaub ich. Aber später, ja? Ich muss jetzt echt … also, nur ganz kurz!«

»Kein Ding, echt, Rio! Flip und ich warten oben. Da drängen sich doch bestimmt gerade lauter Promis, oder?«

Rio lacht: »Wenn ein kotzender Hund für dich unter *Promi* fällt, dann ja!«

»Aber hallo!«, grinst Nuri, »ich bin ganz versessen auf kotzende Hunde!«

»Eben! Bis gleich!«

»Bis dann!«, ruft Nuri. »Kommst du jetzt, Flip?«

Aber Flip bewegt sich nicht: »Rio?«

»Ja?«

Komisch, Flip sieht fast ein bisschen unsicher aus: »Du erzählst mir wirklich alles, oder? Also, nachher? Also, wer es ist und so? Wo ihr euch kennengelernt habt? Schuhgröße, Lieblingstier und Lieblingsessen, alles, ja?«

»Na klar!«

»Versprochen?«

»Versprochen!«

Und als Flip daraufhin herzzerreißend erleichtert aussieht, hat Rio eine Idee: »Weißt du, was? Vielleicht bringe ich ihn einfach gleich mit! Ich frag ihn, ja?«

»Oh ja«, ruft Flip, oberuntypisch uncool, »das fänd ich voll schön!«

»Und jetzt los, Jungs!«, ruft Nuri von der Treppe, »der Promihund wartet, und Rios geheimnisvoller Glückskeks sicherlich auch!«

NEGATIVE

Hallo Rio, schön, dass du –«

Aber heute ist Rio mal schneller als der Flash, hat seine Schuhe in die Ecke gepfeffert, ist hinter dem Perlenvorhang, bevor Milos seinen Satz beenden kann. In seinem Zimmer fläzt Franz auf der Schlafcouch. Er hat ebenfalls dieses Strahleding am Laufen. Einen Moment lang gucken sie nur, dann fällt Rio seine Mission wieder ein: »Welche Schuhgröße hast du?«

Franz sieht ihn verwundert an: »Fünfundvierzig, wieso?«

»Und was ist dein Lieblingstier?«

Franz lacht: »Hast du ein Poesiealbum verschluckt?«

»Nee, ich muss das dringend wissen!«

»Ich mag Quokkas!«

»Was ist das?«

»So ein australisches Beuteltier. Die gucken lustig!«

»Du guckst auch lustig!«

»Kein Wunder, du stellst ja auch ziemlich witzige Fragen! Willst du nicht herkommen, vielleicht?«

»Moment, das hier ist ernst, eine ganz wichtige Frage hab ich noch: Was ist dein Lieblingsessen?«

»Vienetta!«, ruft Franz.

»Zählt das? Ich meine, das ist Eis –«

»Man isst es, also ist es Essen!«

»Okay.«

»Warum willst du das alles wissen?«

»Flip will das wissen!«

Franz richtet sich auf: »Dein Kumpel, Flip?« Er bemüht sich, das beiläufig zu sagen, aber Rio hört, wie angespannt Franz plötzlich ist.

»Genau der, und –«

»Weiß der ... also, weiß Flip von ... uns ... also ... falls ... sind wir?«

»Ja«, sagt Rio, »Also, dachte ich, dass wir ...«

Und jetzt entspannt Franz sich wieder, sieht noch ein bisschen glücklicher aus und sogar noch ein bisschen niedlicher, und Rio hält es echt nicht mehr aus, dass Franz da drüben auf der Couch hängt und er hier steht, so weit weg, immer noch in der Tür. Und deswegen nimmt er Anlauf und wirft sich mit Karacho zu Franz auf die Couch, schlingt seine Arme um ihn und seine Beine, und Franz zieht ihn noch ein Stück näher an sich und hält ihn ganz fest: »Hast du Flip von ... von uns –« Rio hört, dass Franz lächelt. »Also, hast du ihm von uns erzählt?«

Und trotz des Lächelns klingt Franz ängstlich. Kein Wunder, die Sache damals im Hof, mit Jareks Scheißaktion, als auch Flip viel zu lange nicht eingeschritten ist, und dann das: immer wieder und ewig schon *Dracula*.

Rio streichelt da, wo Franz' Herz sitzen muss, so ungefähr: »Bisher, also seit gerade eben weiß Flip nur, dass da jemand ist. Und Nuri, Nuri auch. Aber falls du magst, kannst du gleich mitkommen und wir könnten dann alle ein bisschen zusammen abhängen oder so?«

»Ich weiß nicht. Meinst du, das ist eine gute Idee? Ich meine, die mögen mich ja nicht besonders, und ich muss dir auch noch was –«

»Die kennen dich doch gar nicht!«, unterbricht Rio ihn, »sie werden dich lieb-, äh, mögen! Ich meine, geht ja gar nicht anders, wie sollten sie nicht?« Rio drückt Franz einen Kuss auf die Wange, aber Glückskeksenthüllungsgespräch hin oder her, das reicht nicht, jetzt wird erst mal geknutscht, und zwar so richtig. Es fühlt sich an, als täten sie das seit Jahren, und gleichzeitig so wie zum allerersten Mal.

»Ich muss dir aber wirklich unbedingt ganz dringend noch was sagen –«, murmelt Franz, sobald er den Mund kurz frei hat. Und jetzt erst fällt Rio das möglicherweise verloren gegangene Negativ wieder ein, das potenzielle Rettungsbild, von dem Knut ihm erzählt hat. Krass, er hatte das wirklich komplett vergessen!

»Und ich dir!«

»Okay, du zuerst!«

»Knut hatte eine ziemlich gute Idee –«

»Hilfe!«, sagt Franz. »Also, Familienaufstellungen mache ich nicht und mit Gesprächstherapie bin ich schon durch!«

»Keine Ahnung, was das sein soll, aber das wars jedenfalls nicht. Er meinte, dass es eigentlich mehr Bilder geben müsste. Mindestens drei. Weil es Einundzwanziger-Filme wohl nicht gibt. Und wir haben ja diese Dinger ... also, diese Negative, weißt du, von denen uns Elvin und Angel gestern auch erzählt haben?«

Franz nickt zögerlich.

»Die haben wir doch noch, oder?« Wenn sie die irgendwie verloren haben, unterwegs! Bis eben wusste Rio ja noch nicht, wie verdammt wichtig diese Negative sein könnten.

»Doch klar«, murmelt Franz und zwirbelt das Gummiband an seinem Arm. »Die sind noch da.«

Zugegeben, Rio ist ein bisschen enttäuscht, dass Franz so dermaßen unenthusiastisch ist. Macht aber nichts, sein eigener Enthusiasmus reicht für sie beide: »Das muss es sein!«, ruft er. »Ich bin mir ganz sicher! Die fehlenden Bilder erklären alles!«

»Was alles?«, fragt Franz schwach. »Was sollen die denn erklären?«

»Na, warum Mavis die Bilder gemacht hat, dafür muss es doch einen Grund gegeben haben. Also, ich meine, mehr, als dass sie sich plötzlich für fremde Leute interessiert hat!«

»Rio, bitte, ich glaube –«

Aber Rio lässt Franz nicht aussprechen: »Und ich bin mir irgendwie sicher, dass sie mehr bedeuten, dass sie dem Ganzen irgendwie einen ... einen Sinn geben. Warum Mavis da war, warum das sein musste!«

»Das mit dem Sterben?«

Rio nickt. Das ist es eigentlich, darum geht es die ganze Zeit: um eine gute Erklärung und um ein gutes Ende, das alles irgendwie erträglich macht. Das er seinen Eltern geben kann, damit sie das überstehen. Gemeinsam.

Er gibt sich einen Ruck und klettert aus der Schlafcouchkuhle, aus der Franzwärme: »Wo sind sie denn?«

Wortlos zeigt Franz zum Schreibtisch. Da liegt der Umschlag mit den Bildern und den Negativen. Die stecken in einer kleinen, bisher unbeachteten Seitentasche. Wie absurd, dass er vorher nie auf die Idee gekommen ist, sich den Umschlag genauer anzusehen! Aber warum auch? Er wusste ja nichts von Bildanzahl und Negativstreifen! Aber jetzt, jetzt ist wieder alles möglich. Wobei –

»Ich erkenn gar nichts!«, stellt Rio enttäuscht fest.

»Du musst sie ins Licht halten«, sagt Franz matt. Rio hält den ersten Streifen vors Fenster. Hier bei Franz ist es nicht ganz so hell wie oben bei ihnen, aber es reicht.

»Wie cool! Guck mal! Da sind unsere Bilder in ganz klein und umgedreht!«

»Ja, die Negativversionen. Alles, was später hell ist, ist dunkel, und alles, was dunkel ist –«

»– ist hell! Klar, versteh ich. Trotzdem faszinierend!«

Da ist Yves, da ist Karim, da ist der Mensch in dem Hasenkostüm und die Frau mit dem Würstchenbauchladen, da ist der alte Mann mit dem Basketball unter dem Arm, und da sind Angel und Elvin und die Jongleurin und die lebende Statue, da ist das Kind, das auf den Fluss hinausschaut, und dann ist da die Fabrik. Rios Hände werden schwitzig und etwas sehr Scharfes mit flirrenden Rändern schießt durch seinen Körper, bis in seinen Kopf.

»Rio?«

»Hier ist der Ort, wo Mavis ... wo sie ...«

»Ja, ich wollte dir –«

»Nein, warte!«

Er will jetzt nichts hören. Er muss denken. Er will das verstehen. Sofort. Rio starrt auf das Bild. Es ändert nichts. Da, auf dem schmalen Negativstreifen ist die Fabrik zu sehen. Ein Ort nur, aber einer, der ihm entgegenstarrt wie eine fremde Fratze nachts aus dem Spiegel.

Rio versteht nicht, was das bedeutet. Sein Hirn kriegt das nicht hin, und sein Blick wandert weiter, auf der Suche nach etwas, das all dem einen Sinn gibt, das –

»Hier bist du, Franz, das bist du!«

»Ich weiß«, sagt Franz und in der Stille, die jetzt folgt, kann man das Gummiband hören, das er wieder und wieder gegen seinen Arm knallen lässt.

ALS OB

Es ist nicht so, dass jetzt plötzlich alles Sinn macht. Im Gegenteil: Es ist völlig schief und krumm und passt überhaupt nicht mehr zusammen. Ratlos steht Rio da, die Negative in der Hand: Da ist die Fabrik, da ist Franz. Franz im Porträt, der so traurig guckt und ein bisschen arrogant und irgendwie entrückt, wie Rio ihn früher immer sah, wie er ihn jetzt gar nicht mehr sieht. Und da ist: Mavis. Mit ihrer Lieblingsmütze, darunter schaut das schlumpfblaue Haar hervor, das auf dem Negativ gar nicht schlumpfblau ist, sie guckt entschlossen und ziemlich cool, aber Rio sieht genau, dass sie sich ein Lächeln verkneift. Er weiß, wie Mavis aussieht, wenn sie besonders tough wirken will. Da ist dunkel, wo hell sein müsste, und hell, wo eigentlich dunkel ist, da sind Aufnahmen, zu denen die Abzüge fehlen.

Rio plumpst so schwer auf den Sessel, dass es staubt. Es ist nur ein halber Schritt bis zu Franz, aber der ist plötzlich so viel weiter weg. Nichts will Rio mehr, als die Negative nie gesehen zu haben. Aber seine Gedanken machen, was sie wollen, die rasen zurück zu jenem Abend, als er Franz mit Mavis' Kamera im Hof erwischt hat. Was Rio jetzt klar wird: Es ging nie um den Fotoapparat, es ging immer nur um den Film!

»Das war kein Fehler im Labor, oder?«

»Nein ...«

»Du warst vor mir beim Ortmann und hast die Bilder verschwinden lassen!«

»Es dauert nur vier Tage, nicht sieben –«

»Und die Negative?«

»An die hab ich nicht gedacht.«

Scheiße.

Franz sieht so erschöpft aus. Kein Wunder: lügen und anderen was vormachen ist ja auch anstrengend. Damit, immerhin, kennt Rio sich aus.

»Ich hatte Angst, dass es aussieht, als –«

»Als hängst du da mit drin?«, unterbricht Rio ihn grob.

Franz nickt: »Mavis hat mir von ihrer Idee erzählt ...«

»Warum? Wieso ausgerechnet dir?«

Was du meinst, Ri, ist doch eigentlich das: warum ich ihm davon erzählt habe und nicht dir.

»Sie wollte mich fotografieren.«

»Warum?«

»Ich weiß nicht, irgendwann hat sie mich angesprochen, ob sie ein Foto von mir machen darf. Sie hatte diese Kamera und so eine Idee ...«

»Was, was für eine Idee?«

»Wie Karim und die anderen schon gesagt haben: Sie wollte Erinnerungen sammeln und Lieblingsorte. Sie meinte, dass ihre Welt ihr so winzig klein vorkommt, obwohl die Stadt doch so groß ist und voller Leute und Geschichten und so ...«

»Und dann hat sie dich fotografiert und du hast ihr deine ach so spannende Geschichte erzählt, und dann habt ihr heimlich zusammen rumgehangen ihren letzten Sommer über, bis ... bis ... Und bei all den Leuten, an all den Orten, an denen wir beide waren, warst du vorher auch schon mit ihr!«

Genau.

Franz schüttelt heftig den Kopf, rutscht bis zur Kante der Schlafcouch vor, sucht verzweifelt Blickkontakt, aber Rio dreht schnell den Kopf weg. Er will nicht, dass Franz sieht, dass er heult. Er hat ihm schon viel zu viel gezeigt, Millionen Mal zu viel erzählt. Was hat er sich nur dabei gedacht? Was hat er sich eingebildet?

Dass Franz ihn wirklich mag? Dass er ihn meint, mit all dem Schönen?

»Nein, Rio, wirklich nicht! Sie hat mir nur von der Jongleurin erzählt, aber auch nicht viel, ich war nicht –«

»Du hast mich die ganze Zeit volle Kanne verarscht!«

Rio bricht die Stimme weg. Warum muss er so viel fühlen? Warum bitte muss er am Leben sein? Mavis wäre das nicht passiert. Scheiße. ScheißeScheißeScheiße. Wieso ist das jetzt plötzlich so? Es war doch fast gut! Es war doch alles auf dem Weg, besser zu werden! Nichts will er mehr, als dass Franz ihn umarmt, aber vor nichts fürchtet er sich so sehr. Nichts passt.

Alles passt, Ri. Und nichts kann jemals wieder gut sein oder schön. Und ich hab dich davor gewarnt, die ganze Zeit.

»Ich wollte nur –«

Franz verstummt, zuckt hilflos die Schultern: »Und … also … Das hier wollte ich dir auch noch geben –« Aus seinem bunten Portemonnaie zieht er eine kleine Plastikkarte, hält sie Rio hin: »Schon längst, ich wusste nur nicht, wie.«

Rio zögert. Nichts, nichts, nichts will er noch von Franz.

»Ihr Schülerticket«, sagt Franz, und Rio versteht: die Aktion neulich in der Bahn, als Franz ihn rausgehauen hat. Natürlich! Natürlich hat Franz nicht sein eigenes Schülerticket gezeigt. Der Kontrolleur hat Mavis gesehen, nicht Franz. Mavis mit zwölf, als die Ähnlichkeit zwischen den Zwillingen noch größer war, weil ihre Haare noch nicht schlumpfblau waren und in den runden Kindergesichtern noch alles Mögliche vorstellbar. Aber wieso hat Franz Mavis' Schülerticket?

»Es lag draußen im Beet … an … an dem Tag, an dem sie verschwunden ist. Ich wollte es ihr wiedergeben, aber –«

»Sie ist nicht verschwunden, sie ist gestorben!«, brüllt Rio. Franz fährt heftig zusammen.

»Sie ist durch ein Scheißdach gestürzt! Zwanzig Meter tief, einen Tag vor unserem Geburtstag! Und dabei hat sie sich das

Genick gebrochen! Und dann hat sie hat da gelegen, die ganze Nacht, vollkommen allein! Während ich auf sie gewartet habe und nichts, nichts, nichts geahnt hab. Ich dachte immer, man spürt so was! Aber man spürt gar nichts! Ich hab nichts gespürt, ich Arsch war einfach beleidigt, weil ich dachte, sie hätte mich vergessen. Aber sie konnte gar nicht kommen, weil sie ... sie ...«

Und jetzt ist da noch ein Gedanke, ein ganz schrecklicher, und Rio springt auf, weil er keine Minute, keine Sekunde länger hier sein kann: »Die Fabrik kam von dir! Oder? Du hast ihr von der Fabrik erzählt! Die fucking Scheißfabrik, in der sie gestorben ist, ist dein verdammter Lieblingsort! Deine verdammte Geschichte! Und die Sache mit uns, also, mit mir, die war nur ein gigantisches, abgefucktes Ablenkungsmanöver, damit ich das nicht rausfinde!«

Er hört, dass Franz irgendwas sagt, *nein* oder *ja*, was auch immer es ist, es ändert nichts. Und wie sollte er, was soll er Franz noch glauben?

»Das war alles nicht echt, oder?«, flüstert Rio.

Franz steht auf und streckt seine Hand nach ihm aus und sagt schon wieder irgendwas, aber Rio hört nicht, was es ist, sieht nur, dass das rote Band weg ist, von Franz' Arm, gerissen oder so oder was immer. Und Rio stößt Franz weg und es rumpelt und poltert und überall sind Bücher auf dem Boden und vielleicht ist Franz gerade über einen seiner verdammten Bücherstapel gestolpert oder den scheißriesigen Sessel, oder er ist gegen die Tischplatte geknallt, vielleicht hat er jetzt ein Loch im Kopf, vielleicht liegt er blutend am Boden, vielleicht ist er – aber egal, was kümmert ihn Franz? Rio muss hier raus, muss weg.

DIE STADT, DIE FABRIK

Man fällt, man fällt – wo willst du hin, Ri?

Er weiß es nicht. Es gibt keinen Ort, an dem er sein möchte. Es ist, als hätte die Welt nichts mehr mit ihm zu tun. Er sieht die Leute in den Cafés, den Restaurants, in ihren Autos, auf ihren Fahrrädern, mit der Gießkanne an ihren von Fahrradständern gerahmten winzigen Baumbeeten, sieht, wie sie Sachen machen, die man nun mal so tut. Es betrifft ihn nicht mehr. Er würde gerne rennen, aber ihm fehlt jede Kraft und Rennen ist schwer, wenn man nicht weiß, wohin man eigentlich will. Rio schlurft wie in Zeitlupe und ohne auf den Weg zu achten, und so landet er bei der Fabrik, die viel näher sein muss, als er dachte, als sie sein sollte.

Hier endet alles.

Die Fabrik steht direkt am Kanal. Früher wurden hier mal Gummidichtungen produziert oder Holzkohle oder so, ist ja auch egal. Was wichtig ist: Es gibt riesige Hallen und hohe Schornsteine und Schlote und Schächte und marode Dächer, die plötzlich unter Menschen zusammenkrachen können. Rio weiß nichts von diesem Ort, außer dass er der schlimmste ist. Er will hier nicht sein, um nichts auf der Welt. Und genau deshalb bleibt er. Ziellos wandert er zwischen den brüchigen Backsteinmauern hindurch. Er war noch nie hier, er war nicht in der Fabrik, an jenem Tag letztes Jahr, der einmal ihr Geburtstag war. Und er fragt sich, was Mavis hier gesucht und was Franz gefallen hat, an diesem Ort.

Wenn du hier gewesen wärst, wäre es nicht passiert!

Rio hat keine Ahnung, wo es passiert ist, wo genau Mavis gestürzt ist. Es könnte überall sein, alles hier sieht wie Weltuntergang aus.

Zwanzig Meter, ich war sofort tot.

Er läuft das ganze Fabrikgelände ab, als gäbe es hier noch irgendetwas zu finden, irgendwen. Er verläuft sich und es ist egal. Am Himmel türmen sich Wolken auf, aber es wird nicht regnen und selbst wenn –

Nyx taucht auf, drapiert sich im türlosen Fabriktor, thront da, wie hineinretuschiert, beobachtet ihn konzentriert. Sie war immer da, in den letzten Tagen. Und es kann doch nicht sein, dass Nyx und er noch existieren, und jemand wie Mavis nicht. Rio will die Katze vertreiben, will, dass sie auch nicht mehr da ist, noch weniger als Mavis, er hält schon ein Stück Backstein in der Hand und wirft es dann doch nicht.

Stattdessen schleudert er den Stein durch ein Fenster, aber das ist eh schon zerbrochen. Rio wirft ein Stück Holz gegen die Wand, doch das Geräusch wird von den Wolken geschluckt, die Gewitterluft reibt an seiner Haut wie kratzige Wolle. Die Katze läuft nicht weg, Rio geht weiter, sie will ihm folgen: »Hau ab!«

Er muss laut werden, er muss sie erschrecken, damit sie endlich geht.

Sie haben dich gesehen und wussten sofort, dass ich es bin. Weil du aussiehst wie ich, im Wesentlichen, weil ich zuerst da war und du bist wie ich, nur ein bisschen weniger in allem, wie eine schlechte Kopie.

Alles hier gleicht sich. Er weiß nicht, wo er schon war und wo er jetzt ist. Er vermisst seine Leute, er vermisst Nyx, er vermisst Franz, er vermisst Mavis, und er hält so viel Vermissen nicht mehr aus. Aus seiner Hosentasche dringt Musik, er versteht nicht warum. Da ist eine rostige Feuerleiter. Er könnte hochklettern. Er könnte die Augen schließen. Er könnte über das morsche Dach laufen und darauf warten, dass es auch ihn verschluckt. Der Gedanke beruhigt ihn. Rio greift nach den Streben, aber seine

Füße heben sich nicht vom Boden. Er sieht, dass er keine Schuhe trägt. Hinter sich hört er ein Geräusch, wie Schritte, aber als er sich umdreht, ist niemand da.

»Mavis?«

Sie antwortet ihm nicht. Natürlich nicht. Wie viel Hoffnung kann man haben? Wie absolut verloren kann man sein? Und jetzt regnet es doch, aber das bedeutet nichts, genauso wenig wie Nyx, wie dieser Sommer, wie die Sache mit ihm und mit Franz. Langsam wird es dunkel, vielleicht sind das die Wolken und vielleicht ist das die Nacht.

BLAULICHT

Die Straße leuchtet: Streifenwagen, Blaulicht, kein Alarm.

Wir haben sie gefunden.

Schlechte Nachrichten kommen still und die Panik kennt sich aus in ihm.

Ein anonymer Hinweis.

Rio rennt, so schnell er kann, aber er kann nicht so schnell. Sein Herz rast und in seinem Kopf dreht sich alles und er hat keine Kraft mehr und was, wenn etwas mit Jaime und Rosa ist?

Dann ist das deine Schuld.

Vor der Tür stehen Leute, im Hausflur versperrt ihm jemand den Weg, eine Polizistin sieht ihn streng an: »Wer bist denn du?«

»Ich bin da!«

»Das seh ich, aber du kannst hier gerade nicht so einfach durch, wir –«

»Rio!«

Nuri kommt auf ihn zugerannt, und fast hätte sie ihn aus Versehen umarmt, aber: der Abgrund, das schwarze Loch.

Alle sind da: Flip und Jarek und Lale und Anoush und Coco, und da ist Miranda mit dem jaulenden Caliban und Herr Tsakiris ohne Frodo und Zaha aus dem Dritten mit ihren beiden Jungs und die komplette WG und Frau Žimşek und Frau Tahari und Mirandas gesamte Nachbarschaft und die Pianistin, und Polizisten und Polizistinnen, Menschen, so weit das Auge reicht, und jetzt kommen Jaime und Rosa gelaufen, bleiben abrupt stehen, starren Rio an wie ein Gespenst, als hätten sie sich schon damit abgefunden, ihn niemals wiederzusehen. Oder, denkt Rio, als hätten sie lieber jemand anderes zurückbekommen.

»Wo warst du. Du bist ja klitschnass«, sagt Rosa tonlos.

»Draußen?«

»¡Corta el rollo, joder!«, brüllt Jaime. Rio fährt heftig zusammen, sein Vater flucht sonst nicht, wird nienienie laut oder gar aggressiv.

Rio verliert jede Kontur: seinen Körper, seine Gedanken und seine Stimme.

»Das ist Ihr Sohn?«, fragt die Polizistin. Sie klingt ungläubig. Rosa nickt, aber so, als wäre sie sich nicht so ganz sicher. Die Polizistin mustert ihn von oben bis unten, er will sich verstecken, sie runzelt die Stirn: »Rio Pareiro?«

»Ich bin ...«

Wenn man nur aus Rauch besteht und aus Erinnerungen und aus Feinstaubpartikeln und aus Sehnsucht und Asche, ist das gar nicht so einfach mit dem Sein. Der Steinboden unter seinen Füßen ist nass, er steht in einer Pfütze, im splittrigen Mosaik verbeißen sich zwei Schlangen ineinander. Er friert so.

»Wir hatten Angst«, sagt Rosa, »solche Angst!« Jaime nickt.

»Lo siento«, flüstert Rio, »es tut mir leid. Wirklich. Ich hab vergessen, Bescheid –«

Jaime schlägt mit der flachen Hand fest gegen die Wand: »¡Déjalo!Schluss jetzt!«

Die Polizistin schüttelt den Kopf. Rosa sucht nach Rios Händen, greift ins Leere, weil sie nicht guckt und Rios Hände längst tief in seinen Taschen vergraben sind. Er hat sich geirrt, gestern: Sie sind nicht, er ist nicht unbesiegbar.

»Wir haben es so oft bei dir versucht«, flüstert Rosa, »wieso hast du uns denn nicht geantwortet?«

Was soll Rio sagen? Dass er das Handy gehört hat, wieder und wieder? Und dass er einfach nicht auf die Idee gekommen ist, dass es etwas mit ihm zu tun haben könnte?

»Du weißt doch, wie das ist! Du kannst doch nicht einfach so stundenlang verschwinden! Wir dachten schon –«

»Du hast uns sehr enttäuscht, Rio«, murmelt Jaime.

Er dreht sich um und geht, langsam, mit schleppenden Schritten, wie ein sehr alter, unendlich erschöpfter Mensch.

Draußen schaltet jemand das Blaulicht ab, und nun ist es im Hausflur fast dunkel, der Regen rauscht, die Polizistin sieht ihren Kollegen an, der nickt, ein dritter, älterer Polizist räuspert sich: »Nun ja, ich würd mal sagen, das war auf jeden Fall ein großer Schreck für uns alle! Aber ist ja alles noch mal gut gegangen. Beim nächsten Mal sagst du einfach Bescheid, bevor du losziehst oder wenns später wird, verstanden, junger Mann!?«

Er lächelt Rio aufmunternd zu, Rio nickt.

»Vor allem, wenn man so eine Geschichte hat!«

Ich bin keine Geschichte.

»Nun gut«, sagt der jüngere Polizist. »Dann wollen wir mal wieder.«

Sie verabschieden sich, auch die Nachbarschaft verschwindet.

Rosa streicht Rio über die Wange. Er spürt ihre Finger nicht, aber um sie nicht noch mehr zu enttäuschen, tut er so, als ob, legt sein Gesicht in ihre Hand, gibt sich Mühe, das Zittern zu unterdrücken. Doch jetzt lässt Rosa schon wieder los und Rios Kopf ist mit einem Mal noch viel schwerer. Er hat Angst, einfach umzukippen, kommentarlos zur Seite, weil ihn nichts mehr hält.

»Ich weiß ja, dass du uns keine Angst einjagen wolltest«, sagt Rosa. »Und dein Vater weiß das eigentlich auch. Und jetzt bist du wieder da und alles ist gut!«

Still steigt sie die Treppe hinauf.

Niemals, niemals, Ri, wird alles wieder gut.

VORBEI

Im Halbkreis, zwischen ihm und der Haustür, stehen Flip und die anderen um Rio herum. So, als fürchteten sie, er könnte die Flucht ergreifen. Er schlingt die Arme um sich, aber es wird nicht wärmer:

»Ich weiß nicht … ich hab einfach nicht nachgedacht.« Sooft er sich auch räuspert, eine normale Lautstärke bekommt er mit seiner Geisterstimme nicht mehr hin.

»Nee, Bärchen«, sagt Jarek, »ganz offensichtlich nicht. Willkommen im Club!« Er will einschlagen, aber Rio schafft es nicht, die Hand zu heben, lässt Jarek in der Luft verhungern. Niemand lacht.

Flip hat die Arme vor der Brust verschränkt, starrt Rio an. Es ist eine andere Wut als bei Jaime, eine andere Verzweiflung als bei Rosa, nicht ganz so grundsätzlich vielleicht, aber kein bisschen kleiner. Als er schließlich spricht, ist seine Stimme rau, so, als hätte er lange nach jemandem gerufen: »Wir haben ewig in deinem Zimmer gehockt. Erst haben wir noch gedacht, dass du bei – du weißt schon – festhängst, aber dann war ich mir sicher, dass du uns nicht warten lassen würdest, also, nicht so lange. Wenn du wirklich … Wir haben deinen Eltern viel zu spät Bescheid gesagt, ich meine, du hättest …« Flip schüttelt den Kopf: »Ich meine, du weißt doch, wie das war! Du kannst dir doch denken, dass wir alle ausflippen! Es … es war noch schlimmer als damals, weil wir jetzt wissen, was … was passieren … Scheiße, Rio!« Anoush legt die Hand auf Flips Rücken, der reibt sich erschöpft das Gesicht.

Nuri sieht Rio traurig an: »Vorhin, weißt du, im Treppenhaus? Da warst du so happy! Da dachte ich ganz kurz, jetzt ist es vielleicht vorbei, jetzt wird es vielleicht besser ...«

Was machst du nur, Ri?

»Wird es!«, krächzt Rio, »versprochen! Ich geb mir mehr Mühe, okay?«

Aber du schaffst das nicht.

»Wirklich, es tut mir so leid!«

Bis auf den Regen ist es ganz still.

»Puh«, seufzt Lale schließlich. »Leute? Schluss jetzt mal mit dieser Nummer! Er ist ja wieder da! Ganz offensichtlich. Rio ist zurückgekommen. Okay? Also: alles gut! Entspannt euch!« Sie knufft Rio sacht in die Seite: »Und, Süßer, übrigens, du schlotterst, du tropfst, und du trägst keine Schuhe!«

Lale, Flip, Nuri, Jarek, Anoush und Coco gucken auf Rios schlammige Socken, als wären die schuld an dem ganzen Debakel und das Unfassbarste, was es gibt auf der Welt. Unwillkürlich zieht Rio die Zehen ein. Er will nichts als unsichtbar sein, er will –

»Auch das noch!«, stöhnt Jarek.

In der offenen Haustür steht Franz. Auch er ist klitschnass, sein Haar klebt ihm im Gesicht, als wenn er gerannt wäre. »Rio?«, fragt er, »bist du okay?«

Du willst ihn nie wieder sehen.

Flip starrt auf den tropfenden Franz, dann rüber zu Rio.

»Rio?«, bittet Franz. Was will er denn jetzt noch mit ihm?

Jarek baut sich mit verschränkten Armen vor Franz auf: »Hau ab, du kleiner Wichser!«

»Jarek«, mahnt Nuri, »bitte nicht schon wieder die Nummer!«

Franz beachtet die Anderen gar nicht, sieht nur Rio an: »Können wir reden? Nur ganz kurz?«

Wenn man Franz nicht kennt –

Du kennst ihn nicht, Ri.

– merkt man nicht, wie nervös er ist. Dann sieht er unnahbar aus und vielleicht sogar ein bisschen arrogant, auf jeden Fall so, als würde ihn nichts auf der Welt bewegen. Aber da ist das Nagelpulen, da ist Franz' unsicherer Blick. Er ist voll aufgeregt, er hat Angst. Jarek dreht sich zu Rio um: »Willst du mit dem Freak sprechen, Bärchen?«

Rio schüttelt den Kopf.

»Siehste, Freak?«, knurrt Jarek. »Zieh Leine!«

»Nein«, sagt Franz, »mache ich nicht.«

Flip schiebt sich zwischen Jarek und Franz: »Leute? Was genau läuft hier gerade?«

Sorg dafür, dass Franz geht!

Franz sucht immer noch Rios Blick: »Bitte, Rio, wirklich, nur ganz kurz! Ich muss dir das erklä-«

»Hä?«, unterbricht Coco ihn. »Wieso hast du Rios Schuhe?«

Shit. Auch Franz scheint erst jetzt aufzufallen, was er da umklammert. Hastig versteckt er die Chucks hinter seinem Rücken. Als würde das jetzt noch was ändern! Ein Schuh rutscht ihm aus der Hand, klatscht laut auf den Steinboden.

»Alter, echt jetzt? Seine Schuhe? Du bist echt so ein krass verdammter Freak!«, ruft Jarek.

Franz wird knallrot. Rio guckt schnell weg.

»Jetzt sag schon: Was soll das, Dracula?« Flips Stimme ist scharf. So, als hätte er irgendwas verstanden, oder aber auch ganz und gar nicht. »Spucks aus!«

»Flip«, bittet Anoush, »komm mal bitte wieder runter!«

Flip starrt Franz an: »Ich will nur endlich kapieren, was hier eigentlich abgeht! Also: Was hast du gemacht? Wieso rennst du mit seinen Schuhen rum? Was ist das für ein Scheiß? Was musst du Rio erklären?«

»Nichts«, sagt Franz leise, weicht Flips Blick aus und sieht unsicher rüber zu Rio. Flip macht einen Schritt auf Franz zu: »Alter, ich warne dich! Wenn du ihm irgendwie irgendwas getan hast, mach ich dich fertig!«

»Flip, wirklich, ist gut jetzt!« Selbst Coco spürt die Spannung. »Er hat halt seine Schuhe, ist doch kein Ding! Wie Jarek schon sagt: der Typ ist halt einfach ein krasser Freak, aber das wussten wir doch schon!«

»Ich will bitte nach Hause«, flüstert Rio.

Da wartet aber niemand auf dich.

»Gute Idee!«, ruft Nuri. »Rio muss dringend heiß duschen und was Trockenes anziehen und dann am besten sofort ins Bett, und wir sollten alle so langsam mal abziehen, es ist echt schon spät, und –«

»Was will er dir erklären, Rio?«, unterbricht Flip sie.

Sag es ihnen.

Und plötzlich ist Rios Stimme wieder da: »Wieso er Mavis von der Fabrik erzählt hat«, sagt er.

Und jetzt wieder die Stille. Und das Gefühl, einen Fehler gemacht zu haben. Einen großen. Und das Wissen, dass die Kraft fehlt und der Wille, irgendetwas daran zu ändern.

Flip sieht Rio fassungslos an: »Er hat WAS?«

Aber Rio antwortet ihm nicht. Er dreht sich um und geht die Treppe rauf. Hinter sich hört er Nuri und Jarek und Coco und Lale rufen, hört Flip, wie er brüllt, keine Worte, nur Wut. Er hört Anoush schreien, er hört eine Tür auffliegen, er hört Milos, hört Franz' Vater brüllen. Nur Franz, den hört Rio nicht.

STAPEL

Die Badezimmertür ist verschlossen, die Tür zu Mavis' Zimmer auch.

»Hallo?«

Niemand antwortet. Rio beginnt, die Gläser einzusammeln, die überall in der Wohnung verteilt sind, alles ist wie in Zeitlupe und gleichzeitig rasend schnell.

Echt jetzt? Du kannst es nicht wiedergutmachen.

Auf dem Tisch findet er einen Haufen grauer Umschläge mit Behördenstempeln. Rio stapelt sie ordentlich, legt sie gut sichtbar auf den Tisch. Dann überlegt er es sich anders und stopft den Stapel in die unterste Schublade des alten Küchenbuffets. Die klemmt, die macht niemand mehr auf. Ein paar Tage Ruhe, bis die nächsten Briefe kommen. Das ist kläglich, das ist alles, was er tun, was er seinen Eltern noch geben kann. Nichts von Mavis, keine schöne Geschichte, kein gutes Ende, keine tröstliche Erklärung.

Rosa huscht aus dem Bad durch den Flur, bleibt kurz stehen: »Bist du okay, Schatz?«

Rio nickt. Klar. Natürlich ist er okay. Alles andere kann er ihr nicht antun. Mundwinkel hoch, lächeln. Es funktioniert: Rosa sieht erleichtert aus: »Schlaf schön.«

»Du auch.«

Sie ignorieren das verzweifelte Schluchzen, das aus Mavis' Zimmer dringt, sie tun beide so, als wenn nichts wäre, und im Bad schiebt Rio den Waschschrank wieder zurück an seinen

Platz. Er steckt sich den Finger in den Hals, aber es kommt nichts. Weniger kann er heute nicht werden. In seinem Zimmer wirft er die nasse Jeans und die stadtschmutzigen Socken auf den Boden, die Stachelmatte rutscht ihm vom Bett, egal. Egalegalegal.

IDEE

Es wird Morgen, die Sonne scheint. Das macht sie auch über Weltuntergängen. Rio schlurft rüber zum Esstisch. Er hat nicht geschlafen, aber er hat eine Idee, eine letzte Chance gibt es, eine einzige Möglichkeit, was er noch für sie tun kann: »Papá? Ich mach das!«

»¿Qué?«

Jaime sieht nicht von seinem Notizbuch auf.

»Ich spiele bei eurem Auftritt, also, wenn ihr immer noch wollt, dass ich ...«

Und nun legt sein Vater den Stift doch weg: »Natürlich wollen wir das, Rio! ¡Estupendo! Deine Mutter wird sich so freuen ... Ich freu mich, Rio! ¡Un millón de gracias!«

Sag ich doch, dass das klappt!

So enthusiastisch hat Rio Jaime lange nicht mehr gesehen.

»Ich geb dir gleich die Noten, ja? Dann arrangieren wir alles, damit es für dich passt, ja? Hast du denn jetzt Zeit?«

Natürlich hat er Zeit. Er hat alle Zeit der Welt, weil es nichts gibt, absolut gar nichts mehr, was Rio noch möchte: »Ja, klar!«

PROBEN

Es sind noch vier Tage. Rosa und Miranda finden die Idee auch ganz toll, die Pianistin ist bereit zu helfen, für nur die Hälfte ihres vereinbarten Honorars. Sie hat viel Geduld und Rio sehr viel Zeit. Während Jaime und Rosa Stunde um Stunde am Text feilen, arbeitet die Pianistin mit Rio am Klavier: »Nicht so nervös, ganz ruhig. Deine Finger sind nur aus der Übung«, sagt sie. »Aber keine Sorge, wir kriegen das hin, du musst dich nur konzentrieren und immer noch ein bisschen fleißiger sein, als es eigentlich möglich ist.«

Und Rio übt und gibt sich Mühe und versucht sich zu konzentrieren. Und er ist fleißig, bis in die Nacht, und er wartet darauf, dass der Weltuntergang überwunden ist, und vielleicht ist er das wirklich, denn wenn seine Eltern vorbeikommen, lächeln sie. Und manchmal sieht es fast ein wenig so aus, als wären sie, zumindest für einen Moment, nicht mehr ganz so traurig und sogar ein winziges bisschen glücklich. Was Rio sich schwört: alles zu geben, damit das für sie klappt, damit es weitergehen kann. Damit dieser allerwichtigste Auftritt ein Erfolg wird. Alles andere ist ab jetzt und für immer egal.

NEIN

Flipse
wir müssen reden ganz dringend ich hab scheiße gebaut

RiYo
geht gerade nicht.

Flipse
rio!!!!

RiYo
wenn der auftritt vorbei ist.

Flipse
ich komm einfach sofort

RiYo
Ich lass dich nicht rein.

KANNST DU KOMMEN?

Rios Finger sind taub. Nicht vom Spielen, natürlich nicht, das wird noch die Rauchsache sein, die Auflösungsangelegenheit, das Gespensterding. Vielleicht kriegt er am Ende der Sendung ja seinen Körper zurück, sozusagen als extra Showeinlage.

Es ist Abend, es klingelt, niemand macht auf. Darin sind sie sich einig und nah im Moment: dass alle anderen Dinge warten müssen, allen voran die Außenwelt. Aber das Klingeln endet nicht, und irgendwann rennt Jaime fluchend zur Tür, reißt sie auf. Rio hört seinen Vater, und er hört eine andere Person: »Jaime, wirklich, jetzt wach endlich mal auf! Unsere Jungs sind völlig am Ende, siehst du das denn nicht? Rio kann schon lange nicht mehr, und Franz ... er ... er ist ... wir ... wir müssen –«

Was irgendwer muss, hört Rio nicht mehr, er spielt einfach drüber hinweg, aber kurz darauf tritt Jaime neben das Klavier. Seit der Sache im Treppenhaus hält sein Vater einen noch größeren Sicherheitsabstand. So, als würde er fürchten, dass sie ihn noch einmal überkommt, diese unendliche Wut auf den falschen Zwilling.

»Mach mal kurz Pause«, sagt Jaime. »Dieser Sportler ist vor der Tür, weißt du, der aus dem Hinterhaus, er möchte mit dir sprechen. Irgendwas ist mit seinem Sohn, weißt du, dieser düstere Junge? Ich weiß nicht, was hast du denn mit dem zu tun?«

»Nichts«, sagt Rio, ohne aufzusehen, ohne aufzuhören. »Und ich kann jetzt eh nicht!«

»¡Venga!, Rio, komm –«

»Pero –«

»¡Vamos!«, ruft Jaime.

Das mit dem Zusammenzucken passiert ganz automatisch.

Franz' Papa trägt heute kein hautenges Lauf-Outfit, keine Superleichtschuhe, sondern Jogginghose, T-Shirt und Schlappen. Im Schauspielern ist er nicht so gut wie sein Sohn, als er Rio sieht, kann er sein Entsetzen nicht verbergen: »Himmel, Rio! Kind! Isst du denn jetzt gar nichts mehr?«

Rio zuckt die Schultern: »Was gibts?«

»Es ist wegen Franz«, Milos knetet die Hände.

»Ich muss proben«, murmelt Rio.

»Ja, ich weiß, das hat dein Vater mir auch gesagt. Es dauert nicht lange, versprochen!«

»Ich kann nicht«, sagt Rio und will die Tür vor Milos schließen, aber der ist wie so oft schneller und stellt den Fuß dazwischen.

»Franz geht es nicht gut!«, ruft er.

Und natürlich sollte Rio das egal sein, und natürlich ist es das nicht. Ganz und gar nicht, kein bisschen. Er öffnet die Tür ein Stück weiter.

Milos lächelt traurig: »Ich hatte gehofft, dass es jetzt langsam wieder wird. Er war ja sogar wieder draußen mit dir, und ab und zu hat er aus Versehen gelächelt –«

»Ja«, sagt Rio mit seiner Gespensterstimme, »und?«

»Er will mir nicht erzählen, wie es dazu gekommen ist, zu dieser Sache im Treppenhaus. Ob ihr euch gestritten habt oder ... ich weiß nicht ... was das war, warum dein Kumpel so ausgerastet ist –«

Das Poltern, das Schreien, Milos' entsetztes Gebrüll. Rios Schuhe.

Es ist uns egal. Es geht uns nichts an. Mach die Tür zu, Ri.

»Das weiß ich auch nicht«, sagt Rio. »Es ist halt, wie es ist.«

Fassungslos sieht Milos ihn an: »Hör mal, Rio: einer deiner

Leute ist auf Franz losgegangen! Wenn die anderen und ich nicht dazwischengegangen wären, ich weiß nicht, was er mit ihm gemacht hätte! Das geht nicht, Rio, so was geht einfach nicht, ganz grundsätzlich und nie, egal, was war. Und weißt du, Rio, ich weiß nicht, ob du das weißt, ob er dir das erzählt hat, aber ... also ... Franz hat früher ... Franz ist ... er ...«

Milos bricht ab, ihm stehen Tränen in den Augen, er presst den Handrücken vor den Mund. Rio weiß nicht, was er machen soll.

»Das tut mir leid«, sagt Rio schlaff. »Geht es ihm denn wieder gut?«

Milos sieht ihn völlig perplex an: »Natürlich geht es ihm nicht gut, Rio! Verdammt noch mal, er leidet! Ich meine, geht es dir denn gut? Jetzt mal ehrlich? Hm?«

»Nein«, sagt Rio, »aber das ist nun mal so.«

Milos nickt, sein Blick wird weich: »Ja, so ist das. Aber glaub mir, so muss das nicht sein. Nicht für immer. Manche Dinge habt ihr nämlich selbst in der Hand, Rio!«

»Mhm.«

Milos räuspert sich: »Also, was ich sagen wollte, oder, ich weiß nicht, dich bitten? Es wäre ganz toll, wenn du mal vorbeischauen würdest. Ich weiß nicht, wenn Franz irgendwie Mist gebaut haben sollte ... Das ist natürlich voll und ganz deine Entscheidung, wenn du ihn nicht mehr ... wenn ihr lieber ... Aber vielleicht ... wenn du möchtest ... irgendwann in den nächsten Tagen? Möglichst bald? Muss ja auch nur ganz kurz sein, nur dass er nicht wieder ... Ich will nicht ... Und du, du siehst auch nicht so –«

»Ich gucke mal«, unterbricht Rio ihn, »aber ich kann wirklich nichts versprechen.«

Für einen Moment sieht Milos aus, als wolle er noch was sagen, aber dann nickt er nur: »Danke, Rio.«

Milos klingt nicht so, er sieht nicht so aus, als ob er noch irgendwelche Hoffnungen hätte.

UNMÖGLICH

Flipse
bitte guck mal bei franz vorbei echt redet

RiYo
was wollt ihr denn alle von mir?

Flipse
es ist wichtig

RiYo
der auftritt ist wichtig.

Flipse
das hier ist wichtiger

Flipse
rio?

Flipse
hey!

Flipse
antworte mal!

Flipse

ich seh doch dass du das liest

Flipse

Bitte

Flipse

scheiße

Nu

Rio, Flip sagt, dass du nicht mehr antwortest. Echt jetzt, bitte melde dich mal bei ihm. Oder bei mir oder Lale oder so. Egal. Wir machen uns alle Sorgen! ♥

Er will nicht, dass es ihnen schlecht geht. Aber er kann nicht. Es ist unmöglich.

Jarek (neu)

Ey, komm schon, Bärchen! Melde dich!!!

NIEMAND

Rio, hier steht eine Katze vor der Tür!«

Nyx. Nyx streicheln, in Franz' Armen liegen, bei Flip und Nuri und den anderen sein, alles Dinge, die mal waren, die nicht mehr sind, undenkbar, unmöglich.

»Die haut bestimmt gleich wieder ab!«

Stimmt. Nyx geht, aber sie kommt wieder, steht schnurrend vor der Tür, bringt eine zerfetzte Maus und einen bewusstlosen Vogel und als ihr auch das keinen Eintritt verschafft, pinkelt sie auf die Fußmatte.

Nicht nur Nyx nervt. Auch Flip gibt nicht auf. Er und Nuri, Lale, Jarek, Coco und Anoush versuchen es immer weiter und wieder, und als Rio nicht auf ihre Nachrichten und Anrufe reagiert, verwandelt Knut sich in die Eulen von Hogwarts, wirft einen Brief durch den Schlitz in der Tür und am nächsten Tag noch einen und auch am Tag danach. Rio bittet seine Eltern und Miranda, niemanden zu ihm, niemanden nah, niemanden reinzulassen, er sagt, weil er sich konzentrieren muss. Sie versprechen es ihm. Und obwohl sogar Flips große Brüder die Treppen in den Fünften hochklettern, und Nuris Eltern, und obwohl sie alle wieder und wieder klingeln, halten seine Eltern und Miranda sich daran, wird niemand reingelassen, und als es zu viel wird, schaltet Rosa die Klingel aus, wirft Rio sein Handy erneut den Sofapolstern zum Fraß vor. Und am Tag vor dem Auftritt kehrt endlich Ruhe ein. Zusammen gehen sie alles noch einmal durch, Jaime und Rosa haben endlich einen Text, Miranda hat Tränen in den Augen, weil der so schön ist, und dann diese wunderbare Melodie und Rio, hach Rio!

Rio hat Panik, hat Sehnsucht und gibt alles, damit keiner was merkt, und zum Glück sind alle mit ihren eigenen Sachen beschäftigt.

JOHNNY

Auf der Fahrt zum Studio erzählt Rosa ihm, dass sie schon mal hier waren, vor vielen Jahren. Es war, als *Solo el sol* ganz oben in den Charts stand und Rio noch glaubte, seine Eltern seien so etwas wie Superstars. Rio erinnert sich nicht mehr an den Ort oder die Show, an das Gefühl zu schweben, aber sehr genau.

»Alle waren so begeistert von euch, sie haben euch mit Gummibärchen vollgestopft, und am Ende hast du dich übergeben, du warst da ja schon immer so empfindlich, aber unglücklicherweise direkt vor die Füße der Produktionsleiterin.«

Rosa lacht nervös und Rio ist vollkommen klar, dass ihm das auch heute passieren könnte, ganz ohne Süßigkeitenüberdosis. Er schafft das nicht. Was hat er sich nur dabei gedacht? Niemals, niemals traut er sich auf die Bühne. Er kann sich auf keinen Fall an den Flügel setzen, er kann seine Finger nicht auf die Tasten legen, seine Füße nicht auf die Pedale, er hat keine Kraft. Es geht nicht, es ist wirklich unmöglich. *Hilf, bitte hilf,* denkt Rio und hat keine Ahnung, an wen er diesen Hilferuf eigentlich richtet. Er presst die Stirn an die Scheibe, hofft auf einen Stau, einen Asteroideneinschlag, auf ein schreckliches Wunder, das ihnen den Weg versperrt, das verhindert, dass er auf diese riesige Bühne muss. Vor ein Publikum, das schon seit Stunden in der Sonne brät und sich an Rosa und Jaime, die von diesem Tag alles erwarten, höchstwahrscheinlich längst nicht mehr erinnert. Aber niemand hilft, das Wunder geschieht nicht, Und irgendwann kommen sie an, absolut überpünktlich für ihre Probe.

»Na ja«, sagt die Assistentin der Aufnahmeleitung, als sie mit dem Song einmal durch sind, »schon ganz schön, sehr bewegend, aber es ist halt nicht *Solo el sol!*«

»Nein«, sagt Jaime mit gepresster Stimme, »das ist was Neues.«

Die Assistentin nickt, sie nickt wie jemand, der eigentlich nicht nicken will: »Ich finds ja auch ganz toll, nur halt, tja, ein bisschen traurig?«

»Ist das denn schlecht?«, fragt Rosa.

»Nein«, sagt die Assistentin, »nur eben nichts, was man an so einem lauen Sommerabend hören möchte. Aber gut, danach kommt ja Johnny, also, wenn ihr das unbedingt spielen wollt –«

»Wer ist Johnny?«, fragt Jaime.

»Kennt ihr Johnny nicht? Oh, der macht extrem tanzbare Sachen! Ganz, ganz schön! Und lustig! Lustig ist er auch, er hat ein Blasorchester dabei und einen ganz ulkigen Pudel!«

Jaime nickt und Rosa nickt auch und Miranda nickt und die Assistenz der Aufnahmeleiterin nickt, und irgendwie sind sich alle einig, nur Rio weiß nicht womit, er ist damit beschäftigt, sich nicht zu übergeben, direkt vor die Füße der Assistentin, vor lauter Aufregung und Erschöpfung.

Seine Eltern wechseln einen langen Blick: »Gut«, sagt Rosa, »dann spielen wir wieder *Sol*-« Und Miranda und die Aufnahmeleitungsassistentin stimmen in Jaimes Nicken ein, und jetzt merkt Rio, dass auch er nickt, und er fragt sich, wie lange schon und wozu er da eigentlich alles zugestimmt hat.

»Das kriegst du ganz leicht hin«, sagt Jaime und legt ihm die Hand auf die Schulter und Rio zuckt heftig zusammen und will sich entschuldigen, aber da ist Jaimes Hand schon wieder weg, und dafür hat Rio jetzt die Noten in der Hand, die er natürlich längst kennt. *Solo el sol* gab es schon, bevor er da war, lange, bevor Mavis und er geboren wurden, fast drei Monate zu früh. Aber in dem Stück gibt es gar kein Klavier, da gibts nur Jaimes Gitarre.

Und vielleicht ... vielleicht ist das jetzt, ist ausgerechnet dieser nervige, alte Song das Wunder, das Rio sich auf der Fahrt hierher so verzweifelt gewünscht hat?

»Da ... da ... braucht man doch eigentlich gar kein Klavier«, sagt er unsicher.

»Ist doch egal!«, ruft die Assistenz der Aufnahmeleiterin, »ums Klavier selbst gehts doch natürlich auch gar nicht, die Leute wollen ja vor allem dich sehen, Sweetie, dich, mein Engelchen, und deine Geschichte!«

Rosa schüttelt zaghaft den Kopf: »Na ja, also, ich finde nicht, dass wir darüber –«

»Nee, Rosa, Rio, echt jetzt«, unterbricht Miranda sie, »du musst schon dabei sein, Rio, also wirklich, natürlich bist du dabei! Du bist doch das Herz der ganzen Sache und ihre Seele, tu halt einfach so, als wenn du spielst, das interessiert doch eh niemanden –«

Hilfe suchend sieht Rio zu Jaime und Rosa, aber die erwidern seinen Blick nicht, die nicken nur schon wieder in Richtung der Aufnahmeleitungsassistenz.

»Spiel einfach ein paar Akkorde«, sagt Jaime, ohne Rio anzusehen, »zum Refrain, und dann läuft das schon!« Und Rio nickt wieder, nickt auch, und dann rennt er schnell los und schließt sich auf der Toilette ein.

LAMPENFIEBER

1, 2, 4, –, 1, 5, 8, 1, 1, 1, 4 – 7, 8, 7, 8, 1 –

»Deine ganzen Leute sind hier!«, ruft Rosa.

1 –

Sie steht am Eingang der Toilette, ihre Stimme hallt durch den Raum.

1 –

»Sogar Knut ist gekommen! Sie haben Blumen mit und Schilder und sie würden dir gerne Glück und Erfolg wünschen, vor dem Auftritt!«

»Ich komme gleich!«

Wird er nicht. Weil er diese Kabine nämlich nicht mehr verlassen kann, nie wieder. Rio kauert auf dem weißen Fliesenboden neben Kloschüssel und Toilettenbürste und zittert und schwitzt, und sein Herz rast, und sein Kopf ist felsenschwer, und er hat vergessen, wie man zählt, auch die Zahlen fließen davon. Alles, was er will, ist schlafen, ist unsichtbar sein, ist endlich, endlich ganz und gar verschwinden.

»In fünf Minuten müssen wir auf die Bühne, beeilst du dich bitte, mein Schatz?«

»Mach ich.«

Die Tür schließt sich wieder.

»Hilfe«, flüstert Rio in die Stille hinein, »bitte, hilf mir –«

Los jetzt!

»Ich schaff das nicht –«

Du musst.

»Aber es geht nicht.«

Sie verlassen sich auf dich.

»Ich kann nicht aufstehen –«

Du kannst.

Die Tür öffnet sich erneut.

»Rio?«

Flip. Flip ist da!

»Ich kann da nicht raus –«, flüstert Rio.

»Riolo, hey, Moment, warte, ich komm zu dir, was hast du gerade gesagt?«

Die Schritte kommen näher. Durch den Spalt unter der Tür kann Rio Flips Vans sehen, einen Moment später seine Augen. Er muss auf dem Boden vor der Toilettenkabine liegen.

Weißt du nicht mehr: Ich bin du und du bist ich. Du kannst das nicht, aber ich.

»Hey, Rio, Alter, was machst du denn da drinnen?«

Und jetzt versteht Rio und fragt sich, warum er auf die Idee nicht schon viel früher gekommen ist, und vielleicht ist er das ja, oder vielleicht war sie es, jedenfalls steckt Mavis' rote Mütze aus der Beweismitteltüte hinten in seinem Hosenbund, und wenn er sein Haar darunter versteckt, dann sieht niemand, dass er helle Locken hat und kein schlumpfblau, selbst gefärbtes, eigentlich dunkelbraunglattes Haar, und da ist jetzt auch der neongrüne Nagellack und dazu noch das Glitzerzeug in seiner Hand, das Mavis bei Auftritten getragen hat, und wenn er das T-Shirt vorn in die Jeans steckt, so wie sie das immer gemacht hat, dann erkennt ihn niemand mehr, dann kann er Mavis sein. Und Mavis ist mutig, und Mavis ist stark, und Mavis ist no bullshit und schnell und begabt, und Mavis bleibt für immer zwei Minuten älter als er, auch wenn er jetzt fast schon einen Sommer mehr als ein Jahr älter ist als sie, und Mavis weiß viel mehr und kann viel mehr als er, und alle wünschen sich Mavis zurück, und sie sollte hier sein und nicht Rio und Mavis ist –

Lass jetzt los, Ri, du kannst gehen. Ab hier übernehme ich.
Mavis ist da und Rio verschwunden.

»Scheiße, was soll das denn jetzt?«, ruft Flip, als die Kabinentür aufgestoßen wird.

AUFTRITT

Aber Mavis hat keine Zeit für Flip und seine Fragen und seine Aufregung, sie hat keinen Bock auf Blumen und Schilder und Nuri und Lale und Anoush und Coco und diesen übereifrigen Typen von Knut, und vor allem mag Mavis *Solo el sol* nicht, und deswegen wird sie *Solo el sol* auch nicht spielen, sondern das andere Lied, *La hora azul*, das traurige, das zu einem lauten lauen Sommerabend eigentlich gar nicht passt, weil es vor allem von den Schatten handelt, die im Sommer viel schärfer sind, als vom tiefblauen Licht. Ist Mavis doch egal! Genau wie Mirandas offen stehender Mund und Jaimes und Rosas entsetzte Blicke. Und die Assistenz der Aufnahmeleiterin ist Mavis ebenfalls egal und dass die fragt, was das denn soll, dieser abgefahrene Look mit der roten Mütze inmitten der Super-Sommershow, und ob das denn wirklich unbedingt sein muss, das mit dem Glitzer auf den Wangen, ausgerechnet in Neonpinkgelbgrün, und dem silbernen Glitzerzeugs auf den Lippen. Muss es, muss sie, muss Mavis, für einen guten Auftritt braucht sie immer viel Glitzer. Niemand versucht sie aufzuhalten, als sie über den Kunstrasen und an Plastikblumen und Sisalpalmen vorbeiläuft, direkt auf den Flügel zu, als sie dabei ins Publikum winkt. Mavis liebt die Bühne, und die Bühne liebt Mavis auch, und das Publikum klatscht begeistert und johlt, weil es nach etwa fünf Stunden Live-Aufzeichnung mittlerweile nämlich vor allem ums Durchhalten geht und zu Kaffee und Apfelschorle nun auch Bier und Härteres gereicht wird, und weil so eine rundherum glitzernde, leuchtende Erscheinung, wie Mavis es ist, ein bisschen Gejohle und Begeisterung ganz eindeutig verdient hat.

»Hu, da haben wir ja einen ganz dynamischen jungen Her-, äh, also, sehr dynamisch auf jeden Fall!«, stottert der blondierte Moderator, der vor vielen, vielen Jahren selbst auch mal ein bisschen gesungen hat. Er tritt neben Mavis an den Flügel, die dort ihre traurige Warmspielmelodie nur lautlos auf dem schwarzen Holz markiert. Er stützt sich auf, beugt sich vor, wie man sich aufstützt und vorbeugt, wenn man großen Charme beweisen will, sieht ihr tief in die braunen Augen, ja, eigentlich auf die sommersprossige Nase, aber von Weitem sieht das, alter Profitrick, ganz authentisch und wie Augenkontakt aus. Dann lässt er den Blick weiterschweifen, über Palmen und Plastikrasen, von der Bühne hinab, langsam und mit jedem Millimeter ein bisschen gewichtiger, bis er, als er beim Publikum angekommen ist, ganz schwer ist, vor lauter Bedeutung und Kontext und vor allem Tragik: »Wir alle kennen die traurige, die herzzerreißende Geschichte der Pareiro-Zwillinge, die –«

Und jetzt reicht es Mavis, und diese Geschichte ist eh längst eine andere, ist doch noch mal gut ausgegangen, eignet sich also nicht mehr für die Tragödiennummer, die der Typ hier inszenieren will, und sie beginnt zu spielen und der Moderator wirft ihr Blicke zu, flüstert und zischt, leider halblaut und damit ziemlich gut hörbar, direkt ins goldene Vintage-Mikro: »Aufhören! Stopp! Was soll das denn? Das war doch so nicht vereinbart!«

Ist Mavis aber so krass egal! Und weil sie immer weiterspielt, müssen die anderen mitmachen, die Kameras, der Ton, das Licht und auch Jaime und Rosa. Sie spielen *La hora azul*, das vermutlich traurigste Sommerlied aller Zeiten, und im Publikum weinen einige und ein paar schluchzen laut, und vor den Bildschirmen wird so richtig geheult, und Flip will auf die Bühne, will das nicht hören, nicht sehen, jetzt reicht es ihm, aber so was von, und er will Rio zurück, genau diesen, von gerade noch eben, mit all seiner Traurigkeit und so, alles besser als das hier, und das schaffen sie schon irgendwie, von hier aus weiter und alle gemeinsam! Und Knut wiegt sein Handy in der Hand und das muss während der Show eigentlich auf Flugmodus sein, und Knut schiebt den Regler hin und her, zwischen grau und grün, und fragt sich, ob er da etwas ganz und gar falsch eingeschätzt hat. Und Lale klammert sich an Nuris Arm fest und das tut weh, hilft aber auch, und deswegen sagt Nuri nichts, und Anoush hält Flip fest und davon ab, auf die Bühne zu springen, um seinen besten Freund da wegzuretten, aus diesem Horrorfilm, und Coco findet das Lied wunderwunderschön und sagt das auch immer wieder, und Jarek flüstert mindestens ebenso oft: »Scheiße, Scheiße, so ein verdammter Kack!« Und irgendwie heult er jetzt plötzlich krass, aber das merkt in der Aufregung zum Glück niemand.

Und jetzt flattert buntes Konfetti auf die Bühne hinab, und das hätte zu dem anderen Lied gepasst, aber zu diesem hier passt es nicht, und dann ist es zu Ende, und es gibt eine kurze Pause, in der alle sich sammeln müssen und sortieren, und in diese Pause hinein springen Nuri und Flip auf und rennen los, und, genau am Saum des Applauses, kippt auf der Bühne Rio vom Hocker und bleibt reglos auf dem konfettiverregneten Kunstrasen liegen.

DER FLUSS

Schreie, Dunkelheit, Nichts. So ist es also, wenn die Welt endlich stillsteht. So soll es bitte für immer sein.

»Rio?«

Nein. Nicht. Nicht die Augen öffnen, schnell wieder wegdriften, zurück in das schwere, weiche Nichts. Nicht aufwachen, nur nicht aufwa-

»Komm schon, komm jetzt, bitte!«

Die Decke drückt ihn tieftief hinab, dorthin, wo die Gedanken nur treiben.

Etwas Körperwarmes auf seinem Haar. In seinem Gesicht. An seinem Arm, an seiner Hand, seinem Fuß. Aber es gibt ihn nicht mehr. Er schwebt in einem Geisterkörper, ganz ohne Konturen, und es macht ihm keine Angst.

Zeit fließt, er kann sie sehen, obwohl hier alles dunkel ist.

Da oben wirft der Sommer große Wellen, aber der Unterweltfluss, der ein Totenfluss ist, liegt ganz ruhig. Er treibt auf einer Luftmatratze an Schatten vorbei und an Fratzen und an anderen Zwischenwesen. Das ist okay. Gespenster fürchten sich nicht vor Gespenstern.

Ein Stechen: »Du brauchst jetzt ganz viel Flüssigkeit.«

Etwas Warmfeuchtes berührt seine Haut: »Ganz ruhig, hab keine Angst, wir wollen dich nur kurz waschen –«

Ein scharfes Brennen: »Ich weiß, ich weiß, das ist unangenehm, aber da, schon vorbei, gleich wird es besser, versprochen. Das ist, damit du dich entspannen, damit du endlich wieder in Ruhe schlafen kannst.«

Stimmen, so viele unterschiedliche Stimmen, die nach ihm tasten –

»Scheiße, Scheiße, so ein verdammter Mist!«

Und Hände, wieder und wieder Hände, die nach ihm greifen und ihn doch nicht zu fassen kriegen. Erleichtert rutscht er durch alle Finger, gleitet durch jedes Wort.

»Riolo, echt jetzt! Komm schon, Alter, ich weiß doch, dass du mich hörst!«

NeinNeinNein.

»Lass dir Zeit. Wir warten hier auf dich, okay? Bald geht es dir wieder besser, das weiß ich!«

Was wollen sie denn noch? Sie haben doch getauscht, den falschen gegen den richtigen Zwilling, Mavis ist zurück, hier braucht niemand mehr zu warten, darauf, dass die Dinge endlich wieder richtig werden und wie sie immer hätten sein und bleiben sollen. In der Welt da draußen ist nur noch Platz für eine von ihnen. Aber was soll der andere Zwilling, was soll er machen, wenn ihm das Verschwinden nur halbwegs gelingt und eigentlich und ehrlich gesagt so gut wie gar nicht? Warum hängt er hier noch fest, in dieser merkwürdigen Zwischenwelt?

»Aquí estás, estás aquí ...«

Woher wissen sie das, dass er noch da ist?

»Quédate aquí, quédate, pequeño ...«

Und warum wollen sie, dass er bleibt?

»Das ist unsere Schuld, mein Schatz. Wir haben –«

Nein! Nicht das. Es soll doch jetzt alles gut sein. Keine Schuld, keine Sorgen, keine Enttäuschung mehr. Darum ging es doch. Vielleicht muss er nur warten? Vielleicht dauert es, bis alles wieder in Ordnung ist?

Der trübe Fluss fließt schneller. Auf seinem wolkengrauschweren Wasser treibt das Hausboot, es rostet schräg, ist längst leck, hat nur vergessen zu sinken, an Deck wächst borstiges Schilf, wachsen schleimige Algen, ein riesiger Fisch mit glitzernd roter Brille, vielleicht hat er das Boot zum Kentern gebracht oder es war die Katze, die wieder zwei Augen hat, nein, jetzt hat sie drei. Sie spaziert seelenruhig die Reling entlang, als wäre das hier kein Schiffbruch, zwischen den Zähnen trägt sie einen winzigen, zappelnden Vogel mit roter Kehle. Unter sich im Wasser kann er Riesenechsen sehen, Plastikskelette, die Krone eines alten Baumes, der sich nach der Wasseroberfläche reckt, als ringe er ertrinkend nach Atem. Die schmale Luftmatratze schlingert, wird mitgerissen vom Fluss, der zu rasen beginnt, sie wird schneller, er klammert sich fest und weiß, dass das nicht lange gut gehen kann. Vom Ufer aus sieht ihm ein Kind zu, es bewegt sich nicht und es hat kein Gesicht, und hinter dem Kind steht jemand im Hasenkostüm und kriegt den Reißverschluss am Rücken nicht auf, eine steinerne Statue spielt Basketball, im Sprung gekrümmt schwebt sie schwer in der Luft, hat sie kein Ziel, und aus dem Nichts am Rand des Bildes wirft jemand Bälle und Keulen und Teller, und weil niemand fängt, fällt alles auf den Boden und zerbricht, und das ist abgrundtief schlimm. Alle sind da, aber niemand kann helfen, es sind lauter Fremde, es sind unendliche Geschichten, ohne Happy End. Er weiß: ins Wasser zu stürzen tötet hier sogar Tote, weil man immerimmerimmer stirbt, wenn man fällt, und sterben will er nicht, vom Sterben wird die Sehnsucht nämlich nicht kleiner, aber aus der Matratze entweicht langsam die Luft, grauschweres Wasser schwappt, zäh wie Lava, brennend kalt, er kann nicht mehr ausweichen, es gibt keinen Platz, die Stille ist weg, jetzt herrscht hier das Rauschen, und ein Fluss ohne Meer kann nicht ewig fließen, ein Fluss ohne Meer versandet früher oder später im Nichts und er fürchtet sich doch, hier, hier will er nicht sein.

»Rio?«

Man kann auch nach Stimmen greifen.

»Die haben gesagt, dass ich kommen soll, aber ... ich weiß nicht, also, ob du das willst? Ich glaub ja eher nicht. Gibst du mir irgendein Zeichen, wenn ich gehen soll?«

Ein trauriges Lachen.

»Nee, das ist kein Trick, ich will nur wirklich nichts tun, was du nicht möchtest. Ob ich bleibe oder gehe, das entscheidest du. Also, wenn du kannst –«

Rio zündet Raketen an, feuert Feuerwerk ab, er schießt aus Kanonen und ruft, so laut er kann, bleibbleibbittebleib, aber zwischen Ober- und Unterwelt ist der Fahrstuhl außer Betrieb, hakt und stürzt höchstwahrscheinlich demnächst kreischend ab, und keines seiner Zeichen, kein Ruf, dringt durch.

»Alles klar. Ich bleibe nur kurz, bin gleich wieder weg, und solange sitze ich einfach nur hier, okay? Und wenn du das willst, bin ich ganz leise.«

»Nein, sprich ruhig weiter, ich bin mir absolut sicher, dass er dich hört!«

»Ja, super, und selbst wenn! Ich glaube nicht, dass Rio es besonders toll findet, dass ich da bin. Ungefragt. Was, wenn es ihm dann noch schlechter geht?«

Ein knochenstechendes Quietschen, alle Stühle hier kreischen.

»Nein, wirklich, das glaube ich nicht. Bleib doch bitte noch ein bisschen, Franz!«

»Aber –«

»Bitte! Und ... mh, vielleicht nimmst du mal seine Hand?«

»Gehts noch? Ich grapsch ihn doch nicht einfach so an! Reicht ja, dass ihr das ständig alle macht. Echt jetzt! Das alles war eine absolute Scheißidee, ich bin nämlich ganz sicher der Letzte, den er bei sich haben will –«

Nicht weg. Nicht wieder weggehen. Bittebittenichtwiederweg. Bleib!

»Bleib! Setz dich wieder hin.«

»Aber –«

»Wenn du da bist, ist es besser. Guck doch mal! So kriegen wir ihn vielleicht wieder zurück!«

»So was gibts doch nur in Filmen!«

»Scheiß auf die Filme! Sorry, aber echt jetzt! Hier, das ist real! Dieser reglose, stille Kerl da direkt vor dir in diesem verdammten, überdimensionalen Krankenhausbett! Den müssen wir doch irgendwie zurückholen können! Also, bitte: trau dich, Franz, sprich mit ihm! Los! Hinsetzen und loslegen!«

»Okay, okay, ist ja gut! Rio? Also, da bin ich schon wieder. Die lassen mich nämlich nicht gehen. Dein Pfleger ist echt krass und dieser Eisbär-Knut steht gerade ernsthaft mit gekreuzten Armen an der Tür und starrt mich echt eiskalt an. Ich finds superseltsam, hier so vor mich hin zu reden. Die tun beide so, als würden sie nicht zuhören, aber natürlich hören die alles.«

»Machen wir nicht!«

»Der Eisbär ist psychologisch betrachtet sicher ganz einwandfrei, aber ansonsten, na ja –«

»Freundchen!«

»Wie auch immer: Wenn du zurückkommst, dann bin ich weg oder da, ganz wie du willst. Ich erzähle dir alles oder nichts, du musst mich nie wiedersehen, oder du ziehst direkt bei mir ein.

Du kriegst meine Couch und meinen Tisch und den Sessel und den Teppich und alles, alles, was ich hab. All meine Bücher, wenn du magst. Oder ich räums weg, wenn dich mein Zeug nervt, oder das Zeug ist halt eh egal, weil du natürlich nicht einziehen willst, ich meine, erstens: wir sind gerade mal sechzehn, aber gut, da soll uns mal jemand von abhalten, aber zweitens und wichtiger: ich hab alles kaputt gemacht, also, nicht, dass du denkst, ich hätte das vergessen! Ich will nur ... ich will nichts, außer, dass du wieder da bist. Gar nicht unbedingt bei mir, aber in dieser Welt. Weißt du? Du fehlst, Rio«, flüstert Franz, »du fehlst uns allen so dermaßen!«

Wie eine Strickleiter baumeln die Worte vor ihm und Rio greift so fest er kann zu. Der Weg nach oben ist weit, die Leiter taumelt, Rio klammert sich mit all seiner Kraft daran fest.

Drei Tage nach der legendärsten aller Fernsehlauben und etwa zwei Minuten und dreiundzwanzig Sekunden nachdem Franz sein Krankenzimmer verlassen hat, schlägt Rio die Augen wieder auf.

ZU HAUSE

Vielleicht kann er sie nur nicht mehr hören. Vielleicht spricht sie nicht mehr mit ihm. Vielleicht ist sie wütend, vielleicht ist sie enttäuscht. Vielleicht hat er das nicht gut genug hinbekommen, das mit dem Mavis-Bewahren, das mit dem Mavis-Sein, das mit dem Mavis-nicht-verschwinden-Lassen. Jedenfalls: Seit er aufgewacht ist, ist die Verbindung zu ihr unterbrochen. Er träumt nicht mehr, er hört sie nicht mehr. Die Stille tut weh.

Seine Eltern haben ihm auf dem Sofa ein Lager gebaut, haben Kissen gestapelt und Rio in einen warmen Pulli und mehrere Decken gepackt, sie haben ihm sogar seinen dicken Winterschal ganz hinten aus dem Schrank geholt. Er friert immer noch so leicht, trotz durchschnittlich achtundzwanzig Grad, für den Rest der Welt gefühlte sechzig. Rios Ärztin sagt, dass das wird und dass sie Geduld haben müssen.

»Wie mit den meisten Dingen, wie übrigens auch mit der Trauer«, fügt Knut hinzu. Und er ist es auch, der das mit dem Wohnzimmercamping vorschlägt: »Wie wärs, wenn die anderen bei dir wären, also, genau genommen, Tag und Nacht?«

Rio guckt auf seine Decke und auf seine Hände, auf beides, weil beides in letzter Zeit meistens miteinander verwoben ist, und dann murmelt er, dass die anderen ja wohl natürlich Besseres zu tun haben, nachdem sie ja schon ewig neben seinem Krankenhausbett gesessen haben, mitten im Feriensommer, als jetzt auch noch mit ihm hier in der stickigen Wohnung rumzuhocken.

Und Knut lächelt und drückt Rio einen Knautschball in die Hände, und zwar in Form eines Eisbären, und dann sagt er: »Stell dir vor, Rio-Keks, das haben sie nicht!«

Am Anfang sind immer alle da, aber ihnen wird schnell klar, dass das noch zu viel ist, für Rio. Und deswegen gibt es jetzt Schichten, die aber nicht *Schichten* heißen, weil das so nach Zwang klingt und Arbeit, sondern *Rio-Zeit*, ganz offiziell. Sie nutzen eine App dazu und einen analogen Plan für Knut, weil der zwar nicht uralt ist, aber eben auch schon nicht mehr ganz so jung. Was Knut aber mit Sicherheit weiß, und worin er und Rosa und Jaime und die Zuständigen im Krankenhaus sich vollkommen einig sind: dass Rio nun zu Hause, trotz allem, gerade am besten aufgehoben ist. Dass er nach Untersuchungen, Tests, Gesprächen, Beobachtung, Behandlungen und Absprachen, nach der ganzen Zeit im Krankenhaus, neben Medikamenten, die die ganz schwierigen Dinge ein wenig leichter machen sollen, und neben den Terminen mit seiner Therapeutin Dr. Hakimi jetzt erst mal vor allem Ruhe, sein Zuhause und seine Leute braucht.

Die letzten Tage der Sommerferien verbringen die Anderen nicht im *Wunder*, nicht unten am Fluss, nicht bei Lale oder Anoush oder an den Tischtennisplatten drüben im Park; die letzten Ferientage sind sie hier, bei den Pareiros, bei Rio im Wohnzimmer. Und so kommen Jarek und Lale, kommen Coco und Anoush. Und so steigt Nyx die Treppe hinauf, bis fast unters Dach, streift an Rosa vorbei in die Wohnung, springt dort aufs Sofa und rollt sich schnurrend auf Rios Beinen zusammen, als wäre es das Selbstverständlichste auf der ganzen Welt. Als wäre die Sache in der Fabrik nicht gewesen, zwischen ihr und ihm. Und so klettern Flip und Nuri hoch in den fünften Stock, schmeißen Schuhe und Taschen in die Garderobe, packen Melonen und Ananas und Mango und Gurke und Yoghurt und Himbeeren aus, und ab und zu ein paar Salzstangen, weil das die Dinge sind, die gerade am besten gehen. Und das ist völlig okay, fürs Erste, das mit dem Obst und dem

Gemüse und den paar anderen Sachen, das ist erst mal und vergleichsweise gar nicht so schlecht und ein Anfang. Und Jaime und Rosa versorgen alle, die mehr als das brauchen, mit Nudeln und Kebap und Gazpacho, und Frau Tahari bringt Pfirsichcrumble, und Frau Žimşek bringt Auflauf, und die Geschwister aus dem Dritten bringen Lustige Taschenbücher und Saure Schlangen und eine Schachtel Schokostreusel, und die WG bringt Pizza und Videospiele, und Herr Tsakiris von nebenan bringt Erdbeerkaltschale mit Minibaiser und Blumen, die wie selbstgepflückt aussehen, jemand stellt Kimchi vor die Tür und Smoothies, jemand schickt einen Boten mit einer Kühltasche voll Schoko-Vanille-Eis. Und Rio kann sich gut vorstellen, wer das war.

Und das wirkt alles ein bisschen so, als wenn hier jemand gestorben wäre, obwohl es ist, weil hier jemand noch lebt.

Und abends sitzen sie am Esstisch oder irgendwo in der Umlaufbahn des Sofas, und später werden Matratzen ausgerollt und Schlafsäcke aus ihren ewig zu engen Hüllen gezerrt.

Die Stille wird von den anderen gefüllt, die ihn nicht aus den Augen lassen, die für Rio zu erzählen beginnen.

HEIMWEH

Weißt du«, sagt Lale und schiebt ihre Brille zurecht, »am Anfang mochte ich sie gar nicht.«

Lale bringt Cantaloupemelone und Kapstachelbeeren und einen Tee aus Jasmin und Mondblume und weiße Schokolade aus Reismilch und Rosen, alles Geschenke von ihrem Vater. Sie rückt erst ihr Cap zurecht, dann erneut ihre Brille, holt sich ein Kissen und macht es sich neben dem Sofa bequem. Und Rio überlegt, ob sie und er schon jemals zusammen alleine waren. Lale kennt er genau wie Flip und Nuri seit ewig, aber ihm fällt keine einzige Situation ein. Lale gibt es eigentlich nur im Doppelpack: Lale und Nuri, Lale und Jarek, seit Neuestem Lale und Coco. Und früher: Lale und Mavis.

»Weißt du noch? Mein Vater und eure Mutter kannten sich ja noch aus irgendeinem Babykurs und dachten irgendwann, es wäre toll, wenn wir zusammen spielen. Aber Mavis wollte ständig Kissenschlacht machen, ich wollte Höhlen bauen. Das passte einfach nicht, logisch.«

»Logisch«, sagt Rio.

»Das Höhlenbauen ging viel, viel besser mit dir«, sagt Lale. »Weißt du noch?«

Rio weiß nicht mehr, aber dann fällt es ihm wieder ein, dass es doch schon mal eine Zeit gab, alleine mit Lale. Und vielleicht sind es gar nicht seine Erinnerungen, sondern die Erzählungen seiner Eltern, die jetzt wieder aufploppen, egal. Rio erinnert sich: wie Lale und er im Kindergartenalter permanent unter Decken,

Zweigen und Planen verschwunden sind und sich alle einig waren, dass die beiden mit zehn von zu Hause ausziehen würden, allerspätestens.

»Aber in der Zweiten auf Klassenfahrt, da war Mavis die Einzige, die gecheckt hat, dass ich nicht wütend oder irgendwie eingebildet war, sondern einfach permanent übles Heimweh hatte. Sie hat nichts dazu gesagt, aber nachts, wenn die anderen schliefen, hat sie mir durch die Dunkelheit völlig abgefahrene Geschichten erzählt, so lange, bis ich endlich eingeschlafen bin. Und ab da wars dann halt klar, dass wir Freundinnen sind, allerbeste.« Lale wedelt mit dem bunt geflochtenen Band an ihrem Arm: »Beste Freundinnen. Mit allem, was eben so dazugehört, und für immer und ewig, logisch!«

Als sie weiterspricht, sieht sie Rio nicht an: »Und obwohl ich oft scheißschlimmes Heimweh kriege nach ihr, oder vielleicht heißt das dann ja auch eher Sehnsucht, ist mein Lieblingsort die Dunkelheit, in die sie mir Geschichten erzählt. Klingt das strange? Dass ich sie immer noch irgendwie hören kann?«

»Kein bisschen«, sagt Rio und Lale guckt hoch, sieht ihn an und lächelt, wie Lale sonst nie lächeln würde, in der Öffentlichkeit.

KEINE SORGE

Es ist nichts Großes, cariño«, sagt Jaime. »Aber hast du einen Moment?«

Rio zieht die Beine an und Nyx springt auf den Boden, wirft ihnen einen vorwurfsvollen Blick zu und rollt sich dann auf dem Sessel zusammen. Jaime setzt sich aufs Sofa zu Rio. Der gibt sich Mühe, möglichst reglos zu sein, möglichst unsichtbar, ist schrecklich nervös, sagt kein Wort. Er hat Angst, dass Jaime wieder geht, wenn ihm auffällt, dass es nur Rio ist, neben dem er hier so dicht sitzt. Doch jetzt nimmt Jaime Rios Beine, legt sie auf seinen Oberschenkeln ab, schließt seine großen, warmen Hände um Rios ewig eiskalte Füße. Und so hat Jaime das auch früher manchmal gemacht, als die Zwillinge klein waren und halb erfroren vom stundenlangen Schlittenfahren: eine wärmende Papáhand für jeden von ihnen und dazu Kakao und Jaimes düstere Märchen von Krähen, Riesinnen und Räubern.

»Ich weiß noch ganz genau, das erste Ultraschallbild, auf dem man angeblich sah, dass ihr nicht eins, sondern zwei seid, auf dem ich aber ehrlich gesagt überhaupt nichts erkannt habe.« Jaime lacht: »Natürlich hab ich so getan, als würde ich was sehen, also euch, und ich hab das Bild allen, die wollten, und auch allen anderen gezeigt, und die haben sich dann auch bemüht, begeistert zu wirken. Also, meine erste Erinnerung beginnt bei einem einzelnen, unscharfen weißgräulichen Punkt, der angeblich zwei kleine Menschen mit zwei schlagenden Herzen sein sollte. Aber für mich saht ihr aus wie eins.«

Rio würde gerne sagen, dass sich das ganz genau so auch für ihn anfühlt und dass, wenn man eins halbiert, kein Ganzes übrig bleiben kann, niemals. Aber er traut sich nicht. Er will Jaime nicht unterbrechen, er will nicht, dass sein Vater ihn loslässt, er will auf gar keinen Fall, dass der wieder verschwindet, in Mavis' fast leerem Zimmer.

»Ihr wart eins, aber dann natürlich auch wieder nicht«, Jaime verpackt Rios Füße gründlich in der Decke, legt seine Hände darauf, streichelt gedankenverloren weiter: »Ich weiß noch, wie heiß es an dem Tag eurer Geburt war, und wie es draußen plötzlich gewittert hat, als ich Mavis das erste Mal im Arm hatte ... Oder, besser gesagt, auf meiner Brust. Sie kam mir eher wie ein Geschöpf aus einem meiner Märchen vor als wie ein Mensch. Sie war so unfassbar winzig, aber sie hatte den Kopf schon voller dunkler Haare. Und sie hatte eine ganz vogelzarte, durchscheinende Haut, durch die die Äderchen schimmerten wie ein feines Netz. Oh, Rio, ich hatte solche Angst, sie kaputt zu machen, mit diesen riesigen Händen, die waren nämlich plötzlich como patas, wie ... wie Pranken.«

Jaime betrachtet seine Hände, als könne er nicht fassen, dass sie jemals mit Mavis in Berührung waren, und Rio fühlt sich jetzt, als könne er etwas zerstören, allein mit seiner Anwesenheit die Verbindung zwischen Mavis und Jaime unterbrechen. Er will seine Beine wegziehen, aber Jaimes Hände liegen erneut schwer darauf.

»Du durftest zu der Zeit noch gar nicht raus, es sah nicht gut aus bei dir, du warst ja noch kleiner, noch leichter, und Mavis konnten wir auch immer nur ganz kurz halten. Sie haben euch immer dicht nebeneinander in einen Brutkasten gelegt, weil eure Werte dann besser waren. Weißt du, wenn Mavis bei mir auf der Brust lag, hatte ich das Gefühl, dass sie so schnell wie möglich wieder zurückwollte, zu dir in euer Glasnest. ¿Te acuerdas?« Jaime lacht: »Natürlich nicht, pequeño, wie solltest du dich auch erinnern? Du warst ja nicht viel größer als meine Hand.«

Und Jaime erzählt weiter, von all den allerersten Malen: Laufenlernen, Fahrradfahren, Schwimmen, Notaufnahme, der eine Urlaub am Strand. Mavis, die schon immer grundsätzlich etwas anderes wollte als alle anderen. Die eigensinnig war und mutig und laut. Wie gut sie im Streiten war und wie viel besser noch im Vertragen: *Eres un papá terriblemente maravilloso. Du bist ein ganz schrecklich toller Papá.* Und Jaime erzählt Rio von den letzten Malen, die erst im Nachhinein ihr Zentnergewicht bekommen haben: das letzte Mal Umarmen, das letzte Mal Streiten, das letzte Mal Vertragen, das letzte Mal gemeinsam Essen, das letzte Mal auf dem Sofa knien und heimlich aus dem Fenster hinab auf die Straße schauen, beobachten, wie Mavis sich auf den Weg macht. Und sich albern vorkommen dabei, aber es doch nicht lassen können. Und dann der allerletzte, unfassbar banale Satz: Und denk dran, morgen Abend Kino! Jaime hatte Karten gewonnen übers Radio, fürs Open Air, vier Stück inklusive Popcorn und Getränke. Sie wollten zusammen gehen, am Geburtstagsabend der Zwillinge. Jaime erinnert sich nicht mehr, in welchen Film, und Rio hatte das mit dem Kino ganz vergessen.

»¡Sí, claro, keine Sorge, no te preocupes, papá!«

Jaime erzählt Rio, dass dieser letzte Satz ihm ab und zu zumindest ein bisschen hilft. Er stellt sich vor, dass er genau das bedeutet, für alle Zeiten: dass er sich um Mavis keine Sorgen zu machen braucht.

»Wo immer sie ist, Rio, sie kommt klar. Und du auch, cariño, du auch, pequeño, du auch bald wieder.« Jaime drückt Rios Schienbein: »Es tut mir so leid.«

»Dir muss nichts –«

»Sí«, unterbricht Jaime ihn und sieht Rio fest an, »muss es. Ich war nicht da, viel zu lange nicht, pero he vuelto. Ich bin zurück. Und es ist nicht Flips und nicht Nuris Aufgabe, die Verantwortung zu tragen, und schon gar nicht deine und auch nicht die eines gewissen Jungen aus dem Hinterhaus –«

Jaime lächelt Rio an. Weiß er das von Franz? Hat sein Vater das etwa mitbekommen? Hat ihm jemand was gesagt? Rio schafft es nicht, zu fragen. Und es spielt ja auch ohnehin keine Rolle mehr.

»Das ist allein unsere Aufgabe, mi pequeño. Mamas und meine, okay? Uns zu kümmern, um dich und um die ganz großen Sachen. ¿Vale?«

»Vale«, sagt Rio.

MÄDCHENKLO

Ich dachte, ich schau mal vorbei«, sagt Coco. Sie sieht auf den Boden, »also, wenn das okay für dich ist.«

»Klar«, sagt Rio, obwohl ihm selbst auch ein bisschen mulmig ist. Absurderweise hat er das Gefühl, dass er Coco erklären muss, warum sie hier ist. »Möchtest du was trinken?«

Coco nickt: »Oh ja, gerne!«

Sie setzt sich auf den Sessel, sieht Rio erwartungsvoll an. Die Karaffe mit dem Wasser steht mitten auf dem Tisch, außer Reichweite, der Schwindel packt ihn, als er aufzustehen versucht. Schwer stützt Rio sich auf dem niedrigen Tisch ab, plumpst zurück in die Polster. Ihm ist kotzübel. Hoffentlich hat sie nichts bemerkt!

»Oh nein, sorry!« Sofort ist Coco auf den Beinen, schenkt sich selbst ein, dann ihm, reicht ihm das Glas und stellt es direkt vor ihn, als er nicht danach greift. Es geht nicht, er würde alles verschütten. Er will es nicht noch unangenehmer machen, nicht für sie und nicht für sich selbst.

»Sorry, das war unaufmerksam von mir«, murmelt Coco.

»Nee, Quatsch!«, versichert Rio und gibt sich echt Mühe, locker zu klingen, »bei mir dauert nur alles gerade ein bisschen.«

»Das wird schon«, behauptet Coco unsicher, »ganz sicher.«

Rio nickt, obwohl auch er sich da ganz und gar nicht sicher ist und ziemlich frustriert. Das dauert alles viel zu lange, das mit der Erholung. Er isst doch und trinkt ausreichend, und mithilfe der Medikamente fällt er manchmal für ein paar Stunden in einen tiefen, traumlosen Schlaf. Nicht mehr lange, bis die Schule wieder anfängt, bis dann will er fit sein, unbedingt.

»Schon krass, wie berühmt du jetzt bist!«

»Was?«

»Oh«, sagt Coco. »Irgendwie dachte ich, du wüsstest das schon. Krass!«

Rio schüttelt perplex den Kopf.

»Na, das Video mit deinem ... also, äh, Auftritt ist doch viral gegangen! War ja irgendwie klar, war ja auch krass. Viele dachten, das am Ende, weißt du, als du umgekippt bist, das gehört zur Performance. Also, ich ehrlich gesagt auch. Dass das irgendwie so ein Kommentar ist, zu dem Lied, dass wir alle immer so schrecklich viel wollen, dass es uns am Ende richtig fertigmacht. Und der Song ist so schön! Du spielst so, so, so toll und Rosas Stimme und dann noch zusammen mit deinem Dad! Wow! Ich liebe den Song, ich schwör dir, ich hör den rauf und runter. Und nicht nur ich, alle!«

Alle. Großartig. Schöner Scheiß.

»Sie wollen dich unbedingt zurück auf die Bühne kriegen, aber deine Eltern sagen angeblich alles ab. Stimmt das? Wenn ja, also, dann ist das nicht so schlau, wenn du mich fragst. Ich meine, klar, dass das so gerade nicht geht, aber irgendwann wirst du ja auch wieder, äh ... aufstehen können und klarkommen und Klavier spielen und so. Und dann solltet ihr das schon nutzen, das mit der Aufmerksamkeit. So eine Chance kriegt man nur einmal, glaub ich.«

Sie sieht ihn erwartungsvoll an.

»Mal sehen«, murmelt Rio, »wie das alles so wird.«

Nie, nie wieder wird er sich auf eine Bühne stellen.

»Sie hat mir mal beim Spicken geholfen«, ruft Coco, und es klingt ein bisschen so, als gestehe sie das der Schulleitung und nicht Rio, dem Typen, der sich nicht mal ein Glas Wasser einschenken kann, ohne dabei fast in Ohnmacht zu fallen.

»Ich hatte ’nen Spickzettel. Nur für Mathe, ehrlich. Sonst mache ich das nicht!« Coco schaut nach rechts. Nach rechts gucken bedeutet angeblich, dass man lügt, und deswegen guckt Rio bei Lügen immer nach links. »Aber das war wichtig, wegen der Versetzung. Ich kann nicht hängen bleiben, das überlebt meine Oma nicht. Die findet Noten und so was sehr wichtig. Jedenfalls ist mir der Scheißzettel runtergefallen, mitten auf dem Flur. Voll peinlich! Mavis hat ihn aufgehoben, ich wollte ihn zurückhaben, klar, die Stunde fing gleich an. Aber sie wollte ihn mir nicht geben!«

Rio runzelt die Stirn. Das klingt jetzt erst mal gar nicht so nett. Coco grinst: »Genau, dachte ich auch erst. Wie fies ist die denn bitte? Aber dann hat sie mir gesagt, dass ich aufs Klo kommen soll, wenn ich was nicht weiß, dass sie da auf mich wartet. Ich war mir sicher, die verarscht mich. Ich meine, wer hockt schon freiwillig fünfundvierzig Minuten lang auf dem Mädchenklo rum? Genau, niemand. Ich weiß, bei den Jungs stinkt es noch viel schlimmer, aber so unheftig ist es auch bei uns nicht. Ich war also echt verzweifelt und krass aufgeregt!«

»War sie da?«

»Ja. Sie hat echt in der stinkigen Kabine gehockt und Musik gehört. Und weißt du, was?«

Rio schüttelt den Kopf.

»Sie hat es geschafft, mir den Kram zu erklären. In ungefähr zwei Minuten hat sie hingekriegt, was Herr Horvath im ganzen Halbjahr nicht gepackt hat!«

Coco strahlt: »Ich meine, ich hatte ’ne Drei plus. Und später in der Pause hab ich sie gefragt, ob sie mir Nachhilfe geben kann, aber darauf hatte sie keinen Bock. Ich meine, sie war ja auch nicht immer nur nett, manchmal war sie echt daneben. Aber das mit Mathe, das fand ich super von ihr. Und immer, wenn ich in der Schule aufs Klo muss, denk ich an sie. In den Ferien halt nicht so oft, aber bald ja wieder.«

Sie verstummt abrupt, sieht Rio besorgt an: »War das voll daneben, dass ich dir das mit deinem Fame erzählt habe? Flip meinte eigentlich, wir sollen deswegen erst mal die Klappe halten, bis du wieder stabiler bist oder so.«

Rio schüttelt den Kopf: »Nee, voll okay, ich meine, irgendwann hätte ich es ja eh mitgekriegt und eigentlich bin ich ja auch schon wieder ziemlich fit!«

Coco springt auf, sie sieht schlagartig extrem erleichtert aus. Sie macht einen Schritt vor und einen Schritt zurück, sie zögert und dann macht sie wieder einen Schritt vor, und dann drückt sie dem verdutzten Rio einen Kuss auf die Stirn: »Ich find dich übrigens so was von extrem süß!«, ruft sie. »Also, schon lange, nicht erst, seit du so krassen Fame hast!« Und dann rennt Coco weg und Rio hat keine Chance, noch was dazu zu sagen. Nicht, dass er gerade auf gar keinen Fall von irgendwem süß gefunden werden will und auch nicht danke dafür, dass sie so mutig war, ihm all diese Wahrheiten anzuvertrauen.

SCHLUMPFBLAU

Coco war vorhin da, stimmts?«, sagt sie und stellt ihre Einkaufstüte auf dem Couchtisch ab.

»Kannst du ihr noch mal sagen, dass es echt okay ist?«, fragt Rio.

Anoush nickt: »Klar!« Sie lässt sich auf der Sessellehne nieder: »Weißt du, was ich dir sagen wollte, ich war ziemlich oft eifersüchtig auf Mavis. Und das kann ich nie wiedergutmachen, und deswegen bin ich manchmal wütend auf sie, und dafür schäme ich mich gleich noch mehr. Und da häng ich jetzt wohl für alle Zeiten drin fest.«

»Aber warum?«

Rio kann sich keinen Grund vorstellen: Anoush gilt als die Beliebteste im Jahrgang, sie ist notenmäßig die Beste. Anoushs Eltern haben ziemlich viel Kohle, sie hat einen extrem niedlichen Hund, und sie spielt seit Jahren so professionell Theater, dass sie mittlerweile dafür bezahlt wird.

Anoush seufzt: »Weil deine Schwester immer so wirkte, als sei für sie alles ganz leicht und alles andere völlig egal. So, als hätte sie es nicht nötig, sich Sorgen zu machen, als hätte sie vor nichts Angst, als würde sie denken, ihr könne keiner was.«

Das versteht Rio gut. Das ging ihm auch manchmal so. Zum Beispiel, wenn Mavis völlig entspannt am Klavier saß, bei irgendwelchen Aufführungen und Wettbewerben, oder wenn ihr ganz eigener extravaganter Style immer genau richtig war, allein, weil es eben ihrer war. Dass Mavis nie für irgendwas wirklich lernen musste, dass sie wirkte, als mache sie alles nebenbei und nur mal so, aus Spaß, und ihr das meiste trotzdem gelang. Und man gar nicht so richtig mitbekam, dass doch ab und zu mal was danebenging, dass sie nicht alles konnte, dass ihr ganz und gar nicht alles egal war, dass sie zum Beispiel Angst vor Gewittern hatte und in Badeseen und hinten im Auto. Dass sie verzweifelt war, als sie mit zwölf begriff, dass sie die Welt nicht würde retten können, nicht allein, aber nicht so richtig wusste, mit wem, und dass es noch ewig dauern würde, bis sie zumindest wählen dürfte, wen auch immer, aber auf jeden Fall so was von gegen die ganzen rechten Arschgeigen an.

»Sie war so krass cool«, sagt Anoush.

»Und lässig«, sagt Rio.

»Und lässig«, wiederholt Anoush. »Unfassbar! Ich meine, allein die Haarfarbe? Schlumpfblau? Das hätte kein Mensch so tragen können wie sie. Ehrlich gesagt, ich wäre gerne mit ihr befreundet gewesen, aber leider passte das so gar nicht mit uns.«

»Schade«, sagt Rio, und das findet er echt. Sie hätten die geballte Power sein können, Mavis und Anoush, und zusammen hätten sie ganz sicher zumindest einen kleinen Teil der Welt retten können, also, wenn das mit ihnen gepasst hätte.

»Aber ich dachte, vielleicht könnten wir ja ein bisschen, also, befreundet sein, wenn du magst? Also, jetzt, wo Flip und ich ... also, ich weiß nicht, was er erzählt, aber, also von mir aus, ich glaube, das ist was Ernstes und da wäre es doch sinnvoll, wenn wir, also so was wie Freunde sind? Wie gesagt, nur, wenns okay ist. Aber ich kann mir voll vorstellen, dass du gerade nicht so richtig Bedarf an noch mehr Leuten hast, die um dich rumwuseln, und ich dachte –«

»Voll gerne!«, unterbricht Rio sie.

»Echt?« Anoush sieht ernsthaft überrascht aus.

»Voll.« Rio grinst. »Und vielleicht könntest du ja jemand sein, der einfach nicht wuselt? Also, um mich herum?«

»Absolut! Ich meine, ehrlich gesagt passt das eh nicht so toll, dieses Rumgewusel, zu meinem Style, und so viel Zeit hab ich auch gar nicht, ich hab ziemlich viele Verpflichtungen, weißt du ja wahrscheinlich.«

»Dann Freundschaft ohne Wuseln?«

»Freundschaft ohne Wuseln!«

Und darauf stoßen sie jetzt mit geschmolzenen Eiswürfeln an.

NICHTSCHWIMMERBECKEN

Am Abend stellt Rosa ein Glas Wasser und die Untertasse auf den Tisch, so nah, dass Rio selbst danach greifen kann. Darauf liegt die kleine, runde Tablette, die ihm beim Schlafen und gegen die Angst helfen soll. Rosa setzt sich auf den Sessel, beugt sich zu ihm vor, stützt den Kopf auf den Händen ab. Um ihre Augen und ihren Mund erkennt er feine Linien, ihr Gesicht ist so müde. Er hofft, dass auch sie Hilfe bekommt, aber er fürchtet sich davor, sie danach zu fragen. Er traut sich nicht, ihr zu erzählen, dass er das weiß, das mit Mavis' Bär hinter dem Waschbeckenschrank. Und er wagt es nicht, seine Mutter zu fragen, ob sie statt des Kuscheltiers nicht vielleicht ab und zu mal ihn umarmen könnte? Rio hat Millionen unmögliche Fragen, aber nur eine davon kann er ihr stellen: »Warum habt ihr mir das mit *La hora azul* nicht erzählt, dass das jetzt so abgeht?«

Rosa seufzt: »Wir wollten, dass du erst mal zu Kräften kommst. Knut und Dr. Hakimi waren sich einig, dass das jetzt nicht die Zeit für derartige Neuigkeiten ist.«

»Aber ist das mit dem Geld denn jetzt besser?«, fragt Rio.

Rosa nickt: »Das Lied wird gespielt. Sogar sehr häufig.«

»Das ist gut«, sagt Rio, »oder?«

»Ich weiß nicht«, sagt Rosa, »irgendwie schon und irgendwie auch nicht.«

»Können ... könnt ihr denn jetzt in der Wohnung bleiben?«

»Wir, mein Schatz, wir drei. Und ja, wir können.«

»Ich hab die Rechnungen unten im Buffet versteckt, damit

ihr mal ein bisschen Ruhe habt«, gesteht Rio. »Ich weiß, dass das dumm war und voll kindisch …«

Die Traurigkeit stolpert über Rosas Gesicht: »Das war sehr lieb von dir. Aber wir hätten dich überhaupt nicht in diese Situation bringen dürfen. Über all diese Dinge solltest du dir keine Sorgen machen müssen. Und dann dieser unsägliche Auftritt. Niemals, niemals hätten wir das machen dürfen!«

»Das war doch meine Idee!«, versichert Rio ihr hastig. Er will nicht, dass sie sich schon wieder, dass sie sich immer noch Sorgen machen. Und der schreckliche Auftritt wäre dann nicht nur hochgradig peinlich, sondern auch völlig umsonst gewesen.

»Nein«, sagt Rosa leise, »war es nicht. Und selbst wenn: Wir hätten das wissen, wir hätten das verhindern müssen. Aber wir haben gar nicht mehr mitgekriegt, wie es dir geht. Wir waren viel zu beschäftigt.«

»Mir gehts doch super!«, ruft Rio und richtet sich demonstrativ auf. So schnell hat er das lange nicht mehr geschafft und fast ganz ohne Schwindel! Rosa sieht trotzdem nicht glücklicher aus: »Du hast nicht mehr gegessen, du bist seit einem Jahr nicht gewachsen, du hast nicht mehr geschlafen und –«, sie verstummt, als Rio unter der Decke verschwindet. Er will das nicht hören, diese Liste seines kompletten Versagens. Er weiß das ja selbst.

»Ich habs versucht. Echt! Ich hab versucht klarzukommen. Ich will ja auch wieder okay sein. Wirklich!« Er ist sich nicht sicher, ob seine Mutter ihn durch das dicke Federbett hören kann, ob sie überhaupt noch da ist, oder ob es ihr reicht mit ihm und sie längst wieder im Bad verschwunden ist, zu Bär. Doch dann spürt er, wie die Decke ein Stück weggeschoben wird, und ihre Hand, die sanft über sein Haar streicht.

»Ich weiß, mein Schatz«, flüstert sie, »das weiß ich doch.« Es klingt, als würde sie weinen. Was richtet er nur immer an? Sie setzt sich zu ihm, bettet sanft seinen Kopf auf ihren Schoß, fährt mit den Fingern vorsichtig durch sein Haar, trennt die verklebten Locken voneinander. Er weiß nicht, wann er das letzte Mal geduscht hat: war das wirklich vor der Show? Er hat keine Ahnung, wie er aussieht, und er will es gar nicht wissen.

»Weißt du, deine Schwester und du, ihr wart grundverschieden, vom ersten Moment an«, sagt Rosa. »Wir haben so viel über sie gesprochen, an sie gedacht, in der letzten Zeit, und dabei bist du uns irgendwie völlig abhandengekommen.«

»Ist doch klar, ist doch nicht schlimm!«, versichert Rio hastig. Keine Tränen mehr, nur bitte keine Tränen! Seine Mutter geht nicht darauf ein, sie erzählt weiter, als hätte er gar nichts gesagt: »Alle sprechen immer davon, wie mutig Mavis gewesen ist und wie selbstbewusst, wie wichtig sie für dich war. Und das war sie auch, das alles, und noch so unendlich viel mehr. Aber du warst mindestens ganz genauso wichtig für sie. Mavis war stark, klar. Aus sich heraus und von Anfang an. Aber auch, weil sie dich hatte. Ich weiß noch, wie sie sich reingestürzt hat, damals, direkt ins Nichtschwimmerbecken, so wie in alle anderen Angelegenheiten auch, wie sie es schon immer und bis zum Schluss gemacht hat. Damals wart ihr gerade vier, du warst am Beckenrand, du hattest sie im Blick und als sie gesprungen ist, da bist du einfach ohne Zögern hinterher. Das ging alles sehr, sehr schnell, noch bevor Jaime oder ich es zum Becken geschafft hatten, warst du auch drin!«

»Das weiß ich nicht mehr«, sagt Rio und ist sich insgeheim sicher, dass Rosa sich das ausdenkt, damit er endlich aufhört, sich so schrecklich winzig zu fühlen.

»Das war keine der Geschichten, die wir erzählt haben«, sagt Rosa leise. »Es hätte natürlich nicht deine Aufgabe sein sollen, das war nie dein Job, mein Schatz, sie zu retten. Dafür sind Eltern da, nicht Geschwister, kein Zwilling ... Ich meine, du konntest ja selbst auch noch nicht schwimmen, im allerletzten Moment haben wir euch rausgezogen. Und jetzt wäre es fast wieder passiert, dass wir nicht hingucken und du uns untergehst.«

Rio traut sich, auch auf die Gefahr hin, dass sie ihn wegschiebt, oder entsetzt aufspringt und im Bad verschwindet: er schlingt seine Arme um Rosas Bauch. Für einen Moment ruht ihre Hand, liegt schwer in seinem Haar. Er weiß, wie selten sie so still sitzt, wie schwer es ihr fällt, inne- und auszuhalten. Er ahnt, dass sie noch immer weint und dass er daran nichts ändern kann. Und, das ist ein neuer Gedanke, dass er daran vielleicht gar nichts ändern muss. Es ist halt scheiße. Es ist halt traurig. Es ist halt unfassbar. Und sosehr sie auch immer alle nach einem Trost suchen, nichts daran, gar nichts, ist gut. *Das Gute daran*, diese Rettungsformel, diese Hilflosfloskel, ist auf Mavis' Tod nicht anwendbar.

»Du kannst dich jetzt ausruhen, mein Schatz«, flüstert Rosa. »Wir sind da, wir passen auf. Auf dich und auf uns. Wir kümmern uns. Versprochen.«

Und dann reicht sie ihm ein Glas Wasser, damit er die Tablette schlucken kann, und vielleicht versucht auch sie sich vorzustellen, dass das nur ein Bonbon ist, eine Real-Life-Version von Candy Crush, und der heimliche Kuschelbär hinter dem Waschbeckenschrank ganz normal, und kein Zeichen dafür, dass hier einiges schiefgelaufen ist und so ganz und gar aus dem Ruder und sie alle drei vollkommen aneinander vorbei.

»Ich brauch die nicht mehr«, murmelt Rio und schluckt sie dann doch.

»Bald, Rio«, sagt Rosa. »So lange, bis es nicht mehr nötig ist. Aber jetzt gerade hilft es dir.«

Und erst jetzt fällt Rio auf, dass seine Mutter ihn schon ewig nicht mehr benutzt hat, seinen Namen. Seit etwa einem Jahr nicht mehr.

GEHEIMNIS

Keine Sorge, Kumpel«, ruft Jarek schon von der Tür aus, »ich hab nichts Essbares dabei!« Er wirft sich in den Sessel neben dem Sofa. Anerkennend nickt er in Richtung Tisch. Da steht ein fast leerer Teller. Gemüsesuppe geht mittlerweile, nur per Teelöffel und sehr, sehr langsam, aber immerhin.

»Wird doch!«, ruft Jarek, »sehr gute Arbeit, Bärchi!« Er knufft Rio ganz sanft gegen die Schulter, lehnt sich dann wieder im Sessel zurück, sieht seltsam nervös aus, wie er da mit den Fingern auf der Sessellehne rumtrommelt und mit dem Bein wippt. Jarek holt tief Luft: »Es war deine Schwester.«

Rio weiß sofort, was Jarek meint: »Die mysteriöse Person letztes Jahr?«

Jarek nickt: »Genau. Die wunderbare, extrem großartige Person, mit der ich letztes Jahr zusammen war. Sie wollte nicht, dass ihr es wisst. Und ich eventuell auch nicht, ich weiß nicht mehr so genau. Jedenfalls: sie wars.«

»Du warst gar nicht wegen Mavis' Süßigkeitenkiste in ihrem Zimmer! Sondern weil –«

Jarek schüttelt entschieden den Kopf: »Mehr sag ich nicht dazu. Und bevor du fragst, Schnuffelchen: alle Details, alles andere, das bleibt unter uns, also zwischen Mavis und mir. Und es wär super, wenn du es den anderen nicht erzählst!«

»Nicht mal –«

»Nein, nicht mal Flipse. Und auch Nu nicht. Niemandem. Schaffst du das, Hasi?«

»Natürlich schaff ich das! Aber warum erzählst du mir das überhaupt?«

Jarek zuckt die Schultern, fährt sich durchs Haar: »Kein Plan, aber irgendwie hatte ich das Gefühl, es wäre vielleicht gut, wenn du weißt, dass deine Schwester noch eine echt super Zeit hatte!«

»Ich wünschte, ich hätte dein Selbstbewusstsein!«, lacht Rio. Aber Jarek hat recht, es ist tatsächlich gut, das zu wissen. Und seltsamerweise okay, dass Mavis ihm nichts gesagt hat von Jarek.

»Und außerdem wollte sie es dir eh erzählen: *Nur dem Bärchen, nur Rio*, das war die Abmachung. Aber, du weißt ja ...«

Rio nickt: Er weiß. Natürlich weiß er.

Jarek räuspert sich: »Ach, und übrigens: Neulich sind Lale und ich im Krankenhaus zufällig diesem Franz aus eurem Hinterhaus über den Weg gelaufen. Witzig, dass der auch da war und ganz in der Nähe deines Zimmers, oder?«

Nein. Bitte nicht.

Anscheinend sieht Jarek Rio seine Sorge an, sein Blick wird weich: »Nein, nein, nein, Rio, keine Panik, dieses Mal haben wir uns benommen. Also, weißt du, ich hatte den nämlich mal mit Mavis gesehen, im letzten Sommer, da saß er auf dem Fensterbrett, und sie stand davor, mitten im Beet, und hat ihm irgendwas erzählt, weißt du, auf diese hyper-intensive Mavisart? Und irgendwie war ich, ich weiß nicht, eifersüchtig? Weil sie mit mir nie so gesprochen hat. Ich meine, ich wusste praktisch nichts über sie, also, nicht mehr als die anderen. Und sie war ja auch ständig weg und unterwegs und so. Aber mit ihm hat sie dann plötzlich geredet. So vertraut. Aber ich weiß schon: Das ist natürlich kein Grund, so eine Kacknummer zu veranstalten ...«, murmelt Jarek. »Und als ich ihn neulich im Krankenhaus getroffen hab und er so vollkommen fix und alle aussah und irgendwie wie aufgelöst, da hab ich ... ich hab versucht, mich zu entschuldigen, für die Sache neulich, als ich Flip nicht so richtig gestoppt hab, und weißt du noch, auch für diese Scheißaktion mit dem Kleid. Also, ich meine, es stand ihm halt schon, das nehme ich nicht zurück, und das fand Lale übrigens auch ...«

»Jarek!«, ruft Rio, »das war deine Entschuldigung? Das habt ihr ihm doch nicht noch mal gesagt, oder?!«

Jarek schüttelt den Kopf: »Also, ich hab gar nicht viel gesagt, eigentlich nur *Sorry*. Wenn ich mehr sage, kommt ja früher oder später immer was Falsches raus.«

»Stimmt«, sagt Rio, »allermeistens.«

»Und weißt du, ich hab ihm dann –« Jarek verstummt.

»Was hast du ihm? Was hast du gemacht, Jarek?«

»Nee, vergiss es. Ist egal, aber eins noch, trotzdem, eins sag ich noch, weil das nämlich ausnahmsweise mal wirklich wichtig ist!« Jarek beugt sich zu Rio vor, spricht jetzt mit sehr bedeutsamer Stimme: »Nur so als Tipp, Knuffelchen, von einem, der sich auskennt in der Welt, und nur so ganz allgemein, nicht, weil ich irgendwas ahne, geschweige denn wüsste: das mit der Liebe, das ist schon eine ganz gute Sache. So grundsätzlich. Und alles, du weißt schon, was für einen halt so dazugehören mag oder auch nicht. Das sollte man sich nicht entgehen lassen, also, ich meine, wenn man da jemanden hat, also, zum Beispiel so einen, schon ganz objektiv und selbst voll hetero betrachtet, wirklich ziemlich cuten Menschen namens Franz, also, nur so rein hypothetisch, is' ja logisch ...«

Jarek wackelt so äußerst vielsagend und so extrem übertrieben mit den Augenbrauen, dass Rio kichern muss.

»Alter!«, ruft Jarek, »wehe, du hörst jemals wieder auf damit, du Arsch!«

»Womit?«

»Damit, du selbst zu sein, du Knalltüte!«

»Ich versuchs. Aber ich hab ehrlich gesagt keinen Plan, wer das so genau ist. Also ich. Also, wer ich bin, also –«

»Pff. Jetzt mal nicht gleich ganz so philosophisch, Bärchen, ich meine, wer bitte weiß das schon?«

»Stimmt.«

Aber da ist noch was, etwas, um das Rio Jarek schon lange bitten wollte, sich aber bisher nicht zu sagen getraut hatte, aus Angst, dass Jarek wütend wird oder traurig ist oder enttäuscht. Rio nimmt seinen Mut zusammen, räuspert sich: »Und, Jarek?«

»Was gibts?«

»Könntest du mit den Bären aufhören?«

Angespannt wartet er auf Jareks Reaktion. Doch der nickt: »Nur die Bären?«

»Nur die Bären.«

»Alles klar, Schnuffel-Häschen!«

Und dieses Mal schafft Rio es, Jareks ausgestreckte Faust zu erwidern.

GLÜHWÜRMCHEN

Nuri legt einen Stapel Klamotten neben ihn, eine Jeans, ein T-Shirt, Rios allerwärmsten Kapuzenpulli.

»Ich würde dir gerne was zeigen«, sagt sie, »falls du möchtest und falls du aufstehen kannst.«

Seit Tagen war Rios weitester Weg der zur Toilette.

»Wir müssten die Treppe runter«, sagt Nuri. »Unten warten Flip und Florin, der hat ein Auto geliehen, er fährt uns –«

»Wohin?«, fragt Rio, dem nur ein Ort einfällt, an dem er lieber sein würde als hier, in der Sicherheit des Sofas, an dem er aber natürlich nicht sein kann.

»In den Wald«, sagt Nuri und sieht Rio ein bisschen ängstlich an.

»Du meinst Mavis' Wald, oder?«

Nuri nickt.

»Okay«, sagt Rio. Nicht, weil es wirklich okay ist, sondern weil es vermutlich langsam Zeit wird. Mit seinen Eltern dorthin zu fahren, kann er sich nicht vorstellen, aber mit Nuri – das könnte gehen.

»Ich warte im Flur, ja?«

Nuri verlässt das Zimmer, und Rio beginnt mit der großen Aufgabe, aus seiner Jogginghose zu klettern und sich in der Jeans zu verstauen.

»Shit!«

»Bist du okay?«, ruft Nuri alarmiert aus dem Flur.

»Ja, klar, alles gut!«

Na ja, die Hose ist halt immer noch viel zu weit. Obwohl er gefühlt ständig isst, hat sein Körper offensichtlich noch nicht begriffen, dass jetzt mal Schluss ist mit der Verschwinderei. Schrecklich langsam durchquert Rio das Wohnzimmer. Nuri strahlt, als er endlich im Flur auftaucht: »Ehrlich gesagt: Ich hatte befürchtet, du kommst nicht mit!« Das Turnschuhanziehen ist krass, sein Herz rast, und Nuri muss ihm bei den Schnürsenkeln helfen.

»Wir machen ganz langsam, okay?«, sagt Nuri, als sie zusammen ins Treppenhaus treten. »Schritt für Schritt.«

Sie schaffen die Treppe. Und bei Nuri untergehakt auch den Hausflur. Rio kann ihn nicht verhindern, den Blick zur Hoftür, fast automatisch, und auch nicht die absurde Enttäuschung, als er Franz dort nicht stehen sieht. Nuri drückt seinen Arm, sagt aber nichts. Und dann tritt Rio nach draußen, zum ersten Mal seit über einer Woche, ins orangewarme Augustabendlicht, aus dem Flip auftaucht: »Soll ich helfen?«

Es wäre wohl einfacher, gestützt von zwei Seiten. Aber er will das alleine schaffen, also, mit Nuri. Rio schüttelt den Kopf, und Flip versteht und tut so, als schlendere er nur so rein zufällig nebenher, in Armreichweite, die paar Schritte bis zu dem völlig verbeulten hellblauen Leih-Fiat, als würde er nicht bemerken, wie viel Anstrengung Rio jeder Schritt kostet, wie unsicher er immer noch auf den Beinen ist und wie abgrundtief müde. Und obwohl er ganz und gar durch ist, als sie beim Auto ankommen, und obwohl Rio schon wieder zähneklappernd friert, ist der Weg doch ein kleiner Triumph. Ein Stückchen weiter zurück in das, was als Normalität gilt, und was vor ein paar Tagen noch vollkommen unerreichbar schien.

Am Wagen lehnt Florin, Flips zweitältester von vier großen Brüdern, und nickt Rio wie beiläufig zu: »Na, Großer!«, sagt er, »was geht?«

Rio zuckt ratlos die Schultern, und Florin nickt schon wieder, nickt, als hätte Rio irgendwas gesagt, und tut im Übrigen so, als hätten sie sich gerade erst eben gesehen und nicht vor mehr als einem Jahr. Als Florin, wie Flips andere Brüder, wie Nuris Schwester und Lales Eltern und Jareks gesamte Familie, bei der Suche nach Mavis geholfen hatte.

Vor Rios Augen tanzen die Punkte, er schwankt, klammert sich ans Autodach, und sofort sind Flip da und Nuri, halten ihn fest, helfen ihm, in den Wagen zu klettern.

»Echt jetzt mal, Leute! Seid ihr euch sicher, dass das eine gute Idee ist?«, hört er Florin draußen leise fragen. »Ich meine, was denkt ihr euch dabei? Der Kleene kann sich ja jetzt schon kaum noch auf den Beinen halten! Jetzt mal ganz im Ernst, guckt euch den Kerl doch mal an!«

»Er schafft das«, sagt Nuri entschieden. »Wir kriegen das schon hin, zusammen!«

Und das klingt so zuversichtlich, dass Rio selbst ein bisschen dran glauben kann. Und rein zufällig liegt auf der Rückbank eine sehr, sehr weiche Decke und die schiebt Nuri beiläufig zu ihm rüber, weil ihr das angeblich echt zu heiß wird, mit dem plüschigen Ding direkt neben sich, und weil Flip die auch nicht haben will, auf gar keinen Fall, und Rio die ja vielleicht bitte halten könnte, es ist ja so verdammt schrecklich eng in dieser Schrottkarre von Auto. Und bevor Rio erwähnen kann, dass er alles durchschaut, all ihre ziemlich rührenden Vorbereitungen und Verrenkungen, ruft Florin: »Nichts gegen die Karre, Zwergis!«

Und dann dissen sie ein bisschen hin und her, Nuri und Flip und Florin, mit so viel Enthusiasmus, dass es gar nicht so wirkt, als verschafften sie Rio damit eine kleine Pause, in der er kurz mal wieder zu Atem kommen kann und das mit den tanzenden Punkten auf die Reihe bekommen.

»Rio?«

Rio öffnet die Augen. Er hat nicht geschlafen, er hat sich nur einlullen lassen von ihrem Geplänkel. Und jetzt sind sie angekommen, und er fragt sich, warum er eigentlich zugestimmt hat. Nuri hätte ihn nicht gezwungen, niemals.

»Wir warten hier«, sagt Flip. »Oder soll ich doch mit?«

»Nee«, sagt Nuri, »das machen Rio und ich. Aber wir melden uns, wenn irgendwas sein sollte. Komm, Rio, hier lang!«

Sie hakt ihn wieder unter, und mittlerweile fühlt sich das nur noch ein bisschen seltsam an und ein wenig nach altem, zufriedenem Ehepaar.

»Ich war auch schon mal abends hier«, erzählt Nuri. »Im Juni. Da waren überall Glühwürmchen, das war so unfassbar wunderschön! Wusstest du, dass die drei Jahre lang als Käfer leben?«

»Wusste ich. Und dann können sie irgendwann fliegen und ein paar Tage nach dem Glühen, das eigentlich mal wieder nur der Paarung dient, sterben sie. Ich weiß noch genau, wir haben das Geolinoheft zusammen gelesen, damals bei Lale.«

»Traurig und schön«, sagt Nuri.

»Extrem groß und ganz schön banal«, sagt Rio.

So langsam, wie schon den Weg die Treppe hinab und den zum Auto, bewältigen sie auch den durch den Wald, Schritt für vorsichtigen Schritt.

»Was, wenn ich das nicht schaffe, Nu?«

»Du schaffst das!«

Ein paar Mal stolpert Rio, aber da ist ja Nuri und die ist ziemlich stark und reaktionsschnell eh, weil sie ja Tänzerin und einmal die Woche übrigens auch zusätzlich noch Kickboxerin ist, und die zuverlässig verhindert, dass er sich auf die Klappe legt.

»Hier«, sagt sie schließlich. »Hier ist es. Hier bin ich gerne, eigentlich sogar einmal die Woche, mit dem Bus und manchmal mit dem Rad, und hier fühle ich mich ihr irgendwie nah.«

Es ist eine Linde und damit einer von den etwa fünf Bäumen, die Rio erkennen kann, und aus irgendeinem Grund freut ihn das. Er kann sich nicht erinnern, weiß nicht, ob er je wusste, wer ausgerechnet diesen Ort ausgesucht hat.

»Wir waren alle zusammen hier«, sagt Nuri, die nach wie vor Gedanken lesen kann. »Das kam uns richtig vor. Wir haben abgestimmt, und dieser Baum hat gewonnen, vielleicht auch nur, weil gerade ein Eichhörnchen dran hochgeklettert ist, als wir davor standen. Guck mal hier –«

Rio hockt sich neben sie:

MAVIS PAREIRO

steht auf dem kleinen, runden Stein, der zwischen den Wurzeln auf dem Waldboden liegt. Mehr nicht. Und vielleicht ist es die Tatsache, dass Mavis diesen besonders glatten, flachen, elfenbeinfarbenen Stein selbst gefunden hat, damals, vor fast zehn Jahren im Meer vor Cantabria, vielleicht ist es die Erinnerung an jenen Tag, an dem alles, wirklich alles einfach gut war und schön und sich anfühlte wie für immer und ewig, vielleicht ist es die Erschöpfung, vielleicht aber auch alles zusammen, was in den letzten Tagen, Wochen, Monaten, was im letzten Jahr geschehen ist, jedenfalls fängt Rio jetzt an zu weinen. Erst nur ein ganz bisschen, sehr, sehr leise, sodass es im Hals hinten sticht, dann so heftig, dass sein ganzer Körper bebt. Er kauert da, mit Nuri neben sich, vor Mavis' Baum, eine Hand auf dem Stein, der ewig in Mavis' Zimmer lag, neben Rudi, dem selbst getöpferten Krokodil, auf dem mittleren Regalbrett, dessen Fehlen ihm nicht aufgefallen ist, bis jetzt nicht, und Rio weint und weint und weint.

Nuri hat die weiche Decke aus dem Auto dabei, und unter die passen sie auch zusammen.

»Ich vermisse sie so«, flüstert Rio.

»Ich weiß«, sagt Nuri. »Ich auch.«

Und später taucht Flip auf, weil er sich doch ein bisschen wundert, dass Nuri und Rio nicht zurückkommen, und für ihn reicht die Decke auch noch. Und noch ein bisschen später kommt auch

Florin, und der steht eine Weile irgendwie unschlüssig in der Nähe rum, bis Nuri aufsteht und ihn dazuholt. Und dann sitzen sie zu viert vor dem Stein, und der war und ist natürlich immer nur und immer noch ein Stein, aber ein bisschen eben auch wie ein Fenster, auf das Rio seine Hand legen kann. Und wenn er die Augen schließt, kann er sich vorstellen, dass von irgendwo auf der anderen Seite Mavis ihre Hand dagegen presst.

Ich bin da, Ri, für immer und immer und immer.

Und jetzt ist es dunkel und heute ist der Nachthimmel so klar, dass man die Sterne sehen kann, aber längst nicht alle, weil das Laub der Bäume so dicht ist.

»Kommt, lasst uns gehen«, flüstert Nuri, der die Stille mit Dunkelheit gemischt und ganz ohne Glühwürmchen, dafür mit ätzend vielen Mücken, ein bisschen unheimlich ist, und die außerdem merkt, dass Rio leer geweint ist, fürs Erste, und vollkommen erschöpft und auch schon wieder kurz vor eingeschlafen, und außerdem und trotz der dreifachen Nähe und der Decke schon wieder so heftig zittert. Der muss zurück auf sein Sofa, entscheidet Nuri, aber schnellstens: »Los jetzt, Leute!«

Keiner der anderen widerspricht, und so stolpern sie im Riotempo dicht nebeneinander durch die raschelnde, säuselnde, flüsternde Stille zurück zum Auto. Und dort verstauen Flip und Florin Rio auf der Rückbank, und dann beobachten Nuri und Flip ein bisschen gerührt, wie Florin noch mal beiläufig-sorgfältig die Decke um den fast schon schlafenden Rio zurechtzuppelt, und dann steigt auch er ein und dreht den Zündschlüssel und wirft die Scheinwerfer an und lässt den Motor unnötig laut aufheulen: »Dann wollen wir mal«, sagt Flips zweitältester Bruder, als ob es den Zündschlüssel gar nicht bräuchte, damit sich der keuchende Fiat in Bewegung setzt, sondern nur diesen fast uralten Zauberspruch. Und dann fahren sie los, durchs sternengespickte Dunkelblau dieser Nacht, zurück in die sonnenmüde Stadt, die glühwürmchengleich herbstwinterkaltfrühlingsewig gewartet hat, auf diese funkelnden Nächte. Und Nuri drückt Rios Hand, und der drückt zurück, und Nuri könnte heulen vor Erleichterung und vor lauter Spätsommernachtsmelancholie.

SOFA

Unten verabschieden sie sich von Florin, der hat noch was vor mit der Nacht. Noch einmal sucht Rio, nur mit dem Blick, vom Hausflur aus im Hof nach Franz, noch einmal ist der dort nicht, taucht dafür Nyx auf, begrüßt Rio mit einer Runde um seine Beine, noch einmal an diesem Tag bewältigt er die Treppe, Nuri und Flip vor und hinter, Nyx dicht neben sich.

In der Wohnung brennt über dem Esstisch das Licht, darauf liegen Handtücher für Flip und für Nuri, und da steht neben einer Wasserkaraffe und drei Gläsern ein Teller mit Keksen und Weintrauben, da liegen die Matratzen für Nuri und für Flip dichter als sonst neben dem Sofa, da sind die Kissen aufgeschüttelt und die Decken zurückgeschlagen, da liegt auf der Untertasse Rios Tablette bereit. Rosa und Jaime haben alles vorbereitet und sind dann schnell ins Bett, als sie die drei auf der Treppe gehört haben.

»Herrlich«, seufzt Flip.

»Wisst ihr noch, früher?«, fragt Nuri, und klar wissen Rio und Flip noch von den Pyjamapartys bei den Pareiros. Oder unten bei Lale im Partykeller. Oder bei Flip, im seltenen Fall, dass alle großen Brüder gleichzeitig weg waren und sie das winzige Zimmer mit den drei Stockbetten ganz für sich hatten. Oder draußen bei Nuris Opa im Schrebergarten, in der immer nach Benzin und Tabak und Sägespänen riechenden Laube. Und wie früher auch das: nacheinander verschwinden sie im Bad, ziehen sich um, dann treffen sie sich zum Zähneputzen vor dem Badezimmerspiegel. Das kleine Fenster steht offen, unten bei Franz sind die

Vorhänge zugezogen, aber durch einen schmalen Spalt fällt Licht in den Hof. Irgendwas da unten ist anders, aber Rio kommt nicht drauf, was. Als er zurück in den Spiegel schaut, erwidert Flip seinen Blick: »Was?«, fragt Rio.

»Nüschts«, antwortet Flip mit vollem Zahnpastaschaummund. Aber wegen *Nüschts* lächelt man nicht so vielsagend, und wegen *Nüschts* zwinkert man auch nicht semi-verschwörerisch.

»Kommt«, gähnt Nuri. »Mit dem Quatsch könnt ihr morgen weitermachen!«

Da sind die Matratzen, da ist das Sofa, da ist Rio, der »Danke« flüstert, und dann »Schlaft schön«. Der sich große Mühe gibt, so zu tun, als fürchte er sich nicht mehr vor der Nacht, vor der Rückkehr der Träume. Rio, der immer noch bibbert, der Nyx an sich drückt, die sich von ihm drücken lässt wie ein sehr abgewetztes Kuscheltier. Und da sind Nuri und Flip, die das echt nicht länger mit ansehen können, keine Sekunde mehr, und wollen eh nicht. Da ist viel zu viel Abstand, da ist jemand, der jetzt nicht alleine liegen sollte, nicht nach so einem Tag und eigentlich am allerliebsten niemals. Nuri und Flip brauchen nur einen Blick, dann ist alles klar.

»Du, Rio?«, fragt Nuri, »wie wärs, wenn wir heute Nacht neben dir schlafen? Also, sozusagen direkt neben dir, also auch auf dem Sofa oder so?«

Es dauert einen Moment, bis Rio antwortet: »Wär ... wär das denn okay?«

»Na klar doch«, ruft Flip und ist ja eh schon längst unterwegs, rüber zu Rio, »euer Sofa ist hundertmal bequemer als jede Matratze!«

Und das ist nur halb gelogen, denn so nebeneinandergequetscht ist es zwar selbst auf dem riesigen Sofa ziemlich eng, aber auch extrem gemütlich. Und das geht nicht mit Rosa oder Jaime, nicht mit Jarek, Lale, Coco oder Anoush, das geht wirklich nur mit Flip und mit Nuri, mit denen ist diese Nähe okay. Flip liegt links, und Nuri liegt rechts und Rio darf in der Mitte sein, mit der warmen, schnurrenden Nyx auf dem Bauch, und sich sicher fühlen und kaum mehr wie ein Gespenst. So, wie das letzte Mal vor etwa einem Leben, mit einer Person namens Franz.

»Frierst du?«, fragt Flip, und als Rio viel zu eifrig den Kopf schüttelt, weil das ja nicht sein kann, das mit dem Frieren, in dieser Sommernachtshitze, und weil es ja langsam auch echt mal reichen muss, mit dem Kompliziertsein und mit dem Nichtklarkommen, zieht Flip die Decke überkopfhoch, über sie alle drei. Und das ist jetzt ein bisschen zu warm für ihn und für Nuri, aber echt aushaltbar. Und die Decke ist eigentlich zu klein, aber irgendwie gehts. Allerdings nicht für Nyx, die rettet sich auf die Sofalehne und rollt sich dort zusammen.

Gemeinsam unter der Decke ist es ein bisschen so wie damals, mit Mavis, in den Vorgeburtstags-Nächten, und auch in dieser Nacht werden Geständnisse gemacht: »Weißt du, ich war mal in dich verliebt, Flip«, sagt Nuri, und Flip weiß von nichts und hat echt nichts gemerkt und denkt zurück, ziemlich weit, aber da sind wirklich keine Zeichen, und er fragt: »Wann denn?«

Und Nuri sagt: »Na, von vor drei Jahren bis vor circa einer halben Stunde.«

»Was ist dann passiert?«, fragt Rio, der das ja weiß, das mit den drei Jahren. Aber das mit der circa halben Stunde eben noch nicht, und der sich schon gefragt hat, wie man das aushalten kann, wenn man Nuri ist und alles so verdammt nah ist und irgendwie ziemlich schön, aber eben doch nicht ganz so, wie man es gerne hätte. Nuri versucht die Schultern zu zucken, aber dafür ist es viel zu eng, also muss sie wohl doch Worte finden, für diese ziemlich komplizierte, ganz einfache Sache: »Es gibt ja noch anderes, was mir wichtig ist. Das Vortanzen zum Beispiel. Und fürs unglücklich Verliebtsein hab ich gerade einfach keine Zeit. Und keine Lust. Und außerdem ... du bist ja trotzdem da«, sagt sie und Rio ahnt, dass das noch nicht ganz die richtigen Worte waren, aber schon sehr, sehr nah dran.

»Verstehe«, sagt Flip und klingt, als würde er das tatsächlich verstehen. Und weil das sonst irgendwie unfair wäre und ihm gerade sehr danach ist, sagt Flip auch was: »Leute? Ich bin so krass froh, dass wir wieder zusammen sind! Dass du wieder da bist, Riolo! Und wisst ihr, was? Ich lieb euch beide so was von! Also *so*, nicht *so*, also, ihr wisst schon, logisch!« Natürlich wissen sie schon, und wenn man ganz genau gleichzeitig nickt, funktioniert das, trotz oder wegen der Enge, ziemlich gut.

Rio überlegt krampfhaft, was er beitragen kann, zu den Geständnissen. Was er den beiden gerne sagen würde: dass er nicht nur Mavis, sondern auch Franz unendlich vermisst. Dass er sich schämt, deswegen, weil das ja nicht richtig sein kann und auf keinen Fall okay. Schließlich hat Franz so gut wie nur gelogen und Rio eh nie wirklich gemocht, sondern eigentlich Mavis, und ist genau genommen gar kein so toller Typ, sondern vor allem ein ziemlich guter Schauspieler. Einer, der schuld ist an allem. Einer, der macht, dass es einem gut geht, obwohl es nie wieder gut sein kann. Jemand, der einem das Gefühl gibt, jede Geschichte könnte ein gutes Ende haben. Und Rio würde die beiden gerne fragen, ob sie wissen, wie man sich sososo nach jemandem sehnen kann, der höchstwahrscheinlich schuld ist an der schlimmsten Sache der Welt. Aber das geht natürlich nicht. Er kann ihnen nicht verraten, dass er nichts machen kann, gegen diese krasse Franz-Sehnsucht. Dass er, anders als Nuri, nicht weiß, wie man sich entliebt. Er kann ihnen nicht sagen, dass er sich manchmal wünscht, Knut hätte das mit dem verschwundenen Negativ nie erwähnt und er selbst das alles nie gewusst.

Was Rio sagt, ist das: »Danke, Leute, echt!«

Und dann: »Sorry, aber ich fürchte, ich penn gleich ein.«

»Dann schlaf schön«, sagt Nuri. »Und du auch, Flip!«

Aber der schläft schon längst und die anderen beiden dann auch.

ACH, FLIP!

Als er aufwacht, liegen Nuri und Flip nicht mehr neben ihm. Hat er das Ganze vielleicht nur geträumt? Das mit der Fahrt zu Mavis' Wald, das mit ihrem Stein? Und die letzte Nacht, zwischen Nuri und Flip auf dem Sofa? Rio setzt sich auf.

Vom Sessel aus winkt Flip ihm zu, er hat ein Buch auf dem Schoß, mit größter Wahrscheinlichkeit was von Douglas Adams.

»Da bist du ja!«, ruft Flip so hocherfreut, als hätte er nicht damit gerechnet, als hätte Rio sich eben spontan auf dem Sofa materialisiert.

»Dein Vater hat vorhin Tee gebracht und Kaffee und Toast. Und später dann Suppe. Superlecker! Deine müsste jetzt aber mittlerweile kalt sein, soll ich dir die noch mal warm machen?«

Rio schüttelt perplex den Kopf: »Wie spät ist es denn?«

»Etwa fünf, würd ich sagen. Nuri musste schon vor ein paar Stunden los, zum Training. Aber ich soll dich noch mal grüßen, schätzungsweise so etwa tausend Mal.«

»Ach, Nuri«, sagt Rio.

»Ja, Nuri«, sagt Flip.

»Ach, Flip!«, ruft Rio, »hast du etwa die ganze Zeit hier rumgesessen?«

»Ich hatte gute Gesellschaft«, sagt Flip vergnügt, nickt in Richtung Nyx, hält dann mit der einen Hand sein Smartphone und mit der anderen Hand sein Buch (Douglas Adams) hoch und tut im nächsten Moment so, als vertiefe er sich wieder darin. Rio knetet nervös den Eisbärenball. Dass einer von ihnen gleich etwas

Grundsätzliches sagen wird, liegt in der Luft. Soll er warten, ob Flip anfängt und womit? Oder soll er lieber selbst ...

»Ich war übrigens neulich bei Franz«, sagt Flip, ohne von seinem Buch aufzuschauen. Ah. Das ist es also.

»An dem Tag, an dem du verschwunden bist, bin ich ziemlich ausgerastet. Ich weiß nicht, ob du das noch mitbekommen hast?«

»Nur ein bisschen ...«, sagt Rio vorsichtig und muss wieder an Milos denken, wie der vor der Tür stand und ihn um Hilfe gebeten hat, wegen Franz. Und wie Rio davon nichts wissen wollte, nicht konnte, weil alles zu viel war und er selbst gar nicht mehr richtig vorhanden. Flip legt sein Buch beiseite: »Ich weiß nicht, was da mit mir los war ... Also, okay, mittlerweile weiß ich es schon, dein Eisbär hat mich gecornert, extrem, der Typ. Ich denke mal, die anderen haben ihn auf mich angesetzt – Und, also, okay, ich war wütend auf dich und auf Mavis und auf mich selbst sowieso und vor allem so krass auf deine Eltern, aber euch konnte ich keine reinschlagen und mir selbst ... und dann ist er aufgetaucht, mit deinen Schuhen, und ich hab nichts mehr kapiert, aber ... aber irgendwie gemerkt, dass da irgendwas ist, dass er dir irgendwie – ja, halt wehgetan hat. Und dann meintest du das mit der Fabrik, aber das war eigentlich gar nicht der Punkt, da war ich schon längst ... ich weiß nicht ... weil ich dir schon wieder nicht helfen konnte! Weil es dir doch gerade besser ging und du doch kurz vorher noch so verdammt happy aussahst und so über beide Ohren verliebt, und weil ich dachte, jetzt hat der Mistkerl irgendwie alles kaputt gemacht und vielleicht sogar noch schlimmer ... und ich kann dir nicht helfen ... und da ... da hab ich rotgesehen. Zum Glück waren die anderen da, und zum Glück kam sein Vater, ich weiß nicht, was ich sonst – Und der hat sich nicht mal gewehrt, und beschissenerweise hat mich das noch wütender gemacht. Dieser Mist, dass alles jetzt einfach so ist und alle das so akzeptieren!«

»Was meinst du?«, fragt Rio leise. »Was akzeptieren denn alle?«

Flip schluckt, guckt auf seine Hände, dann sieht er Rio an: »Dass Mavis weg ist. Also, tot. Das ist jetzt einfach so, und das sollen wir so schlucken. Und ich weiß nicht, es gibt niemanden, dem man deswegen eins in die Fresse geben kann!«

So kennt Rio Flip nicht. Seit wann will der unbedingt jemanden eins in die Fresse geben? Andererseits, diese Wut kennt Rio gut.

Flip schlägt mit der Hand auf das Polster: »Ich meine, der Scheißtod – wo ist das Arschloch?«

»Ich weiß nicht«, sagt Rio, »überall?«

Der Satz macht sie beide etwas beklommen, Flip fröstelt, und Rio hebt die Decke ein Stück, und Flip kommt schnell rüber aufs Sofa: »Ich bin zu ihm, gleich am nächsten Morgen. Ich dachte, ich kann vielleicht irgendwas wiedergutmachen. Geht natürlich nicht. Aber ich wollte, dass er wenigstens weiß, dass es nichts mit ihm zu tun hat, also schon, weil ich ihn ja ... aber eben dann doch nicht, weil ich ja eigentlich gar nicht auf ihn wütend war. Sein Vater wollte mich nicht reinlassen, er hat gesagt, er zeigt mich an, wenn ich mich noch mal blicken lasse.«

»Oh.«

»Ja, aber Franz war auch echt voll neben der Spur. Wie ... wie ... irgendwie wie verblichen? Und trotzdem hat er seinem Vater gesagt, dass es okay ist, wenn ich reinkomme. Also, ehrlich? Ich hätte mich nicht reingelassen! Wir sind dann in die Küche und ich hab gehört, wie sein Vater im Flur rumgetigert ist, aber Franz hat die Küchentür zugemacht und sich auf so 'nem Klappstuhl zusammengefaltet, weißt du? Und er hat immer nur auf seine Hände geguckt ...«

In Rio zieht sich alles zusammen bei der Vorstellung von Franz, verletzt. Und er muss an damals denken, als er selbst auf ihn losgegangen ist. Und jetzt auch noch Flip.

»Ich weiß«, sagt Flip leise. »Ich weiß ja, Riolo.«

»Gings ihm sehr schlecht?«, fragt Rio und will die Antwort eigentlich gar nicht hören.

Flip nickt: »Er hat versucht, sich nichts anmerken zu lassen. So wie du immer, so wie du gerade. Aber man hat es halt gesehen, ich meine, er ... er war schrecklich nervös. Weißt du, ich hatte so alberne Entschuldigungsgeschenke dabei, 'ne Packung Pringles und *Per Anhalter durch die Galaxis*. Wahrscheinlich, weil ... also, vielleicht wollte ich irgendwie was wiedergutmachen, was nicht gutzumachen ist, und dafür sind unpassende Geschenke vielleicht ganz passend. Klingt das logisch?«

»Nein.«

»Jedenfalls, das war der Horror.«

»Geschah dir aber irgendwie auch ein bisschen recht!« Das ist ihm so rausgerutscht. Und wieder und wie immer springt die Wut, die er eben noch auf Flip hatte, zu ihm zurück. Er hat nichts gemacht, er hat gehört, wie Flip ausgerastet ist, er hat geahnt, dass da gerade die absolute Scheiße passiert, und er ist einfach weiter die Treppe hochgestiegen, wie irgendein feiges Arschloch. Wie jemand, der glaubt, die Welt gehe ihn nichts an und drehe sich dabei doch nur um ihn.

»Ich hab dann irgendwelche Erklärungen und Entschuldigungen und Ausreden rausgehauen und irgendwann hat er mich unterbrochen. Er hat gesagt, dass ihm das jetzt erst mal egal ist, meine Gründe und mein schlechtes Gewissen, und dass ich mich gefälligst um dich kümmern soll. Sofort!«

»Und dann?«

»Dann hat er mir von den Bildern erzählt, dass ihr zusammen unterwegs wart. Das war, nachdem ich dich so hab abblitzen lassen, stimmts?«

Rio schüttelt den Kopf: »Abblitzen? Quatsch! Ich hab ja verstanden, dass du keinen Bock auf so eine Aktion hast. Und war ja auch voll umsonst, das alles. Du hattest recht, ich hätte die Bilder einfach wegwerfen sollen!«

»Neeneenee, warte mal! Erst mal: Doch, Rio, ich hab dich voll auflaufen lassen! Weil ich nicht mehr dran denken wollte. Ich wollte, dass alles wieder so ist wie früher. Aber so wird es nicht mehr, ich weiß. Die Trauer bleibt halt, die ist jetzt halt da, und wahrscheinlich ist das auch okay so … die ist jetzt irgendwie ein Teil von dir, und von Lale und Nuri, und vielleicht auch, ich weiß nicht, vielleicht irgendwie sogar auch von Jarek, und ja auch von mir. Voll. Auch, wenn ich nicht so viel drüber rede, ich kann irgendwie nicht, weißt du? Ach, shit, ich weiß nicht. Aber weißt du? Und umsonst? Nee, das glaub ich nicht. Voll nicht!«

»Aber –«

»Nichts aber, lass mich erst mal, okay?«

»Sorry.«

»Franz hat mir auf jeden Fall erzählt, dass ihr tatsächlich ein paar der Leute gefunden habt. Und auch davon, dass er einige Bilder hat verschwinden lassen. Und, dass er sich nicht getraut hat, dir das zu erzählen, dass Mavis ihn auch fotografiert hat. Und dass hinter den Bildern vermutlich kein großes Geheimnis steckt, oder eben eine gute Erklärung, die irgendwas besser macht. Er hat auch noch was von irgendwelchen Negativen erzählt, ich weiß nicht, ab dem Punkt bin ich nicht mehr ganz mitgekommen. Aber jedenfalls hat er gesagt, dass du so durch den Wind warst, weil er es, also alles, alles, alles, angeblich, so ungefähr den Lauf der gesamten Welt, so volle Kanne verhauen hat. Stimmt das?«

Rio nickt. Ja, wahrscheinlich war das einer der Gründe. Das und alles andere eben.

»Hat er noch mehr erzählt?«, fragt Rio und sieht statt Flip den Knautschbären in seinen Händen an.

»Nee, kein Wort.«

Und jetzt schafft Rio das Kunststück, zugleich beruhigt und enttäuscht zu sein.

»Aber«, sagt Flip vorsichtig, »ich meine, ich hab ja auch Augen. Und ein Hirn. Und ich kenn dich ja auch schon ein paar Jährchen, du Knalli, und Franz, den kenne ich zwar so gut wie eigentlich gar nicht, aber das war schon extrem auffällig und ehrlich gesagt auch ein bisschen bis extrem niedlich, wie der da so vergeblich verzweifelt versucht hat, sich bloß nicht anmerken zu lassen, wie krasskrass gern er dich hat … Ich meine, der Teil fehlte halt völlig in seiner Geschichte, da gab es nur ein ziemlich großes, etwa herzförmiges Loch …«

Rio wird rot.

Flip lächelt und stupst ihn in die Seite: »Hey du, Riolo? Ich hoffe echt, dass ihr das wieder hinbekommen könnt, ich glaub, der Typ ist wirklich voll okay!«

»Ach, plötzlich?«

Flip zuckt die Schultern: »Jo, ich meine, er war echt entsetzt, dass ich dachte, er kennt *Per Anhalter* noch nicht. Mehr muss ich nicht wissen, also, meinen Segen habt ihr!«

»Na vielen Dank auch!«

»Nicht dafür.«

Mit seinem Buch wedelt Flip Rio vor dem Gesicht rum.

»Was soll das?«

»Jetzt bist du nur noch rosa!«

»Arschloch.«

»Steht dir.«

»Du bist –«

»– manchmal absolut daneben, aber grundsätzlich ganz wunderbar, ich weiß«, unterbricht Flip ihn. »Und, hey du, Riolein, sag mal, nervt dich das auch immer so in Filmen und Büchern, wenn die Figuren einfach von irgendwas ausgehen und dann mal eben so lieber alles abbrechen und kaputt machen, anstatt mal nachzufragen, anstatt easy kurz mal wenigstens zu überprüfen, ob sie überhaupt richtigliegen, mit ihrer Annahme, die ja allerallermeistens falsch ist, weil sie vom Allerschlimmsten ausgeht? Findest du das auch so ärgerlich? Also, nur mal so gefragt?«

»Hm«, macht Rio, »schon.«

»Ah!«, sagt Flip, »gut zu wissen.«

»Und?«

»Und spätestens seit gestern wissen wir beide, dass du die Treppe bezwingen kannst, und bis durch den Hof sind es dann auch nur noch ein paar lächerliche Schritte, und wenn du willst, bring ich dich runter, auch bis zu seiner Tür. Ich würd klingeln für dich, und dann ganz schnell weglaufen, oder mit reinkommen oder so, ganz wie du willst!«

»Bis nach unten«, sagt Rio, »den Rest schaffe ich alleine.«

»Hurra!«, ruft Flip und vergisst völlig, das ironisch klingen zu lassen.

LIEBLINGSSACHEN

Ich kann echt hier warten«, sagt Flip. »Gar kein Problem! Wirklich! Ganz egal, wie lange das dauert!«

»Nicht lange, ich geh nur ganz kurz vorbei, stell meine Fragen und hau dann wieder ab!«

Flip wirft Rio einen skeptischen, vielleicht aber auch vielsagend gemeinten Blick zu.

»Echt, Flip!«, ruft Rio. »Das ist vorbei! Also, da war ja nie was, da –«

Flip lacht: »Riolo, bitte: Du hast geduscht, du hast dein Haar sortiert, du hast frische Klamotten an ...«

»Na und? Das hab ich früher täglich gemacht, das heißt doch nichts!«

Flip grinst: »Und ich seh da unter deinem allerschönsten, allerweichsten Lieblingshoodie dein Lieblings-T-Shirt vorgucken, das dir, nur mal so nebenbei gesagt, wirklich ganz ausgezeichnet steht!« Flip zwinkert ihm zu und Rio seufzt, kein bisschen genervt: »Wie du schon sagst: *Lieblings*! Den und das ich rein statistisch nun mal am häufigsten trage, ja! Und?«

Flip rauft sich dramatisch die Haare: »Wie auch immer«, ruft er. »Ich bin jedenfalls verdammt froh, dass du wieder genug Kraft für so unfassbar sinnlose Diskussionen hast! Also, wollen wir einfach ein Zeichen verabreden, damit ich weiß, wenn ich dich irgendwie retten muss?«

»Du musst mich nicht retten, Flip«, sagt Rio. »Und außerdem: Das ist doch nur Franz, kein blutrünstiger Vampir!«

Rio weiß, dass Flip versteht: dass das nicht witzig gemeint war, sondern etwas ist, was noch mal klargestellt werden musste. Nur Franz. Nicht mehr und nicht weniger, in keinerlei Hinsicht.

»Weiß ich ja!«

»Dann ist ja gut!«, stellt Rio fest. »Echt, Flip! Ich will einfach nur wissen, was das alles sollte, was er eigentlich von dieser ganzen Scheißinszenierung hatte, warum Franz das gemacht hat.«

»Ich glaub echt nicht, dass das eine Inszenierung war«, sagt Flip, und genau dieses Gespräch hatten sie jetzt schon etwa hundert Mal, und auch Rio bleibt bei seinem Text und bei seiner Meinung: »Was sollte es denn sonst gewesen sein?«

Und bevor Flip das ewig Immergleiche antworten kann, dass er das ja auch nicht so genau weiß, und dass Rio das doch gefälligst bitte einfach Franz direkt fragen soll, und bevor Rio noch mal drauf hinweisen muss, dass sich dieses Gespräch voll und ganz und unendlich für immer im Kreis dreht, umarmt er Flip kurz noch mal, und der klopft nicht auf ihm rum, der drückt ihn heute so richtig, mit beiden Armen, hält ihn für einen Moment ganz fest: »Boah, ey, Rio! Alter! Jetzt mal echt. Puh.«

Und eine Sache, fällt Rio noch ein, während er Flip zurückdrückt und sie da so stehen, eine sehr wichtige Sache muss er ihm unbedingt noch sagen: »Du, Flip?«

»Mhm?«

»Ich freu mich so dermaßen für dich! Also, wegen Anoush. Das ist toll!«

»Ja, oder?«

»Voll!«

Und jetzt ist hier alles gesagt, und sie lassen einander los und verabschieden sich, und Rio macht sich auf den Weg, raus in den Hof und rüber zu Franz.

FLACKERN

Jemand hat die Lampe über der Tür repariert, da flackert nichts mehr, das Licht ist aus. Das ist ihm bisher nicht aufgefallen, wenn er, zum Beispiel, um das Wetter zu checken, durch das Badezimmerfenster hinunter in den Hof geschaut hat. Und auch die bunte Kreidezeichnung auf dem Boden hat Rio bisher übersehen: Ballons, Feuerwerk, Smileys, viele nicht genau identifizierbare Tiere, Monster oder Menschen? Darunter Grundschülerschreibschrift, wahrscheinlich war das Pino, aus dem Dritten:

Schöhn das du wida da bist Rio!!!

Und jetzt hat Rio eine Idee, wem er Mavis' Süßigkeitenkiste vor die Tür stellen könnte ...

»Rio!« Milos steht bei den Mülltonnen. Er trägt schon wieder oder immer noch die unförmige Jogginghose, die ganz offensichtlich nicht zum Joggen gedacht ist, sondern fürs Sofa oder für längere Krankenhausaufenthalte, Rio hat seit Kurzem eine ganz ähnliche. Jedenfalls: der Filter ist weg, der Flash ist verschwunden, da steht ein müder Mann, ein Vater mit Sorgenfalten, so einer, wie Rio selbst einen hat.

»Wie schön, dich zu sehen! Wie geht es dir denn? Willst du zu Franz? Also, ich –« Milos verstummt, zuckt die Schultern: »Was mische ich mich immer ein? Aber er ist da, jedenfalls, falls du ... du weißt schon ... Er ist zu Hause!«

»Super!«, sagt Rio, »alles klar.« Und das würde er jetzt am

liebsten sofort wieder zurücknehmen, dieses automatische *super*, weil Milos nicht so klingt, nicht so aussieht, als wäre an Franz' Zuhausesein irgendwas besonders toll oder bejubelnswert.

»Und ich bin jetzt erst mal weg, denk ich«, sagt Milos, »für eine ganze Weile, ich glaube, ich geh in den Park ... ja, das mach ich!«

Und damit geht er an Rio vorbei, und übrigens hat Milos auch keine Laufschuhe, sondern Hauspuschen an, und in der Hand hat er einen gelben Sack. Rio hofft, dass Franz' Papa im Hausflur noch auf Flip trifft, und dass der dann irgendwas Nettes, irgendwas Gutes sagt, etwas, was die Welt wieder ein bisschen mehr ins Lot, wieder etwas gerader rückt. Das macht Flip nämlich eigentlich viel, viel häufiger, das kann er viel besser, als Leuten eins in die Fresse zu schlagen.

Rio zögert kurz, aber dann klopft er ans Fenster. So lange hat es noch nie gedauert, bis Franz durch seinen Spalt in der Gardine hinausschaut. Aber da ist er.

Er sieht Rio an, als wäre der – nein, kein Gespenst. Als wäre der sehr lange weg gewesen und nun völlig unerwartet wiederaufgetaucht, und so ist das ja auch. Franz schiebt die Gardine noch ein Stückchen weiter zur Seite, sieht für einen Moment fast ängstlich aus, dann öffnet er das Fenster. Er ist noch blasser als sonst, er setzt ein Lächeln auf, vergisst aber die Augen und da ist auch kein Grübchen. Er sieht erschöpft aus und müde und ... und unendlich traurig.

»Hey.«

»Hey!«

»Jemand hat das Licht repariert«, stellt Rio fest.

»Das waren Nuri und Lale«, sagt Franz leise.

Rio sieht ihn erstaunt an: »Nuri und Lale?«

Franz nickt: »Nuri hat bei uns geklingelt und wegen einer Leiter gefragt. Und ob ich zusammen mit Lale mal kurz mit festhalten kann. Das ging alles superschnell, es hat nur fünf Minuten gedauert oder so?«

»Warum?«

»Lale meinte, dass sie vorher bei YouTube geguckt haben –«

»Nee, ich meinte, warum haben sie das gemacht?«

Franz beißt sich auf die Lippe: »Sie meinten, dass man dann besser schlafen kann.« Er sieht auf seine Hände. »Also, ich«, flüstert er.

Rio schluckt: Klar. Logisch.

»Und? Kannst du?«

»Besser schlafen?« Franz schüttelt zögernd den Kopf.

»Schade.«

»Nicht schlimm!«, versichert Franz schnell. »Es hat was Beruhigendes, finde ich. Wenn es nicht immer so flackert, oder?«

»Voll!«

Eine Weile betrachten sie nachdenklich die dunkle Lampe. Dann gibt Rio sich einen Ruck: »Darf ich reinkommen? Nur ganz kurz?«

Franz nickt.

Doch die winzige Wohnung scheint gewachsen zu sein, auch zur Tür braucht Franz länger als sonst. Er sieht aus wie grade erst aufgestanden, ist barfuß und völlig verwuschelt, hat dunkle Schatten unter den Augen. Und auch er trägt eine Jogginghose und die geht ihm bis über die Füße, ist viel zu weit, hängt tief in der Hüfte, sieht aus, als hätte er sie sich von seinem riesigen Vater geliehen. Dazu trägt Franz ein ausgewaschenes, dunkelblaues T-Shirt, und irgendwie sieht er viel kleiner aus als der Franz, der ab und zu, nur ganz selten, durch Rios Gedanken huscht. Er schaut auf den Boden, als er spricht: »Lieber Küche oder mein Zimmer?«, fragt Franz leise.

»Dein Zimmer? Also, wenn das okay ist?«

»Klar«, murmelt Franz, auch wenn das ganz und gar nicht so klingt.

Wie ein erlegter Bär hängt Franz' Decke von der Klappcouch, es riecht nach Tiefschlaf und Sprühdeodorant. Und ab hier hört es für Rio dann aber auch auf mit der Lockerheit und mit der supereasy Distanz. Möglichst neutral im Sessel zu hocken, während er nichts lieber will als zu Franz, der sich auf der Couch irgendwie sitzend in sich selbst zusammengerollt und verkrümelt hat – das ist die absolute Hölle. Es ist nur ein halber Meter, was kann an fünfzig Zentimetern schon so weit weg sein?

Schnell was sagen: »Ich wollte dich was fragen.«

Franz nickt, etwa so gefasst wie jemand, dem gleich die Millionen-Euro-Frage gestellt wird.

»Warst du ... Also, warst du bei mir im Krankenhaus? Oder hab ich das nur geträumt? Ich hab mich nicht getraut, die anderen zu fragen, weil ich Angst hatte, ich hätte mir das nur eingebildet. Und ... und das wäre ziemlich peinlich gewesen. Aber ... na ja.«

Franz sieht ehrlich überrascht aus: »Du hast mich also wirklich gehört?«

»Wenn du das warst, mit dem Knut-Diss, ja, also dann ja.«

»Der Typ ist echt penetrant!«

»Voll!«

»Ich war da«, sagt Franz leise. »Nur einmal. Wirklich. Ich wollte nicht, echt. Ich wusste ja, dass du nichts mehr von mir ... Also ... aber Knut und Nuri ... ich glaub, Nuri oder Knut, die haben was geahnt, also, wegen ... von uns? Und sie dachten wohl irgendwie, dass das vielleicht hilft. Die wussten ja nicht, dass wir ... nicht mehr ... und dass ich ...«

»Nee«, sagt Rio, »wussten die nicht.«

»Und ich wusste nicht, was ich denen sagen darf. Von ... von uns?«

»Aber, also, jedenfalls: Es hat geholfen«, sagt Rio, »dass du da warst. Trotzdem.«

Für einen winzigen Moment nur sieht Franz ein kleines bisschen erleichtert aus: »Ich hatte solche Angst, dass du ganz abhandenkommst, wenn du mich hörst. Wo auch immer das war, wo du warst.«

»Unterwelt, inklusive Styx und allem, was dazugehört.«

»Krass.«

»Ja. Und da waren auch ein paar Dinge und Personen, die da nicht hingehörten, echt strange.«

»Unterwelt halt.«

»Unterwelt halt, stimmt.«

Sie schweigen. Was jetzt? Was soll Rio jetzt sagen? Er ist doch nicht wegen der Unterwelt hier, oder der Sache im Krankenhaus.

»Du, Rio?«, fragt Franz leise, während er an dem dünnen Stoff über seinem Knie rumpult. »Ich schwöre, ich hab mich echt ferngehalten, ich schwöre, außer das eine Mal. Aber, also ... es ist ... Jarek hat mir geschrieben.«

Rio sieht Franz perplex an: »Jarek hat was?!«

»Er hat mir geschrieben. Wir sind uns im Krankenhaus begegnet. Ehrlich gesagt wollte ich erst wegrennen, als ich ihn gesehen habe, aber ... also, er hat sich entschuldigt, und am nächsten Tag steckte dann ein Zettel am Fenster, mit den neusten Entwicklungen und so, und von da an dann jeden Abend. Er hat mich auf dem Laufenden gehalten ... also, wie es dir geht. Ich war sehr froh, dass er das gemacht hat, dass es seine Nachrichten gab, weil ich so wusste, dass es langsam ein bisschen besser wird ... dass ich nicht alles ... dass du lebst.«

Franz zieht ein zerlesenes Buch unter dem Kopfkissen hervor, nimmt einen Stapel Zettel heraus und gibt sie Rio.

Hallo lieber Franz!

Rio lächelt: allein die Vorstellung! Wie Jarek da sitzt und mit der Hand fein säuberlich und hoch konzentriert auf fransiges Collegeblock-Karopapier schreibt! Jarek, der Poser, der Grobe, der ziemlich oft über die Stränge schlägt. Der Typ, der ständig seine Phones versenkt, verliert und schrottet, wie er Briefe verfasst an Franz, den vermutlich einzigen anderen Menschen in diesem

Universum, der ebenfalls kein Handy hat. Jarek, der heimlich mit Mavis zusammen war und sie viel mehr vermisst, als er zeigt, der in ihrem Zimmer nicht nach ihrer Süßigkeitenkiste gesucht hat, sondern wieder und jedes Mal wieder nach Mavis selbst.

»Du kannst sie gerne lesen«, sagt Franz unsicher. »Oder auch behalten ... oder wegwerfen ... ich weiß nicht ... Ich meine, also, irgendwie sind es ja deine ...«

Aber sosehr es Rio interessiert, wie Jarek die letzten Tage gesehen und beschrieben hat: diese Briefe sind nicht für ihn gedacht. Er nimmt das Buch und legt die Zettel wieder hinein. Und erst jetzt fällt Rio der kleine Vogel auf dem Buchdeckel auf. Ein Rotkehlchen, ganz genau wie das auf Franz' Arm. Franz' Lieblingsbuch, jetzt kennt er das also. Rio gibt sich einen Ruck: »Was ich dich noch fragen wollte –«

Und er sieht Franz' Anspannung, wie fest der seine Beine umklammert, wie nervös seine Lider flackern, es tut Rio so leid, was er da gerade verursacht. Die Wut ist längst weg. Vollkommen. Stattdessen ist da jetzt eine seltsame Mischung aus Ratlosigkeit, Sehnsucht und ... Trauer?

»Kannst du mir deine Geschichte erzählen? Also, wirklich die ganze und ungelogen, also, ich meine, alles, was Mavis betrifft, den letzten Sommer und die Sache mit den Bildern und ... und dir?«

Als Franz gleich mehrmals nickt und dabei ganz schrecklich beklommen aussieht und verloren, klettert Rio aus dem Sessel, durchquert die Halbmeterhölle und setzt sich neben ihn auf die Schlafcouch. Mit Abstand, ist ja logisch. Und es wäre so unfassbar einfach, seinen Arm auszustrecken und Franz' Hand zu nehmen. Und es ist so vollkommen unmöglich. Die Sehnsucht, die Rio hat, die hat Franz ja wahrscheinlich gar nicht, zumindest nicht nach Rio.

»So viel gibts dazu nicht zu erzählen, zu den Bildern, also nichts, was du nicht schon weißt.«

In Rio zieht sich alles zusammen. Vielleicht hatte er gehofft – nee, ganz sicher ist der einzige Grund für seinen Besuch, dass er noch Hoffnung hatte, auf etwas, was alles in besserem, vielleicht sogar gutem Licht erscheinen lässt.

»Also, so ungefähr zwei, drei Wochen vor den Ferien, letztes Jahr, da hat deine Schwester mich unten im Hof plötzlich angesprochen. Ich hab mich ziemlich erschreckt. Mit mir reden ja nicht so viele Leute ... oder ich nicht ... ich ja auch nicht mit ... na ja. Sie hat gefragt, ob sie mich was fragen kann, aber dann hat sie gleich losgeredet und eigentlich erst mal gar nichts gefragt. Sie meinte, dass sie mal was anderes machen will, diesen Sommer, allein, nur für sich. Weil ihr sonst immer alle zusammen seid, nonstop und seit fast immer und weil schon so klar ist, schon so feststeht, wie der Sommer aussehen wird.«

»Unsere Sommer waren immer super!«, ruft Rio und hört selbst, wie empört er klingt, »bisher.«

»Bestimmt! Ich glaub, darum ging es auch gar nicht.«

»Aha, und worum dann?«

Franz zögert: »Mal ... mal was anders zu machen? Also ... also, ich weiß nicht ... mal ... mal was Neues zu sehen?«

Rio nickt. Ja, okay, klar. Er weiß ja jetzt selbst, wie die anderen reagieren, wenn man von den gemeinsamen Plänen abweichen will.

»Und dann hat Mavis gefragt, ob sie mich fotografieren kann. Aber, also ... ich hasse es, fotografiert zu werden, weißt du? Also, logisch, ich meine ...«

Franz schaut an sich hinab, als wäre sein Körper, als wäre er selbst irgendeine Erklärung, und Rio fragt sich, was er da eigentlich sieht.

»Aber sie hat es geschafft, mich zu überreden, sie meinte, dass niemals jemand die Bilder sehen wird.«

»Sorry ...«

Franz lächelt ganz leicht: »Außer dir. Dir wollte sie die Bilder zeigen. Sie hat gesagt, das sei nicht verhandelbar, weil sie dir früher oder später immer alles sagt und erzählt.«

Rio denkt an Jarek. Und dann an Agnes, den heimlichen Hamster im Schrank. Früher oder später, okay. Scheiße nur, wenn es kein Später gibt.

»Genau. Und das war mir ja egal. Ob du nun ein Bild von mir siehst oder nicht, ich meine, wir hatten damals ja auch nichts ... also, miteinander zu tun ...«

Franz kneift sich die ganze Zeit schon richtig fest in den Arm, und Rio wünscht sich das dünne, rote Gummiband zurück.

»Na ja, und dann hat sie jedenfalls das Foto gemacht. Ging ganz schnell, gleich hier im Hof. Ich hab da dann gar nicht mehr so viel dran gedacht. Aber ein paar Tage später kam sie wieder, sie hat an mein Fenster geklopft, so wie ... na ja.«

»So wie ich«, sagt Rio, relativ überflüssigerweise. Aber Ähnlichkeiten und Parallelen sind immer noch wichtig, vielleicht wichtiger als zuvor. Sie haben an dasselbe Fenster geklopft und dahinter war dieselbe Person.

»Genau. Und dann hat sie gefragt, ob wir noch ein Bild machen könnten, an meinem Lieblingsort, also irgendwo, wo ich was richtig Gutes mit verbinde. Dass sie sich überlegt hat, dass sie so noch mehr über die Leute erfahren kann. Ihre Geschichte und so, und wer sie wirklich sind. Dass sie sich vorgenommen hat, nicht so oberflächlich zu sein und mal richtig hinzuhören und zu gucken.«

»Puh, okay, typisch Mavis!«

»Ich weiß nicht, ich kenn sie ja nicht so gut.«

Und da ist sie also doch wieder, die Wut: »Aber du hast ihr die Scheißfabrik gezeigt!«

Franz schüttelt heftig den Kopf: »Nein, ich ... das war Mavis' Ort. Ich weiß nicht, wie sie darauf gekommen ist, aber das war ihr Ort, nicht meiner.«

»Oh«, sagt Rio. Mehr nicht. Was soll er auch mehr dazu sagen?

»Ich hab ihr meinen Lieblingsort nicht gezeigt. Ich meine, wie gesagt, wir kannten uns da ja noch gar nicht. Mir war das zu viel.«

»Die Fabrik war echt nicht dein Ort?«

»Nein. Ich war da noch nie, also, schon, aber nur einmal ...«

Ah, also doch!

»Wann denn?«

»Als du ... als du da warst. Weißt du noch, als es so geregnet hat?«

Natürlich weiß Rio das noch, der Tag, an dem alles noch tiefer den Bach runterging, als es eh schon längst runtergegangen war.

»Du bist mir hinterher?«

Jetzt fängt Franz wieder mit dem Lackknibbeln an, aber da ist gar kein Lack mehr, sieht Rio, da sind nur Finger, an denen schon viel zu viel rumgepult wurde, die mittlerweile kurz vor blutig sind, und die echt nicht mehr können. Und Rio denkt, dass Franz wahrscheinlich eigentlich auch so einen Eisbärknautschball braucht, oder direkt vielleicht besser gleich einen echten, penetranten Knut, oder –

»Ich weiß, dass das nicht okay ist, heimlich jemandem zu folgen, aber –«

»Aber du machst das halt trotzdem?«

»Nee! Also doch. Ich ... ich hatte Angst, dass dir auch ... also, dass du ...«

»Dass ich irgendeinen Scheiß mache?«

Franz nickt: »Dass dir halt auch was passiert«, flüstert er. Rio denkt an die Leiter, an seine Füße, die sich geweigert haben, ihn auf das marode Dach zu befördern. Und klar, er versteht die, Franz' Sorge. Einen Moment schweigen sie und die Stille hängt schwer zwischen ihnen.

Franz räuspert sich: »Und ... und weißt du noch, die verschwommenen Bilder? Mavis hat mir von einer Katze erzählt. Dass die in dieser verlassenen, einsamen Fabrik lebt und langsam zutraulich wird, dass sie versucht, die Katze aufs Foto zu kriegen, dass sie die aber nie richtig erwischt, weil sie immer im letzten Moment weghuscht, sobald sie die Kamera ausgerichtet hat.«

Rio nickt beklommen: »Aber meinst du, das auf den Fotos war wirklich Nyx?«

Franz zuckt die Schultern: »Keine Ahnung, ich glaube, das ist irgendwie mein Versuch, das alles zu erklären. Was passiert ist, im … im letzten Sommer. Ich hab mir vorgestellt, dass die Katze irgendwie wo feststeckte oder so, auf dem Dach, und dass deine Schwester sie retten wollte, und dass sie dabei … dass die Katze überlebt hat und Mavis … Mavis nicht.«

»Die Katze hatte mal zwei Augen – deswegen?«

»Vielleicht«, sagt Franz. »Mavis hat mir erzählt, dass die Katze verschwunden ist und dass sie die suchen will … Und sie hat gefragt, ob ich mitkomme und ihr helfe. Aber … aber …«

»Du gehst nicht so gerne raus.«

Franz nickt leicht, schnieft leise. Oh. Oh nein. Franz weint. Das wollte Rio nicht! Franz weinen zu sehen ist, wie … wie Herzzerstechen. Ist so, genau so, muss man also gar nicht drum rummetaphern.

»Mann, Rio, ich wünschte so, ich wär! Ich wünschte, ich wäre mitgekommen! Ich meine, es war doch nicht weit, und … Aber es ging nicht. Ich konnte einfach nicht.«

Rio nickt, obwohl er nicht alles, was Franz da sagt, ganz und gar versteht. Warum er nicht konnte, zum Beispiel.

»Als Nyx dann plötzlich im Hof aufgetaucht ist, mit ihrer krassen Narbe, hab ich mich so erschreckt. Ich hab geschrien und sie hatte so Angst vor mir, aber … aber ich hab sie nie geschlagen oder so, oder ihr sonst irgendwie wehgetan, wirklich nicht, das musst du mir glauben, so was … so was mache ich nicht, ich kann –«

»Ich weiß«, sagt Rio, »das weiß ich.«

Franz zieht die Nase hoch und reibt sich mit dem Handballen in den Augen rum, und Rio ahnt, dass er gerade heftig gegen dieses übermurmelgroße stachlige Ding im Hals anschluckt, das Rio selbst so gut kennt.

»Letztes Jahr, als mein Vater mir erzählt hat, dass Mavis verschwunden ist ... ich war das!«

»Was warst du?«

»Ich hab die Polizei angerufen, anonym. Ich hab denen von der Fabrik erzählt, dass sie da vielleicht irgendwo ist, aber da war es ja schon zu spät, und jetzt denke ich immer ... seitdem denk ich ...«

»Wenn du da gewesen wärst«, sagt Rio. »Ich weiß, ich auch: Wenn ich nicht im *Wunder* gewesen wäre, nicht danach noch im Park, wenn ich später nicht zu Hause im Bett gelegen und darauf gewartet hätte, dass sie endlich kommt.«

»Immer, immer *was wäre, wenn*«, murmelt Franz und Rio nickt.

Franz sieht auf seine Hände: »Darf ... darf ich dir vielleicht was zeigen?«, fragt er leise.

»Kommt darauf an, was.«

»Meinen Lieblingsort?«

»Ich dachte, den zeigst du niemandem?«

»Nein, bisher nicht«, sagt Franz, »aber du wolltest ja die ganze Geschichte. Und die ... dafür ... Ich weiß nicht ... Kommst du mit?«

»Wohin?«

»Zeig ich dir, okay?«

»Ehrlich gesagt? Ich weiß nicht.«

»Versteh ich! Klar! Muss auch echt gar nicht sein! Vergiss es!«, ruft Franz sofort und springt von der Couch. »Tut mir leid! Das war eine Scheißidee!«

Rio zögert kurz, aber dann denkt er an die Dinge, die man vielleicht verpasst und die man nachträglich so schlecht ändern kann: »Okay«, sagt er dann.

»Echt?«

»Mhm.«

So, als wäre das hier eine Geheimmission, die kein Laufen durch stinknormale Flure und völlig okaye Türen erlaubt, klettern sie hintereinanderher über den Schreibtisch, aufs Fensterbrett, und weiter, durchs Fenster. Sie balancieren am umgekippten Pestoglas vorbei durch das Beet, in den beruhigend und unverändert, auch in der Frühabendsonne immer noch ziemlich müffelnden Hof. Und da, bei den Fahrradständern, wartet schon Nyx auf sie, und gemeinsam machen sie sich noch einmal auf den Weg.

DER GEHEIME GARTEN

Wir müssen hier hoch«, sagt Franz, als Rio zur Vordertür rauswill.

»Zu uns?«

Franz schüttelt den Kopf: »Nee ... Aber ist das denn okay ... das mit der Treppe?«

Rio nickt. Die Treppe ist eine dieser Unmöglichkeiten, die er nun mal bewältigen muss, um wieder klarzukommen: »Wenn wir ganz langsam machen?«

»Machen wir«, sagt Franz. »Willst du vorgehen?«

»Bis wo?«

»Ganz nach oben!«

Rio sieht ihn verwundert an – also will Franz doch zu Rios Wohnung?

»Nach ganz, ganz oben«, sagt Franz, »siehst du gleich.«

In Zeitlupe steigen sie die Treppe hinauf, Rios Kopf schwirrt. Aber nach dieser Aktion, wenn das mit Franz ein für alle Mal abgeschlossen und erledigt ist, kann er endlich zurück in sein Sofanest klettern und schlafen, schlafen, schlafen. Und nachher kommt noch kurz Knut vorbei, wie jeden Abend momentan, um zu checken, wie es so geht. Und später dann Flip und Lale und Jarek, zum Glücksbringerbasteln für Nuri, die am vorletzten Ferientag ihr Vortanzen hat. Und vielleicht, wenn noch Zeit ist, können die anderen ihm dann auch noch ein bisschen helfen, beim Entlieben.

»Geschafft!«, ruft Franz, als ob die Treppenbesteigung auch

für ihn so ein Himalayading gewesen wäre. Er klingelt nebenan, bei Herrn Tsakiris. Rio kapiert gar nichts mehr, aber das kennt er ja schon. Hinter der Tür kläfft Frodo, Nyx sträubt sich das Fell, und Rio nimmt die Katze auf den Arm: »Keine Angst, hab keine Angst«, flüstert er ihr zu.

Herr Tsakiris öffnet die Tür: »Franz!«, ruft er überrascht, »Rio! Wie schön!«

Franz hockt sich vor Frodo, krault dem Hund den winzigen Kopf. Nyx faucht leise.

»Wollt ihr etwa –« Herr Tsakiris verstummt, sieht von Franz zu Rio und von Rio wieder zu Franz, und dann lächelt er, als ob er etwas verstanden hätte. Und Rio fragt sich, wie jemand lächeln kann, wenn er etwas von Franz und ihm versteht, und was Herr Tsakiris da eigentlich genau versteht und Rio ja so ganz und gar nicht.

»Ah, aha!! Das wird also eine Überraschung!«, ruft Herr Tsakiris und schlägt so begeistert die Hände zusammen, als gehe es um ein Einhorn auf einem Kindergeburtstag.

»Na dann mal: herein ihr beiden!« Er öffnet die Tür weit: »Weißt du denn noch, wo es langgeht, Franz?«, fragt er. »Ist ja schon eine ganze Weile her!«

Franz nickt: »Doch, klar, hinten rechts, über der zweiten Tür!«

»Was machen wir hier?«, flüstert Rio ihm nervös zu, als sie nebeneinander durch den dunklen Flur gehen. »Dein Lieblingsort ist doch nicht etwa in Herrn Tsakiris' Wohnung, oder?«

»Nee, warte, Moment ...«

Franz bleibt stehen, nimmt einen langen Holzstab von der Wand, angelt damit nach irgendwas an der Decke und zieht. Von oben faltet sich eine schmale Holzleiter hinab, ein Schwall abgestandener Luft weht ihnen entgegen. Beklommen sieht Rio hinauf zu der kleinen Öffnung in der Decke: »Da hoch?«

»Wir müssen auch nicht«, sagt Franz, »ich weiß nicht ... also, ich kann dir das auch einfach alles erzählen. Also, wenn du überhaupt noch willst. Oder möchtest du vielleicht lieber wieder nach Hause? Wollen wir lieber gehen?«

Ja, will Rio. Schnell weg hier möchte er. Ganz dringend. Zurück in die Sicherheit seines Sofas, unter seinen warmen Deckenberg. Und gleichzeitig will er ihn unbedingt mit eigenen Augen sehen, Franz' Ort. Und vielleicht, weil irgendwo hinter ihnen in der Wohnung Frodo bellt, eventuell aber auch, weil sie merkt, dass Rio noch einen kleinen Stupser braucht, befreit Nyx sich nun aus seinen Armen, ist mit drei Sätzen die Leiter hoch.

»Jetzt müssen wir ja hinterher«, stellt Rio fest, »wir können sie schließlich nicht alleine da oben lassen!« Mit beiden Händen greift er nach der Leiter. Es ist ein bisschen wie neulich, in der Fabrik, aber dieses Mal machen seine Füße mit, schafft er es auf die erste Sprosse, auf die zweite, die dritte ... Dieses Mal vertraut sein Körper ihm.

Oben ist der Dachboden. Hier stehen nur ein paar Kisten und Stühle, hängt an einer Wäscheleine eine Socke, zwischen den Dachziegeln fallen vereinzelte Lichtstrahlen hindurch.

»Also«, sagt Franz und klopft sich den Staub von den Händen, »ein ganz kleines Stück ist es noch.«

»Okay.«

Aber es ist nicht okay. Rios Herz flattert.

»Versprich mir, dass du mir sagst, wenn es nicht mehr geht, ja?«

Rio nickt und folgt Franz bis zu einer niedrigen, hölzernen Tür. Das Vorhängeschloss steht offen, Franz nimmt es heraus, versucht, die störrische Tür erst mit beiden Händen aufzuschieben, schafft es schließlich mithilfe der Schulter und ein bisschen Anlauf. Die Tür springt auf, Franz stolpert, Licht flutet ihnen entgegen, überschwemmt den schummrigen Dachboden.

Rio kneift die Augen zu. Ein schwacher Wind weht. Vorsichtig streckt er den Kopf aus der Türöffnung. Vor ihnen ist eine Ausbuchtung im Dach, wie eine Terrasse. Und da vorne, weit unten und überall um sie herum ist die Stadt, ihr Lärm dumpf und fern, so, als befänden sie sich weit über den Wolken.

»Also, das«, sagt Franz, »das ist jedenfalls mein Lieblingsort und jetzt können wir auch zurück. Ich will nicht, dass du –«

»Es geht«, sagt Rio. »Wirklich. Gerade geht es.«

Das stimmt nicht so ganz. Unter seinen Füßen schwankt der Boden und seine Beine schmelzen ihm einfach so weg. Und sosehr Rio sich bemüht, entspannt zu wirken und lässig und locker, Franz merkt das: »Willst du da echt raus? Es ist schon ziemlich hoch. Ich weiß nicht, was ich mir dabei ... ich hab nicht ... Tut mir leid!«

»Wir könnten uns vielleicht kurz hinsetzen«, schlägt Rio vor und versucht, es wie eine von vielen Optionen klingen zu lassen und nicht wie etwas, was er jetzt sofort tun muss, weil seine Beine ihn nicht länger tragen und er sonst nämlich einfach umkippt, »hier auf die Stufe, dann sind wir ein bisschen draußen und ein bisschen noch drinnen?«

Rio setzt sich, bevor er fallen kann, atmet mehrmals tief. Aber Franz tritt weiter unschlüssig von einem Bein auf das andere. Er weiß ganz offensichtlich nicht, ob mit Rios *wir* wirklich sie beide gemeint sind. Rio klopft neben sich auf das Holz, versucht, ein Lächeln hinzubekommen, aber das gerät reichlich schief: »Das ist wie auf'nem Stuhl zu sitzen, ich schwörs dir!«

Franz lächelt zurück, und bei ihm ist das Lächeln wunderschön und dieses Mal mit Augen und sogar mit Grübchen. Rio schaut schnell wieder weg. Er hört das Knacken der Türschwelle, als Franz sich neben ihn setzt. Die Türöffnung ist eng, hier ist nicht viel Platz für einen Sicherheitsabstand, aber Franz rutscht trotzdem so weit von Rio ab wie nur möglich. Und Rio schämt sich, weil er nämlich so schrecklich gerne noch näher bei Franz wäre und der ja so ganz offensichtlich möglichst weit weg von ihm: wie Franz da kauert, an den Türrahmen gepresst.

Rio hätte nicht herkommen sollen! Warum nur hat er auf Flip gehört? Der kann das doch gar nicht beurteilen, das mit Franz! Und Rio versteht all die Figuren in all den Filmen und Serien und Büchern, die sich einfach stur was überlegen, beleidigt oder enttäuscht zu Hause bleiben, und bis zum bitteren Ende, bis kurz vor nichts-geht-mehr, das Schlimmste annehmen, anstatt *einfach mal* zu fragen, was wirklich los ist. Völlig nachvollziehbar und ganz klar die richtige Entscheidung, wenn man etwas auf sich hält. Echt jetzt, welche Hauptfigur will schon so dermaßen verschämt und völlig verängstigt in einer letzten Szene rumsitzen? Und wer will so was sehen? Das ist alles zu nah, das ist viel zu viel und gleichzeitig unendlich zu wenig für Rio. Unter Franz' T-Shirt-Ärmel hervor schaut ihn das winzige Rotkehlchen an. Mittlerweile ist es gut verheilt, zum Glück! Es sieht aus, als säße es da schon immer.

»Weißt du«, beginnt Franz leise. »Meine Mutter war hier.« Rio wagt nicht, etwas zu sagen oder sich auch nur zu rühren. Er ahnt, dass Franz neben ihm wieder seine Finger bearbeitet.

»Weil, nämlich, ganz früher, da haben wir in der Wohnung neben eurer gewohnt. Aber als sie ... als sie krank wurde, ging das bald nicht mehr, das mit den vielen Stufen, und deswegen sind wir runter ins Erdgeschoss gezogen ... und ... und das war auch noch ein bisschen günstiger, weil ... Also, sie und mein Vater hatten diesen Laden, so eine englische Buchhandlung mit Café: *Somerset*. Meine Mutter kam von da. Sie war für die Bücher zuständig, mein Vater mehr so fürs Essen. Es gab lauter britisches und polnisches Zeug, Scones, Sandwiches, Fudge, Babka und Pierogi und Tee und so ... Er hat ... er ... also, mein Vater ... er hat versucht, den Laden zu halten, als es nicht mehr so lief, und auch noch, nachdem sie ... gestorben ist.«

Rio hat es geahnt. Aber es zu hören, ist etwas anderes. Er sucht nach Worten. So ist das also, wenn einem die Sprache abhandenkommt, weil man das absolut Richtige sagen will. Und jetzt spricht Franz schon weiter, eilig, als wolle er verhindern, dass Rio was sagt: »Aber es war dann einfach zu viel. Egal. Jedenfalls ... Ich erinnere mich nicht mehr daran, also, an den Laden schon, aber nicht an unseren Umzug ins Hinterhaus. Ich war da auch erst so ungefähr zwei oder drei.«

Franz' Mutter. Rio hat keine Erinnerungen an sie, und er hat Franz nie nach ihr gefragt. Warum eigentlich nicht? Vielleicht, weil er geahnt hat, dass da noch eine dieser viel zu traurigen Geschichten lauert. Weil das in Franz' Zimmer ehrlich gesagt einfach etwa ein paar Millionen zu viele Bücher waren. Weil es ihn eventuell eigentlich doch ein bisschen gewundert hat, dass man, selbst als Nemesis seines übersportlichen Vaters, rein gar keinen Plan vom Fahrradfahren und noch viel weniger vom Schwimmen hat. Weil nämlich niemand den Kopf und die Zeit hatte, solche grundlegenden Dinge mit einem zu üben. Weil es zu Hause und tagtäglich um etwas noch Grundsätzlicheres, um das Allergrundsätzlichste ging: darum, ob jemand lebt oder stirbt. Und vielleicht hatte Rio auch Angst, das vollkommen Falsche zu sagen. Weil das so verdammt einfach ist. Und so unfassbar schwer, die richtigen Worte zu finden. Und vielleicht, ehrlich gesagt, war Rio auch zu sehr mit seinen eigenen Sachen beschäftigt.

»Aber Herr Tsakiris«, erzählt Franz weiter, »ich meine, du weißt ja, der ist supernett: Sie durfte einen Wohnungsschlüssel behalten, und er hat ihr erlaubt, dass sie immer hochkommen kann, jederzeit, wenn sie will ... Sie wollte immer, ihr war das da unten zu dunkel und zu kalt, aber das ging natürlich nicht. Sie war wirklich ziemlich krank, jahrelang. Sie hat ganz schlecht Luft bekommen, sie hatte ständig Schmerzen, und sie ist immer schwächer geworden. Aber einmal die Woche ist sie hier hochgeklettert, sie hat Pausen gemacht, auf der Treppe. Am Ende hat es manchmal fast eine Stunde gedauert, bis sie oben war. Die Leute im Ersten haben ihr immer ein Glas Wasser gegeben, auf halber Treppe, und Frau Tahari hat ihr einen Stuhl zum Ausruhen vor die Tür gestellt, und bei Herrn Tsakiris saß sie dann noch kurz auf dem Sofa, um vor der steilen Leiter wieder zu Kräften zu kommen. Weißt du, hier oben waren früher ganz viele Blumen, die hat alle sie gepflanzt, und um die wollte sie sich weiterhin kümmern. Herr Tsakiris hätte das übernommen, er hat das immer wieder angeboten, aber sie wollte das unbedingt selbst machen. Sie meinte, dass es ihr hilft, auch wenn es so anstrengend ist. Und an meinem sechsten Geburtstag hat sie mich das erste Mal mit nach oben genommen, da drüben an der Mauer hing eine Lichterkette, und sie hatte Musik mit, und wir haben gepicknickt, Schokotorte mit Erdbeeren und geschmolzenes Streuseleis mit Karamellsoße und dazu kalten Kakao mit Sprühsahne, da vorne auf der Bank, meine Mutter, mein Vater und ich. Und das war ... das war schön.«

Er lächelt, nur ganz leicht. Und Rio ahnt, dass *schön* sich für Franz wahrscheinlich viel zu klein anfühlt. Und er denkt an Yves und ihren Vater und die Geburtstagsüberraschung, den Triceratops, der langsam in dem brackigen Waldsee versinkt. Und er fragt sich, wie viel davon wirklich Yves' und wie viel eigentlich Franz' Geschichte ist. Wie viel Rio eventuell schon von Franz weiß, nach den letzten Wochen, ohne es zu ahnen. Und jetzt fallen ihm auch die ganzen Töpfe und Kisten auf, die auf dieser inoffiziellen kleinen Dachterrasse verteilt sind. In manchen wächst noch was: Löwenzahn, struppige Rosenbüsche, in einer Ecke rankt sich tiefgrüner Efeu um etwas Weißblühendes, das Rio nicht kennt. Und ganz vorne am Geländer steht immer noch die ausgeblichene Gartenbank, auf der Franz mit seinen Eltern vor vielen Jahren einmal seinen Geburtstag gefeiert hat.

Franz folgt seinem Blick: »Herr Tsakiris kümmert sich noch, so gut er kann, aber er hat ja auch schon länger Probleme mit den Knien und kommt nicht mehr so häufig hoch. Aber früher hat hier überall was geblüht, es war wie ein richtiger kleiner Garten. Wirklich, Rio, das war wunderschön!«

Und Rio sieht Franz vor sich, in ganz klein, neben einer Person, die genauso aussieht wie Franz, nur eben als Mutter. Wie sie die Blumen gießen und die Sonne genießen. Und wie Franz von ihr alles Mögliche über Pflanzen lernt. Wie sie ihm vorliest, hier oben, aus seinem Lieblingsbuch mit dem Rotkehlchen drauf. Und wie sie einander Sachen erzählen, die vielleicht belanglos sind, aber eigentlich ganz und gar nicht. Rio stellt sich Franz vor, und seine Mutter, die schon wissen, dass das nicht ewig so weitergehen, dass das nicht für immer so bleiben, dass sie diesen so gut wie perfekten Ort irgendwann nicht mehr erreichen wird. Und Rio ist sich ziemlich sicher, dass Franz' Mutter am liebsten Knallbunt getragen hat, und vielleicht sogar am allerallerliebsten ein rotes Kleid mit Streublumen drauf. Und er denkt an Franz, unten im Hof, wie versteinert, mit den Plastiktüten in den Armen, der wieder und wieder versucht hat, sich von etwas zu trennen, von dem er sich nicht trennen will, um etwas loszuwerden, was er, was man nicht loswerden kann. Und wie sie damals vor ihm aufgetaucht sind, Flip und Nuri und Lale und Jarek und Rio, mit ihrer streng geheimen, mit ihrer unerwünschten Trauer und ihrer Wut und ihrer Sehnsucht nach Leichtigkeit. Und wie Franz da stand, ganz allein, mit dem fiesen Spitznamen, unter ihren Blicken. Und wie er die Augen zugepresst hat, damit niemand sieht, dass er das immer noch nicht hinbekommt, das mit dem Klarkommen und das mit dem Weitermachen und vor allem das mit dem Ist-mir-doch-alles-vollkommen-egal.

»Als sie gestorben ist, war ich dreizehn und nicht da.«

Franz fröstelt, bohrt seine Fingernägel fest in den Unterarm. Rio würde gerne etwas sagen. Etwas Nettes, etwas Schönes, über Franz' Mama. Aber er erinnert sich nicht an sie. Dabei waren sie doch jahrelang Nachbarn, muss sie ihm doch irgendwann mal begegnet sein, auf dem Weg hinauf in ihren Garten.

Franz zittert jetzt richtig heftig. Und Rio ahnt, dass das nicht allein der Wind ist, der hier oben weht und der bereits nach Spätsommer riecht und auch ein bisschen nach Herbst. Und auch nicht allein die Tatsache, dass Franz in seiner Nervosität nicht nur vergessen hat, sich irgendwas an die Füße zu ziehen, sondern auch einen Pullover und eine ordentliche Hose, eine, die nicht so ganz und gar fadenscheinig ist wie dieses riesenhafte, löchrige Joggingdings. Und, ach shit, was solls! Rio schlüpft aus seinem Pulli, legt ihn Franz um die Schultern. Er ist ganz behutsam, er passt wirklich gut auf, dass er ihm dabei nicht zu nah kommt, dass er ihn nicht aus Versehen berührt.

Und trotzdem rutscht Franz wie erschrocken zurück: »Nee! Jetzt frierst du doch! Das geht nicht! Echt jetzt! Du sollst nicht frieren!«

»Ich frier nicht!«, lügt Rio, setzt sich auf seine Hände und hofft, dass Franz die Gänsehaut auf seinen Armen nicht bemerkt. Franz zieht sich den Pulli von den Schultern, hält ihn Rio entgegen: »Das ist aber doch deiner! Ich hätte mir ja was mitnehmen können! Selbst schuld! Hätte ich halt dran denken müssen!«

Und das klingt viel zu heftig, das klingt fast brutal, wie Franz da auf sich schimpft. Rio nimmt ihm den Pullover aus den Händen: »Nee, wirklich, gar kein Ding. Komm, ich helf dir!«

Franz zögert, doch dann rutscht er ganz zaghaft ein kleines bisschen näher, lässt zu, dass Rio ihm den Pulli über den Kopf zieht, die große Kapuze überstreift. Und Rio weiß nicht genau, was das soll, warum ihn das gerade unbedingt so unfassbar glücklich machen muss, Franz so zu sehen, so gut eingepackt in seinem allerwärmsten, allerweichsten, allerschönsten Lieblingspullover.

»Danke«, sagt Franz leise. »Aber das war echt nicht nötig.«

Doch, denkt Rio. War es. Und allerhöchste Zeit.

»Gar kein Ding«, sagt er. »Und ich wollte dich echt nicht unterbrechen, nur ... nur halt ...«

Franz guckt, als hätte Rio irgendwas Schlüssiges gesagt: »Ich beeil mich, okay? Ich machs wirklich ganz kurz!«

»Wie du willst. Aber wir haben ja Zeit, also, ich mein ... wenn du möchtest.«

»Ich war nicht da«, murmelt Franz. Durch den dünnen Stoff der Hose gräbt er die Fingernägel in seinen Oberschenkel, und das wars jetzt aber wirklich mit der Distanz: Ohne nachzudenken, legt Rio seine Hand auf Franz' Hand: »Nicht«, sagt er, »bitte, tu dir nicht weh!«

Franz hört auf, pult dafür mit der freien Hand weiter an dem Stoff über seinem Knie. Da ist jetzt ein kleines Loch.

»Ich war bei einem Geburtstag im Trampolinpark, und während ich da Salti und Arschbomben gemacht hab, oder vielleicht auch, während ich mich mit Nuggets und Torte vollgestopft hab, ist sie gestorben.«

Vor ihnen streift Nyx über die Gartenbank, sie sieht aus wie eine, die alles weiß, von allen Tieren und Monstern und Menschen, die alle, alle ihre Geschichten und Geheimnisse kennt und vielleicht sogar noch ein bisschen mehr. Eine Weile sehen sie ihr zu.

»Ich war nicht mehr hier oben, seitdem. Ging nicht. Es kam mir so unfassbar unfair vor, dass ich hier sein darf und sie nicht.«

Rio denkt an Angel: *Ich sag jetzt nichts, weil ich nicht weiß, was ich sagen soll.* Und Rio denkt, dass Nichts-Sagen manchmal vielleicht wirklich das Beste ist, weil es eben Sachen gibt, für die Worte nicht ausreichen, egal, wie passend sie sein mögen und wie gut gemeint. Dass man, anstatt was zu sagen, ja vielleicht auch einfach mal eine Hand noch ein bisschen fester drücken kann, ganz egal, was sonst ist.

Schließlich ist es Franz, der weiterspricht: »Und dann hatte ich halt eine, eine etwas ... etwas schwierige Phase, also, ziemlich lange. Ich ... ich hab ziemlich viel Scheiße gebaut, und ich ... ich hab ... ich ... du ... ich ...«

Mit beiden Händen zerrt Franz das Loch in seiner Hose weit auseinander, der Stoff reißt, und jetzt sieht man ein ganzes Stück von seinem Oberschenkel. Da sind überall längliche Narben. Kreuz und quer. Ganz schön viele. Als hätte jemand, als hätte Franz sich – Rio spürt, wie ihm die Tränen in die Augen schießen, er beißt sich fest auf die Lippen.

»Aber … aber … ich mach das nicht mehr …« Franz versucht, den Stoff wieder über sein vernarbtes Bein zu zerren, aber es klappt nicht, es reicht nicht, das Loch bleibt, zeigt alles, das ganze wutrote Liniennetz auf seiner blassen Haut. »Wirklich, Rio, bitte glaub mir das, schon lange nicht mehr … Auch jetzt nicht, ich wollte … es ist wie so ein verdammter Sog, aber ich hab nicht … wirklich. Ich schwör dir, ich … ich bin wieder okay. Einigermaßen. Aber … du hast mir auch alles erzählt … obwohl es dir verdammt schwergefallen ist … ich meine, du hast mir vertraut … und es tut mir leid, dass ich dir nie was … dass ich dir nichts … ich dachte, dass du dann abhaust. Und das Sommercamp … weißt du noch, das Sommercamp?«

Rio nickt beklommen, klar, der Grund, aus dem Franz ein paar Minuten Vorzeigegesellschaft brauchte, damit sein Vater ihn nicht wegschickt.

»Da gings gar nicht um Sport, oder?«

Franz schüttelt, ganz leicht nur, den Kopf.

Wenn es anders wäre zwischen ihnen, wenn es so wäre, wie Rio dachte, dass es vor der Sache mit den Negativen war, dann würde er jetzt seine Hand auf Franz' Bein legen, ganz vorsichtig, ganz, ganz sanft auf die vernarbten Stellen. Und dann könnten sie sich zusammen vorstellen, dass das ein bisschen hilft. Also in etwa so viel, wie ein allerflauschigster Lieblingspulli etwas gegen den Wechsel der Jahreszeiten ausrichten kann.

»Mein Vater ist danach nur noch gerannt. Immer weiter weg und immer schneller. Und ich bin gar nicht mehr raus. Ich weiß, dass das albern ist, aber ich hatte das Gefühl, dass ich das wiedergutmachen, dass ich da sein muss, weil ich weg war, das eine Mal, als ich hätte da sein müssen. Verstehst du?«

Rio nickt. Klar versteht er das. Die ganze verquere Logik, das magische Denken, mit dem man versucht, gegen diese allergrößte Unfassbarkeit anzukommen: dass jemand, der da sein sollte, es plötzlich nicht mehr ist und nie wieder sein wird.

»Und dann kam halt Mavis. Sie hat einfach ignoriert, dass ich eigentlich lieber allein sein wollte, und sie hat mich in Grund und Boden getextet. Aber irgendwie war es gut, also, irgendwie hat das gutgetan. Ich hab gedacht ... also, ich glaube ... ich weiß nicht ... vielleicht waren wir sogar ein bisschen so was wie Freunde?«

Unter seinen Haaren hervor sieht Franz Rio ängstlich an. So, als hätte der irgendwie die Macht oder den Willen, sie ihm abzusprechen und wegzunehmen, diese kurze, eventuelle Freundschaft mit seiner Zwillingsschwester. Aber natürlich will Rio das nicht. Er will, dass Mavis Franz gekannt hat. Franz, mit dem er für ein paar sommerlange Tage etwas vielleicht nicht ganz und gar Echtes, aber trotzdem ziemlich Wunderbares und Einzigartiges hatte. Und er ist froh, dass Franz Mavis kannte, dass er weiß, wen Rio so unfassbar vermisst und immerimmerfürallezeiten vermissen wird.

»Aber dann hab ich wieder alles falsch gemacht, dann bin ich dageblieben, als ich hätte mitkommen sollen. Und als du dann aufgetaucht bist, mit deiner großen Mission und mit deiner riesengroßen Hoffnung, da hab ich mir vorgenommen, dass das nicht wieder passiert, dass ich auf dich aufpassen werde, auch, wenn das eventuell, also höchstwahrscheinlich, etwas größenwahnsinnig und vielleicht sogar creepy war und ja auch so ganz und gar nicht geklappt hat.«

»Es war krass«, sagt Rio, »und allermeistens sehr, sehr, sehr schön.«

Und auch dafür ist *schön* ein viel zu kleines Wort.

Rio wird nicht rot. Dieses Mal nicht. Vielleicht, weil sie jetzt sowieso alles gesagt haben, weil es nichts mehr gibt, über das sie noch stolpern könnten. Jetzt wissen sie alles voneinander, alles, was es hier zu wissen gibt.

»Das mit dem Verlieben, das wollte ich nicht«, sagt Franz. »Wirklich! Das war nicht geplant. Ich ... ich hab versucht, dass es wieder aufhört ... aber ...«

Rio schluckt: Natürlich. Natürlich wollte Franz nicht, dass Rio sich in ihn verliebt! Und allein die Vorstellung, dass Franz das alles mitgemacht hat, all das, was für Rio wunderschön war, diese ganze Nähe und so, dass das alles für Franz ganz schrecklich gewesen sein könnte, weil er das ja vielleicht nur aus einem absurden Gefühl der Schuld getan und zugelassen hat, und weil ... weil er sich das ja eigentlich sogar auch schon gedacht hat, dass das nicht wahr sein kann, weil sich natürlich kein Mensch in Rio verliebt, so wie er in der letzten Zeit war, wie er jetzt vielleicht für immer ist.

Und obwohl es in seinem Hals jetzt krass sticht, schafft er es noch, etwas Wichtiges zu sagen: »Du kannst da ja nichts für, dass mir das passiert ist! Ich meine ... ich dachte ... ich wollte ... ich wollte mich ja auch nicht ... echt nicht, aber ... na ja ... Du warst dann halt einfach du mit deinem Grübchen und dieser Haare-in-den-unfassbar-grünen-Augen-Situation und mit deinen Umarmungen und mit dem Franzgeruch und mit dem Stillsein und was Sagen, immer genau im richtigen Moment. Ich weiß nicht, mit deinem ganzen Franzsein halt. Und ich ... anscheinend brauche ... brauch – brauchte ich genau so einen Franz, ganz dringend, wie nun mal nur du einer bist, und dann ist mir das irgendwie passiert, das mit dem Verlieben. Aber ... aber, weißt du, Nuri? Also, Nuri, die hat das gerade geschafft, also, sich zu entlieben, und bestimmt ... bestimmt krieg ich das ja auch irgendwie hin! Ich versuchs, versprochen! Und auf jeden Fall lass ich dich in Ruhe! Du musst mich nie wieder sehen, außer im Hof vielleicht ab und zu, weißt du, beim Fahrradholen oder Müllwegbringen, aber da guck ich dann weg, ja? Versprochen! Und jetzt geh ich, okay? Ich geh jetzt!«

Aber warum steht er dann nicht auf? Warum ist es schon wieder so vollkommen unmöglich, auch nur einen Schritt von Franz weg zu machen?

Rio versucht zu lächeln. Zuversichtlich-distanziert. Unverbindlich-verbindlich. Wie-schon-fast-nicht-mehr-verliebt. Klappt nicht. Fühlt sich an wie froschverschluckt. Er wirft Franz einen Seitenblick zu, einen, der eigentlich heimlich und unsichtbar sein soll, aber Franz guckt genau jetzt gerade auch. Und endlich, endlich sagt Franz dann doch auch was, Franz ruft: »Oh shit!«

»Was?«

»Ich kapiers jetzt erst: Du glaubst echt, ich hab nur so getan, oder? Du denkst, ich hab irgend so eine Show abgezogen, damit – Warum? Warum, bitte, Rio, sollte ich so was tun?«

»Ich ... ich weiß nicht ... Weil ... weil du nett sein wolltest?«

Und jetzt sieht Franz ihn so richtig fassungslos an: »Echt jetzt? Dein Ernst? Weil ich *nett* sein wollte? Rio! Alter! Dein Ernst?!«

»Ich ...«, murmelt Rio hilflos. Stimmt schon, wenn Franz das so sagt, klingt das echt ziemlich absurd.

»Boah ey, ich sag dir, gerade will ich dich echt einfach nur schütteln. Sogar ziemlich, ziemlich doll, damit du aufhörst, so was zu denken! So einen Quatsch!«

»Es tut mir leid«, flüstert Rio.

»Dir muss nichts leidtun! Gar nichts!«, ruft Franz. »Aber bitte, bitte nicht entlieben! Okay, Rio? Bitte, mach das nicht!«

Und jetzt strahlt Franz Rio ganz krass an und drückt seine Hände, und ihre Knie berühren sich und – Oh, krass, oh krass, oh krass!

»Weil, du machst das ja auch, einfach so, das mit dem Du-Sein!«, ruft Franz. »Du warst und du bist du und nur du und immer nur du und mit *nur* meine ich im allerbesten Sinne, nur Rio und niemand anderes! Und das weiß ich und das wusste ich, und das soll bitte auch gar nicht anders sein, niemals. Du bist du, so krass absolut einfach nur du, wie das sonst niemand kann. Mit deinem Sommernasengesprengsel und diesem echt ziemlich malerischen Lockenszenario da auf deinem Kopf, und mit den einfach mal eben so ... so dunkelbraunen Augen halt eben und mit deinem obersüßen Lächeln. Du bist nur und genau du, mit deinen unfassbar schönen Händen, die manchmal warm sind, auch wenn du selbst andauernd frierst, und die so ... so ... ich weiß nicht ... so wunderschön Klavier spielen können und mindestens genauso krass streicheln. Mit deinen Knien, die wirklich einzig und allein deine sind und sein können und sollen. Du mit all deinen extremen Leutchen, die teilweise so gar keine Impulskontrolle haben und unfassbar schlecht im Entschuldigen sind, es aber immerhin und immer wieder versuchen. Und die übrigens, kein Wunder, allesamt und volle Kanne in dich verknallt sind, rein platonisch, ist ja klar! Und ich auch. Ich mag dich, Rio. Sehr. Sehrsehr. Aber nicht platonisch. Auf keinen Fall! Kein bisschen!« Franz sieht Rio an. Direkt in die Augen, voll ins Gesicht. Flaschendunkelgrün. Er lächelt, er strahlt, mit Grübchen und allem. So, wie nur Franz das kann. Und es gibt übrigens mehr als eine Situation, in der man sich Worte einfach mal sparen kann. Und das hier, das ist definitiv so eine. Eine, in der nichts anderes geht, als so richtig krass, sehr doll zu knutschen. Und noch mal und noch mal und noch mal danach und danach dann auch noch mal und dann noch weiter.

Und jetzt steht Rio auf und zieht Franz auf die Füße und sie treten raus, aus dem Schwellendazwischen, betreten Franz' liebsten Ort, gehen in Richtung Geländer, Schritt für kleinen Schritt. Und Rio wartet auf den Schwindel und auf die Panik, aber die kommen nicht. Sind einfach weg, alle beide. Fürs Erste, für jetzt, oder vielleicht ja sogar für immer. Und vorne bei der Bank setzen sie sich hin, ganz dicht, so dicht es geht nebeneinander, und zwar auf die

Lehne, weil direkt auf Bänken sitzen was für Leute ist, die schon alles erlebt haben und nicht gerade erst anfangen damit. Und übrigens: manchmal stirbt man, wenn man fällt, und manchmal, da wird man aufgefangen, und manchmal, echt wahr, da schafft man das Unmögliche: da kann man plötzlich fliegen.

»Nein!«, ruft Franz, knutscht Rio auf die Wange und dann hält er ihm die Augen zu. »Guck da bloß nicht hin!«

»Was? Was ist da? Schon wieder ein Ufo?«

»Nein, viel schlimmer! Da startet gerade ein echt übel kitschiger Sonnenuntergang!«

»Pfoten weg!«, ruft Rio, weil er das nämlich alles unbedingt sehen will: diese ganze, uralte Kitschangelegenheit da oben am leuchtenden Himmel und darunter die spätsommermüde Stadt, die randvoll ist mit Erinnerungen und mit allen Farben von Licht. Und mit Menschen und ihren großen und kleinen Geschichten, die Rio kennenlernen, die er hören will. Und Franz will er sehen, vor allem und immerundimmerundfürimmer Franz.

PS:

Vielen Dank, dass du dir Zeit für Rios Geschichte genommen hast. Und obwohl sie hier endet, geht es weiter für ihn, Franz, Nuri, Flip und die anderen. Es wird nicht immer alles perfekt sein, aber das muss es ja auch gar nicht, dieses große Ding namens Leben. Das manchmal wirklich wehtut und echt verdammt hart ist. Oder traurig. Oder schlimm. Und obwohl es sich dann oft so anfühlt, einsam und unabänderlich und für immer: Du musst da nicht alleine durch! Hier sind einige Stellen, die bei Problemen zeitnah, unkompliziert und auf Wunsch anonym Hilfe anbieten:

In Deutschland:

Deutsche Depressionshilfe:
www.deutsche-depressionshilfe.de – 0800/3344533.

Hier gibt es telefonisch und per Mail Hilfe und Informationen zur Erkrankung Depression. Für alle Altersgruppen.
Mo, Di, Do: 13:00–7:00 Uhr & Mi, Fr: 08:30–12:30 Uhr

Krisenchat: www.krisenchat.de

Hier findest du in Krisensituationen rund um die Uhr Beratung und Hilfe im Chat. Für alle unter 25 Jahre.

Jugendnotmail: www.jugendnotmail.de
Hier kann man sich vertraulich rund um die Uhr in Themenchats oder in der Einzel-Online-Beratung austauschen und beraten lassen. Für Kinder und Jugendliche.

Nummer gegen Kummer: www.nummergegenkummer.de – 116111 (Kinder- und Jugendtelefon) oder 0800/1110333 (Elterntelefon).
Hier gibt es sofortige Hilfe per Telefon oder E-Mail.
Montag–Samstag, 14–20 Uhr.

Telefonseelsorge: www.telefonseelsorge.de – 0800/1110111 oder 0800/1110222.
Hier gibt es rund um die Uhr Hilfe per Mail-, Chat- oder Telefonberatung für alle und jedes Alter.

Youth Life Line: www.youth-life-line.de
Hier helfen Jugendliche Jugendlichen per Online-Beratung persönlich und anonym in akuten Krisen und bei Suizidgefährdung.

Auch beim Thema Trauer helfen viele der oben genannten Stellen (z. B. die Nummer gegen Kummer). Zusätzlich gibt es regionale Trauergruppen, wie zum Beispiel TrauBe (www.traube-koeln.de), die online und telefonisch beraten und vor Ort Treffen und Aktionen für trauernde Personen organisieren und durchführen.

In Österreich:

Rat auf Draht: www.rataufdraht.at

Hier gibt es unter der Nummer 147 rund um die Uhr eine telefonische Soforthilfe in Krisensituationen und bei Alltagssorgen und auf der Homepage Mo–Fr von 18:00 bis 20:00 Uhr eine Chatberatung für Kinder, Jugendliche, Eltern und Bezugspersonen.

In Österreich gibt es lokale und überregionale Beratungen sowie Trauergruppen und Begleitung für Kinder und Jugendliche z. B. bei Rainbows (www.rainbows.at).

In der Schweiz:

Die dargebotene Hand: www.143.ch

Hier gibt es unter der Nummer 143 rund um die Uhr eine telefonische Soforthilfe in Krisensituationen und auf der Homepage täglich von 10:00 bis 20:00 Uhr eine Chatberatung für alle Altersgruppen.

Regionale und überregionale Trauerhilfe und Trauergruppen in der Schweiz finden sich z. B. bei der Familientrauerbegleitung (www.familientrauerbegleitung.ch).

Und noch was:

Rios & Franz' Geschichte liegt mir sehr am Herzen. Auch, weil so wunderbare Menschen direkt oder indirekt geholfen haben, dass ich sie schreiben konnte. Bei mir ist es nämlich so: im besten Fall werden die Figuren während des Schreibens real, machen sich irgendwann selbstständig. Und damit das passieren kann, braucht es Menschen, die sie ernst nehmen. Mit denen man über die Geschichte und die Figuren sprechen kann, als gäbe es sie wirklich, als wären sie lebendig. Genau dafür und für ihren ehrlichen, kritischen, liebevollen und klugen Blick danke ich ganz besonders Jennifer Gicquel, Şehnaz Dost, Anne Tenhaef, Folke Scheffel, Katrin Adler, Javier Almeida, Dana Camus, Britta Wierecky, Christiane Düring und Katja Maatsch. Und für die wunderbaren Illustrationen Sarah Pfannmüller.

Und: Anna, Jacko, Lisa und Sarah – falls ihr das lest: wie unfassbar gut, dass es euch gibt!

Außerdem von Annika Scheffel im Carlsen Verlag lieferbar:
Sommer auf Solupp (TB)

Die Arbeit an diesem Roman wurde durch ein Stipendium des Deutschen Literaturfonds gefördert.

Wir danken Danger Dan für die freundliche Abdruckgenehmigung eines Ausschnittes aus dem Lied *Eine gute Nachricht* © Danger Dan, 2021.

Völckersstraße 14–20, 22765 Hamburg
Umschlaggestaltung und -typografie: Felix Schlüter, Typeholics unter Verwendung eines Bildes von Tachykardia – Sarah Pfannmüller
Lektorat: Katja Maatsch
Herstellung: Karen Kollmetz
Satz: Dörlemann Satz, Lemförde
ISBN: 978-3-551-58565-3
Printed in Germany